講談社文庫

忍者烈伝ノ続

稲葉博一

講談社

夫レ忍ノ本ハ正心也。忍ノ末ハ陰謀佯計也。

藤林佐武次保武 記「萬川集海」

巻之二〈正心 第一〉より

松永弾正を翻弄した例の果心居士と云う男は、この悪魔だと云う説もあるが、これはラフカディオ・ヘルン先生が書いているから、ここには、御免を蒙る事にしよう。

――芥川龍之介「煙草と悪魔」

いまここに、戦国という時代が終焉を迎えようとし、あたらしい歴史を歩み出そうとしている。のちに訪れる、室町幕府の崩壊――それは、天下統一というあたらしい時代の幕開けであり、近世の始まりでもあった。

そこには、おのれの天命を賭けて戦いつづけた、戦国武将と呼ばれる漢たちがいた。さらに、その時代の影には、さまざまな「忍者」と称される者たちがいる――ある者は、戦火のなかに命を散らし、またある者は、妖術をもって戦乱の世を渡っていく。それを追いつづける、宿命の者がいた。さらにまた、歴史の目撃者となり、時代の闇へと消えていく忍びたちがいる。

この物語が終わる、天正六年の春――忍者たちの郷でもあった「伊賀国」もまた、滅びという歴史を歩み出す。のちに織田四万の軍兵によって行われる、大量殺戮「天正伊賀の乱」の始まりである。

忍びは、滅びる。

その要因となるものが、この物語のなかにある。

天正六年から遡(さかのぼ)ること、およそ二十年前——時は、戦国のころ。
そこに大きな、大きな、寺が見えている。
寺の名は……

目次

忍者烈伝ノ続

心の果て

ここ大和国に、
興福寺（こうふくじ）

という、法相宗（ほっそうしゅう）の寺がある。

敷地はおよそ二十四町（ちょう）の広さというから、平城京にあって七十二万坪（つぼ）、京域の約十分の一にもなろうかという広大な土地を有した、まさに大寺であった。

この寺、もとは山城国（やましろのくに）の山科（やましな）（京都府南部）に在（あ）った。

天智（てんじ）八（六六九）年のその当時は、山城国も字におこせば、「山背国（やましろ）」と記される、往昔（おうじゃく）のころの創建である。

「山階寺（やましな）」

が、その興（おこ）りである。藤原鎌足（ふじわらのかまたり）が開いた。正しくは――夫の藤原鎌足の病の平癒（へいゆ）をねがって、嫡室（ちゃくしつ）である「鏡王女（かがみのおおきみ）」が建てたものである。

その後、この山階寺は壬申の乱をへて、飛鳥遷都にともない大和国の高市郡にある厩坂という地に移される。いわずもがな、この「飛鳥遷都」とは京（新益京）から飛鳥地方の「藤原京」へと、都を移したことをいっている。このとき寺の名は、在所の地名をとって、「厩坂寺」と呼ばれ、さらにこの平城京の外京に遷されたころに、「興福寺」と呼ばれるようになったのである。

鎌倉時代以降、大和はこの興福寺が、国を支配する。他国のように大名による守護統治ではなく、僧が一国を治めるという、特異な土地であった。

さて時はながれて、戦国のころ——永禄年間の初頭である。

この大和の大寺院の下に、日本の戦国史にその名を刻むこととなる、三人の男たちの姿があった。

ひとりは、「覚慶」という人物である。

天文十一（一五四二）年、六歳で興福寺一乗院の門跡となった、第十二代室町幕府征夷大将軍足利義晴の次男。のちに織田信長に擁されて上洛し、第十五代将軍となる幼少のころの「足利義昭」が、この覚慶である。

いまひとりは所謂、「僧伽」ではない。まだ小童の身ながら、興福寺衆徒（僧兵）の柱ともいえる筒井家の主人であった。筒井順昭の嫡男として、天文十八（一五四九）年にこの世に生を授かり、わずか二歳という幼少の身で家督を嗣いだ。このとき、名を「筒井藤勝」といい、のちに得度してから、
「陽舜房順慶」
と名乗る。この順慶こと筒井藤勝という男子は、まだ世に出てこない。いずれ険しき戦国という舞台に、頭角を現しはじめるのだが、いましばらく後のことである。

そして、残るひとりの男だ――これよりはるか後世においては、異質の忍術使いとして名をとどめることになる「忍びの者」であり――その実なるは、日本中世に現れた魔法者、あるいはふしぎの幻術を扱う怪人として知られた男であった。

さてこの男、もとは「高野聖」であったらしい。

そのむかしに、この大和にある大寺院の門戸をたたき、以来、棲みついている。この者は、法体（僧体）である。法体ではあるのだが……髪の毛は荒れ地の雑草の如くに伸び放題し、髭も剃らないので、鼻のしたから顎にかけて、苔が生したようになっている。肌膚のいろが蒼黒く、両耳が鋭角で、狐をおもわせるような奇異なる耳のかたちをしていた。さらに、その面相をみれば目ばかりが大きくかがやき、守宮にも似た異様な貌つきである――といって、人懐こい風にも見えるから、まったく不思議な顔立ちをした男であった。

いま、この異相の者の姿は興福寺の南大門のそと、猿沢池の水辺にある。己のうすい影を地のうえに落とし、なにやら観察をつづけていた。空はすでに夕日に朱く焼け染まり、その残光すらもすでに消えつつあった。紫いろに滲んだ鰯雲のむこうには、星がひとつまたひとつと、瞬きはじめている。

辺りの木々は葉を秋いろに染め、あるいは落葉し、夕暮れの風に寒々と吹かれていた。

(器用奴じゃ……)

男は膝を折って、草叢を凝っと見つめている。こうして、すでに半刻にもなろうか——日の暮れようとも、この男は気の咎めることが些ほどにもないらしい。容姿が乱れてはいるが、一往は坊主だ。いわゆる「学僧」という身分である。修行中の身ともあらば寺内にて、「一日の務め」というものが待っているはずなのだが。

(蜘蛛や、蜘蛛や)

と、大きな目を一層と輝かせながら、草葉の蔭で巣を編んでいる蜘蛛のようすを嬉々として眺めている。まるで幼い。風貌こそは、二十をいくつか越えていそうに見えるのだが——いや、見様によっては十五、六の青年と云えなくもない——ところが、三十の年を重ねているようにも見えるのだから、まったく「奇妙」な男であった。

……足長蜘蛛。

男がいま眺めている、繊細な姿をしたその蜘蛛は、半ば透きとおった腹から銀いろの糸をあらたに縒りだすと、長い脚を巧みに動かしながら、さきに張った糸に掛け渡しているところだ。蜘蛛の巣は、水平の円状に広がりながら、さらに草葉の蔭より版図をひろげつつ、傍らの灌木の小枝にと絡まりはじめていた。

「見えたわ」

一言いうや、男は露に濡れた草のうえに腰をおろして胡座をかいた。蜘蛛は気忙しく手揉みをする男の「掌」そのものの姿で、いつまでも巣を編みあげていく。異相の男は身を乗り出して、蜘蛛の巣をさらに間近に見つめた。目がわらっている。

（これが法よ――）

睛に映る蜘蛛の巣は、夜気のなかに広がる「波紋」であり、その模様は目を見張るほどに美しかった。いつしか夜の天蓋にあらわれた月の明かりが、秋風に揺れる蜘蛛の巣にも触れ、糸の一本一本を針のさきに宿る光のように輝かせていた。

「わが心の果て、いずれにあらざるや……」

ふと、男は不明の言葉をつぶやいて、長い息を吐いた。

月光がやわらかく降りそそぐ猿沢池のほとりに、座りこんだまま一刻。

さらに、一刻と夜を過ごしていく——男はまばたきも忘れ、蜘蛛の動作を一心に見つめつづけたままである。やがて目の前にいる蜘蛛は脚を休め、巣の端へと、すべるように移動した。

動かない。

男も、蜘蛛も……蜘蛛のほうは、餌を待っているのであろう。闇に隠れたきり、姿を見せなかった。さらに一刻と、夜が深くなった。真夜中である。あたりの草葉の蔭では、秋の虫がすずしげに鳴いている。

池の辺で、魚が跳ねた。

音は聞いた。

が、異相の男は、静かなる秋の夜風に身を浸しつつ、ただ目のまえに広がる蜘蛛の巣に見入っている——いや、実際のところ、目には何も見ていない——この男、異様に大きなその目を見開いたまま、

「無」

になっているのだ。心のみで、蜘蛛の巣を視ていた。あるいは、その向こうに、この世を見つづけているのである。常人なれば「無心」になるとき、まずは目を閉じる

ことをする。目を閉じてから、気を一点に集中したのち、精神を解き放つ糸口をつかんで、意識を無にしてゆくものであるが……この男は、異っている。目が開いていようと、起きて歩いている状態であろうと、即座に心を無の状態に持ってゆくことができた。

「幼少にて高野に住す、天性術を得たり――」

という。

高野山に居たころからすでに、その心を「無」にすること容易に叶い、「密教秘法」に通ずる真理というものを感得し、術を用いること自在であった――というのである。以来、思うままに無我の境に立ち落ちて、人霊を脱することさえも自由になった。生まれながらにして、何らかの疾患を持っていたのかもしれない。

あるいはまた、高野山に住まう「山伏」という者らは、紛失した物などをさがすときに「祈禱」をする。この祈禱のとき、小児をひとりおいて、その体内に魔物がはいったのち、失した物はいずれにあるかと尋ね、探しだすというのである。そうした「法」がこの男の幼少期におこなわれ、体内に何かがのこったのかもしれない。

いずれにあれ、懼れられるのは、その年齢であった。

善悪の区別も未だない、子供のころのことである。呪詛に類する「術」を操ることに、ただ「おもしろきことにて」という動機があるばかりでは、はなはだ恐ろしい。童子が面白がって蟻を踏み殺すように、人の命を取りかねない。おそらくは——それがゆえに、興福寺に預けられたのであろう。

天文年間半ばのことであった。

この男がまだ幼童のころ、ひとりの山岳修験者と共に、八葉の峰（高野山）のひとつ、「摩尼山」を下りた——下山して、いよいよ興福寺に入門するのであるが、このとき同行していた者は、屈強な山伏であったらしい。その場に立ち会った興福寺の僧のひとりに恵臨という名の僧があり、この童子の介添者のようすを見て、些かと印象に疑問をもったともいう。

同行の山伏は名を某といって、歳は三十半のころと見受けられた。ところで体格こそ、山岳修験者に特有の引き締まった輪郭をしているのだが、貌が魯鈍であったという。瞼は重たげに垂れさがり、眼が眠っているようにも見え、口はだらしなく開いたまま、涎をたれた痕さえ顎のうえにのこっていた。一方で、この男の傍らに立っている童子は——うまれたばかりの猿のように眼が大きく、笑顔たえず、利発そうであった。名は何と申すやと男のほうに尋ねても返事はない。すると、童子がククと少女のような声でわらい、自ずから名を名乗り出て、歳は六つだと答えた。

（はて……）

利鈍の者とは、まさにこの二人の姿をいうのであろう――不思議なのは、親ほどの歳のころの男が鈍く見え、男児のほうが鋭いことである。どちらが介添者なのか、戸惑うほどであった。

この日より、高野を下りた童子は、興福寺の小子房にて学侶らと寝起きをともにし、歳を重ねてゆく。それから、十八年という年月を経ていた。

（蜘蛛はいずこぞ……姿を見せや）

興福寺での修行の日々に、この男は天性もちえたるその「呪法」を封印してきた。学を得るのに、術は必要なかったのである。

ところが、

「仏道こそ、飽いたわ」

この二十四町という地にある土と、その宇宙の一切とが、人を欺くためにつくられた偽事のように見えはじめた――この当時に云う「宇宙」とは、「天地の間」という意味である――つまり、この男にとっての宇宙とは、高野山を下山して以後、この大寺院に限られている。ここで合う僧たち、その声や、耳に聴く仏の言葉などというものは、

「姦しいだけの、世迷い言ぞ」

そう思うようになっていた。無理もない。このころの興福寺は、鏡王女がその昔に夫の病平癒をねがって建てたころとは、すでにその性格も様変わりしている。法相宗という宗教としての実践さえもが、ないがしろにされていた。もとより、法相宗は学問的な傾向が色濃い宗派ではあるのだが、それもただ形式的な学問になっていくのである——つまりは堕落、であった。

興福寺は平安時代から鎌倉時代にかけて、経済的に富裕しつづけた。このことが、僧侶の堕落を生じさせる大きな要因へとつながっていく。いまひとつに、院政政権が寺内に介入するようになり、それまで簡素であった興福寺僧の生活様式は、やがて貴族的、あるいは世俗的なものへと変貌し、僧たちは仏道にあった生活から、まさに草木の葉が枯れ落ちるが如く、「零落」した生活へと陥ってゆくのである。

高野の童子が、この大寺院で成長する過程において触れてきた仏の道なるものは、僧の堕落した姿そのものと見えたに違いない。この当時、女犯という不犯の戒めはあっても、坊主のなかには妻帯する者もあり、不定の女と交わり、生臭ものを食し、酒は飲み、およそ仏の弟子とは言い難く、世俗の者らと何ら変わらぬ有様であった。

殺人も犯した——興福寺に、「勧学院」というものがある。もとは藤原冬嗣が創設し、藤原氏を出身とした興福寺子弟のための、いわゆる「学問所」が前身であったという。のちに、この勧学院で興福寺僧の犯罪などの取り調べが行われるようになるのだが——その記録のなかに、僧二名の者が、修学者の「忠観(ちゅうかん)」という僧侶を殺害し、勧学院での取り調べ後に、検非違使(けびいし)に引き渡されたという事実がのこっている。

「僧兵」

という、武力集団までも有しているのが、当時の坊主たちである。これは何も、興福寺に限ったことではない。比叡山(ひえいざん)の延暦寺(えんりやくじ)などは、

「行躰行法(ギヤウタイギヤウハフ)、出家の作法にも拘(カカハ)らず、天下の嘲哢(アザケリ)をも恥(ハヂ)ず、天道の恐をも顧(カヘリ)みず、婬乱、魚鳥を服用せしめ、金銀賄(マヒナヒ)に耽(フケ)りて——」

といわれる。まさに「人の堕落しゆく姿」を寺にこそ見るのである。ついでながら云うと、越後国(えちごのくに)に「上杉謙信(うえすぎけんしん)」という武将がある。戦国の世にあって「義」の人として知られ、その天才的な戦の法をもって、越後の「毘沙門天(びしやもんてん)」とまで称される人物だ。この謙信(当時は、まだ上杉政虎(まさとら)という名)なる漢(おとこ)は、弘治(こうじ)二(一五五六)年に比叡山延暦寺にのぼろうとした。出家するためであったが、結局は家臣に止められ——このとき政虎(謙信)は出家こそしなかったが——以降、女色(にょしょく)を絶ち、肉食をせず、自身は粗服(そふく)を着て、精進潔斎(しょうじんけっさい)の生活(くらし)をしてゆくのである。生臭(なまぐさ)な坊主より、はるかに仏

道を歩む者の「姿」といえるであろう。宗教なるものは時に、神仏に仕える身と公言する者たちより、純粋に神の救いをもとめる人々のほうが潔い心であったりするのだから、不思議である。

（抑、人の世に、神仏は在さぬのではあるまいか）

この高野からやってきた男の内にも、「自我」というものが芽生えはじめる。やがて、世というものを認識し、判断する力を持ち始めると、この寺にある規律や修法というものが、虚しいばかりの「飾り」に見えはじめた。

仏の道なるものは、屋根を支える「柱」である――美しい装飾をほどこした柱に漆をぬり、それが人目に華麗に映ろうとも、屋根（神仏）を支えているのは、「木材」そのものなのだ。この木材が腐っていては、あるいは虫に食われた柱など、とうてい屋根を支えていられない。いずれは、装飾もろとも亀裂が生じ、折れ砕けて、屋根は崩れ落ちてしまうだろう。そのような場所などに、住みたくはない。

音、

がした。

幽かながら……

震えるような、ほそい声である。

男は無の境地から蘇ると、その大きな睛のすべてに蜘蛛の巣を視た。夜の闇に美しく張りめぐらされた蜘蛛の糸は、この「世」という、目には見えない漆喰のうえにできた「罅」の拡がりのようであった。

一匹……

闇のなかに浮かぶ蜘蛛の糸に、いつの間にか一匹の蝶が囚われている。羽を震わせ、蜘蛛の仕掛けた罠から逃げ出そうともがいていた。いまこのとき、男は蜘蛛の糸に世の知恵の本質を知り、その果てに神の「真心」を見た。

蜘蛛の巣を指で一掻きすれば、蝶は救われる。

これこそは、業である。密教に云う「羯磨」であった。蜘蛛が一本の糸を引き、それがやがて網となり、いま餌となる蝶がかかり、これを蜘蛛は食す――わが指でこの巣を破れば、蝶は命をつづけ、蜘蛛は食するを逃すであろう。

「蜘蛛や、蜘蛛や」

男は目をさらに大きく見開き、口許を綻ばせた。まるで、闇のなかで嗤う、一匹の守宮というような顔である。

蝶が足掻けば足掻くほど、蜘蛛の巣がさわぐように揺れる。やがて蝶は、蜘蛛の巣に身を深くからませ、触角を欠き、羽を傷つけ、動けなくなっていく。男は、ただ眺めている。

（来たわ――）

巣の端に密かに隠れていた蜘蛛が、姿をあらわした。長い脚を伸ばし、糸をつたいはじめた。餌を食すために。

とそのとき、男の背後から我が名を呼ぶ、猛々しい人の声がした。

「汝ァ、ここで何をして居るかっ」

大きな声に振り向けば、そこに興福寺僧侶の「相稔」という名の男が、剃髪した頭に月明かりを滲ませ、立っていた。

「玄清さまがお招びじゃ。直な来よ――」

いわれて、異相の男が草間から立ちあがり、兄弟子に不敵な微笑をむけた。

「たった現か」

「応じゃ」

蜘蛛に夢中になっていたこの男――その名を、「果心」という。

破門

（何たるざまか……）

と玄清は、目のまえに引き出された学僧の姿を一瞥すると、細いのどを震わせながら、低く唸った。

ひどい姿である……果心は、家畜同様に躰を遣縄で縛りあげられたうえ、兄弟子らに酷く殴られたようすで、顔の半分は槻木の瘤のように腫れあがっていた。鬱血した膚は血に滲み、顔いろが幽鬼のごとく、蒼い。

「導師――」

嗤っている。

果心は痛々しくゆがんだ顔を真直ぐにあげて、不敵にも、その目もとに薄ら笑みを泛べていた。嗤った口もとは顔の裂け目のようにも見え、まるで枝から腐り落ちた柘榴の果肉である。

「われに、如何ほどの用事を仰せつけあられようぞ……」

熟れすぎた花嚢のようなその顔を一層と笑みに引きつらせ、恨みがましい目で相手を視た。

果心が導師と呼ぶ玄清は、室の奥でしずかに胡座している。齢すでに六十になろうかという、老僧であった。顎にたくわえた白い髭が、痩せた胸のうえまで生えのびている。燭台のうえの一穂の灯に照らされた顔には、烏が踏み荒らした足跡のような染が、いくつも浮かんでいるのが見えた。玄清の側には、もうひとりの老いた男が座していた。恵臨、である——果心が高野山を下りて、この寺を訪ねて来たときに居合わせた僧のひとりだ。

「口を慎め、果心ッ」

横合いから、基抄という名の兄弟子が怒鳴りつけてきた。厳めしい面構えをし、僧衣のうえからも骨格の太さが窺い知れた。牛のような巨軀をした僧である。

(声ばかり大なりし、阿房よ)

と、果心は血ぶくれした顔に笑みを絶やさず、基抄の声を無視した。その大きな眼は、凝っと玄清にむけたままである。

「その形は何ぞや——」

玄清は静かに果心に問いながらも、その侮蔑するような視線は巨男の基抄と、その傍らに坐っている洞與という名の若い学僧へと向けられている。

暴れた――基抄らは、ここへ果心を連れ来るに先立ち、不精の身なりを整えさせようとした。髭を剃り、生えのびた頭髪を刈りこもうとしたのだが、果心が嫌がったのである。嫌がったうえに、恫喝さながらに押し囲んでくる兄弟子のひとりに、唾を吐きかけた。これに激怒した基抄が、手にした経机で果心の背を打ち据え、五、六人の僧侶がどっと飛びかかった。あっという間である。この不躾な異相の男を地に組み伏せたあと、散々に打ちのめした。だれもが「術」を恐れていたのであろう。果心に息をさせる暇も与えない。目にはせずとも、噂を知っていた。密教秘法の術法を扱いたる者、窺い用心せよ――と、果心を打ち据えたあとは、気性の荒い猪を捕らえんとするかのように、遣縄で躰をしばりあげた。果心はといえば、伸し掛かる兄弟子らの膝のしたで、嗤いつづけている。

（奇妙奴……）

その場にあった僧侶らは、この男に不気味なものを感じた。果心はまるで、我が身への仕打ちを一緒になって楽しんでいるかのようであったのだ。

玄清は、知らない――騒動のことなど一切見知らぬが、果心のすがたを一目して、およその見当はついた。

「その縄をといてやれ」

と一言、洞與にむかって顎をあげ、さしずをした。

「待てや、兄者。お前のうす汚れた手で、我に触れること相成らぬぞ」

果心は声を響ませて云い、その言葉に洞與は片膝を立てたまま、動けなくなった。

「…………」

やがて果心は、ゆっくりと目をむいて、つぎに微笑を消し、亀のように首をまえに伸ばした——刹那、躰をかたく縛っていた縄が、

はらり

と、解けた。

このようすを一目した洞與が腰を抜かし、ころがるように元の座にもどった。

「いま見せたるは、何ぞや」

玄清が、果心の大きな睛を見据えたまま、静かに問うた。術道（魔術）なる外道の法を、はじめて目にした。

（魔じゃ）

悪魔という、言葉がある——さきの天文のころ、西洋から渡来した基督教にいう悪

魔というより、「天狗」そのもののことをさす。天狗がつかう不可思議な術を「魔術」といい、天狗の教法を「魔法」といった。

「其れや、魔法とやらの仕業か」

と玄清は声を厳粛にする。縄が解けた果心は、一度背をのけぞらせたあと、肩を揺すって姿勢を正した。さらにまた、口もとに皮肉げな薄笑いを泛べると、

「其れや魔法と申すものの、業にござる」

玄清の声色を真似て、厳かなふうに応えた。さらに、

「導師、懼れるほどの事ではござらん」

ククと少女のように、悪戯な声で含みわらった。

「何をおそれる程のこと、あろうか」

玄清は云ったが、他の者らはすでに顔のいろを失している。縄、だけではなかったのだ。果心の姿に、奇特（不思議）をみていた。潮が引くようにして、顔の腫れが見る間に消えていくのである。ついには、もとの首とすげ替えでもしたかと驚くほどに、整ってしまった――恵臨に至っては、果心の笑い方を耳にして、寒けすら覚えている。童子のころの果心と会った日の光景が、まざまざと脳裏に甦り、

（若しや、あの介添は、年端もいかぬ果心の術法に操られていたのではあるまいか）

などと、今更ながらに理解した。あの日の介添者は、まるで魂魄を抜かれたような顔つきであった。相違なかろう——ともなれば、玄清導師とは違い、

（いやさ……儂は、この者の正体が恐ろしい）

と、背に汗をかいている。

「そうであろう、ふふ」

果心が、悦びを噛みしめるような声で云い、微笑した。不吉なまでに大きなその眼が、恵臨を凝っと見つめている。

（化生じゃ……）

恵臨は心中の声を聞かれたと思って、慄えあがった。

「ほお恵臨どのには、我が化生と見えたるか」

云って、果心は肩が揺れるほど哄笑し、玄清へと視線を転じた。

「導師、用向きを御聞きしとうあるわ」

「まずは、果心。——その外法をやめよ」

「それは、御用の向きしだいじゃと申し上げておく」

その声を踏み消すかのように、

「戒力こそを、畏れよ果心」

と、心を立てなおした恵臨が、口をはさんできた。

「お言葉では御座りまするが、恵臨どの。さても、この寺に斯様なものがござったかの……いやさ、いま世の仏道にすら戒力なぞと申すものは、塵ほどにもござらぬではないか。何を畏れよと申されたか、いま一度耳に聞きたいものじゃ——」

恵臨は「ぬッ」と、言葉を詰まらせた。それと同時に、老僧の玄清があざけり笑い、

「大科な口を利くやつじゃ。おのれが学んだ婆羅門の教えには、左様なことまで書かれてあるか」

「はて、知らぬ——」

「欺くわ。ならば用を申すぞ、果心よ。おのれは夜な夜な経蔵に忍び入り、あらぬ書を読んでおると耳にする。それを戒めんがため、これへ招んだのじゃ」

「あらぬ、とは？」

「申さずとも、婆羅門は禁書ぞ。たれの許しを得たるや、果心——そも、経蔵に立ち入るに、おのれは蔵司の許しも得てなかろう」

婆羅門とは、古代印度の民俗宗教である。崇拝する神は複数におよび、破壊を司る湿婆神をも拝した——この学を日本に持ち込んだのは「菩提僊那」という婆羅門僧

で、印度呪術に通じた人物でもあった。天平八（七三六）年に渡来して以降、僊那は大僧正の行基という人物に迎えられて平城京に入京し、左京にある大安寺という大寺に住した。この僊那という人物は死に際して、大安寺において西方を向き、合掌したままの姿で逝ったという。僊那が住した大安寺は、寛仁元（一〇一七）年の火災で東塔のほかはことごとく焼失したため、東大寺やこの興福寺とならぶ、曾ての大寺としての面影はいまや無い。この火災のとき、婆羅門の学書の類の一部が興福寺にも持ち込まれたのであろう――果心はこれを夜毎盗み読んでいたという。

「外道の学ぞ」

「さもあれ、学は学でござる。そこで師（知識）に問うわ――そも正邪とは何ぞ、人の善悪とは何をして云わんや」

　この威高げな態度にはさすがに、今までおとなしくしていた巨男の基抄も、ここにあらためて怒気を顕わにし、声を荒げた。

「黙れッ、小僧めが。おのれ如き痴れもの、善悪判じようなどとはまだ早いわッ。身のほどを知れやッ」

　果心は所詮、下階僧の分際である。僧位の高い玄清に、直接問いごとなどできる身分ではない。が、果心に阿闍梨（規範）などというものは、もはや通じない。この男の体内では、うす気味悪い蛹という殻を破り出でた一匹の蛾が、いま飛び立たんとして羽を広げたかのように、ながらく封じこめていた古代の呪わしげな力が支配しはじめている――血の一滴までもが、沸騰したように熱かった。

「これはお言葉じゃな、基抄どの。いまの言葉は瞋（怒り）が源なる、お声と聴こえ申したわ。三毒煩悩のこれひとつ――瞋なるは、善のものなるか、それとも悪のものなるか……」

　そう果心が問うと、基抄はいよいよ頭に血をのぼらせた。目瞬きすらも忘れ、相手を真直ぐに睨みつけている。

（小賢しなやつめ……）

　基抄の顔が発熱し、火に火照ったように真赤に染まりはじめた。かたく握りしめた拳が、忌々しそうに震えている。

「如何や」

　と果心は静かにつづけて、この鼻息の荒い雄牛のような男のほうに顔を向けた。生まれたばかりの猿のようなその大きな眼が、燭台の灯を映し、妖しく光った。あらためて視ても、異様な貌つきである。と突然、果心は態度を一変させ、虎のようすに吼えはじめた。

「応えや、基抄ッ。善なるか、それとも悪かッ。きさまほどの虫けらも、正邪道理のほどは判るような口の利き様じゃ。さあ、申してみせやい——いまその目に見ゆるこの姿は、善のものか悪のものかッ」

云った果心の大きな睛は燃え熾る炎を映したように爛々と輝き、まさに「魔仏」をそこにみるようであった。つぎの瞬間、果心は手を三鈷印に結び、獣の叫び声かと聴き違うほどの奇声を発した。

「オッーン、バサクシャアランジャソワカ——」

この太古より伝わる印度言語を耳にし、玄清導師がおもわず身を乗り出した。

「已めぞ、果心。術を控えよッ」

基抄はといえば、ただ呆気にとられて、呪わしげな果心の顔を見つめているばかりである。いや天魔と化した、果心の——その大きな睛のなかでいよいよ熾んに燃えあがる、紅蓮の炎に魅入られてしまっているのだ。表情が、恍惚としている……いまや果心の口からは、呪文とも雄叫びとも知れない言葉が発せられていた。やがて、

どおっ、

と基抄がその巨きな体を俯して、床のうえに倒れこんだ。そのまま——事切れた。

「何をしたぞ……」

一言、玄清はこの変事の顚末を見終え、閑かな声をもらした。

「人黄を奪り申した」

果心は玄清のほうに向き直ると、意も介さずに応えた。この人黄とは、心臓のことである。命、を切り取った。

「果心……おのれは、堕地獄ぞ」

「望むところじゃ」

冷ややかに微笑する。玄清は痛々しそうに眉をひそめると、

「何故か……何故に、この者の命を取ったや」

「神仏が在わすと思うてな――」

が、此処には居なかった、と果心はつづけた。神なるものが居るならば、いまこのときこそ現れ、わが術を封ずるかと思ったのだと。狂気の沙汰である。

「おのれは、命というものを何と心得ておる……」

玄清が疲れたように言葉を吐くと、

「はて、それは現世に聞け。導師、戦乱の世じゃ」

果心は活々とした声で、返事をした――いま、ここに視る果心という男の姿は、猿沢池で童子のように蜘蛛の巣を眺めていた男とは、まるで別人であった。目に宿した

悪戯な輝きには、一片の純粋さも欠き失せている。果心の睛には殺意が色濃く滲みだし、黒々とした光りが渦巻く様は、鼠の死体と戯れる猫の目つきであった。

「導師。——是が姿、化生と見ゆるか」

訊いたが、玄清は応えなかった。ただ——はっきりとした声で——みじかく、命令した。

「おのれは、破門じゃ。いずれへと去ね」

果心はまたもや少女のように含み嗤うと、困惑した顔の老僧を凝視して、ひとつ膝を打った。

「応、去んでくれようわ」

立ちあがった。立って、深々と御辞儀をした。それが、本心のなせる態度なのか、どうかは判らない。果心は腰を折ったまま、低い顔を恵臨のほうへと向けて、

「かの日以来、随分でござった」

と礼をいった。皮肉とも聞こえる。恵臨はいずれと判じかね、ただ唾を呑みこんだだけだった。

果心は去り際に、洞與をちらと見た。この若い学僧は、基抄の骸のかたわらに跪いたまま、老いた男のように背をまるめている。すれ違いざまに、懼れるようなその

目が、化生を見あげた。果心は、つと立ち止まり、

「洞與や——仇をとらんと思わば、いつでも人を率いて来やれ。我は、春の陽を嗅ぐ頃まで、其処な辺りに棲んでおるわ」

と声をかけ、卑しき高笑いを残して、室を出ていった。玄清はこのときの果心の嗤い声を、生涯わすれることはなかった。のちに病牀で死を間近にしたときですら、この声を脳裏に聴いて、あのとき果心を追い討って、殺めておくべきではなかったか——などという、仏道を辿る者にはあるまじき思いに心を苦しませるのであった。

「唯識所変」

というものがある。これは、法相宗（あるいは「法相唯識」）の教えのひとつであって、

「万物は唯、我々の識（心のこと）より変じ出された処のものに過ぎない——」

というのが、およその意である。玄清は、遠退く化生の背を見つめながら、なぜかこの教えが強烈に思い出された。

（わが識より変じ出し……）

その事ばかりをくり返し、おもった。

天道に蝶

南大門をでた。

ふと夜空を見あげれば、東の空が朝焼けに燃えはじめている。天蓋には、いまだ鎌の刃のような月が白々と輝き、闇に烏の声がとんでいた。

たったいま破門にされた果心は、真直ぐに猿沢池へとむかうと、池の辺にひろがる草むらのなかに立ち、蜘蛛の網をさがした。

（蜘蛛や——）

すぐに見つけだした。果心は表情を崩すと、蜘蛛が繊細に編みあげた宇宙のまえに腰をおろし、

「ほお」

と感心したように、唸った。蜘蛛の巣に、剝がれ落ちた小指の爪のような蝶の羽が一枚、ぶらさがっている。他の部位はない。

（喰（く）ろうたか……）

果心はそろりと手を伸ばし、巣から蝶の羽をつまみとった。とって、あいた掌（てのひら）に載せてみた。大きな眼が、漆喰（しっくい）のかけらにも似た一枚の羽をしばらくと見つめ、やがて自身のこころのなかを覗きはじめた。

（人に合（あ）おう――）

破門の身となり、とつぜん己（おのれ）の宇宙はひろがったのである。

（世に、わが網を張るのもわるうない）

おもって、目をさらにおおきく見開いた。我が人生の網にかかるものは、はたして如何なるものであろうか――果心は目のまえの空（くう）を凝視したまま、夢想（むそう）しはじめた。この道の未来（さき）と、わが心の果てのことをである。さらにここ三月（みつき）ほど、思案に倦（あぐ）ねていたことがある。

以前より、いずれにして仏門は日ならずして破り去り、人を訪（たず）ねようと思っていた。問題は、手がかりである。果心は無精髭（ぶしょうひげ）をかきながら、

（はてや）

と、悩んだ。いずれ方が、好（よ）いであろうかと……心中に思い浮かべているのは、ふたりの人物である。

一人は――この興福寺の辺りに潜んでさえいれば、合うことができる――いまだ若草のような瑞々しいにおいを残した、こどもであった。わずか二つたらずの歳にして、筒井氏の家督を嗣いだ、

「筒井藤勝」

という名の人物である。

先ず、この「筒井」という家は大和に旧い――往昔より、興福寺の衆徒として勢力をのばしてきた筒井氏であったが、もとは一乗院の坊人である。大和における、越智氏や箸尾氏などといった国民（地侍あるいは土豪。白人神人のこと）や、衆徒らと争いをくりかえし、勝っては破れ、また戦っては和議をくりかえしと、はてしない闘争をつづけてきた。

「筒井順盛」

が、大和での筒井氏の基盤を成した。さらに、藤勝の祖父にあたる、

「筒井順興」

のころにようやく、この家は大和で興隆するのだ。この順興のあとを嗣ぐのが、

「筒井順昭（藤勝の父）」

である。順昭の代になると、大和における豪族のほとんどが、筒井氏の支配下に靡

くようになった。このころから、大和の守護として誇っていた興福寺の「威」もまた、目にみえて衰退しはじめていく――世にいう、「下克上」の時代だ。ふるい秩序が衰えゆくのも、また成りゆきではある。が、これを決定的にする漢は、他にあった。

とまれ、天文十九（一五五〇）年六月二十日――筒井氏の当主であった順昭が、奈良の林小路の外館で病没した。享年二十八歳。じつに早世である。順昭は病牀にあって、一族近臣の者らを枕頭にあつめたあと、継嗣である藤勝への忠誠を誓わせたうえで、自身の寂滅を秘匿にするようにと命じた。子の藤勝がうまれたのは一年前のことであり、後嗣があまりにも幼すぎたのだ。これが公になれば、大和の豪族たちは、またもや乱れるであろう。そこで順昭は、死の間際になって、自分に容貌が似た「黙（木）阿弥」という法師を身代わりにたてるよう指図し、当面は世の目を欺くようにと遺言するのである――順昭のこの言葉通り、法師の黙阿弥という男が外館に召し出され、およそ一年もの間、筒井家の家臣の目すらも欺き通した――ついでながら、順昭の一周忌をむかえ、喪が公にされると、この黙阿弥という人物は解任されて、多額の恩賞を拝領し、もとの法師にもどった。のちにつかわれる「元の木阿弥」という言葉は、この出来事が源になっている。

——数え年で、二歳。

これは藤勝が筒井の家督をついだ、年齢である。

まさか治政はできない。そこでこの幼君を支えたのが、母である大方どの（山田道安の娘）をはじめ、叔父の筒井順政、大和の福住郷国民である福住宗職と順弘の父子、さらに慈明寺城の順国、十市遠忠、箸尾高春などの筒井一族と敵対していた豪族や、筒井家の重臣である松倉右近勝重、島（嶋）左近清興といった面々であった——

この島左近（清興）とは、晩年に石田三成に仕え、慶長五年の「関ヶ原の戦い」において、勇猛果敢に奮戦する人物である。筒井家においては先代の順昭から、順慶、定次と三代にわたって仕えることとなり、

「治部少（三成）に過ぎたるものが二つあり。島の左近と佐和山の城」

と謳われているのが、この漢であった——はたして、これだけの者らが一味同心し、幼君藤勝の下に結束するのであるが、また結束するだけの理由があったのだ。先代の順昭のころになって、この大和国にもいよいよ戦国乱世の大波が押しよせてくる……大和の西方、河内国と接する国境いに、生駒山系の地塊のひとつで、「信貴山」という山があるのだが、この山頂の城に、ひとりの男が突然と腰をすえたのである。

これ以降、大和筒井氏の「宿敵」ともなる人物であった。

じつに、永禄二（一五五九）年のこと――これまで飽くほどに内紛をくりかえし、興福寺の下で権力闘争をくりひろげてきた大和人たちのまえに、忽然と外敵があらわれた。さて、往古より大和を支配してきた興福寺であったが、このあたらしい敵を追いはらうだけの力はない。そもそも、武力による紛争の解決は、その昔から衆徒らが請け負ってきた。興福寺は信貴山にのぼった外敵を追いはらうどころか、やがてこの男の大和侵攻によって、足の腱を切られてしまうのである。

　信貴山城にあらわれた男は、まず大規模な給人のいれ替えをはじめる。これは事実上、大和国内で威をほこっていた「僧」の権力をそぎ落とすことにもなった――ここにいう「給人」とは、田を給与（与える）する者のことで、大和では僧がこの「給主」をふるくから勤めていた――興福寺は給主としての実権をうしなっていくと、これまで固持してきた決定的な在地支配の力を断ち切られ、通常の寺と化してゆく……興福寺衆徒の柱でもあった筒井順昭は、この信貴山に出現した新興の敵を危惧するなかで、死んでいったのだ。はたして、この大和の危うさと、筒井の家督を引き継いだのが、幼君「筒井藤勝」であった。

（いずれに合うか――）

　果心は、まだおもい倦ねている。

ふと目を移せば、東の空はすでに朝日を受けて白くかがやき、うすい雲の帯が天地の間に蒼い影をたなびかせていた。気がつくと、両手をかたく握りしめていた。決断せんとする強いおもいが、身をこわばらせてしまっていたようである。果心の左のこぶしのなかには、蝶の羽があるはずであった……一片の羽が。

(以外は、蜘蛛が喰らうた——)

果心の大きな眼が、膝のうえにのせた左のこぶしを見おろしている。蜘蛛の巣から蝶の羽をつまみとったことを、いま思い出していた。

「しめせ」

と、つぶやいた。つぶやいてから、蝶の羽を握った己がこぶしを震わせ、顔のまえに持ちあげると、

「オン・バヤベイ・ソワカ……」

風天の真言をひとつ、唱える。つぎに果心は、口をゆっくりとこぶしに近づけ、

ふっ、

と埃をはらうように、みじかい息を吹きかけた。

握ったこぶしをひらく——すると、果心の左の掌のうえに、一匹の蝶があらわれた。手にしていたのは、羽一枚きりであったはずだ。が、いま果心の左掌のうえに

は、ゆうゆうと羽をあおいでいる蝶の姿がある。

「われに、道なるをしめし給えや……」

囁けば、掌にのっている蝶が、風にまかれる木の葉のように空に舞いあがった。しばらくの間、果心の躰にまつわりつくようにして飛んでいたが、やがて朝日を照りかえす猿沢池の水面のうえに躍りでて、そのまま影をちいさくして——消えた。

ふしぎの蝶が飛び去ると、果心もまたゆっくりと立ちあがった。朝露に、うす汚れた僧衣がぬれている。東の空にあふれる陽の光りが、果心の顔を明るくした。

(いずれ、知れるわ)

背をふりかえった。空を突き刺すような、興福寺五重塔のするどい影がみえている。ククと嗤って、果心はまた前をみた。

池の水が、まぶしい。

果心は、光に目をほそめた——すると何をおもったか、足もとに落ちている枝きれを拾いあげ、傍らにある蜘蛛の巣を掻いた。うつくしかった波紋は無惨にも破れ、老婆の白髪のように力なく地に垂れて、かたまりとなった糸が枝きれにからみついた。

果心はうれしそうに目もとを笑ませると、枝を猿沢池の水際に投げ捨てた。

「これからじゃ」

と、目を見開き、草叢のかげに足を踏み入れ、そのまま姿をくらました。

冬がすぎた。

外京は、東六坊大路をあるいている。ひらり、ひらり——と、まるで中空を舞うような、軽いあしどりである。

身なりは別人のように、小綺麗になっていた。一見して、参禅修行の僧にもみえる。うつくしい墨染の衣を着て、網代笠を手にさげているのだ。これで頭陀袋をかけてさえいれば、まさに雲衲(雲水)といった佇まいであるが、あいかわらず剃髪していない。肩までのびた髪の毛をうしろに結い束ね、どこか童子のような印象すら受けた。顔の半分をおおっていた苔のような不精髭は、きれいに剃りおとしている。どういう心境の変化が、あったものか。

辻にさしかかったとき、

「居士どの、居士どの。なにや術をみせておくれや」

と声をかけてきたのは、若い宮大工の男である。居士と呼ぶその男をこの大路にみかけて、おもわず駆けよってきた。

「さきを急いでおるゆえ」

ならぬ——と、果心は応えた。男には目もくれない。興福寺を破門されたあとの果心は、「魔法幻術を行ふ」居士として、この辺りの人々に知られている。

「……かたはらなる篠の葉をちぎり、何やらん咒法をとなへ皆々池水にちらしければ、ことごとく大魚となり、尾をふりひれをあげてはねまはりけり……」

あるとき猿沢池を通りかかった果心が、そのような術を衆目に披露したという。果心は興福寺の門を出てすぐにも、

「いやさ、俗世にも飽いたわ」

と、暇をもてあますようになっていった。一方で、この男の術の根源ともなる「魔」の力は躰のそとへ出ようと、熱をおびた膿のように肉の奥で疼いていた。そこで果心は、悪戯心に人々を愕かせようとおもいたって、猿沢池で人目をよび集め、ちかくにあった篠の葉を鷲づかみにして千切ると、

「奇特のこと、ようご覧じや」

と呪文をとなえ、池にまいた。まかれた篠の葉は水に沈みながら、ことごとく魚に変化し、尾鰭をはねて泳ぎまわる。

「天狗の法ぞ」

果心居士の術を目のあたりにして、皆々声をあげて愕き、のちに辻かどでうわさし

合った。この天狗の法のことを「魔法」という。その魔法を、

「ひとつ、みせておくれやな」

と付けてくる男が、人膚を嗅ぎつけた蚊のように、果心の身にうるさく纏わりついていた。猿沢池での奇特をうわさに聞いて知ってはいるが、実際に目にしたことがなかった。ふしぎの居士を見かけたことをこれ幸いとおもい、相手を逃がさない。

「居士どの、ひとつ篠の魚か何ぞみせてくれませや……」

と懇願するふうである。

「ふん」

果心は鼻であしらいつつ、路をいそいだ――このころ、果心は「居士」とよばれているが――そも居士とは、仏教における在家の弟子をいい、つまりは居家（出家していない）の士（学徳を修めた男子）というほどの意である。寺に入らずして、学や実践は僧に劣らずというのが、居士である。果心は仏道を破門されたすえは、居士という位置にわが身をおいていた。

「なかなか」

しつこい奴だと、果心は苦虫をかんだ。自身のことではない。さきほどの辻で声をかけてきた男が未だ、わが影を踏むように背に付き従ってくるのだ。

（ならば——）

と果心は、その大きな睛に悪戯めいた笑みを泛べて、自分の顔を一撫でした。ふりかえると、いままで術をみせろと煩くせがんでいた男は言葉をうしない、愕きのあまりに顔が青ざめている。

「術とは何ぞやな」

云った果心の貌は、向う歯で鼻も高く、顔のはばがひろい。まるで、別人のものであった。男は人ちがいを慌てて詫びると、冷や汗をかきながら、居士の姿はどこぞにあるかと周囲を見まわしている。とうの果心は微笑しながらその場を立ち去り、

「みせたぞ、この居士が術ぞ」

と振りかえることもなく云い捨て、往来する人々の流れのなかに姿を消した。

術をせがんでいた男は、ただ呆然と立ちつくし、遠退く果心の嘲笑だけをいつまでも耳に聴いていた。この幻術——のちに果心が、中国広島でとある商人に借金をし、返済せぬままに京にのぼったところ、貸し主とばったり出会し、その場から逃れようとしてつかっている。

「中比、果進居士といふ術法を行なふ者あり——」

というのが「義残後覚」にある「果進（心）居士が事」の書き出しで、果心に金を

貸した商人が、京で出会うというくだりには、

「頤(下あご)をそろりそろりと撫でければ、顔、横ふとりて、眼まろくなり、鼻きはめて高く、向ふ歯一ばい大きに見えわたりければ――」

この商人もまた果心を呼びとめるが、一変した相手の顔をみるなり、人を見誤りましたと失礼を謝罪したという。

さて、果心居士は――東六坊大路をのぼりつづけ――元興寺のまえを通りすぎると、さらに三条大路を東におれて、興福寺の築地塀を左手にみながら、五十二段まで出た。すぐそこに、興福寺の南大門がある。追いついた。

(あれか)

その異様なまでに大きな眼が、南大門へとむかって大路の奥から歩いてくる、武家形の一団を目にとらえた。果心は松の木陰に身を潜め、おごそかに門へとむかう、侍たちの顔のひとつひとつをながめた。まるで虫を喰らわんとする、守宮である。

(――わかい)

家臣らに護られるようにして歩いている、「筒井藤勝」のことである。年はまだ十にいくつか足したばかりであるが、すでに筒井家の当主として大和国内においては、名も高い。

藤勝はやや垂れ目がちの杏仁形の目をして、父の決意をかみしめんとするかのように、ちいさな口をかたく閉じていた。坊人の家柄である筒井氏の血をひきつつも、まだ若武者といったほうが相応ともいえる、青々とした姿である。

一方で、藤勝の伴衆はいずれも、武者然とした姿だ。島左近（清興）に、松倉勝重の「筒井の右近左近」と称された二人が、藤勝の両脇をかためて歩いている。さきをゆく厳めしい顔つきをした男が、藤勝の叔父にあたる筒井順政であった。

この日の午、「座」の話し合いが有るという。

官符衆徒である筒井氏は、この大和において守護興福寺の代官でもあった。代官として寺領を管理し、収税をおこなう。この「座」もみる。座とは、商人や工人たちが寄り集まった組合のことで、商人工人たちはこの座によって、寺社や貴族の保護を得るのである。こと大和国においての「座の本所」は、ほとんどが興福寺（大乗院と一乗院）にあった。たとえば、「油座」「漆座」「紺座」「大工座」「材木座」「蓑笠座」などというものである――さて果心は、紺屋のおとこに興福寺でいずれかの「座」の収税についての話し合いがもたれ、そこに筒井藤勝が同席すると聞きつけたのであった。

「いちど合うてみるか」

と、いそぎ駆けつけた。駆けつけてはみたが何ほどのことは無し、筒井家の若い当主に興味こそあれど、わが体の奥に巣くうものがさわぐことはなかった。魔がさわぐことあらば、術法の虜(とりこ)にすることもできようが。

「まずまず」

おもったとき、筒井家の一行が門前に立ち止まった。藤勝が足をとめてこちらを振り向き、凝っと目をこらしている。

(ほお)

果心はおのれの気配を察した筒井の若主人のようすをみて、目に喜色(きしょく)を泛(うか)べた。その筒井藤勝は、

「……なにものか」

と、異様なる気(け)を感じとって声をもらし、

「人か――?」

叔父の順政もまた、こちらのようすを窺(うかが)っている影の存在に気づいて、おもわず刀の柄(つか)に手をそえた。

(木陰に――)

まるで闇(やみ)を人のかたちに彫(ほ)りあげたような、黒い人影が立っている。さらに目ばか

りが妖異なまでに大きく、夜の化物の眼睛でも見るように、爛々とかがやいていた。人のかたちをした影のなかで、ふたつの目が光っている様はまるで、

（妖怪ぞ）

とおもったのは、島左近である。口の端にはやした髭を一撫ですると、順政におなじく刀の柄に手をそえて、妖しの影を威嚇するために、摺り足に一歩とまえに進み出た。その一歩と、同時であった。

「参られたし」

と、興福寺の僧侶たちがあらわれ、筒井一行を門内に招じいれてしまった。

果心は木陰のなかに独り立ったまま、筒井一行を出迎えた僧たちを真直ぐに見つめている。洞輿がいる。洞輿のほうでも果心に気がつき、卑しむような視線をむけた。

（来よ……）

声がした。洞輿は耳に聴かない。果心の声は、頭の内からきこえてくる。と――ふしぎなことに、みえない糸に操られでもしたかのように、足が勝手にすすんだ。

（もそっと、近う来い……）

果心は木陰のなかで、餌を待っている蜘蛛であった。術法にかかった洞輿は、じりじりと歩をすすめていたが、抵抗する心が勝ったか、とつぜん大路のうえであおむけ

に転んだ。裏返しにされた亀のように手足をもがき、額に汗をかいた。

「何じゃ、その様は」

と嗤いながら、果心が影のなかから染み出すように露われ、白日の下に懐かしき姿をみせた。

「讐を討つなら、いまぞ。わしは一人きりじゃ、いつぞやの様に押しかこめば、討てるやもしれぬ」

十歩とすすみ出て、

「討てぬやもしれぬ」

いっそう高らかに、果心は卑しき烏のように嗤っていた。洞興は地面に尻をこすりつけるように後退りながら、

「寄るな、化生……破門が身ぞ、わすれたか。こなぞへ寄るな――」

と、声をはげましている。果心は嗤ったまま腰を折って、地面から小石をひとつ拾いあげた。小石を手のうえで遊ばせていたかと思うと、ぶざまな姿で門へと退っていく旧知の僧にむかって、池の鯉にえさをくれるかのように、かるく投げつけた。小石は洞興の手前で勢いもなく地に落ち、二、三度はねあがってから――止まった。

「さがれ、果心ッ」

恵臨が、相稔ら僧五、六人を従えてあらわれた。果心は背を正すと、

「おう。懐かしゅう顔を見せおるわ」

と路のうえから、恵臨たちの睨みつけるような目を見返していった。挑発的な態度である。が、恵臨はその手には乗らなかった。

「消えや、果心。わしらも手出しはせぬ」

「はて。出せぬ——を云い誤うたかの、恵臨どの」

「いずれでもよいわ。洞與、はよう立て。果心、おのれはこれより去にさらせ」

「断らば、如何になさる——？」

「知らぬ。好きにせよ、かかわりは持たぬ」

洞與が僧侶らに脇をかつぎあげられて、門内に消えた。恵臨と相稔があとに残り、果心のすがたをしばらく見据えていたが、やがて言葉もなく門をくぐった。

（ふん）

果心はつまらぬ、といった面持ちで立ち尽くしたまま、

（してもや——筒井の若の、聡さよ）

深々と息をつきながら、やがておとなしく立ち去った。

陽が傾いた。

人がさわいでいる。

場所は猿沢池の南方——興福寺を南に下った地にある、「元興寺」という寺の辺りである。この元興寺は、東大寺や興福寺とならぶ「南都七大寺」のひとつであったが、平安時代末期から衰退し、さらに宝徳三（一四五一）年の火災によって、以降は見る影もないほどに荒れ果てていた。ここに、焼け残った「五重塔」がある。

さわぎの声は、この五重塔の附近に集まっていた。

相稔ら興福寺の僧も数人ばかり、このさわぎに足を運んで、ひとびとの視線のさきをみた。みあげた、といった方がいい。

「いか様にして、登ったのか」

と相稔は、ちかくにいる男に尋ねた。男は怪訝な顔で、首を横にふっている。東六坊大路の辻で、果心に追いすがっていた宮大工の男である。

「いっこうに」

判らないのだと、だれもが答えた。

みあげれば五重塔の天辺に、人影がたっている。しかも裸形であり、着ていた衣を空にあて擦ろうとするかのように、はげしく振りまわしていた。唯事ではない。

叫(わめ)いていた。

だれひとりとして、五重塔の天辺からふってくる言葉の意味は解(わか)らないのだが、相稔だけは婆羅門(ばらもん)の呪文であると見当した。

(あれは、果心じゃな……)

どのようにして登ったのか——果心居士は元興寺五重塔の天辺にあがり、九輪を片手につかんで体をささえながら、一方の手につかんだ衣布を打ち振っていた。

「さあ、来い来い」

夕陽に朱(あか)く暮れそまった空を仰(あお)ぎながら叫(さけ)び、さらに呪文をとなえつづけ、雲を吹き散らそうとするように、はげしく衣布を振りまわしていた。

疲れたのか、それとも体が冷えたか。

果心は振りまわしていた手をとめると、声を休め、衣をもとのように着て、帯をしめた。先ほどから、はるか眼下に集まった人々のさわぎは耳にも聞こえている。が、それはどうでもよい。果心は別のものを待っている。

しばらくと、夕空をながめていた。

うつくしい紫いろに染(そ)まった雲の群れが崩(くず)れつつ、南の空へと風に吹き流されていく。赤く滲(にじ)んだ空に星がひとつ、またひとつと瞬(またた)きはじめた。夜がちかい。

（いずこぞ——）

果心は空にさがした。応えがある、はずであった。そのための呪文を声が嗄れるほど、空に放ったのだ。

「来たわ」

星のひとつが落ちてきたかとおもったが、ちがった。夕焼けの空に、どこからともなく一匹の蝶があらわれたのである。

ひらひら

と蝶は舞い踊りながら、五重塔の相輪のまわりを一周して、屋根のうえで腰を休めている果心居士の顔のまえを過ぎった。まさかのこと、蝶がこの空の高さを飛ぶはずもなく、これこそは以前に果心が呪詛の息を吹きかけた、ふしぎの蝶であった。

「……案内せや」

果心がいうと、蝶は風に吹かれた桜のはなびらのように中空を舞いながら、やがて赤く火照った天道（太陽）にむかって、飛び去った。

「やはり、西かえ」

果心は蝶の影を夕空にみて、納得したように呟いた——沈みゆく天道の朱い光りの下に目をうつすと、山影が横たわっている。

「信貴山——」

である。果心はその山を西にみて、ゆっくりと腰をあげた。

（はや、合わん……）

とおくに見える信貴山の影のなかに、城があった。信貴山城という名の、巨大な城郭である。ここに、ひとりの漢がいる。

その名を、

「松永弾正　少弼久秀」

といった——のちの世において、戦国の梟雄として知られることになる人物である。

ともあれ。

果心は天道をゆく蝶の影を追うために、すぐさま五重塔の天辺から地表へと降り立った。どのようにして降りたものか。それも解らない。

「おりたき時はいづくともなく下ける——」

と、林義端の草双子「玉箒子」にいう。

地上に立ったときには、さわぎに集まった人々の目のまえに、果心居士の姿は既になかった。

まるで煙のように、消えてしまったのである。

そして。

時は過ぎゆく……

木菟

一

永禄九（一五六六）年――伊賀国は喰代村の、百地屋敷（砦）のことである。

「たれぞ、おらぬか」

と声がして、庭さきで箒を手に朝靄を掃いていた若い男が、あわてて手をとめた。

仔熊ほどもある、おおきな体軀をした男で、童子のように総髪を頭のうえで結わえている。

眉の毛がうすく、目が軀に不つり合いなほどにちいさかった。名を、源七という。

伊賀にいうところの、下忍（下人）だ。この男、もとは下柘植村に住所をもっていたが、忍び働きの食い扶持が減ったために、二年まえからは朝屋に移り住んで、厄介になっている。今朝のように、喰代の屋敷へ御奉仕に上がるよう、命ぜられることもあった。下忍の扱いは、使い回しの雑用人と変わらない。

「人はおらぬか」

また、声が聞こえてきた。

「…………」

源七は箒を手にしたまま、石灯籠のように身を固まらせて、わが声をのんだ。額には、玉のような汗が千と浮いている。会うのが、こわい。

「たれぞ、手もとへ来よ」

と、さらに屋敷の奥からきこえてくる威厳のある声が、そこでふつりと消えた。源七は、しばらくと耳をすましている——屋根のうえで羽を休めている雀たちが、気楽に鳴いていた。閑かな朝だ。御声を聴くまでは。

源七は箒を手にしたまま、いずれかの家人の返事を聞こうと耳をすましていたが、「奥からの声」を聞きつけた者は誰もいないようすであった。

(お喚びじゃ……)

おもうと同時に、源七は竹箒を地に寝かせて、裏庭へとまわった。そこで、庭の白沙のうえにおおきな背をまるめ——平伏した。

「たれか……?」

御簾のむこうから、声がする。源七は、鼻のあたまを砂に押しつけるように伏せているので、相手の姿はみなかった。もっとも顔をあげたところで、声の主のすがたは簾とその奥にひろがる、深い闇のなかに隠されているが。

「へい、笹児のところの、げんしちにござりまする」

額の汗が、白い砂のうえに落ちた。

「朝屋の者か」

「左様にござりまする……」

「よいところに居合わせたわ。その方、いそぎ村へもどり、笹児をよんで参れ。笹児には、ヒダリにもこの喰代にあがるよう伝えおけと、さに申し伝えよ」

「あい」

と源七が恐る恐ると背をおこし、行きかけたところに、

「待て」

御簾のむこうの声が呼び止め、源七の心ノ臓がちぢまった。去るのが、早すぎたものか。けっして、粗相があってはならない——なにせ、この声の主は源七ら下忍にとって、雲のうえの仁なのである。

「へ、へい」

源七は頸をひっこめる亀のように、すばやく白沙のうえに畏まった。

「屋敷うちの何処ぞに、木菟がおるはずじゃ。わしが招んでいると、伝えてからゆくがよい」

「承りまして、ござりまする……」

とさらに額を砂にうずめて、平伏した。

「源七よ、――其れが畏まるのも、程らいに致せ。笹児に仕込まれたか」

「ではござりませぬ、てまえのならい、ようが悪しゅうございまして」

「不審なるわ」

と御簾のむこうに清々しい、わらい声が湧いた。

「わしは公方ではないぞ、源七。そちの親ほどにおもい、礼儀もそれほどに弁えておれば丁度とよい。その躰では、わが下知のなかばも耳にのこらぬぞ」

源七は、伏せた顔を赤らめて、

「畏れがましくも……」

もったいなき御言葉――といいかけたが、声にならなかった。

「励め」

源七にとっての「天の声」は、そこまでであった。静寂のなか、源七は下忍頭のヒダリから教えられた礼儀をおもいだしている——万にひとつも、御用によって御屋形様のまえに出ることあらば、御顔を目に見ず、声をよくと聴き、さがるときには十をかぞえてから去れ。

(ひとつ……ふたつ……)

と源七は、心中で数をかぞえはじめた。上忍に対する礼をしめす間となり、云いもらした言があれば、この間に伝えられる——あるいは、源七自身の気持ちを落ち着かせることのできる間なのである——十をかぞえて、源七は白沙のうえから去った。

(落ちつかぬ……)

御簾のむこうの暗がりに、ため息がもれた。

「むしが、胸内にさわぎおるわ」

と百地丹波は、源七に下知したあともそのままに、暗がりに坐りつづけ、しずかな息をくりかえしていた。

この日、客がある……ひとりは午まえに、訪ねてくるという。

(たれをやればよいか)

丹波は考えている。このところ、下忍たちは遠国へと買われてゆき、方々に活躍しつつも、命を落とす人数が増えておおい。乱世のことであった。忍びのつとめに一途となって、落命するのも致し方ないことではあるのだが——それこそ下忍のさだめ、というものであろう——といって、郷内の人配に差し障りが出ている。

丹波は、庭に目をむけた。

白沙が朝日に照り、庭一面が海の波光をみるように煌めいて、うつくしい——丹波が指示し、この庭に白い砂を敷かせたのは、天文年間のことである。当世の風流、を好んでのことではない。いちど、屋敷に賊がはいったのだ——不義にも、おなじ伊賀者が、この百地喰代屋敷の奥から「書」を偸みだしたのである。以来、庭に白沙を敷いた。忍びは、砂をきらう。歩行法にすぐれていても、やわらかい砂は足あとをのこしやすく、とくに湿らせた白砂は衣布につきやすい。侵入すれば、廊下に砂が落ち、露見する。忍びが忍びを警戒することほど、面倒なことはない。

その不義の者は、前年の永禄八年に京で殺させた。上野ノ左と笹児たちが始末し、ふたりが伊賀に帰参してから半年ほどが経つ。

「ヒダリはやるまい」

と丹波は、唸った。あらたな、忍び仕事のことである。信頼に足る下忍をつかいたかったが、ヒダリは老いを理由に隠遁してしまっていた。事有れば、かの老忍を頼みにしてきたものだ。先代より、百地氏につかえてきた「能き忍び」であり、術法が深いのである。血筋がよければ、すぐれた上忍になったことであろう。

（惜しむべき、忍びよ……）

と、おもったときだった。

「参候」

と御簾に、錆びた声がひびいた。濡れ縁に、黒いかたまりが蹲っている。丹波は白沙のかがやきから目をそらし、濡れ縁のうえでかしこまっている影をみた。

「木菟よ、客がある。人数を伏せておけ」

「いかほどを」

「二、三でよい」

「承りまして候――」

木菟とよばれた男が、伏せて返事をした。赤ら膚の、五十男である。おなじく伊賀者の「楯岡ノ道順」が六角承禎義賢に頼まれ、四十八人の伊賀甲賀の忍びを率いて近江国佐和山の百々氏を攻めたときに、この男は活躍した。木菟というのは異名であって、本の名を木代ノ六兵衛というが、本人すら自分の名は忘れてしまっている。

その木菟が――濡れ縁のうえから横目に、庭さきをちらとみた。しわの多い顔が、くもった。白沙がみだれている。

「朝屋の若ぞうじゃ」

丹波が、云った。この男は暗い御簾ごしにあってなお、木菟という梟の異名をもつ忍びの一瞬の表情をとらえている。尋常でないのが、上忍である。

「盗人ではない」

「へ、へい……左様に」

木菟はこころのなかで、舌打ちをした。なるほど、源七が呼びにきたとき、白砂が膝をよごしていたのをみた。

(あの、阿呆めが)

この白沙を馴らし、整えているのは木菟なのである。それだけに、この裏庭への愛着は一入でもあった。

(朝屋の下忍ごときに——)

乱されて堪るか、と思う。無理もない。木菟もまた、源七におなじ下忍ではあったが、百地喰代屋敷においては、家人なのである。武家にいうところの、右筆であった。かたや源七のような、他村から御屋敷に召し出され、当番によって雑用をする下忍とは身上がちがう。

「憎がくる」

「へ。坊さん、で……」

聞きもらすところであった。木菟はその異名のとおりのおおきな耳をたてて、

「いずれの――？」

と訊きかえした。

「大和興福寺。柳生のつかいの、あとに会う」

「それまで、人数を伏せおきまするので――？」

「いや。柳生が引き取らば、退げてよい」
二、三人の下忍を床下に埋伏させるのは、用心のためである。依頼の客が、刺客であった場合の対処法であった。相手が密かなる刺客なれば、床下から刃物を突きあげて刺し殺す――が、身元も知れた坊主に、用心もない。
(僧とは、めずらかな)

と木菟は一瞬、不審におもったが、もとより下忍には、客の善し悪しなどは知らぬところだ。それはすべて――御屋形様が、料簡なされることである。

「上野からヒダリと笹児も参ずる。かの方は、善き処で待たせておけ」

「ヒダリどのが――」

木菟は何かを云いかけて、口ごもった。この木菟に限らず、下忍なかまでヒダリほ

ど畏れられた忍者はいない。木菟はヒダリの顔を心中に思いうかべて、急にのどが渇いた。

（忙しい日になるわい）

しずかに平伏し、用意をととのえるため、早速に丹波のまえから身を退いた。

わかい男だった。

刻は、巽（午前九時）である。

女のような、もの憂いかんじを受ける目もとに、端整な顔つきをして、ことのほか座した姿勢がうつくしい。が、この若者――どこか田舎臭さが、ぬけきらない。

「委細がこと、是にしたためてござりまする。……お確かめくだされ」

と、大和の柳生庄からきた別所新五郎という若者は、主人からあずかってきたという書簡を懐から右手に抜き出し、そっと床におくと、左手をそえてしずかに押し出した。

「近う」

上座の暗がりに茵を敷いて坐っている男が、ささやいた。面長で鼻すじが通り、膚が浅黒く、総髪が背に垂れるほどに長い――上忍、「百地丹波」である。

丹波は蒼いろの直垂を着て、まるで葦毛の馬でもみるように凜としてなお、気高い姿をしていた。膝の横にはおとなしい黒猫でも侍らせているかのように、文箱をひとつ、置いている。うるし塗りの黒い箱だ。箱の上蓋には、金の七曜星と二枚矢羽根が描かれている。

この百地丹波という男がふしぎなのは、容姿につよく印象があっても、はっきりと顔を覚えていられないということである。頭巾で顔を覆い隠さずとも、人の記憶にのこらないのだ。術、なのであろう。

「持て」

主人の声をきいて、室の隅に控えていた木菟が膝をにじらせながらまえに出て、

「頂戴つかまつりまする……」

と、新五郎にむかって低声にいいながら、床のうえに差し出された書簡を両手にとりあげ、もの音ひとつたてずに丹波のまえへと運んだ。

(微妙なる――)

この木菟とよばれる、白髪頭に赤ら肌の男を視ながら、新五郎は微妙な寒けのようなものを感じていた。

「但馬守どのは息災に在すか」

と丹波が、閑かな声で訊いた。この若侍の主人、柳生但馬守宗厳のことを云っている。宗厳は三年まえの永禄六年正月、大和多武峯衆との戦いに松永弾正久秀という人物に従軍し、武功をあげたが、拳を矢で射られてしまうという大怪我を負った。怪我をしてから三年ちかくにもなるが、ようすを訊いた。

「御蔭様にて障りもなく、堅固にござりまする」

その柳生宗厳は、この前年にあたる永禄八年——上泉伊勢守信綱という人物から、新陰流の印可状を伝授されている。上泉信綱はもと、上野国は箕輪城の城主である長野業正につかえ、「長野十六槍」にかぞえられた漢であり、兵法家でもあった。箕輪城が落城したのちは、諸国をめぐって修行をかさね——永禄七年に、柳生の客分となっている。同年三月には入洛して第十三代征夷大将軍の「足利義輝」にも軍配兵法を講じ、あわせて新陰流を披露していた。

「そも、上泉伊勢守どのの新陰流と申すは、剣術の一流派にござりまする」

「ふむ」

と丹波はあいまいな相槌を打ち、新五郎の声を耳に聞きながらも、木菟から受けとった「柳生の書簡」に目を通している。書簡には簡潔なあいさつの文言が綴られ、つづいて、つぎの代物を納品してほしいとの旨が明記されてあった。

「袴、十下――内、墨染五、朱五」

伊賀者を十人、拝借したいというのである――間諜につかう者を五人、火術にすぐれた者を五人、というのがその内訳であった。さらに折紙をひろげると、但馬守宗厳本人の署名と、伊賀者の拝借料が記された「紙片」がでてきた。割符、である。

「柳生どのが事であるが……大和筒井の御家から、あらたに多聞城のあるじに被官なされていると聞き申す」

丹波は書簡をたたみながら、そう新五郎に問うた。

「は。実、斯様のことと相成り申し、今以て、多聞城のあるじ松永弾正どのにお仕えしておりますれば――」

「松永どのとは、如何様なる御人にあられまするな？」

丹波は世間話でもするような、やわらかい口調であった。

「戦の上手（練達者）なれば、才知するどく、連歌を嗜まれ、茶の湯の作法とやらを嗜好なされております」

「ほお」

訊ねておきながら、丹波も凡そは知っている。

いまこのとき――松永久秀という漢は、伊賀の隣国でもある「大和国」を侵攻しているのであった。さらに去年五月には、京の二条御所において、十三代将軍足利義輝を三好一党とともに囲い、討ち殺したという風聞がながれている。百地丹波の耳にも、とうぜん届いている。何せ京には、潜伏している伊賀者が多い——もっとも、将軍謀殺の真相については、はっきりとは知らないが。

「茶人におわするか」

かわっている……松永久秀、という武将のことである。

「いかにも左様」

「ふむ……」

と丹波はそこで、何か言葉を胸におしこめたあと、しずかに姿勢を正した。書簡をたたんで懐中におさめ、割符をひざの側にある文箱のうえにおいた。

「さて。——但馬守どのには、承知つかまつったとお伝えくださるがよろしかろう。早速、割符にわが名を筆入れし、この者(木菟)にもたせ、二日のちには、そこ許の御屋敷を訪ねさせましょうぞ。あとはそちらで、主の下知を仰ぎくだされるがよろし」

新五郎は平伏し、礼をのべた。丹波も会釈ていどの礼をしめし、

「御家のご武運、お祈り申し上げまする」

と一言してから、木菟をみた。

「御見送りを」

「へい」

と木菟は返事し、拳のうらで床を五つと、くり返し叩いた。床下で伏せている下忍らに、用が終わったゆえに出よ——と合図したのである。もちろんのこと、新五郎にはそれが如何なる礼儀の作法であるかは、わからなかった。まさかのこと、尻の下で刃物が狙っていたとは思わない。

柳生からきた若侍は、木菟に伴われて退室した。

「木菟よ」

と丹波は、見送りをすませて室にもどってきた下忍木菟を、いま一度、隅に坐らせた。すでに文箱から人別帳をとりだして、下忍たちの名をめくっている。

「火を心得ておる者を、五人あつめたい」

「へい。五人でござりまするな……ではこの儂と、いましがたまでこの床下に伏せていた者らとでは、如何にござりましょうか」

「たれが居ったや」

と人別帳を手にひらいたまま、訊いた。

「石川の十蔵と五右衛門、沢田の権六にござりまする——」

丹波が目をうすく閉じて、木菟の声に耳を傾けている。さび声がつづけた。

「——あとのひとりには、高山の家から、八兵衛あたりを出させまするがよろしいかと。あれは鉄炮も、長じておりまするゆえに」

「よかろう。では、物聞の五人じゃが——柏原の滝野のもとからふたり、赤鮒と黒鮒のこぞうが出せる。下山のもとからも、ふたりほど用借りするつもりである……おまえは甲斐守のもとへ、案内に伺え」

「御意に。下山どのの手飼いの者なれば、吉平と寅三が歳も若く、目と耳が良に利きまするので、よろしゅうございましょう」

「まかせる」

と丹波は人別帳を閉じつつ、

「甲斐守へのつかいのあと、その足で新堂に立ち寄れ。小太郎をこれの舟頭にする……」

「へい。では——ヒダリどのがこれに参られましたらば、のち早速に」

「うむ。木菟よ、おのが手の足りぬなら、矢伍郎の子でも郭にあげておくがよかろう」

木菟は御意と平伏し、室を出た。

それから半刻ほどしたのちに、つぎの客の訪問があった。

大和の僧伽たち、である。

二

ひとりはまゆの毛の白い老僧で、病者のように窶れ細っていた——筋ばった咽もとに白衣をのぞかせ、そのうえに茶木蘭の直綴、五条袈裟を丁寧に着装している。恵臨という僧名を、名乗った。そのうしろに坐っている僧は、菖蒲いろの直綴を着て、目鼻立ちもしっかりとした骨の太そうな男で、相稔という名であった。いまひとりは歳のころも若く、相稔におなじく菖蒲の衣を着て、洞與と名乗った。

「じつは、魔をさがしておるのですわ」

と恵臨が言い辛そうに口をひらくと、背後に控える相稔が、膝もとに置いてある「包みの品」をまえにと押し出した。包みのなかは、金子である。「忍者」を雇うなどは初めてのことであり、取り引きの仕方などはとうぜん知らない。ともかくも銭を用意した。それも、大金をである。

「マと申されますると――?」

丹波はあいかわらずの風貌で、暗がりのなかに鎮座している。差し出された包みには目もくれず、ただ僧たちの気配をじっくりと視ていた。

(はて、馬のことか……)

と丹波が怪訝な顔をして、僧伽の言葉のつづきを待っていると、

「魔性の者にござりまするわい」

云って、恵臨が表情を暗くした。

「申すはじつに、羞恥の念に憚られることながら、もとは我らがおなじ寺にて、修行を共にした者にござる……」

「魔、といわっしゃる?」

「いかにも左様」

「天狗をさがせと、申されようか」

丹波はさらに眉間のしわを濃くして、はっきりとしない相手の言葉の真意をさぐろうと、知恵をめぐらせた。天狗などというものを探すとなると、この乱世に「神をさがせ」と命ぜられるも同じことである。

（さても、伊賀の法か――）

丹波はなるほど、とおもった。この忍びの業である。伊賀忍びの兵法は、天狗の法にも通ずると云われている。それで、この伊賀に来たか……とおもったが、丹波自身は天狗などというものを生まれてこの方、見たことがない。

「名がござる」

と云われて、丹波は眉を寄せた。

（はて）

天狗に「名」とは何ぞや――これは夢のことか、それとも――狂人のたわごとを聴いているのか。

「果心と申す、破門の僧にござりまするわ」

恵臨は声をしぼり出すようにして云ったあと、貌を苦々しくゆがめた。生気のない老いた睛が、過ぎ去った日々を見つめている。

（玄清導師は――逝った）

昨年の暮れのこと、である。果心に破門を言い渡した玄清は、ほどなく病に倒れた。死に際になって、譫言のように化生の名をくりかえし呟くようになり、さらに病床を見舞った恵臨には、

「もそっと近う――」

と耳を寄せさせ、

「彼奴を、ころせ……」

口中に血をにじませ、呪うような言葉を吐いた。

「悪ぞや……あれは、死をもって仏に報いさせよ……ろせ。ころせ」

息絶えようとする導師の貌はいよいよ苦悶に引きつり、最期の一息のあとは踏み殺された蛙のごとく、顔面を醜くゆがめて――死んだ。

（これが、あの玄清導師か……）

恵臨はこれまでも多くの死人を目にしてきたものだが、さすがにこの玄清の死にざまには、肝を冷やすおもいであった。恐ろしくなって、亡骸のそばで慄えあがったほどである。

（果心を――始末せねば）

自身にも、いずれ玄清のようなおそろしき報いがあるのではないかと、恵臨は考えるようになった。夜は眠れず、天蓋をとぶ鴉の声にすら怯え、白昼は障子に映るわが影法師に果心のすがたを見紛い、悲鳴をあげた。

心労甚だしくなり、窶れ細った。いまの恵臨はまるで、墓場の土から這いだしてきた死人のようである。生気というものが、まるで感じられない。玄清の最期の言葉を遺言と受けとめた恵臨は、以来、果心をさがしつづけたが、いまに至っても見つけられていない。そこで、諜報にすぐれた「異能者」たちが住まうという隣国の伊賀に、

「恃むべし」

と、訪れたのである。

（ころせ……）

導師の声が、頭からはなれない。

「――恵臨どの」

丹波が、呼んでいた。

「名ばかりでは、その者を探しあてようにも如何とも仕難うござる。他に何ぞ、手掛かりともなり得る風貌か、癖のひとつも委しゅうお教えねがいたい。貴僧のごとく剃髪した、僧の形をしておるものか……」

「総髪、にござる」

と口をはさんできたのは、相稔である。この男の脳裏には現ありありと、元興寺五重塔の天辺に立つ化生の姿が思いだされていた。

「身の丈は五尺――肌膚が蒼黒く、両の眼が尋常になく大きゅうござる」

「して、歳のころは」

「すでに三十近うござるわ」

恵臨が答えた。果心が高野山から来た日のことを話し、破門に至るまでの経緯を語り尽くすと、

「秘事にござる……」

と念をおしたうえで、基抄という名の僧が、果心の術法によって殺害された夜のことを打ち明けた。

「ほお」

これには丹波もつよい関心をもったらしく、果心なる男の「化生の術」を、想像のなかで観察するどくし――この場で、その術法を見抜こうとさえして――くりかえし恵臨に、基抄の死にざまを訊ねるのであった。執拗に質問をつづけ、

(わからぬ。真の化生かな)

と丹波は胸のまえで腕組みをし、唸るような長い溜息をついた。

(ヒダリ程の忍びなれば、化生の術をも破るやもしれぬが……)

が、隠遁したのである。ヒダリは――暗夜軒を滅ぼし、その京から帰ってのち、喰代屋敷にあがった。そのとき、精気はこれに尽きて二度と忍びの働きはできない、と

上忍百地丹波に告げたのであった。

「お受け致そう」

丹波が組んだ腕を解いて、言葉をつづけた。

「して、果心と申すものを見つけだしたのちは、如何様に扱えばよろしゅうござろうか——縄にとらえて、興福寺どのの御門に差し出すなどということは、望んでおられまい」

「かなえば……」

と恵臨は苦しそうに、渇いたくちびるの隙間から一言だけ、声をこぼした。

「斬首に」

禿げあがった頭に、汗が浮かんだ。恵臨は、おのれの口から出た呪わしい言葉に身をふるわせ、やがて力なく目を伏せた。そのうしろで、相稔と洞與が唾を呑みこみ、咽を鳴らしている。

（さもあろう）

丹波は平然としている。

この僧伽たちが殺人を依頼に来たことは、すでに勘づいていたのである。その話しざま、であった——僧らの言葉の端々から、怨恨のこころが緊々と伝わってくる。同門の僧を術法にかけ、命をうばった化生の者をさがしあてた挙げ句、これに説教するつもりなれば、わざわざ伊賀者を買いに来るまでもない。所詮は仏弟子、僧のことである。

殺生戒

というものがある。自らの手で人殺しを行えるはずもなく、といって化生をつかまえた末に、禁獄に閉じこめておくつもりもないであろう。なれば、僧以外のひとに殺生を頼むしかない。尤も——殺人を他人に行わせたところで、「罪は罪」であるが。

「承知つかまつった」

丹波は、重苦しくなった場の空気を打ち崩すように、はっきりとした口調で返事をした。

「その者をとらえ、わが遣いの手で殺したあとは、働きの証しなるものとして、武家者かくのごとくに首実検をして戴く——よろしゅうござるか」

「それにて……」

結構だと、恵臨は深々と頭をさげた。丹波は但し、と条件をつけくわえた——ひとつは、いまこのときに期日を定めることができないということであった。ゆえに、この金子はいちどお返ししたうえで、あらためて使者を恵臨のもとに送り、かかる費えの銭はそのときに頂戴する、ということにした。この依頼の実質でもある殺人料は、首実検のときに納金するということで、定まった。一方、恵臨のほうでも条件をひとつ付け加えた。

「――他言無用に」

この日の訪問および依頼の内容の一切を、秘事のこととして扱ってくれるよう頼んだ。化生果心の一件は、興福寺自体は知らない。あくまでも、恵臨の独断のことなのである。

「心得て候」

丹波が了承し、話し合いは落着した。

興福寺からきた三人が退室したあと、丹波は暗がりのなかに坐(すわ)ったまま、四半刻ちかくも、

(たれがよいか……)

と考えをめぐらせていた。

おもいかえせばおもいかえすほど、ふしぎであった――化生、のことである。僧が語った、果心なるおとこの術法のうらがみえて来ないのだ。如何(いか)にして、基抄(きしょう)という

名の僧の心ノ臓を切りとったものか。

(まさに天狗よ)

これの探索に、わかい下忍を割りあててもよいものだろうか。悩ましい。天狗さがしに本腰をいれ、有用な伊賀の資源たる下忍たちをつかうなど、もとより馬鹿げてはいる。それを考えれば、戦場にまだ出せぬような、新芽の忍びをつかう程度でよいことだ。が、首がとれるだろうか。真実の天狗の法なれば、呪術幻術を見知ったる法者をもって為さなければ、追い立てた側がかならず負くる……丹波は幾度も息をついて、この仕事に適した下忍はだれかと、考え倦ねていた。

「ヒダリにいちど話すか――」

が、受けないだろう。下忍はなにも奴隷ではない。上忍の言葉は絶対ではあるが、ヒダリのようにこころまでもが老いてしまっては、如何とも仕様がなかった。

「……無理であろうな」

と丹波は根をはやしかけた腰をあげて、息をかえようと簾のまえに立った。しばらく外の空気を吸いながら、無心に白沙の庭をながめていた。砂が、まぶしい。太陽の光りを反射して、砂のひとつぶひとつぶが光りの針をたて、星のように煌めいていた。丹波は目をほそめながら、白沙のかがやきに魅入った。

（落ちつかぬ……）

きょうは朝から、心が騒いでどうにもならぬ——むしの報せ、というものであろう。胸の奥底に、不穏ないろを滲ませるちいさな火が点り、苛々と気持ちを焦がしつづけていた。この火の種は、何なのか。わからないが、丹波ははじめて不安という感情を知るおもいであった。

「僧が、悪縁でもつれてきよったか」

腕組みをし、苦笑った。

（ヒダリがやらねば、笹児にまかせよう）

笹児もヒダリにおなじく、老練の忍びである。ヒダリに旧くから付き従い、幻術なるものも多少は見知っているはずであった。

「うむ、それがよい」

と一旦心をきめて、丹波は簾のむこうに拡がる、波光のような白沙のかがやきから目をそむけた。

室の奥にさがろうとした。

（お——）

ふいに、梅の花がにおってきた。

出立

一

空が暮れかけている。

(遅うなってしもうたわい……)

喰代屋敷の下忍木菟が、馬上で「やあっ」と勇ましい声をあげつつ、馬の尻を鞭で打った。

鞍も、置かない。気ばかりが急いていた——木菟は鹿毛馬の背に跨ると、あかく染まった路に土ぼこりをたてながら、夕陽にむかってひたすらに駆けつづけた。この五十男の下忍にはめずらしく、小綺麗な勝色の十徳を羽織っている。「下山甲斐守」という殿に対する、一往の礼儀のつもりであろう。いそぎ身なりを整えはしたが、何とも馬上の恰好が悪い。まるで馬の背に猿でもしがみついているのかと見間違えるほど、馬を駆けさせるその姿は、不恰好きわまりなかった。

（……日が暮れぬうちに）

山田郡喰代の屋敷から馬を駆って門を飛び出すと、坤（南西）の方角――名張郡の上比奈知へと、馬の鼻端を向けた。およそ、四里。ここに下山甲斐守が居住する、山城があった――城といっても、天守閣を組みあげたような大城郭のたぐいではなく、「砦」といったほうがより相応しい造りだ――さて、この城は名張川に沿った小高い山のうえにあり、四方を土塁でかためた主郭が建っている程のものであった。山上のおおきな屋敷、といった風である。ただし、城の東南にあたる尾根には、外敵の侵攻をふせぐために、三条の堀切が山の稜線にふかぶかと切りこんであり、櫓もあれば、馬駐場も設けてある。防備は、とかく堅い。喰代の百地屋敷の造りもこれに似たようなものであるが、この伊賀や甲賀という地では、土豪（在地領主）がそれぞれに独立して城（砦）や屋敷を建造するので、他国のような大城郭造りが発達しなかった。

その下山ノ城が、

（みえてきたわい――）

木菟は名張川のむこうに、夕焼けにあかく染まりはじめた城影をみて、ますます馬を攻めたてた。川を越えると、山の北西がわにまわりこんで城道へと駆けこみ、そのまま馬ごと坂をかけあがる。城門はあいていた——門といっても、二本の太い門柱に横木をのせただけの、いわゆる冠木門である。左右の扉は内がわにひらいて、門前に柵が据えられている。柵は人の腰ほどの高さに切りそろえた竹を組んだもので、来城する客に、槍のようにするどい切り口をむけていた。

木菟は手綱をひきつつ馬をとめると、ゆるりと地におりて、着衣のほこりを払った。差縄をとって馬を曳き、門前に据え置かれた刺々しい柵をまわりこんだ。

「たのもう」

城内には槍や鎖、刀術の稽古にはげむ男たちが汗をかき、輪なりになって烽火を学ぶ集団があれば、その隣りでは五、六人の童子たちが水桶に頭を沈め、息止めの修練に耐えていた——およそ六百人もの伊賀武者を従えた、下山甲斐の城である。さすがに、諸芸の市の活況でも見ているような気分になる。

「なんじゃい……ほおしろの、木菟かや」

門の内がわから、甲高い声が飛んできた。門柱の陰に、ちょん髪あたまの痩せた男の顔がのぞいている。下山の家人、布生ノ与佐であった。まるい顔に、ながい鼻がぶらさがり、どこか雀をおもわせるような、愛嬌のある面をしている。歳は、木菟におなじく五十になる。

「なんじゃいとは、何ぞ。おのれの云いざまこそじゃぞ、与佐よ。こやつ、殴ってくれようかッ」

木菟は喧嘩ごしになって、言い返した。となりで馬が、嘶いた。

「気の短きや、かわらんのお――」

うんざりして、与佐が謝った。木菟が「応」と返事をし、

「判りゃあ、ええ。それよりや、甲斐守どのはご在城か」

鼻息もおさまり、木菟が馬をなだめつつ云った。

「御屋敷（百地）さまの御用かや」

「それや、遣いで参ったのよ。しかも急いとる。そうじゃ、丁度のこと――与佐よ、おぬしの殿に謁見を願うてきてくれ。それとに、この馬に水をくれぬか」

あいかわらず気忙しい男だ、と思いつつも、与佐は槍の稽古をしている男たちの方に手をあげて、

「籐ノ次よ、来い。これに水をのませてやってくれ」

と差縄を木菟から受けとり、勇んで駆けよってきた籐ノ次という若い下忍に、馬を引き渡した。

「そこな辺りで、待っておれ」

与佐は木菟に一言云いのこして、そのまま主郭にむかって走った。

半刻。

敷居のまえで畏まったまま、下山甲斐守を待っている。

（日が暮れてしもうたわさ……）

木菟は忍び刀の下げ緒をといて、鞘ごと床のうえに置いていた。刃は、手のとどかぬ位置にある。用心のためにこの刀を一口帯びて来たものだが、下山甲斐守やその下人たちを警戒したのではない。このあと、新堂村へむかう。

（昏うなったら、身が危うなるがい――）

新堂村への道筋に、寺田という名の村がある。そこに「寺田ノ兵内」という男が住んでいるのだが、木菟の一族と家筋をおなじ「敵国服部氏の分流」と語り、このことが互いに気に入らないのである。不仲がつづいていた。祖父の代から両家には揉めごとが絶えず――永きにわたる諍いは、ついに刃傷沙汰となって――昨年の暮れに、木菟の伯父が、兵内の父を討ったのである。とうぜん兵内はこれに憤慨し、仇を討たんと熱り立っていた。

（分かる）

兵内が怒るのは無理もない、と思っている。また、木菟は多くの伊賀武者とはちがい、歴とした「忍びの者」なのである。諍いはしても、殺し合いなどは望むところではなかった。ところが、伊賀という国柄である。

「——親の敵、子の仇と云いては、眷属（一族）縁者の年来の宿怨を遂げて、ここに本懐を達せんと欲する」

という。つまりは「親の敵だ」とか、「子の仇ぞ」と云い合っては、日夜あらそいの絶えることのない、この国特有の風土というものがあった。ここで親の仇を討たねば、兵内の顔は立たない。

（……にしても、うちの伯父御もほとほと思慮がせまい。迷惑なことを為出かしてくれたものよ）

夜道は、あぶない。木菟は新堂村まで、いかにして危険を避けて通ろうかと、悩みはじめていた。

「与佐めが、喰代殿のつかい事と申してきた。左様か——？」

室の奥に男があらわれ、敷居のまえで平伏する余所の下忍である木菟に、訊ねるような口をきいた。歩きながら、にである。木菟よりも、歳が十は若くみえる。身の丈は、五尺三寸。中肉中背で、頬ひげをたくわえ、気難しげに口を結んでいる。白柄の太刀を腰に佩き、敷居まで歩をすすめながら、ひとを推し量るような大きな目の玉が、敷居のまえで平伏している影を見つめて離れない。この城の主、下山甲斐守である。

「左様にござりまする」

と木菟が平伏したまま、下山甲斐の声に応えた。甲斐がふと、歩をとめた。足もとに伏せ置かれた刀をちらと、目にみた。

「何用か」

「へい――」

木菟は百地丹波の挨拶の言葉を口上し終え、証文と割符を差し出すと、

「吉平と寅三をお貸し戴きとう、ござりまする」

平伏したままに云ったが、返事はない。

「柳生と申せば、大和じゃな……」

下山甲斐は、考えている。手にした証文に目を通しつつ、頬ひげを掻くと、

「三年とはまた、長きことじゃの。併ら喰代殿の御用命ともあらば、お断り致すことは相成るまい。諒解したゆえ、そのほう暫しこれにて待て。吉平と寅三を招ぶ。仔細は、そのほうの口から申し渡すがよい。その間に、わしは割符に筆を入れおく」

「畏まりまして、ござりまする」

木菟はあらためて平伏し、その大きな耳に甲斐守の足音をとらえ、奥に音が消えたのちに顔を起こした。

「先ず、申しておくわい」

と木菟は、表情をいっそう強張らせた。床に坐りこんで、刀を杖にしている。

この若い下忍たち——吉平と寅三に会ったのは、下山甲斐に証文と割符を手渡してから、四半刻後のことであった。城の北西、馬場のはずれに建っている小者小屋のなかである。

「出立は明後日——寅ノ下刻（午前五時）と、考えておる。おぬしらの頭に立つのは、新堂ノ小太郎じゃ」

木菟がいうと、吉平と寅三が座に畏まったまま、

「承りまして候」

と、うなずいた。二人ともまだ二十の歳にもならず、目の輝きにこどものような明るさが残っている。兄弟のように育てられ、忍びの法をならってきた。

「小太郎様のことは、存じあげておりまする」

応えたのは、吉平である。両目のあいだがやや広く、鼻がひくい。わらうと魚にそっくりの貌となって、なお愛嬌があり、こちらまで笑顔につりこまれて、つい微笑んでしまうような面貌をしていた。いまひとりの寅三は、首の根が太く、まるで杣人（樵夫）さながらに、身体の線が硬い。額がでっぱり、耳が山猿のように立っている。ふたりとも剃りあげた月代が、青々としていた。

「支度は如何いたせば、よろしゅうございましょうや」

寅三が、たずねた。忍びの仕事で他国に入った経験は、まだ指を折って数えられるほどに少ない。が、両名の業の仕込み具合は、他村いずれの若い下忍と比べても、

（ことさらに優れている――）

そう木菟は、見ている。

「まま、でよいわ。形は大和に入ってから、整えるつもりじゃ。それよりも、おまえらに親御か兄弟のあらば、しかと別れを告げておけ。むこう三年は、郷には戻れぬゆえにな――よいか、明後日よりは各々心を厳しゅうせえや」

「心得てござりまする」

吉平が微笑し、木菟もつられた。

「あとは、新堂ノ小太郎が旨うやりおるよって、案ずるな。仕事のことに精魂をかけ

て励め」

と木菟が立ちあがって、ふたりの肩を叩いた。

「では、明後日――喰代にて、落ち合おうぞや」

吉平と寅三も立ちあがり、小屋を出ていく木菟を見送った。

二

はや、馬上である。

木菟は、下山甲斐から割符の一片を受け取ると、馬を駆って、来た路をいそぎもどった。東の空に、鎌刃のような月が浮いている。路が、まっ暗い。乗り手は夜目が利いても、馬の目が適わず、急いて奔るにも馬脚が鈍ってどうにもならなかった――このような態では、仇を討たんと熱り喚いている兵内の在する寺田村など、とても通れるものではない――それこそ矢でも射掛けられたら、避けようがなかった。脚が鈍った馬の背に跨っていては、恰好の的になる。

(これは、あかん……)

木菟は思うと、木津川沿いに馬を乗り入れ、そのまま北上して依那具から阿拝郡へと駆け進んだ。上野を過ぎ、三田をまわって、そこで馬の鼻端を北東の方角へとむけた。馬が、どうにも疲れている。鼻息が荒く、頸中をさわると熱かった。

「迷惑至極な話じゃて……」

木菟は馬をはげましつつ、なおも手綱をさばきつづけた。いまは寺田の怨恨など、構っていられない。伯父も敵も、家の血すじさえも、どうでもよかった。何よりも、上忍百地丹波のさしずのほうが大事なのである――満天の星の下、木菟は墨でもながしたように暗い夜道を、駈けつづけた。土を蹴りあげる馬蹄の音が、周囲の森に響いている。やがて岩瀬川に達し、浅瀬を渉ると、さらに河合川を越えた。越えたところで、馬腹を蹴った。

（もうすこしや……）

柘植川に沿って草深い小径を分け進むと、ようやく柏野村の辺りにまで出た――上比奈知を出て、およそ七里半である。この柏野を過ぎると、「新堂村」である。

左手に、大膳寺本堂の黒い影がみえてきた。在所は、新堂になる。さらに馬をすすめると、ゆく手に逆茂木のある家がみえた――逆茂木とは、切り倒した樹の枝々を侵攻者に向けて列べ置いたもので、防衛のための柵の代わりになった。「鹿砦」とも字をあてるように、まるで鹿の角が家を防いでいるように、影が厳めしい。

（起きとるかいの……）

月が、空に高かった。柘植川の流れが幽かに聞こえるほかは、閑かである。草木も寝静まり、風ひとつない。ただ一度きり、物哀しい犬の声が遠くにあがった。

子ノ刻――真夜中も、差し迫った刻限になっている。下忍木菟は馬の背から飛びおりると、「逆茂木が厳めしい家」のまえに立った。尻が、しびれている。

「小太郎は居やるかッ」

声を放つと、しばらくと間があって突支棒の外れる音がした。

「…………」

母屋の戸が引き開けられ、内から男の影がくぐり出てくる。肩を起こすと、上背があった。餓えた野犬の目のごとく鋭き睛をし、えら骨が張っている。色のない野良着をきて、首に手拭いをかけ、片手に刃の錆びた鉈をにぎっていた。

「夜更方に、たれぞ……」

男は威嚇するような声でいい、地に立つ影をみるなり、

「喰代の木菟どの、か――？」

と不審しげに、目をほそめた。

家から出てきたこの男こそ、隠忍の上手といわれる「新堂ノ小太郎」であった。

逸話がある……この新堂ノ小太郎が、同郷阿拝佐那具の、峯下の城に忍びこんだときの話だ……小太郎は城中に侵入したが、このとき敵に見咎められて追われる羽目になった。そこで小太郎は逃げざまに、井戸のなかへ石を投げ入れ、追手に井戸へ落ちたと思わせておいて、その隙に逃去ったというのである——まるで童子の遊びと同様、他愛もない咄とも聞こえる。たしかに業自体は他愛もないことなのだが、槍や刀を手にした敵を相手にして、遣って退けたという一事が肝心なのである。常の者ならば、息を殺してただひたすらに物陰に隠れ潜むか、敵の刃をかいくぐって脱出を試みる。が、新堂ノ小太郎は——窮地にあってなおも智恵で相手を誘導し、脱出を遂げたのである。これこそは、忍びの業というものである。

　木菟は鎌刃のような月を背に負って、

「小太郎、仕事の話じゃ」

と、錆び声をかけた。小太郎はふと、木菟の脇で鼻息を荒くしている馬のようすに目をとめた。指をさし、

「その馬、草臥れ果てとりまするな——うらで休ませましょうや？」

「うむ。頼む」

　小太郎が馬の差縄をとって廏へと連れていき、木菟は母屋の戸をくぐって、土間口

に腰を休ませた。

「かような夜更けに、また稼業の内談とは……穏やかでは、ござらんな」

家に入って来ながら小太郎が云い、戸をしめた。

「何分と、急の事でな。御屋形様の命で、おのしに下忍どもの舟頭をつとめてもらわな、ならん」

「何時ごろのことに――」

と小太郎は木菟を板間にあげ、囲炉裏に火をかけようとした。

「すぐにも戻るゆえ、わしに茶などは無用ぞ」

木菟は手をあげて制すると、

「小太郎、刻がない。二日のちに、柳生に参ずる。是のあるじは松永とか申す、阿波国を出た三好家の者という話じゃ」

「ああ、大和に入った御仁でござるかな……しても、二日とはまた、日のない話にありまするな」

「うむ。馬も潰れおる」

木菟が苦笑すると、小太郎がわらった。

「承った。人数はいかがなされるおつもりか」

「わしと石川の十蔵、五右衛門。沢田村の権六(ごんろく)に、高山(こうやま)から八兵衛。それに柏原(かしばら)滝野どののもとから、赤鮒(あかふな)と黒鮒(くろふな)。いまふたりは比奈知の下山甲斐どのの下忍、吉平と寅三じゃ。おのしには、柏原と比奈知の者らをあずけたい」

「承知した。して出立(でだち)は、いずれから——？」

「喰代の御屋敷から発向す。ときは明後日の、寅ノ下刻」

いいながら、木菟(みみずく)が懐中から百地丹波の証文(しょうもん)を取り出し、小太郎に手渡した。小太郎は文面に目を通すと、諒解(りょうげ)したと一言だけ返事をした。木菟と共に家を出、廏へとむかい、杭(くい)につながれている馬の具合をみた。馬が木菟のすがたをみて、嫌(いや)がった。

「ふん」

と木菟は鼻でわらい、

「小太郎、これをあずかれ。わしを避けておるわい。出立の日にでも、曳(ひ)いてきてくれたらば助かる」

「では、左様に。今宵(こよい)は、如何(いかが)なされる——？」

「なに、自分(われ)の足をつかって帰るわさ」

云うと、疲れた腰を叩きながら、闇にむかって歩きだした。

——その二日後。

寅ノ刻になって、喰代の百地屋敷にぞくぞくと柳生往の下忍たちが、集まってきた。朝靄が濃くたちこめ、空はまだ夜の顔をしている。星が千とまたたき、切り落ちた爪のような月が浮いていた。

一番乗りは、下山甲斐守の下忍、吉平と寅三のふたりである。木菟は、まだ来ていない。家に居た。喰代屋敷から歩いて六丁、木代村に木菟の住所がある。家というよりは、粗末な小屋のようなものであったが。

すでに、起きている――木菟は硝石や硫黄、消炭、狼の糞の粉末をわけて袋につめていた。さらに、主人百地丹波から賜った小刀を懐に用意した。包丁ほどの、短刀である。磨きあげた水牛の角を柄に用い、鞘から抜けば四寸五分の諸刃があらわれ、まるで光線を握っているように美しい。五十年を生きた下忍木菟の、唯一の誇りでもあった。

「もう、出やるのですか……」

と奥で眠っていた女房が目をさまし、土間におりて仕事の支度をしている夫の背に声をかけた。木菟は短刀を懐中におさめながら、

「おまえは、臥ておれ。まだ朝にもならん」

と振りかえることもなく云うと、火薬にする粉の袋をまとめて担ぎあげた。女房が

あわてて土間におり、出掛ける夫の背に声をかけようとする。

「ご無事……」

が、木菟の錆びた声が、その先を云わせなかった。

「行って参る。息災にせえや――仕事をすませて、早うに戻るゆえな」

三年、である。早くはない。これまでも幾度と女房、家族に背をむけて他国へと旅発ち、忍びの一事に忠信し、命をも危険にさらして生きてきた。

勉諸〱や、忍びを能くする者は難しとや――

とは「正忍記」に伝わる、忍びの路の心得である。

当時の名人も家を出るときは恩愛の妻子に別れん事を思ひ、

帰りてはふしぎに命をのがれたらん事を悦ぶ。

まさしく、忍び仕事の覚悟であった。

この木菟という下忍にして、女房家族とはこれで死に別れるかもしれぬ、という覚悟をいつも肚にくった。一切を顧みることなく草鞋を履くと、そのまま家を出た。敷居から出はしたが――この日はなぜか女房の顔が気にかかり、ふと振りかえった。不安そうな女の顔が、そこにあった。一瞬、妻の暗く沈んだ表情のなかに愕きのいろが射したのを視た。三十年来、遠国へと仕事にでかける夫が、その間際になって、自分を還らいみることは一度としてなかったのである。女房が愕くのも無理はない。木菟は渋面をして、

「あとは頼むでな。……稼いで帰ってくるで」

困惑したような微笑が、女房の返事であった。わずかに――木菟が、女房に頭をさげた。何故かは、自分でも判らない。三十年、いつもこのような表情でわれの背を見送っていたのかと知って、申し訳なく思ったのかもしれない。

路に、足を踏み出した。

そのままに、喰代屋敷へとむかった。あとは進むだけである。

星が、消えつつある――寅ノ下刻。

冷えた空気が、にわかに清々しさを孕みはじめている。夜明けも、ちかい。杜の内で寝静まっていた鳥たちが目を覚まし、残月に向かって騒々しい声を放っていた。

喰代の百地屋敷に集まった者らは、忍び刀の刃をしらべ、手裏剣をそろえ、鎖分銅や細引きを巻いてと、出立の準備に余念がない。そこへ新堂ノ小太郎が、馬を曳いてあらわれた。大小を腰に佩き、月代を剃って髷を結い、武士の形になっている。

「おう、五右衛門。わぬしの御頭の馬ぞ。廏にひいてゆけ」

と、六尺はゆうにあろうかという大男の、喰代下忍「石川ノ五右衛門」に差縄を投げ渡した。五右衛門、ときに十九。眉が濃く、鼻とあごの線が太い。目尻がつりあがった眼で、小太郎に目礼した。

「畏まりまいた」

すると、地に坐りこんで、手裏剣をかぞえていた十蔵があわてて立ちあがり、

「新堂様。お久しゅうござりまする」

と挨拶し、衣に付いた土をはらった。十蔵は目が、ひとつしかない。左目は矢に射られて、潰れている。傷跡がいまも痛々しかった。となりに立つ沢田ノ権六は、顔の半分が髭に覆われた多毛の男で、背もひくく、見るからに畠を荒らす土竜である。いまひとり——高山村の下忍である八兵衛が、気難しそうに眉間にしわをよせ、のめした鹿皮で鉄炮の台木を拭いている。小太郎が来たことにも気がつかず、さらに目釘をひとつひとつ丁寧に叩きはじめた。羽織るように着ている猪の毛皮が、やけに巨き

い。この八兵衛自(みずか)らが、山中において、得意の鉄炮で撃ち仕留めたものを衣(ころも)に仕立てた。毛皮のおおきさから想像すれば、熊の仔(こ)ほどもある大猪であったに違いない。

「わぬしらが、吉平と寅三であるか――新堂ノ小太郎だ」

小太郎がふたりに近寄って、我が名を名乗った。傍に、柏原ノ赤鮒(あかふな)と黒鮒(くろふな)という異名をもつ、兄弟者が立っている。小太郎よりは若いが、青年ではない。

「皆よ、よう聞けや。わしらは死なんとして戦場(いくさば)に馳(は)せ参じるのではない。無謀、短慮なやつは好かぬ。何事にも深慮遠謀(しんりょえんぼう)を成せ。正心(しょうしん)じゃ――忍び奴(やつ)は、正心こそを忘るるな」

とそこへ、

「皆々揃(そろ)うたか」

木菟がやってきた。担(かつ)いでいる火薬の袋をそれぞれ十蔵と権六に持たせると、八人の顔を見回しながら、

「五右衛門は、来ておらぬのか――あの痴者(こけ)めが、まだ寝とるのではなかろうな」

「馬を……」

と小太郎が云いかけたとき、五右衛門の大きな軀(からだ)が、三ノ郭(くるわ)からあがってきた。

「五右衛門、出立(しゅったつ)するぞや。早う来い……よいか皆ども、いまより我ら一同、大和柳

生へ参ずることと相なる。買い主は、柳生但馬守どのである。但馬守どのの主人は、信貴と多聞両城の主、松永弾正久秀どのや。むこうへ着いたのちには、それぞれによう見覚えておけ。これより我らが一味し、かならずや仕事を成し遂げん。符丁（合い言葉）は、月と更科――と定むる。これを忘るるなや。符丁の合わねば、その場にて斬り捨てる。よいか、同士討ちは敵がすることぞ」

どの顔つきも、神妙であった。冷えた朝の空気がことさらに、下忍たちの身を引き締めてもいる。

「では出立じゃ。仔細が事は、柳生で定むる」

その声を最後に、一行は喰代屋敷を出た。西へ、向かっている――蓮池を過ぎ、上友生から久米川に沿って徒立ちで進みつづけ、伊賀郡に足を踏み入れた。依那具の村を越え、木津川に架かった橋を渉り、白樫村に到達したころには、空が白みだした。

一行は卯ノ下刻、伊賀と大和の国境いへと出た。

と――新堂ノ小太郎が立ち止まり、片膝を地に付けた。うしろについて来ていた寅三が、草鞋でも履き直しておられるのか……とおもったが、違っていた。小太郎は右手に伊賀の土くれを一摑みすると、両手にしっかりと揉みこんでいる。何かの、験をかついだのであろう。

みれば、木菟も国境いに立ち止まり、背を振りかえっていた。験をかつぐ小太郎を見たのではない。なぜかこのとき、袖を引かれるように、家を出たときの女房の姿が思い出されたのだ。木菟は目に生国の景色をながめつつ、胸に伊賀の空気をため込もうとでもするように、鼻で深い息を吸った。

それぞれに、胸中秘めたる想いが強くある。

先頭を歩いていた大男の五右衛門もまた、この伊賀大和の国境線に足を止め、背後を振りかえっていた。

（もどる……）

と、誰もが伊賀の空をみている。

永禄九年春の日の、大空である。いま伊賀の天蓋は、白々と明けようとしていた。東の空に漂う雲の帯が、あたらしい朝日に染まり、金箔を張ったように荘厳と輝いている。

「さて、参ろうぞ」

木菟がだれにともなく声をかけて、最初に大和の地を踏んだ。

その一歩から、一年後……

乱

一

夜天が、燃えている。

ときは永禄十（一五六七）年十月十日、子ノ初点（午後十一時頃）である。

大和東大寺一帯の空は、地上で繰りひろげられる戦の火が、雲にまで燃え移ったかの如く、赤々と灼け染まっていた——一帯に鯨波のどよめきが沸きあがり、燃えさかる伽藍や念仏堂がけものの咆吼のような声をあげて、夜空にむかって火を噴きあげていた。渦巻く白煙のなかで、鉄炮を放ち、弓をひきしぼり、槍をまじえる兵たちが、死に狂いとなって、火の幕のなかに突進していく。

「いまぞッ、者ども」

五、六騎の馬廻り衆を引き連れて、転害門のあたりまで馬を駈けこませると、「押せや、おせおせッ。三好の悪肉どもを突き崩してしまえやッ」と馬上から、雷鳴さながらの大音声に吼えたてる漢があった。のちの世に伊勢宗瑞（北条早雲）、斎藤道三とならび「戦国の梟雄」として知られることとなる、
松永弾正　少弼久秀
——である。いま弾正久秀は、黒糸威の二枚胴具足という姿で、黒い頭形兜をかぶっていた。前立は、満ちた銀の月である。齢五十八。この老齢にしてはまるで、夏に息をえた天牛虫のように、すがたが強い。

「火を恐るるなッ。それみよ、敵は崩れ足ぞ——すりつぶせッ」

自軍に目を瞠ると、敵なる三好三人衆らの連合軍の兵を火の幕のむこうがわに押しこめて、さらに激しく攻めたてている。弾正久秀は目を爛々とかがやかせながら、眉庇のしたから火と風の向きを見た。

（勝った）

と皺だらけの頬の皮がゆるみ、鼻の穴がわらった。

（西風が吹いておるわ……）

遠方、法花堂のあたりを呑みこんだ火の袖が、ことごとく東にむかってたなびいていた。まるで我軍の軍旗が紅蓮と染まり、熱風にはためくかの如くにみえて、じつに

頼母(たのも)しい――敵は火に追われるように、東方にむかって逃げていく。天の風までもがこの兵火をはげまし、松永軍の馳走(ちそう)となっているのだ。

「松永は強勢(ごうせい)ぞッ」

久秀は、心中にさけんだ声がおもわず口をついて出たことで、若者のように興奮している自分をわらった。この大主のすがたを背後にみかけた主税助忠高(ちからのすけただたか)が、あわてて馬頸(うまくび)を返して駈けすすみ、

「大殿(おおとの)ッ――これな先よりは、危(あぶの)うございまするぞ。早々にも多聞(たもん)まで御退(おしりぞ)きくだされよ」

と大声にたのんだ。大殿、と呼ぶ。このいま松永軍において「御屋形(おやかた)」様という呼称は、五年まえに久秀から家督を嗣(つ)いだ長子の、松永右衛門佐久通(うえもんのすけひさみち)のものである。

「殿ッ。御急ぎくだされいッ」

しかし、久秀は動こうとしない。勝ったのだ……そのおもいが脚をとどめさせ、険しい皺(しわ)だらけの男の顔を、いつまでも緩(ゆる)ませている。無理もなかった。このとき、久秀親子が相手にしているのは、もともと身内も同然であった三好三人衆たちである。

この三人衆とは――筆頭格に「三好長逸(ながゆき)」、おなじく三好一族の「三好政康(まさやす)」、そして三好氏の重臣であった「石成(いわなり)（岩成）友通(ともみち)」の三人のことをいう――これと攻守同盟

を結ぶ、「池田勝政」の軍勢までもが敵方と息をあわせており、さらには大和豪族の代表的存在であった「筒井順慶（藤勝）」が三好三人衆に連合して、その軍兵はじつに一万余騎にもおよんだ。これに、勝ったのだ。

（順慶めも、まだ青臭い）

幼くして筒井家の家督を嗣いだ筒井藤勝は、前年の永禄九年九月二十八日に成身院において得度し、「陽舜坊順慶」と名を改めている——父の順昭が、死に際して危惧していた信貴山の外敵とは、つまるところこの松永弾正久秀のことであった。以来、筒井一党は松永弾正の大和侵攻に抵抗しつづけ、とりもなおさず順慶という漢の生涯の大半は、この宿敵「松永久秀」との戦いに明け暮れることになるのである。

さて、松永久秀の本格的な大和国攻略がはじまったのが、八年まえの永禄二年のことだ。そもそも、久秀がこの大和国へ侵攻したのは、主人であった「三好長慶」という人物の指示に因っていた。三好氏の本国は阿波であり、松永久秀は長慶の右筆（あるいは内衆）である。この「右筆」とは、主人が発行する書状や公文書などの代筆者をいい、いわば文官のことであり、公文書に関わる性質から「側近」そのものであった。「内衆」もおなじく、主人に直属した直臣のことをいう。この内衆に対するのが「被官」というもので、被官とは、他に成立していた者があらたに主従関係をむすんで、家臣になったものをいった。三好氏自体は、もと細川氏の被官である。くり返すことになるが——松永弾正久秀は、三好長慶の内衆（直臣）である。しかも三好長慶にとっては旧くから知る者で、最も信頼に足る漢であった。この長慶の信頼こそが、松永久秀に大和侵攻を課した理由でもあった。

畿内一円を支配しつつあった三好長慶にとって、まず大和という国は、軍事面における「要衝の地」と考えられた。そのうえに、穀物が豊かに稔る「大和平野」が手にはいれば、兵糧（兵の食料）をじゅうぶんに確保することができるのだ。兵力の温存を第一に考えれば、大和という土壌の魅力は限りがない。

さてまた、寺が一国を支配するという異質な「大和国」は、多くの国のように有力な戦国大名が興っていないのである。このころ、武力においても隆盛期にあった三好長慶にとって「大和」という地は、まさに獲れる国であったのだ。

二

松永久秀が大和侵攻をはじめたその当時、まず木沢長政が築いた「信貴山城」に入城し、これを居城とするために大々的な修築をおこなうのだが、さらに大和侵攻の決定的な拠点をもとめて、眉間寺山のうえに「多聞城（多聞山城）」を築城しはじめる。

　この多聞天（天部像）を祀った城に、久秀が入城するのが五年まえ——永禄五年のことだ。そこから三年後の永禄八年十一月、多聞山城に拠点を移して大和侵攻をすすめていた松永弾正久秀は、いよいよ筒井順慶の本城「筒井城」を急襲する。久秀は、大和侵攻をはじめたころから永禄八年にいたるこの六年間、筒井城には手を付けなかった。先ずは、筒井城の外堀を埋めようと考え、周囲に在る諸氏諸城を落とし——この外堀を埋めたうえで——大和の有力衆徒であった筒井の本城を六年ちかくも、じっとうかがい狙ってきたのである。狙ったまま、久秀は動かなかった……いや、動けない理由があったのだ。

　永禄七年七月、主君であった「三好長慶」が、河内国は飯盛山城下の屋敷にて病没したのである。長慶のこの死は、家中において秘匿にされたため、公には知られていない。さらに、長慶の没した翌年——この筒井城を急襲する、永禄八年の五月になって、「第十三代将軍の謀殺」という大事件が起きるのである。

　いわゆる、「永禄の変」であった。

　三好三人衆と松永弾正久秀（本人は参加せず）が、第十三代将軍足利義輝を京都二条城に襲撃し、殺害するのだ。

これは後世の印象にみる久秀の意思というよりは、むしろ三好三人衆の思惑のほうがつよい――この将軍殺害は、長慶存命のころから計画が成され、長慶自身は将軍殺害に反対していたような形跡もある――久秀はこの二条城襲撃には向かわず、子息の久通を自軍の指揮官として送りだし、三好家中における体裁だけは保っている。久秀はこの日の将軍殺害計画に関して、いまは亡き主、長慶の意思をとおしたのかもしれない。すくなくとも三好長逸、三好康政、石成友通らの「三人衆」とは、意思のずれがあった。この相違から、双方の関係に亀裂が生じるのである。長慶が没すると、久秀は三好一族や重臣（特に三人衆）らと、あからさまに対立するようになった。

この二者間の反目は、悪化する一方であり、ついには三好三人衆が、久秀打倒のための「御教書」を足利義栄に書かせることになる――この「松永弾正討伐命」を掲げる三好三人衆と手を結んで、松永弾正を大和から追い出そうとした者があった。

それが、「筒井陽舜坊順慶」である。

こうして、敵を同じくする三好三人衆と、大和筒井順慶の同盟が結ばれることになっていくのだが――といっても、両者の足踏みは早急には揃わず、松永久秀がこの隙をとらえ、一気に筒井城を衝き崩すのが、永禄八年の秋のことだ――順慶の主城であった「筒井城」は、外堀である大和諸氏の合力をえられないまま、松永軍の奇襲にもろくも崩れ、久秀の手に落ちた。このとき順慶は城を焼きつぶす暇もなく、命からがらに布施城へと逃げ延びている。

はたして、父の順昭が病牀にみた悪夢が、子の順慶の目のまえで現実となった。

「大和どころか……わが城までもが盗られた」

順慶は愕然となりつつ、布施城に入城する。が、おとなしくはしていない。順慶は自城を奪還せんとして、松永方と小競り合いをくり返しながら、しぶとく闘いつづけた。三好三人衆と同盟を結んだとはいえ、まだ合戦はかなわない。そこで順慶は、筒井城を手中にした久秀が、城内に兵糧を運び入れようとするのを、蜂のように煩いほどに襲い――以降は、久秀の嫡男である、松永久通がこの兵糧搬入を指揮するようになるのだが――そのつど松永方は、筒井の小勢を蹴ちらし、また襲撃を受けてと、度重なる小競り合いに、出血を余儀なくされるのであった。

しかして翌年（永禄九年）――久秀父子は、窮地に立たされた。三好家のあたらしい主人として「三好義継」を頂く三好三人衆と、これに連合する摂津の池田勝政らが、隣国河内に攻め寄せてきたのだ。敵の兵数は一万五千余騎、久秀は大和にあって、背後の河内から突きかかられてはたまらないと、大いに慌てた。目のまえにある大和筒井は、弱小の敵である。一方、背の三好勢は久秀方よりも武力強大で、ただ傍観するという訳にもいかなかった。久秀は大和多聞山城を出るや、背後の河内へと大挙して押し寄せ、まず三好の旧敵であった「畠山高政」と合力した。この高政という漢にしても、三好勢を河内から追い払いたい。

「三好左京大夫義継」

三人衆が当主として頂く、三好家のあたらしい主である。齢は、まだ十八だ。この義継は、天文十八年に三好長慶の弟である「十河一存」の子として生まれた。猛将「鬼十河」とよばれた漢の子であるといった方が、わかり易いであろうか。義継の実父である十河一存は、五年前に急死している。そこで、義継（このころは十河重存の名）は伯父である三好長慶のもとで育てられことになった。その二年後——長慶の嫡子である「三好義興」が早世した為に、義継が三好長慶の養子となり、そして長慶亡きあと、松永弾正久秀や三好三人衆らに擁立されて、三好氏の家督を嗣ぐのである。ところが、このときすでに三好氏の実権は三好三人衆と松永弾正によって、完全に掌握されてしまっていた。義継はただの傀儡（あやつり人形）として、三好家の当主に担ぎあげられたに過ぎない。傀儡——ではあったが、義継は三好一族のあたらしい主人として擁立された。ここで何よりも問題なのは、とうの久秀と三人衆が決別してしまったことである。

そして、永禄九年の五月だ——河内へと進軍した松永軍は、背の敵を追い払うために、畠山高政と力をあわせ、傀儡の三好義継を高屋城に易々と押し囲んだ。しかし、三好三人衆の激しい防戦によって、久秀は義継を攻め落とすことができず、反対に自身が泉州堺に撤退するを余儀なくされてしまうのである。さらに、敵は一万五千という圧倒的な数をもって松永方を窮地に追いこむと、堺の四条道場（寺院）まで押し退けてしまうのであった。

「堺」

——河内に隣接した小国「和泉国」の湊町である。貿易や運送で栄え、豪商たちが多く在し、三好長慶のころから、三好氏の経済要地として押さえられてきた。この湊町に久秀が撤退しつつ兵を引きこんだのには、理由があった。敵方にいよいよ追いつめられた久秀は、困難至極の状況を打破すべく、「会合衆」を恃んだのである。

この会合衆とは、堺の有徳者（豪商）三十六人らによってつくられた「集会」であり、久秀はなかでも有力であった「能登屋」と「臙脂屋」に通じて、三好三人衆と和睦をする手引きを恃んだ。堺の商人にしても、戦火から免れたいという気持ちはつよい。これは三好三人衆にとっても、おなじである。長慶のころから、三好一族の財源となっている堺商人らの要望を、無下にあつかうことはできなかった。堺は、軍資金のあてなのである。

久秀はこの関係を十分過ぎるほど承知したうえで、堺で和睦策を工作し、この戦いは三人衆がわの大勝という態にして、危機を脱するのだ。事実上、戦いの敗者となった久秀は、このとき夜陰にまぎれて敵前を逃亡し、そのまま行方が知れなくなった。和睦といっても、勝敗が歴然としすぎていた。戦勝の証を理由として、敵将である「久秀の頸」が斬り取られる危険が大きかったのである。

久秀は、遁げた……まだ、首をさしだすつもりはない。しかも、「長逸（三人衆）ら、ごときに――」首どころか、すね毛の一本すらくれてやる気にならなかった。

一方の三好三人衆であるが、勝者の堂々たるすがたで堺に入ると、勝鬨の声をあげて武威を世に主張してから、兵を引きあげた。この戦いに勢いを得た三人衆は、秘匿にしてきた三好長慶の死をついに公のものとし、同年（永禄九年）の六月二十四日、河内にある臨済宗南禅寺派金地院の末寺「真観寺」に於いて、ようやく葬儀をあげるのであった。長慶の死後、じつに二年が経っていた。この葬儀は、三好氏のあたらしい当主を公表したかたちでもある。もっとも、その主人である義継は、ただの傀儡であったが。

さらに翌七月から、三好三人衆を中心とする三好軍は、久秀の摂津における拠点であった越水城や滝山城を落城させて、三好家中における松永弾正の息を消し去り、過去の亡霊にしてしまう。

久秀は窮地に立たされた。三好三人衆だけが、敵ではなかったのだ――この久秀の河内出征の間のこと、弱小とあなどっていた筒井順慶が、手薄となった筒井城を攻め落とすために、周辺の松永軍の対城をことごとく焼きはらっていたのである。順慶は久秀の手にならって、まず松永方の手足を十分にそぎ落としてから、筒井城に攻め入った。決死の覚悟は、勝利を招びよせ、久秀が大和を不在にしていた六月八日になって、順慶は先祖「筒井順永」のころから代々引き継がれてきた、筒井本城の奪還をここに成功させるのであった。

松永弾正はこのとき、窮鼠そのもの――進退は儘ならず、久秀を大和にむかわせた主君長慶は、すでにこの世にない。恃むにも、かつての御家が自身の命をつけ狙っているのだ。まさに、四面楚歌であった。すでに、六十にもなろうかという年齢である。この状況は、あまりにも過酷というものだ。さても、あとがなかった。

堺での敗戦後、老将久秀は忽然とすがたを消している……ところが、翌永禄十年の二月になって、この漢は再びと戦国史に顔をみせるのだ。じつに、しぶとい。しかも、まだ堺の町近辺にいたのである。

松永弾正久秀という人物は、武将としての一面をもちながら、堺の豪商であった故人武野紹鷗（茶人）の茶道における弟子のひとりでもあった。この当時においては、おなじく紹鷗の弟子であった「今井宗久」という堺商人らと誼を通じていたから、三人衆に追いこまれて行方をくらましたあとは、この者らの屋敷奥にでも匿われていたにちがいない。

まったく老獪でありながら、どこかおかしみのある男なのである。

出てきた。

「ほう、左京大夫どのか」

久秀は、顔いろひとつ変えない。が、おどろいた事に――敗者となって、ながらく行方が知れなかったこの男の目のまえには、三好左京大夫義継が立っているのである。

「息災におわしたか」

と久秀が義継にむかって、事無げに訊いた。敗者の顔いろではない。まるで、祖父が孫にでも接するような態度であった。息災（無事）にしていたのかと訊くのは、むしろ義継のほうであったろう。義継の立場は勝者であり、三好家の主人なのである。ところが、その義継は――つりあがった目を伏せて礼をしめし、若々しい面の皮をすこし赤らめただけであった。

離反したのである。

この三好一族の最後の当主でもある義継は、三好長逸ら「三人衆」が主家を乗っとるために自分を傀儡にしていたという一事にようやく気がつき、行く末に命の危うさすら感じとって、河内高屋城を脱し、この久秀のもとに奔ったのであった。

およそ八ヵ月のまえは、敵として戦った両者である。が、久秀はこの十九の若者を儘に迎え入れ、ふたたび大和にむかうのであった。

そして、二月後――永禄十年の四月である。

義継を推戴して信貴山に入った久秀は、大和の戦況をみて、すぐに多聞山城に移った。とうぜん、松永弾正の多聞山城入城の風聞は、筒井方の耳にもはいっていた。

順慶は、久秀不在の大和を奪取せんとして、奈良町まで出陣している。霹靂のごとき報せがはいったのは、はたしてこのときであった。「霜台（松永弾正）多聞山城に帰陣」の一報がはいると、順慶はすぐさま筒井城に立ちもどり、仇敵久秀との直接の対決にそなえた。

さらには、三好三人衆と池田勝政が久秀を追うように大和入りし、同月十八日に筒井順慶もこれに合流して、ふたたび奈良近辺まで自軍の兵を押しだした。このときの兵数、一万余（「東大寺雑集録」では二万という）――二十四日になって、東大寺南大門の辺りで松永軍と連合軍の前線部隊が、衝突をおこした。ちいさな争いではあったが、夜になっても鉄炮の音は鳴りやまず、人々は大和国の天蓋に、戦国乱世という魔物が乗りつける馬蹄の音を、兢々としたおもいで聴いていた。後世にいう、「東大寺多聞城の戦い」が始まったのである。

この会戦はゆるやかに、火蓋が切られた――五月二日になると、三好三人衆の石成友通と池田軍で編制された一万もの軍兵が、東大寺に進軍する。布陣したのは、念仏堂と二月堂、大仏殿回廊の辺りである。この着陣地点から乾（北西）の方角、およそ十丁の距離に「多聞山城」があった。

同日に、久秀も兵を動かした。松永方が布陣したのは、大仏殿の西方――戒壇院である。敵の陣地とは目と鼻の先であった。

さらに「布陣」である――西ノ坂には久秀の敵、三人衆の三好政康が陣を布き、油坂にある西方寺には池田勝政が、筒井順慶は大乗院山（興福寺大乗院の裏山）に着陣して、東大寺南端の大路を封鎖した。この封鎖は、松永方の兵が多聞山城に出入する動きを遮断するためであった。

久秀は、じわじわと追い込まれていく。

戒壇院に布陣した翌日になって、敵軍の支隊が多聞山城に攻めかかってきた。この攻撃は、久秀の出方をうかがうようなもので、大した戦闘には至らなかったが、大和における松永包囲網はここに完成しつつあった。

同日、松永方は城門から兵を出して防戦したあと、そのまま兵の一部を般若寺、文殊堂、観音院などにむかわせ、これを焼きはらわせた。さらに久秀は、西院郷一帯、無量寿院、宝徳院、妙音院、徳蔵院、金蔵院などを焼滅させているのだが、これは悪意のなせる放火ではなく、敵方が陣所として使わぬように、戦術として手を打ったものである。つまりは――寄居虫たちが貝にはいってしまうまえに、貝そのものをたたき壊したのであった――といったところで、東大寺にとっては迷惑至極な話だ。この東大寺はのちの比叡山延暦寺のように、松永か、あるいは三好筒井のいずれか一方に荷担していたわけではない。ただただ戦という人災のために、堂塔伽藍にまつわりつく火を消してまわらなければならなかった。

「寺中の老若、闘争の場を恐れず。身命を捨て、水を汲み、瓦をくずし、消火す――」

つぎつぎとあがる火の手から、伽藍や神仏像を守ろうと、老若男女を問わず、僧はもとより奈良の人々は、懸命になって消火活動にあたった。

さらにこのころ、大和国はきびしい日照りがつづいている。鎮火の雨はいっこうに降らず、天をみあげれば、真白に燃える太陽が消えることなく地を灼きつづけ、大地には戦火が熾って空を燃やしつづけていた。この永禄十年、大和の民衆にとってはまさに、地獄の沙汰であったに違いない。

さて、

「火」

のことであるが――久秀はこのかずかずの出火に、自軍の兵を出して、敵陣となる東大寺の堂塔伽藍に火矢を射かけさせる。これには通常の兵のほかにも、放火のための異能者をつかっていた。いわゆる「武士」ではない者たちだ。この戦国乱世の時代にかれらは、

「忍者」

と称されていた。

あるいは、「伊賀者」とよばれる――のちの世にいう、「忍者」たちである。

炎のなかの妖者

永禄十年。

――その十月十日の同夜である。

（勝ったわい……）

と、松永弾正久秀は馬上で、しわの多い顔を笑ませ、ひくい声で唸（うな）りつづけている。その老いた睛（ひとみ）が、東大寺一帯のあかく灼（や）け染まった夜空を映していた。

兵らの怒号（どごう）や馬の嘶（いなな）きが沸くように聞こえ、おそろしいばかりの人の悲鳴が地を慄（ふる）わせている。夜空には絶え間なく、冷淡なまでの銃声が響きわたり、ときに堂塔伽藍（どうとうがらん）が焼け崩れる凄（すさ）まじい音が、落雷のように聞こえてきた。

「大殿ッ、いそぎ多聞に御入城くだされいッ。これよりは火の手も近（ちこ）うございまするゆえ……」

主税助忠高（ちからのすけただたか）があわてて馬を乗りつけ、主人である松永久秀にこの転害門から離れるよう、声を嗄らしてたのんでいる。

久秀は漆黒の甲冑に身を包み、馬上にあって手綱をかたく握りしめ、なおも紅蓮に灼け染まる夜空を凝視しつづけていた。

この日、夜半まえを思い出している……久秀の号令によって、松永軍が敵陣を奇襲し、一帯は蜂の巣を突いたように騒然となった。半年ちかくにおよぶ長陣と、連日の猛暑のなか、松永軍と対峙しつづけてきた連合軍は、完全に油断ができあがっていた。そこを突かれたのである――この日、この夜まで――幾度となく繰り返されてきた小競り合いのなかで、連合軍のいずれ方もが「我軍こそは有利」と決めかかっていた。たしかに兵力のうえでは、連合軍が松永軍に対して、圧倒的に勝っていたのだ。

戦の常道なれば、勝利は連合軍側にある。が、久秀の謀略と奇襲という戦法が、状況を一変させたのである。

久秀は家督を嗣がせた右衛門佐久通とともに、兀々と敵方のなかに内応者をつくりあげてきた。忍者を放って情報の収集を徹底し、さらには河内国の飯盛山城に後詰めしていた三好三人衆方の将、松山安芸守を寝返らせて味方に取りこむなど、勝利のための策謀に余念がなかった。

そして、二日まえ――十月八日、翌九日と雨が降る。雨は九日の午にはあがり、ついにその時がきた。

鉄炮（火）がつかえる状態になると、連合軍の油断もきわまったとみて、この十月十日に奇襲をもって敵陣を突こうと、久秀は夜討ちを仕掛けた。突然と多聞山城の城門をひらいて兵を繰りだすと、数度にわたる合戦を仕掛けた。もとより久秀は、力押しでの決着はかんがえていない。敵方に混乱を生じさせ、多聞山城に目をむけさせることが目的である。連合軍の兵らは智恵をめぐらせる暇もあたえられず、突如と攻めかかってきた松永軍に、一丸となって立ち向かった。

とたん、松永方が火を放った。

まず敵陣（連合軍）の背後——若草山のふもとにある穀屋坊から、出火がはじまった。火は火をはげまし、その激しさはやがて大炎と化し、連合軍の兵らを背後から追いたて、さらには夜空の雲を焼かんとして天に無数の赤い腕をのばした。

東大寺に陣を布いていた敵軍はこの瞬間、まさに「挟撃」された状態に陥った。目のまえには、多聞山城から雪崩れをうって攻めこんでくる松永の軍兵があり、背には火事である。盛んに燃えあがった穀屋坊の飛火が法花堂にまでとどき、敵方は脇腹を赤い刃に刺しこまれた形となって、もろくも崩れはじめた。

これを合図に東大寺に埋伏していた松永方の兵が起こり、火の幕に囲んだ敵陣深くを突いた。さらに後続として待機していた松永軍の猛卒らが、つぎつぎと前線に送り込まれる。この急襲によって、東大寺にあった三好軍はおおいに混乱した。

「長逸（三人衆）どもめ、みたことかッ」

久秀は独り言をし、嗤った。

鉄炮の音が、夜空に果てしなく響きわたっている。風の唸りが、兵らの怒号や東大寺の堂塔伽藍を燃やしつづける炎のはげしい音と折り重なって、けものの咆吼のように聞こえていた――それもまた、この老将の耳にはどよめく天の、喝采の声ときこえるのであった。

いちどは三好三人衆に打ち負かされた、久秀である。和泉国は堺の四条道場へと追われ、その後雲隠れし、命をつないだ。三好左京大夫義継を推戴して大和にもどったのは、わずか半年まえのことである。大和に帰国後は、早々にも三好三人衆と池田勝政、筒井順慶の連合軍に追い囲まれた。老将久秀は、窮地につぐ窮地を切り抜けて、いまこのとき、形勢の逆転をみたのである。興奮するのも、仕方がない。

「大殿ッ、多聞へ――」

と主税助忠高がくりかえし、帰城を訴えていた。久秀はようやく耳を貸し、

「応さ」

返事をして、馬首をかえした。

「主税助、大乗院山へ物見をだせ。順慶小僧のようすをさぐって来させや」

と久秀は太い声で指示し、馬腹を蹴った。馬廻り衆を引き連れて多聞城へと駈けもどってゆく老将久秀のすがたは、まるで初陣に手柄をたてた若武者のごとく、青々しい興奮と、活気にみちていた。


一方――火のなか、である。

東大寺一帯は松永軍の奇襲後、即刻に火の海となって、大地そのものが潮騒のごとき音をたてている。焔をまとった建物が、夜空にむかって悲鳴をあげた。いま爆ぜる火の粉が天に舞いあがり、堂塔が吐きだす煙が地表で逆巻いている。火が熱した空気は、風を呼び起こした。さらに熱を孕んだ風が轟音をたてながら、兵らのなかを吹きすぎていく。

「しもうたわい……」

焼け崩れた建物の陰に、大きな男が抜き身の刀を手につかんで屈んでいる。灼熱の地獄と化した戦場を駈けまわる「兵」と「火」の動きをみていた。その目に映る人影は、どちらが敵兵か味方か、すでに判別もつかない。戦場に、混乱が起こっているのだ。走りまわる人の影は火の幕に囲われて逃げ場を見失い、猫に追いつめられた鼠のように、火柱と化した建物のまえで後込みをしていた。他方に視線を移せば、互いに槍で突き合い、悲鳴とも、気迫の声ともわからない叫び声をあげている者たちがある。敵を討ったものか、それとも同士討ちか。それも判らない。混乱、である。

と、右方から――天高くのぼった火の壁の奥で鉄炮の音が沸きあがり、馬たちの嘶く声が塊となって聞こえてきた。松永軍の突撃があったようである。

(方角が判らんわい……)

男は大きな体軀を隠そうとして、できるかぎり腰を落とした。熱かった。鼻のさきにある柱は炭になってはいたが、まだ熱を帯びており、ときおり吹き付けてくる熱風に割れ目を赤く火照らせている。地面も灼いた砂のように、蒸れていた。のどが痛いほどに渇き、顔をぬらす汗がとまらない。空焼きした釜のなかにでも、居るようだ……この場を動かねば、血までもが干上がってしまうだろう。命はまだ、惜しい。男は抜き身の刀を手にしたまま、逃げ口はないかと柱の陰から苛々と辺りをみまわした。

(これは遁げ損じたようじゃぞ)

この男――伊賀の下忍、石川ノ五右衛門である。

五右衛門は月代を剃り、三好の具足を着ている。敵方の雑兵に化けているのだ。化けて、放火という忍び仕事をつとめてきたところであったが——この混乱のなか、当方松永の兵に「敵兵」と見紛われて討たれでもしたら堪らないと、早速に具足をぬぎ捨て、襯衣に小袴という恰好になった。濃い眉に、太い鼻と顎である。火事の熱に、その貌がまるで赤鬼のごとく火照っている。つりあがった目尻のうえに、幾筋もの汗が滴っていた。

「五右衛門かッ」

と突然に、背後の逆巻く煙のなかから、声が飛び出してきた。五右衛門は名を呼ばれておどろき、犬に吠えられた猫のごとく柱の陰から跳びあがった。右方に飛び退きつつ、大きな軀をひるがえし、刀を八相にかまえた。

「月は——」

と警戒した声を放つと、火のいろに染まった赤い煙の奥から、

「更科よ」

と、声が返ってきた。符丁が合い、五右衛門の緊張した眼に一瞬、安堵のいろが差した。

「たれじゃ……」

赤い煙のなかに、人の影が立ちあがった。

「わしじゃ——石川ノ十蔵じゃ」

と片目の男があらわれ、その背後から毛深い貌がついてきた。沢田ノ権六である。

ふたりとも手に黒い直刀をにぎり、すでに具足は脱ぎ捨てている。

「火が疾い……」

権六が五右衛門の傍らに屈みこむと、咳きこみながら一言し、周囲のようすを見回した。はやすぎる……五右衛門が無い唾をのんで喉を鳴らした。たしかに、火は掛けた。五右衛門はもとより、十蔵と権六、八兵衛、そして組頭の木菟とともに敵陣に火を掛けてまわった。指示に狂いはない。この五人の伊賀者は、敵が陣を布いている東大寺内を三ヵ月にわたってしらべ尽くした。堂塔伽藍の位置を正確に絵図面に起こし、火の仕掛け方を順序立て、さらに天候と風の向きを計算し、この十月十日の夜討ちに実践したのであった。木菟の下した手筈に、まちがいはなかった。

ただひとつ、読めなかった——敵兵がみせた「動揺」のおおきさである。

この夜、松永軍の奇襲にあわてふためいた三好方の兵らが、自陣内で火災をおこしたのだ。それが、三好勢の本陣がある「大仏殿」の辺りであった。木菟が立てた計画には、この騒ぎがみえていなかった。

敵襲に混乱した三好の兵が誤って、大仏殿の周囲に張っていた薦に篝火を倒し、火を出してしまったのである。松永軍の急襲に騒乱とするなかでは消火の手も充分にまわらず、ついには火薬庫として使用していた大仏殿回廊にまで火が燃え移り、爆発するような烈しい火の手があがった。この勢いのある火が大仏殿へと燃えひろがり、あたりは一気に火の海と化したのである。盧舎那仏像（大仏）の仏頭が、このとき焼失した。丑ノ刻（午前二時頃）のことである。この大仏殿の炎上についてだが――のちになって、松永久秀こそは「大仏焼亡」の張本人といわれ、「南都の大仏殿を焚たる松永と申す者なり」と永らく記憶されることになる。が、直接の事実はちがっている。混乱した三好勢内の兵が「誤って火を出した」ことがもとになり、大仏殿は焼失したのである。

　ともあれ――。

　この夜の奇襲に「火」をもって加わった五人の伊賀者たちにとっては、大仏殿と回廊の出火こそは計略の外のことであり、さらにその炎上の巨きさは他の出火に影響するほど強烈なものであった。忍びの計略は精密に成り立っている。が、この大仏殿附近からの出火という一事で風の流れが乱れてしまい、予測された人の動きはまるで崩れ、順序立てられていた火のまわりが狂いに狂って、ついには敵軍同様に逃げ道までも見失ってしまったのであった。

　当然のことながら、当初の計画では綿密な脱出のための手順が組みたてられていたのだが、こうなっては手順などというものは捨てるしかない。いまや己らが撒いた火に、囲まれているのだ。

「御頭と八兵衛どのは、どこじゃ」

　十蔵が生きた右目で周囲の火をさぐりながら、五右衛門に訊いた。

「むこう側におわす」

と五右衛門は、三好軍が建てた「櫓」のある方角を指さした。いまその櫓は火に呑まれて、一方の脚がいびつに折れ傾き、割れるような音をたてたあと、煙を噴きながら一気に倒壊して夜天に火の粉をばらまいた。その衝撃が、物陰に隠れる伊賀者たちの足もとにまで、伝わってきた。

「あかん……これでは、わしらも火に焼かれてしまうわい。遁ぐるぞ、十蔵」

　五右衛門は必死になって、火と風を目でさぐっている。かならず、道はある。と、五右衛門は大きな軀を地に伏せた。南だ……そこに、怒ったように屋根に炎をたてている御堂があった。その奥の火が、途切れている。

（あの堂が焼け落ちたら、道ができる——）

おもって、火に灼けて熱くなった土のうえを這い出した。煙の下に、空気の層がある。息は存外と、楽であった。

「五右衛門ッ、御頭と八兵衛どのを待たぬでええのかッ」

うしろから、十蔵の声が追い縋ってきた。

「わしは待たん。御頭たちのことや、何とかしはるわい……」

五右衛門は熱い地面のうえを、蜥蜴のように這いすすんだ。十蔵と権六は互いに顔を見合わせると、五右衛門にならって地に這いつくばり——そして、逃げた。

槍が、脚をつらぬいた。

悲鳴を嚙み殺したが、脳天にまで突きあげるような、耐え難い激痛がおこった。突然と目のまえから繰りだされてきた槍の穂先が、左大腿の内がわの皮を裂き、肉を嚙みやぶって骨をそぎながら、尻へと抜けた。槍が引き抜かれたときには、火に焼かれるような激しい痛みが脚のなかにはしった。

高山ノ八兵衛は、顔を苦悶にゆがめた。

いずれ方ともわからぬ雑兵の槍に左の太腿の内がわを刺しぬかれ、ついには痛みに耐えきれなくなって、

「あ」

と声をあげると、そのまま地面に倒れこんだ。八兵衛を刺し倒した兵は、狂ったような雄叫びをあげながら、火の外へと走り去っていった。

出し抜けに脚を槍で突かれ、八兵衛は地面のうえに血まみれの尻をついた。左脚の痛みを堪えようとして、全身が慄えている。一瞬のことに、何がおこったのか、理解する間もなかった。八兵衛は喉もとへと迫りあがってくる悲鳴を呑みこんで、自慢の鉄炮を杖に立ちあがろうとした。が、強風に吹かれた案山子のように、また地面のうえに力なく倒れこんだ。

そのままに、立てなくなった。

みると、左脚にあいた穴から、湧き水のように黒い血が染みだしてくる……出血がとまらず、焦った。周囲には火の手がまわり、午のように夜を明るくしている。命を取り合う兵らの怒号と悲鳴が絶え間なく耳に聞こえ、炎に崩れる建物の喚き声が重々しく鼓膜を打った。八兵衛は傷の止血をしようと、腰から頭巾布を解いて左脚の傷にかたく縛りつけたが――それでも、血はとまらない。流血の分だけ、意識も遠ざかってゆく……ここが何処なのか、何故いるのかすらも、判然としなくなってきていた。刀槍を手に駈けまわる兵らにまじって、水桶をかついだ僧侶たちがいた。桶に汲んだ水をまき散らしながら、火のまえで騒いでいる。何やら怒鳴っているようだが、言葉はわからない。他方には、火を背負った男が狂ったように煙のなかで躍り、やがて矢で射殺された。

「おそろしや……」

つぶやいた八兵衛は力をなくし、ついには立ちあがることを諦めた。あらためて周囲を見渡せば、数えきれないほどの松永三好の兵たちが血を流し、屍となって地面に転がっている。赤鬼のごとく流血に顔を染めて喚きたてる者があれば、槍傷の痛みにすすり泣いている者もあり、その他の者といえば死んで火に焼かれているか、駈けまわる兵馬に踏まれているかのいずれかであった。

八兵衛は地面に坐りこんで、死にゆく者どもの姿をただ眺めつづけた。

(地獄の沙汰じゃ)

地表から立ち上がるいくつもの火柱が、夜天を呑みこもうとして、赤く肥った腕を高々とのばしている。

「天下鳴弦雲上帰命頂礼……」

と、八兵衛は口のなかで祈りの声をつぶやいていたが——坐っていることも辛くなり、ついには地面のうえに仰向けに寝転がった。生という緊張が、解けたのである。

仰向けざまに目にみると、東大寺を灼き尽くさんとする炎のゆらめきは、まるで赤い滝の流れでも見るように美しい。地獄の一角で寝ているような気分である。そのようなことを呆然とおもいながら、八兵衛は地面に倒れこんだ姿で、しばらくのあいだ火に灼かれる夜空をながめていた。やがて天地が逆さまになり――眠けとともに、まぶたが重くなりはじめた。と、耳もとで声がした。

「しっかりせや、八（八兵衛）」

いつの間にか、傍らに御頭の木菟が膝をついて、顔をのぞきこんでいた。烏羽色の忍び装束を着込み、頭巾を解いている。刀は佩いていなかった。かわりに、火薬をつめた竹筒を六本、縄で束ねて肩から提げている。木菟は地面に倒れている八兵衛を立たせようとして、腰のしたに腕を潜りこませ、

「ちっ」

と、舌打ちをした。両手が、夥しい血にぬれたのだ。しかも、八兵衛の体内から染み出してくる血には、熱がある。

（これは、まずい……）

動脈がやぶれている。こうなれば、命が危うい――木菟は八兵衛の頬を叩きつけ、

「目を閉じなや、八。遁ぐるぞ」

と、左脚の傷口をふさいでいる布をさらにと硬く縛りつけ、両腕を抱きこむようにつかんだ。木菟は、八兵衛を引きずりながら、兵らの屍を踏みこえて後退った。火が迫っている——目のまえに建っている伽藍が火に揉まれて屋根を崩し、轟音をたてて火の粉をまきあげた。まずいとおもって、木菟は肩に提げている火薬筒の縄をいそいで解いた。これに引火すれば、自身が木片微塵に吹きとぶ。捨てた。とたん、炎につつまれた伽藍が、凄まじい音をたてて地に崩れた——木菟たちは頭上から降ってくる炎の破片をかぶり、点々と膚を焼かれながら、間一髪のところで倒壊する伽藍のしたから逃れ出た。

「八よ……気をしっかりもたせや。まだぞ、堪えろや」

難を逃れた木菟は、気絶しかけている八兵衛をなおも引きずりながら、地獄のなかに方角を見定めようとしている。

（東はどちや……東じゃ、東に向こうて若草山からぬけるのや——）

と自分をはげますように、心中で独り言をくりかえした。木菟は八兵衛を引きずりながら猛りくるった火の幕を越え、矢弾が飛び交うなかをかいくぐり、若草山を目指して、ひたすらに亡者たちのなかを進みつづけた。

命を取り合う兵らの怒号や悲鳴を背に聴きつつ、ついには鐘楼堂のそばへと辿りでた――堂のまわりには東大寺の僧侶たちが数十名とむらがり、鐘楼の火を消さんとして、おおきな声をあげながら、懸命に消火を働いている。木菟は僧たちの姿を横目に見て、泥と汗によごれた顔を何度も腕でぬぐった。ふしぎなものである。合戦の場となったこの東大寺ではいま、敵味方にわかれた人間たちが命を奪い合い、一方では災難の火を消そうとして僧たちが必死に走りまわっている。そのなかで、忍者としてのおのれはただ雇われた者に過ぎず、ここに守るべきものはもとより何もなく、戦場に火を付けてまわり、挙句の果てには傷ついた仲間を引きずって、何とかこの戦火から逃げだそうとしているのである。

(やりきれぬ……)

このとき木菟は、忍びの仕事に言い知れぬ儚さを感じていた。儚きこころは、躯まで鉛のように重く感じさせる。もとより、五十年もつかいつづけてきた肉体であった。この混乱しきった合戦場においては疲労のほども、疾っくにきわまっている。木菟は苦しそうに肩で息をしながら、

「八兵衛や、堪えておれや。いますこしで、ここから抜け出るからの……ええか、堪えるのやぞ……」

と、自身をも励ますように低声につぶやき、馬の屍の陰に八兵衛を引きずりこん

で、脚の具合をみた。傷口を縛りつけている布は肉に埋もれるほど硬く締めつけられ、血を吸いあげて黒く汚れている。触ると、血が冷たかった。はっとして、顔をみた。半ばとじかけた八兵衛の眼が、笑っている。木菟はため息をつくと、乱れた息をととのえつつ、

「苦労じゃった」

と一言、声をかけた──死んでいた。知らずに木菟は、八兵衛の遺骸をしばらくと引きずっていたのである。自分の膝から、全身の力が抜けていくのがわかった。木菟はあらためて奮起すると、

「八よ、儂はこれで往くでな……」

郷に代わって別れをつげて、馬の骸の陰に立ちあがった。死体は置いてゆく。ここは、東大寺である。

(念仏をあげる僧には、事欠くまいよ)

と、木菟は八兵衛の死顔を一瞥して、辺りを用心深く見回したあと、背を低くしながら奔り出した。わが命を捨てるには、まだ早すぎる……屍の山を踏み越え、火の幕を掻いくぐり、さらに激しさを増した銃声のなかを右へ左へと、出口を見失った鼠のように走りつづけた。

やがて――赤々とした火と、白煙を噴きあげる建物の向こうに、若草山の黒ずんだ山影がみえてきた。すぐにも視界に煙がたちこめ、山影は見失ってしまったが、それでも方角にまちがいはないと、木菟の目が活気づいた。

（逃げおおせたわい……）

炎に押し倒された御堂の陰に飛び込み、いま一度、煙の向こうに若草山を見ようとした。ここで煙が引くのを、待てばよい。いましばらく待って、この地獄と化した東大寺の火焰のなかから、一気に脱出を成し遂げてくれよう。心臓が、高鳴っている。木菟は肩で息をしながら、何度も唾をのんだ。いま少しだ――と、濛々たる煙が地表に渦巻き、そこへ吹きつけてきた西風が切りこむように白煙を割った。

（いまじゃッ）

と、木菟は伏せていた軀を起こした。

倒壊した建物の陰から、木菟が走りでようとしたそのとき、一帯に地鳴りのように馬蹄がとどろき、三十騎の鎧武者が火を飛びこえてあらわれた。筒井順慶の与力である秋山衆である。秋山衆は無量寿院の屋敷門一帯に陣をかまえていた筈であったが、松永軍の猛攻に押し崩されて、ついには陣を引きはらい、この後方地点まで逃げこんできたのである。馬上の武者どもは血をながし、胴丸に折れた矢をたて、みるからに敗者然とした姿であった。木菟はふたたび地に伏せると、馬蹄の音を肩に聴きつつ、武者どもが駆け過ぎるのをじっと待った。

（機を逸したわい――）

木菟は「ちっ」と舌打ちをして、懐中にある小刀をつよく握りしめた。目のまえにみえている二層屋根の建物が焼け崩れてしまえば、退路が閉ざされてしまう。柱が猛火を支えているうちに、突破するしかなかった。万に一つも、煙の向こう側に抜けでた処で敵兵と搗合うことにでもなれば、この小刀で刺しちがえてくれよう……そう、覚悟を決めこんだ。みると、兵らのすがたは消え去ったが、煙がまた濃くなってきている。視界が、ない。これでは闇雲に、突っ切るしかなかった。

（待てぬ……ええい、構わぬわい――）

木菟は肚をくって、一歩を踏み出した。手には、百地丹波から賜った「誇りの小刀」をかたく握りしめている。

地を蹴り、濛々と立ちこめる煙のなかに飛びこんだ。案の定、まるで視界が利かない。目に煙が刺すように染みて、走り抜けようとする勢いが削がれた。息も、できない。周囲の煙は、すさまじい熱を孕んでいた。深く呼吸をすれば、のどが灼け爛れてしまうだろう。耳もとに轟々と火の音が迫り、やがて正面から、顔を焦がすほどの熱風が吹きつけてきた。

「あ」

とおもったときには、足が煙のしたに隠れていた石仏を蹴りつけていた。木菟は身体の均衡をなくし、地面のうえを転がった。転倒し、さらに勢いをつけながら、火が舐める建物の残骸のなかにと突っ込んだ。炎のうえに小刀を握った手をつき、つぎの瞬間には火の粉をばらまいて、残骸のなかから転がり出た。髪の毛が燃えている……木菟は両膝をつくと、空いた手で頭の火をいそいで払い落とし、また煙のなかに飛び込んで、火の境いを強引にも突っ切ろうとした。

走りかけたところで、

(なんじゃ、あれは……)

木菟は身をすくめて、頭上を仰ぎみた。そこに、ただならぬ殺気をとらえたのである。忍者の本能とでも云うべきか——木菟は咄嗟に片手を懐に差し入れると、衣の裏がわに隠し持っていた手裏剣をつかんでいた。

目、

である。

炎につつまれた建物の二層目の屋根の下にいま、丸い大きな目がふたつ、不気味に浮かびあがっているのだった。

（やや、妖怪ぞ……）

木菟は腰を落としたまま、炎のなかに浮かぶ「妖しの目」を凝っと見上げている。

陽炎にゆらめく不気味なふたつの目もまた、中空にあって、地表に屈んでいる男の姿を興味津々と眺めていた。地上の男、木菟は――甲冑、具足のたぐいを身につけず、とうぜんながら背に指物もない。あきらかに「兵」ではなかった。かといって、この火の海と化した東大寺を消火せんと駆けまわる、僧らの風体でもない。烏羽色の忍び装束、という恰好であった。

（ほう。珍かな）

と、目の妖怪は唸って、

（毬者とやら、じゃやな……）

そう判じた途端に、炎のなかの奇怪なる眼は糸のように、ほそくなった――片や、その伊賀忍者である木菟は、懐中で手裏剣を握りなおし、肩に力を入れた。妖しげな「目のばけもの」をまえにしても、恐怖心というものはまったくない。伊賀者の奇骨（風変わりな性質）というものである。畏怖する心よりも……好奇心が――勝った。

つぎの瞬間、

木菟は懐から手を差し抜き、そのままに手裏剣を空へ投げ放っていた。風を巻いて飛んでいく一刃の手裏剣は、煙を切り裂き、炎を破って、屋根のうえの妖しき目を刺し抜こうとした。目の下、三寸。木菟が放った手裏剣は、的確に相手の首もとを狙って飛んだ。が、刺し止まらず、そのまま紅蓮の炎のなかに消えた。

(胴が——ないのか?)

木菟はおもって、愕いた。立ちあがり、よくとみれば——中空の目は、上下に逆さまである。屋根の梁に脚をかけた人影が頭を下にして、炎のなかにぶらさがっているのだ。そうと分かるや、

「何奴ッ」

と木菟は、さらに手裏剣を一刃、頭上に投げ放った。その瞬間……屋根の梁にぶらさがっていた黒い人影が、真逆さまに落ちた。まるで、炎のなかに実った果肉が、自ずから枝をはなれて腐り落ちたようすであった。

落下する妖しき人影は、宙で火の衣を脱ぎ捨て、身をひるがえした。途端、地面に手をついた。と、同時である——木菟の背後に渦巻く煙の奥から馬の嘶きがきこえ、その甲高い声に折り重なるようにして、兵らの怒号が沸きあがった。

「秋山の兵ぞッ。のがすな、捕り殺せッ」

喚いているのは、敗残兵を見つけた松永方の兵たちである。俄に、鉄炮の音が沸きたち、つづけざまに風を切る矢の音が、無数に飛び交った。木菟は合戦の声を背に聴きつつ、いま目のまえに立ちあがろうとする、黒々とした人の影を正面に視た。

（何と異相なる者か……不吉なり）

と、声を呑んだ。この頭上から落ちてきた男は——うまれたばかりの猿の子のように、二つの眼が異様におおきく、耳のさきが狐のように尖っていた。束ねた髪の毛は、背にかかるほどに長い。さらには、周囲の火に明るく照らされてなお、肌膚のいろが蒼黒くみえた。まさに、異相……墨染衣を着て、形こそは坊主か修験者のようであったが、清らかさというものが片鱗もない。その口もとに浮かべる微笑さえもが、屋根うらを這う陰湿な守宮をおもわせた。

はたして、この不吉の者こそは——果心居士、であった。果心は目のまえに屈んでいる小柄な五十男を見つめたまま、嗤っている。まるで、少女が悪戯に含み笑っているかのように、ククと不気味な声を零していた。

木菟は、笑わない。この異相者をにらみ据えたまま、手にある小刀をゆっくりと両手につかみ、鞘を抜こうとしている。水牛の角で拵えた柄が、周囲をとりまく炎のきらめきを滲ませて、虹いろに美しく輝いた。

と、木菟は錆びた声を放った。これほどまでに、全身から不吉が臭いたつ者と出合ったことがない。いわば、「魔物」である。こうして向かい合っているだけで総毛立ち、そのおおきな眼には、魂魄までも吸いこまれるような、ふしぎな魅力すら感じはじめていた。

（この化生めは、幻術を用いたるや……）

木菟は気がついて、術にかかってはまずいと顔のまえに小刀を伏せて構えつつ、鞘から刃を抜き放った——と、そのときであった。

びゅう

と風が鳴り、背後に逆巻く白煙のなかから、矢が飛んできた。いずれ方の兵のものとは知れないが、合戦のなかで敵に向けて放たれた無数の矢のなかの一矢が、的を逸れたのだ。流れ矢——である。木菟は微かな空気の振動を耳にとらえて、危険を察知したが、矢を避ける間はなかった。顔のまえで小刀を鞘から抜いた、その直後だ。

「ぬっ」

首に、その流れ矢が刺さった。

「抜かったわ……」

と、みじかい言葉を吐きすてると、木菟は首すじに矢がらを突きたてたまま、化生の者を目のまえにして膝を屈した。その手から、誇りの小刀が落ちた。

(――息ができぬ)

首を串刺しにする矢のあたりから、血と息が漏れている……木菟は、矢がらをつかんで首から引き抜こうとしたが、鏃が首すじに埋もれ、どうにも引き抜けなかった。へし折ろうともしたが、矢は撓るばかりで傷口がますます大きくなる。胸もとが流血で、真赤に染まった。木菟は矢をにぎったまま、ついに力尽きて、地のうえに倒れた。

片や果心は、好奇心をあからさまにした眼で、地面に仰向けに倒れている忍者と思しき男の――その死にぎわを――物珍しそうに眺めている。木菟の口から漏れていたほそい息が糸を断ったように、ふつりと切れた。

(死んだ)

果心は残念そうに口をまげると、亡骸の傍らに屈みこんだ。

「ほお」

とおおきな目が、かがやいた。

「これは美し」

木菟の手から落ちた、小刀である。

果心は、地に落ちているその「小刀」を手に取ると、虹いろに輝く柄を撫でつけた。気に入ったと、口もとが笑みにゆるんだ。ふいに、おおきな眼が周囲の地面を舐めるように見回し、そばに落ちている鞘をみつけた。果心は手をのばして鞘を拾いあげ、しばらくと手のなかで美しい小刀を眺めていた。

「ふむ。これは、貰うてゆくぞや」

と、小刀の刃を鞘に納めて立ちあがる。そのとき、火を纏う建物の柱の一本が、歯ぎしりをしたように、軋いだ音を辺りにひびかせた。倒壊がはじまった——地響くような物音を耳に聞いて、果心居士がその場を離れると同時であった。

すさまじい音を立てながら、二層目の屋根が崩れ落ち、炎が夜天に噴きあがった。無数の火の粉が、風に吹かれた花びらのように夜空に舞った……梟の名でよばれた伊賀忍者の骸は、いままさに倒壊した建物の炎の下敷きとなり、東大寺の片隅で人知れず、一塊の灰と帰するまで焼けつづけるのであった。

異名を「木菟」という。

——本の名は、木代ノ六兵衛。

この夜、忍者木菟は東大寺の火のなかに滅し、人知れずその生涯を了えた。

松永弾正の忍び

一

おなじころ――。

松永久秀は多聞山城にもどると、郎従に兜をあずけ、四層の楼閣をいそぎ駆けのぼった。最上階の廻縁にとび出すと、眼下の闇に赤い火の花を咲かせている、東大寺の地を見渡した――西の大地のうえに拡がる火は、まるで炎と化した巨大な一匹の龍が這いずりまわり、産卵に苦しんでいるかのようにみえる。いたる処で火が起きあがり、天にむかって長い舌をつきあげていた。はるか若草山の辺りに沸きあがる銃声は、いまも鳴りやまず、軍神を呼びおこそうとして柏手が打たれたように、発砲の音が延々と夜空に響きわたっている。

（まだだ……）

老いて節くれだった久秀の両手が、廻縁に備えつけられた朱いろの高欄をつよく握りしめた。眼下の闇に咲いた勝利の火に心が逸りつつも、すでに頭は冷静沈着し、向後の算段を立てようとしている。勝利は一時のものである。このとき久秀は、主家というものはすでに失していたが、義継という三好の血統を擁してもいるのだ。考えなければならない。考え、道を示すのである。それこそは長慶存命のころ、右筆として人生をかけて仕えてきた、この男の「意気地」というものであった。

尽くし、興す——一身をその一事に捧げてきた。久秀にとっては松永という家名よりも、先ず以て、三好なのである。それもまた、生きざまというものだ。松永のことは、嫡子である右衛門佐久通が考えればよい。家督はゆずってある。

(甚介めに似てきている)

ふと、おもった。嫡男、久通のことである。

甚介とは、久秀の弟である松永長頼のことだ。長頼はすでに、この世にない。兄の久秀とともに長慶に仕え、一生涯を三好氏の武将として献身し、三好の家に尽力した。長慶が畿内を掌握しようとしていたころ、丹波国の平定を指揮していたのが、この松永長頼である。京の久秀が細川(晴元)の兵に攻められると、すぐさま応援に駆けつけ、これを防衛し、ときに主君長慶や兄久秀に合流して、戦国という世を闘いつづけた。その戦ぶりから、豪勇の者と謳われた長頼であったが、永禄八年に丹波国で討死する。兄の久秀とはちがい、武勇に一筋の漢として生きた。

（右衛門佐よ、甚介の仕様では成らぬのだ……）

武力にたよって利を得たとしても、かならずあたらしい武力のまえに屈することになる。

「戦の命運とは、そこに尽きる――」

長慶のもとで京の政事に携わってきた久秀にとって、武力による制圧というものがいかなる結果を招くものか、骨身に染みわたるほど解っている。そもそも、この百年の乱世である。戦は、戦しか生んでこなかった――松永久秀という漢は直接的な武力は好まず、この大和侵攻に際しても出来うるかぎりの調略をもちいて、大和の諸氏に開城させるという手段をとってきた。

今宵の奇襲によって、久秀はこの大和国で一時の勝利を手中にしたが、

（ながくは、保つまい……）

と、判っていた。いずれまた、三好三人衆は智恵をめぐらし、久秀に交戦の火種を嗾けてくるはずである。筒井順慶にいたっては心身ともに、未だ若竹のような張りがある。かならず大和国を取り返さんとして、恐れを知らぬ仔犬のように牙を剝いて立

ち向かってくることであろう。

兵数においては、圧倒的に連合軍が勝っている。

それは、久秀も承知するところであった——数に劣る松永が、いずれこの連合軍を圧倒するような力を示し、大和で繰り広げられる争いを収束させるためには、別な力が必要である。久秀は火をもって、火を鎮めるつもりであった。

が、

(早々と手を打たねば、つぎこそはこの身も灰燼となり果てよう。此の戦、右衛門佐だけでは、どうにも立ちゆくまい……さにして、三好のあるじ左京大夫は大和一国を治むるほどの器にあらず。わしの命あるかぎりは——何としても、これに道をつけてやらねばならぬわい)

高欄をにぎる久秀の手の爪が、白くなった。いまは亡き主、三好長慶の御顔を思い出している。さらには、弟甚介(長頼)の勇ましい声を記憶のなかに聴きながら、久秀はこうして今も命をつづける自身に対して、相応の役目を負わそうと考えはじめているのだった。が、時がない……。

(わしも、いよいよ老いたるわ)

余命を考えることなど、これまでになかったことだ。老いさらばえた自身の心の声に、久秀が失笑したそのとき——背後の室から、不吉な嗤い声がきこえていた。まるで一羽の鳥がこの天守に迷いこみ、喚き声をあげているようにきこえる。いたずらな嗤い声が止むと、

「老いを思われるとはまた、弾正どのらしからぬ御心にあらせられる」

と、声がつづいた。久秀は振り返って、暗がりのなかに濃い闇を視た。二つのおおきな眼が、うす暗い室のなかに浮かんでいる。

「おう、化生か……」

愕くふうでもなく、久秀はよく響く声で返事をしながら、闇に立つ果心居士を灰いろの睛でにらみつけた。

「今まで何処ぞに隠れ居ったや、おのれ。——これへ、近う寄れや」

久秀は果心に背をむけると、ふたたび東大寺の「火」を眼下に眺めはじめた。ばけものと呼ばれて、果心は苦笑している。この主人は、ときに言葉がまっすぐ過ぎる傾向があるようだ。

「ふふ。隠れておったわけでは、ござらぬ」

果心は、久秀の傍らに立った。高欄に手をかけ、主人におなじく、煌々と夜を照らす東大寺の盛んなる火をしばらくと眺めた。

（老いても虎じゃ。この老翁、いまだ喰らいつけば火が燃ゆるわ）

果心は、久秀の底力の証しともいえる、東大寺の焼亡のようすに感嘆している。この多聞山城の主のもとに召し応じてから、数年が経っていた。

あの日――蝶を、追った。

二

ふしぎの蝶を追って、元興寺の五重塔を降りたあとの果心は、この「松永久秀」という漢と接触をはかるために、まずは久秀に縁のある奈良は手飼町の商人と誼を通じておいて、幻術のひとつを披露した。手がかり、である――そのころすでに、猿沢池で衆目に披露した篠の術法（篠葉を池にまいて魚にした魔法）のことは、奈良近辺に知れわたった「果心居士の奇特」のひとつであったが、この噂を怪しんだ男ら五、六人が、

「これに、是非にも」

と、果心と懇意にしているという商人のもとに集い、まことの事ならば是非、その幻術とやらを見せてほしいと頼んだ……とある夜、座敷で興が催され、酒飯がととの

えられた席でのことだ。

——何ぞおびたゞしくすさまじき幻術をあらはしみせ給へかし。

術をみせてくれるように願ったところで、座に招かれた果心居士は「それこそやすき事なれ」と快諾し、呪文を唱えた。呪文をおえるや扇を手にし、座敷の奥にむかって何やら差しまねくように仰ぐと、川の堰が決壊したかの如き大洪水がおこり、あっという間に座敷は大波に呑まれてしまった。

物という物がとつぜんの洪水に押し流され、座にいた男らもまた水底へ打ち臥せられて、溺れ死にした……かとおもったが、あくる日になって、人にゆり起こされ、皆々目を覚ますのであった。男らは、すぐに座敷を見まわしたが、洪水のあった痕跡はひとつもなく、果心の姿だけが消えていたという。

この風聞を耳にした久秀は大笑いし、ふしぎの居士を多聞山城に招びつけるや、

「これに留まり、儂にものがたりなどをせよ」

と命じ、召し抱えることにしたのである。このときの逸話がある——暇あるときには、果心にいろいろな物語をさせていた久秀だったが、ある夜のこと、

「果心よ、これに来よ」

と、ふしぎの居士を室に呼びつけ、

「今宵は、ものがたりはよい。何ぞ、そのほうの奇特とやらを披露せよ——」

そう、命じた。久秀のほかに、部屋には近習の者が五人いる。果心は下座に畏まりながら、

「承知つかまつりまして、ござりまする。ところで殿は、いかなる術をご所望にございましょうや——わが術法、とかく多うござりまするゆえ、何を披露つかまつればよろしいものか、それがしにはとんと智恵がござりませぬ。いずれなりと仰せつけくだされませ」

「ふむ、そうか。では……」

と久秀は、子供のように目を活き活きと輝かせて、近習の者らに顔をむけた。久秀の、悪戯なのである。いかなる術者であろうとも、このわしに天狗の法は通じない——そうと、この場で笑ってやるつもりなのだ。久秀は可笑しさを堪えようと目を細めて、対座している果心をみた。さらに身を乗り出しながら、秘め事を話すときのように声まで細くし、

「わしは一生いくばくの戦場にのぞみ、刃をならべ鉾をまじえて戦ってきたが、これまで恐ろしと覚えたること一つと無い。すべてに物怖じせぬという天性ゆえにな。どうであろう——汝ひとつ、このわしをその術とやらで恐懼せしめてみせや」

できまい、と久秀がほくそ笑んだ。

近習の者たちは、主人のいたずらに呆れながらも、この幻術師の業を期待して、ただ静かに胡座している。だれもが、術による「奇特」というものを実際に目にしたことがなかった。

(篠の葉をまいて、池の魚や鳥に化けさせる程では愕かぬぞ。ここに溢る大波をたておれば、わしが口でその水を呑み干しにしてくれようわい)

久秀は心中密かにおもい、口もとを綻ばせた。

「心得申した」

果心が澱みのない声で、返事をした。久秀の悪戯なる考えなどは、見通している。

果心はおおきな眼に笑みをうかべると、真直ぐに久秀をみた。

「しからば、人払いを——近習の方々はこれより座を外されよ。殿はその刃物を御預けくださりますよう、お取り計らいの事を。それともに、これが灯をすべて消しさり、この場を暗うしてくださらぬか。わが術法、闇にこそ活きますれば」

「ほお」

久秀は果心の申し出に、何やら妖しさを覚えて、感心したように唸った。何をするつもりか——近習の者らは躊躇していたが、

「おのおの、さがれ」

と主人に命ぜられて、腰をあげた。久秀は傍らにおいていた大小の刀をつかむと、室を出ていく近習のひとりに預け、燭台の火をすべて吹き消させた。あとは庭からこぼれてくる、月の蒼い明かりがあるばかりである。

うす暗いなかに閑かに坐ったまま、久秀は果心の術を待った。やがて、その果心がついと座を立ち、

「これより、お連れいたす」

と一言して、広縁に出て庭に降りたち、そのまま姿を消してしまった。

(どこぞへ、隠れおったか……)

久秀が不審がって庭をみていると、俄に月が暗くなった。やがて、しずしずと雨が降りはじめ、さらに物悲しい声をたてて風が吹きよせて、庭さきに咲く萩の花にまつわりつき、枝葉をゆすりはじめた。この異変には、さすがの久秀も何事かと息をのんだ。

(これも術法とやらか……)

やがて雨がほそくなり、――止んだ。庭が濡れひかり、闇が月明かりを取りもどして、広縁が蒼く染まりはじめた。いまは風だけが声をのこして、

（はや、これまでの事か）

久秀が失笑した、そのときであった――みれば、広縁のうえに見知らぬ女人が佇んでいる。震えるような声で、しずかに泣いていた。久秀がしばらく風の音かと耳に聴いていたのは、この女の泣き声であったのだ。ほそい肩のうえに月の蒼い明かりがうすく染み、ながい髪を落として顔はみえない。病者のように、ひどく痩せほそった女であった。すると――音もなく、その女がよろめくように立ちあがり、ながい黒髪をゆり垂らしたまま部屋に入ってくるではないか。女は、久秀のまえに崩れるように坐りこむと、白い衣の袖をゆっくりと顔のまえにあてた。泣いている。女の袖もとから、苦しげな息づかいがきこえていた。

「何人ぞ――」

久秀がたまりかねて、影までもが幽鬼のごとく蒼い女にむかって、力強い声でそう問えば、

「今夜はいとさびしくや、おわすらん……」

ほそい声が返ってきた。応えたあと、女はゆっくりと顔をあげた。その顔つきを目にした久秀は、愕きのあまり声をあげ、身を仰け反らせた。この女――はたして五年以前に病死した、久秀の亡き妻であったのだ。女は、久秀と別れた日のことを、哀し

みをにじませた声で語りだし、冥府での孤独やさびしさまでも訴えはじめた。その形相、いよいよ亡者のものとなりはて、眼窩おちくぼみ、垂れさがるながい黒髪もまた色がぬけて白くなると、無念を語る唇さえもが渇きに枯れはじめた。

まるで髑髏、である……さすがに久秀も、言葉をうしなった。息をのんだまま、目のまえに居座る亡霊のおそろしき姿に目を奪われ、その肉のない口からついて出てくる、呪わしげな声を耳に聴きつづけていた——が、ついには耐えがたくなって、

「もはや、止めい。果心、どこぞあるか果心ッ」

と、術師の名を呼ばわりながら、

「この亡霊を連れ帰れ、やめよやめよ——」

大いに、声を荒らげた。すると、

「承知つかまつった」

女の声が生者のように太く響いたかとおもうと、たちまち果心の姿になり変わった。みれば、庭のうえに雨のあとはまるでなく、風もなければ、月はいよいよ明るさをまして、庭さきを照らしている。

「わが術法がこと、如何にござりましたるや。殿が知らぬと申された、恐れが事をこれに見ましたるか——？」

果心は不敵な笑みをもって、そう訊(たず)ねた。久秀はただただ呆(あき)れはて、

「化生(ばけもの)めが……。わが太き心も、おおいに惑わされたわい」

云った途端に表情をくずし、大声でわらった。

(この者、つかえる)

以来、久秀は化生(けしょう)の術を自在に操るこの居士に、忍者(しのび)のごとき「諜者」のはたらきをも命じ、遠国(おんごく)へと遣(つか)わすようになった。果心にしてみれば、まずは世に、

(糸が、かかった……)

と、戦国を地(じ)でゆくような漢に仕えて、おおいに満足するところであった——探索のために各地をめぐるとき、果心居士の肚(はら)の底に巣くう「魔」というものが、地を震(ふる)わす鯰(なまず)のごとく、いよいよ激しさをまして暴れた——それこそは、活気(かっき)というものである。

「これを何とみる」

と、久秀の節くれだった手が、高欄からはなれた。あごの鬚(ひげ)をかいた。いまや東大寺一帯を焦がす炎は盛(さか)りをこえ、鎮(しず)まりつつある。

三

「さても――弾正どのに勝利が事とお見受けいたす」

果心が、そう返事をした。眼下の闇に手をひろげる数多の火を見つめたままに、である。久秀は鬚をかきながら、鼻でわらい、

「そう見ゆるか」

と云ったきり、黙りこんでしまった。東大寺の闇を照らす、この火の種はいずれ、何者かの闘争心を焚きつけて、あらたな戦を生みだすにちがいなかった――果てしない、殺し合いがつづいていくのである。この世に生を授かったそのときから、「人の一生」というものはすでに、決まりきったものでしかない。

(――戦場を駆けまわり、そして死ぬだけのものだ)

ただ、それだけのことであった。この松永弾正久秀という漢もまた、五十八年という年月を、戦いに明け暮れて生きてきた。それが人の世というものであると、幾度となく心を奮い立たせながら。いや……そうはおもっても、心の片隅では泰平の世を考えぬわけでもない。

「ところで、おのれ――今宵、何をしておったぞ」

久秀はふと我にかえったように、あらためて果心をみた。

「おもしろきものを」

眺めていた――と、果心は答えた。東大寺の荒れくるう炎のなかで出合った伊賀者の死にざまをここに思い出し、ひややかな微笑をうかべている。とうぜん、果心はその伊賀者に「木菟」という名があったことは知らない。

「ふん。おのれの言いざまからして、陸なはなしではあるまい」

「まずまず」

と、果心はふくみ笑っている。わが懐中に手を差しいれると、

「これを拾いもうした」

柄がうつくしい小刀をとりだし、手柄顔になって久秀にみせた。あいかわらず、どこか童子のような表情を垣間みせる男である。久秀といえば、怪訝な顔であった。果心の手にある小刀を見つめ、

「おのれのような者に、刃物は不要じゃ。心得も知らぬものが、そのようなものを手にすれば、いずれ怪我をしようぞ。それともや……日々に、あごの鬚を剃るつもりになったか」

と、久秀は興もなさげに云いすてると、廻縁を歩き、室内に入った。果心は苦笑しながら、小刀を懐中におさめた。我にして、もとは興福寺の僧である——と、云いかけた。槍術ていどは覚え知っているし、薙刀などの心得も、僧兵にならって多少なりともできる。が、果心は云わなかった。もとより、武芸者ではない。

(殿が申されるとおりである……)

われは、一介の居士にすぎないのだ。

「して、果心や。これへ参れ——越前のはなしなどを儂の耳に聞かせよ。一乗院どのは息災におわしたか」

「お変わりもなく、手がましい書状をお送りになられておわしまする」

と、果心は騒々しく嗤いながら屋根の下に入り、久秀の下座に腰をおろした。この、一乗院殿とは——興福寺一乗院に囚われていた、覚慶のことである。覚慶は兄の第十三代将軍足利義輝が京の二条御所において殺害されたのち、松永久秀の手によって、興福寺一乗院に軟禁されていた。そののちに細川藤孝(幽斎)らの力添えをえて永禄八年七月に一乗院から脱出すると、あくる永禄九年の二月には、近江国野洲郡矢島村の御所において還俗し、名を「義秋」とあらためた。その後、若狭国にあった武田義統を頼り、ここに朝倉義景と通じて、越前の金ヶ崎へと入っている。

のちの、第十五代室町幕府将軍――「足利義昭（あしかがよしあき）」が、この人物である。

久秀は果心に命じ、はたして一乗院殿こと足利義秋（義昭）の足跡を追わせているのだった。この永禄十年で、義秋は御年（おんとし）三十一。兄の義輝が謀殺されて以降、義秋は自身の命を必死になって繋（つな）ぎながらも、失墜した足利家の御家再興（さいこう）を目論（もくろ）んで動きまわっていた。

波瀾（はらん）、に尽きる……この足利義秋という男の人生は、兄の死をきっかけとして、波瀾万丈のうえにのみ成り立ち、後年にいたっては、戦国という時代そのものを「波乱」に巻き込む運命をもっているのであった。長年にわたり、謀略にもまれて生きてきた老将久秀は、そのするどき嗅覚（きゅうかく）をもって、この波瀾含みの男のにおいをかぎつけていた。手もとに飼いおく幻術師「果心居士」を屡々（しばしば）、近江や越前へとむかわせ、においのもとを見張らせている。

「煩（うるそ）うなってきたか」

と、訊（き）いた。

「左様――申せば春の空を舞う、朝雲雀（あさひばり）のようにござるな」

「雲雀のようか」

久秀はわらった。この雲雀という鳥は、漢名を「叫天子（きょうてんし）」といった。さえずりは明朗にして美しいが、ときにその声は騒がしくもある。まさに、この戦国時代における「将軍家」の叫び声のようである――と久秀は、果心の言い様に可笑しくおもった。さらに、雲雀の飛びざまというものは、急激な上昇や降下をくりかえし、「揚雲雀」「落雲雀」などと呼ばれている。将軍家、あるいは幕府そのものの盛衰の激しさ、と云えなくもない。

（あれも叫びつづければ、必ずや、何ものかが動く……）

久秀はふいに顔を曇らせ、考えこんでしまった。果心は微笑したまま、この沈黙を楽しむ趣に、閑かにしている。ふいに、久秀が目を覚ましたように顔をあげ、灰いろの目を果心にむけた。

「おのれ、直な美濃へむかえ」

「はて。美濃、にござりまするか――？」

「応。美濃の織田上総介と申すおとこが、但馬守（柳生宗厳）に書状を送りつけてきておると申すわ。これが、いかなる大名か探りあてよ」

「承りましてござりまする……」

と、果心はおおきな目を伏せながら、返事をした。

（何ぞ、思寄られたようじゃ――）

顔をあげ、ついと立ちあがると、果心居士は闇のなかへと染みこむように音もなく消えた。

久秀は、果心居士が立ち去ったことに、気づいていない。

（あの一乗院の小僧めは、これが行く末、わしの手がかりになろうはずよ——かならず、これに応じて越後の上杉輝虎か、甲斐の信玄入道どのが動かれることは相違なかろう。それともに、尾張の小僧がこと、まず気がかる……）

ふとい溜息をついたあとで、胸のまえに腕を組んだ。考えている。眉間に深いしわを刻み、頬のしわをかいた。さらにと久秀が、ながい深慮をはじめたころには、外から朝の冷えた空気が吹きこんできた。

天正十年十月十日の夜遅くにはじまった東大寺一帯における合戦は、あたらしい朝の訪れとともに、勝敗を決した。

久秀が、勝った——勝利してなお、この老将は多聞山城の天守の一室にひとり閉じ籠もって、低声に唸りつづけている。

「ううむ……」

久秀にとっては、これからが真の戦いであった。

岐阜

ひとりの雲水が、

「ほお。あれなる仁が……」

と網代笠のしたから、おおきな目を光らせた。三十人ほどの男らをひき連れ、市に賑わう町なかを、馬上にゆられながら進んでいく人物があった。綾藺笠を傾けてかむり、狩衣を着、弓を背に負い、腰には豹革の引敷を掛けて、そのうえに刃広の太刀を提げている。

永禄十年の十一月――美濃国、である。

雲水の形をした果心は、町辻に「影」となって立ち、往来を割ってすすむ狩衣姿の漢を凝っと視ている。

（鷹野にでも御出やったか……）

その馬上の漢こそは、「上総介（尾張守）信長」であった。目するどくして、鼻がとりわけ大きく立派なつくりをしており、精悍なる虎の貌形をおもわせた。馬の手綱を片手でさばき、空いたほうの手が、おおきな鼻のしたに生やした八字髭をなでつけている。

「藤吉、あれが制札を通りまで出させよ。目がゆきとどかぬわ」

と、信長はよく響く太い声で云うや、髭をなでていた手をとめて、建物の影の中にしずんでいる高札を指さした。

「たれが立てたか」

声色は一変し、緊張を孕んだ。はや、立腹されている。

「早速っ」

と、藤吉とよばれる小柄な男が、はっきりとした明るい声で応えた。木下藤吉郎秀吉である――月代が禿げあがったように広く、頬が削げおち、反っ歯だ。身の丈は五尺ほどしかない。小柄なうえに、痩せた男であった。とても大器なふうには、みえないが――この男、のちに「天下人」となる。

信長の肚の虫がさわぎだすまえに、秀吉は動いた。

「やおれ、近う」

と、付き従う郎従のひとりに声をかけ、かの制札を、往来の目にとどき易い位置に出すようにと手早く指示をした。命じながらも、このざまでは折角の制札が役目にないことなどの理由をも云い洩らさず、指図細かく、的確に言いつけている。しかも、主人の馬に遅れをとらずにだ。

「ほう……」

果心は、この「家」は物事が疾い、と感心して眺めている。

布令の書かれた高札は、三人の男たちの手によって、あっという間に見通しの利く場所へと移された。果心は何が書かれているのかと興味をもって、制札のまえに群がりはじめた商人らのなかへと分け入った。すでに、文字に明るい者らが声を出して布令を読みあげ、疎い者たちはその声を頼りにしている。果心のそばに立っている小柄な商人体の男は、何度もつまさき立って、人混みの向こうに高札を覗いていた――が、ついぞ声を聴きそびれたようすである。すると男は、浮子を沈めようとする小魚のように、ついと果心の袖を引いてきた。

「失礼ではござりまするがの……ちと、坊様におたずねしてもええですかの。あのそれ、――あすこには、何と書かれてあるんですな?」

と訊ねられた果心は、

「うむ。わしには関わりもないことではあるが……宜しい」

と声を出して、高札の言葉を読みあげてやった。布令には先ず、「定――」とあり、つづいて市場の規則とする三箇条が記してある。ひとつめは、

「一、當市場越居之者分国往還不可有煩――」

として、この市場に越居の者は分国の通行は自由であると定め、借銭、借米、地子（土地の利用料）、諸役も免除されるというのである。

つづいて、押買（押し売り）、狼藉、喧嘩、口論をかたく禁ずると書かれてあり、最後の一条として「理不尽な使（警察権）入るべからず」と定めたうえで、右条々に違反したものは厳しい罰則が科せられるとあった。そして最後に、その成敗を下す者の花押（草書体の署名）が記されている。

織田信長

――である。

「へえや、こりゃあ。ええ話を聞きもしたわ」

と、果心に布令を読んでもらった小男が、唸るように云った。

「そうさな。そこもとのような商人にとっては、よい市があったものよ」

この戦国という世にあって、裏を返せば「市」というものは自由に行えるものではなく、地子はとうぜん払うものであって、押買、狼藉、喧嘩はたえず、不条理な警察

権の介入なども常のことであった。各地の流通の多くは、未だ閉塞的である。商人にとっては、物を売るのにも苦労が要る時代なのだ。

（この布令ひとつで、国が人で賑わう）

果心がふと視線を転じると、とうの信長の姿は、すでに往来の奥へと消えていくところであった。果心は信長を追わず、人を観察しつづけている。日陰から辻表へと移された高札のまわりに、人だかりができていた。まるで、餌にたかる蟻のようだ。

（おもしろい）

果心は、おおきなその目を細くした。美濃へきて日も浅く、織田信長という男のこともよく知らなかったが、

「これは、一廉の人物ぞ」

と、唸るようなおもいである。信長の声が、布令を動かして人の流れを変化させた。そして、市の活気は損なわれることなく、制札が活きたことでさらに、布令の「言葉」が大勢の人の目に届くようにもなったのである。おそらくは、この商人たちの声を伝わって、信長の言葉は各地へと喧伝されていくことであろう。

この市こそは――「楽市」という、あたらしい商業の在り方である。旧来、市や座というものは独占的なかたちでおこなわれてきたため、新規の商人が入りこむことは

なかなか難しい。信長が推進（すいしん）している「楽市楽座」というものが、これを壊す。一部の者にあたえられていた旧態特権が取り払われることで、あたらしい商人が町にぞくぞくと集まり、経済は活性化することとなるのだ。しぜん、国の財政は潤（うるお）う。いまだ領土に「尾張」と「美濃」の二国しかもたない織田にとって、この戦国の世に打って出るためには、経済というものが何よりも、軍事力の重要な基盤をなした。

（人が活き活きとしておるわ）

と果心は、往来のなかに身を寄せて、人の顔をながめ、町を見物してまわった。賑やかさは、市ばかりではない。大工や人夫（にんそく）たちが忙しく立ち働き、石を運び、材木を組みあげ、あたらしい国主のための普請（ふしん）（土木工事）を急いでいた。掛け声が飛び交い、大工が鑿（のみ）をうち、木材をけずる鉋（かんな）の音々が、一帯に沸き立つように鳴り響いている。いまここに、あたらしい町がうまれようとしているのだ。果心は辻かどに立って町の普請を眺めながら、あたりに充ち満（み）ちた木屑（きくず）の香りを鼻で嗅（か）ぎつつ、この喧噪（けんそう）こそは、信長という漢の血潮（ちしお）の音そのものではないか、ふとそんなことをおもった。

（逞（たくま）しきや）

果心はこの普請のようすを目に見、音に聞いているだけでも、血があつくなって、えも言われぬ活気が肚（はら）の底から湧きあがってくるような気分になった。

この町の名を、「岐阜」という。長良川の流れが北西の地をけずり、背面には稲葉山（金華山）の影が屹立している。もとは、「井口」とよばれていた土地であり、岐阜と改名されて、まだ二月と経っていない――信長が命じて、禅僧の沢彦宗恩という人物に、この地名を考案させたのだ――地名の由来は故事にみられ、中国周時代の文王という人物が、岐山に拠って天下統一を果たしたことから、その山名の「岐」の一字をとり、孔子の生地である曲阜の「阜」と合わせた。

城、がある。

「岐阜城」

というが――もとは井口城、稲葉山城、あるいは金華山城と呼ばれていたものだ。信長の義父でもあった「斎藤道三」の城である。道三はこの城を嫡子の義龍にゆずって滅び、さらに義龍の亡きあとは、その継嗣である斎藤龍興がこの城を拠点として、美濃一国を治めてきた。信長は斎藤道三亡きあと、この城を奪ろうとし、執拗に戦ってきたが、道三が縄張りしただけあって「稲葉山城」は堅固にして、易々と落ちるものではなく、さらに美濃兵は信長の兵よりもつよかった。

事態が一変したのは、この年――永禄十年のことである。

八月になって、西方（美濃）三人衆といわれた稲葉伊予守（一鉄）をはじめ、氏家常陸介（卜全）、安藤伊賀守（守就）らが主人龍興を見限り、信長に内応し、臣従を申し出たのである。当然ながら、この美濃三人衆は信長に臣従する証しとして、人質を差し出すことになるのだが、信長はこれを好機とみるや、人質の受け取りを待たずして、美濃の瑞龍寺山へ駆けむかった。まったく、疾かった。これには美濃三人衆も肝を消すほど愕いて、あわてて信長のもとへと駆けつけ、とにかく挨拶だけはすませた。信長はこの急襲により、龍興の城をあっという間に奪いとってしまう——八月十五日、稲葉山城にあった将兵はみな降参し、城主の斎藤龍興は飛騨川に舟をだして、川内の長島へと逃れてしまった。信長はついに、宿願であった「美濃攻略」をここに成し遂げるのである。

ときに信長、三十四歳。これ以降、織田信長という漢は——この岐阜から、天下統一という険しい道へと歩みだしていくことになる。ちなみに、武家の政権によって天下を治めるという「天下布武」の印判を信長が用いだすのも、このときからである。

さて果心居士は——信長が岐阜城（稲葉山城）を手にしたその二ヵ月後に、美濃入りしたのであった。美濃に来てからは、織田上総介信長という人物の風評をたずねてまわり、つい今しがた、その御姿をもみた。

「織田の殿様は一廉にして、手強き」

というのが、信長という人物を拝見した印象である。しかし不思議と果心は、この美濃のあたらしい国主に対しては、久秀と逢ったときのような「魔がさわぐ」という感覚をもたなかった。規律、というものが、ほどつよく臭う仁である。そのためか、果心は信長をどこか煙たくもおもった。

その信長は天文三（一五三四）年に、尾張勝幡城の城主であった織田信秀の子として、この世に生まれた。「吉法師」というのが、幼名である。十三歳のときに元服し、「三郎信長」と名乗る。若年のころは「大うつ気者」とも呼ばれ、破天荒な印象がつよい男であったらしいが、旧くにこの美濃国主であった斎藤道三や、大和の松永久秀といった人物には嗅ぎつけられる「人臭い味わい」というものがない——一見して、織田の殿には人の柔らかさ、というものがなかった。まるで阿修羅王かくの如く、厳格さが全身から烟るように、におい立ってくるのだ。人心の強さというよりも、おそらくは絶対的な神仏にも似た、「意思」の強さのほうが勝っているのであろう。

「寄り難し」

と、果心はなかなか、岐阜城に近づこうとはしない。信長という人物はその厳格さのあまり、「仏法」すらも否定しているとうわさに聴く。これがさらに妖しの術ともなれば、悪行の対象となり、憎しみにも似た感情をもって厳罰を下すというのだ。
（法者と知られたれば……）

果心などは、まちがいなく「罪人」として成敗されてしまうであろう。風聞然り、織田信長という漢は、モノの邪を嫌う武将である。この岐阜で「奇特なる居士」などと呼ばれたら、果心居士は信長のもとへと呼びつけられて、即日にも捕らわれるであろう。そのあとは磔刑に処され、人目に晒されながら槍に突き殺されるか、焚殺されるに相違ない。唐土（中国）から伝わる、おもしろ咄のように奇特の術をもって鼠に化け、縄ぬけをし、磔柱から逃げ出すなどということは、さすがの術者果心にも、できるものではない。信長の逆鱗に触れることにでもなれば、まずは疑うべくもなく、
（死するわな）

果心の用いる「術」なるものの本とは、人のこころの隙や、邪心というものに付け入ってこその、「妖術（魔法）」なのである。

さて、その信長だ――この美濃一国を手中にすると、早速に戦後処理をはじめ、日々昼夜の区別もなく、いそがしく動きまわっている。いたるところに制札をたてさせ、美濃国内の寺社に対しては不法な行為を禁ずると命じ、あらゆる禁制を美濃国内に打ち立てながらも、一方では市を解放して、「楽市楽座」を推し進め、一気に国を

まとめあげようとしていた。

また、客も多い。この十一月——美濃のあたらしい国主となった織田信長のもとへ、中央（京）から遣いの者がやって来た。正親町天皇のもとで、禁裏御倉職（皇室の米穀や金銭の出納を管理する職）をつとめていた、立入宗継という人物である。このとき信長は、天皇から「古今無双の名将」とその武功を讃えられ、美濃と尾張にある御料所（天皇・院の所有地）の回復を命ぜられている。

「京に、名がとどいておるわ」

果心は信長という人物を遠望しながらも、呆れるほどに感心している。織田は着実に天下に歩をすすめ、京に旗を樹てようとしているようであった。

「この漢が上洛することにでもなれば、いまの三好や筒井ではまるで力が足らぬ。弾正（久秀）どのは如何になされるかや……」

果心は正月も美濃にとどまり、信長の動きを見守った。そして、翌永禄十一年の二月——にわかに、世が狼狽えはじめた。この美濃も例外にない。

「足利義栄」

という人物が、天皇からの勅令をうけ、第十四代将軍に就任したというのである。

いわゆる、「将軍宣下」が下されたのだ。この足利義栄という人物は、さきの将軍義輝の父でもある第十二代将軍「足利義晴」の弟にあたる「足利義維」の長男として、阿波国の平島荘に生まれた――つまりは義輝の従兄弟であり、もともと、第十三代将軍の義輝を二条御所で討ち殺した三好三人衆らと松永久秀に擁立されて、阿波から担ぎだされた人物であった――義栄（もとの名を義親）は、切り札として使われたのである。「東大寺多聞城の戦い」で松永久秀に敗北した三好党は、あわててこの人物を将軍に就任させることで、京における三好氏の権力を固持しようとしたのだ。義栄は第十四代征夷大将軍に就任した。しかしその実は、三好三人衆による「傀儡」の将軍であった。

「ほお、早や。これでは越前の谷ぞこに隠れて煩うしておられる、一乗院殿（義秋）も、肝を冷やされておられるに相違ないわい――」

第十四代将軍就任という風聞を耳にして、果心居士は大嗤いした。岐阜にある茶屋の軒先で、酒をなめていたときである。京から葉茶を売りにきたという男が、五、六人の商人を相手に、将軍宣下のあらましを我が目で見てきたかのように、おおげさに言いふらしている。

「これは、弾正（久秀）どのも慌てなされておろうことよ……」

果心は酒を呑み干し、銭をおいて腰をあげた。義栄は三好党に操られる、傀儡将軍である。三好どもに何を言い含められるか、わかったものではない。とうぜん、「松永を討て——」と義栄が天下に号令すれば、弾正久秀はひとたまりもない。

（いやさ、かならず左様な声もあがろうことよ）

果心はふと、将軍になり損ねた「足利義秋」の面を見にいくべきだと、おもいたった。この三月あまりで織田家臣団の陣容（顔ぶれ）とその規模のおよそはしらべあげている。上総介信長という人物のさまざまな風評も、頭のなかに入っていた。十分だ。それで事足りなければ、またこの岐阜に引き返せばよい……もとより、果心は「松永の家」に何ら忠義のこころは持っておらず、武家者でもなければ、家人という立場でもない。絶対的な命令は、自らが下すのである。この男を手もとに飼いおいている、松永久秀にしても考えは同じだ。たかが居士ずれなどに、家中の者に対するような期待をかけているわけではなかった。さらに云えば——この果心という男は、蝶を追う童子のように、ただ興味を示したものに心を向かわせるだけの性分なのである。

だから、

（一乗院殿の、御顔でも拝み参らせようぞ）

と、果心は気分のままに茶屋を出た。そのとき、である。

「これは、見事な柄でござりまするな……」

横腹から声がして、果心居士は足をとめた。ふと見れば、小柄な男が傍らに立って、果心の腰のあたりを指さしている。まるで猫が目をほそめたような、愛嬌のある笑み顔であった。この愛想のようすからして、商人であろう。

「はて」

と、果心はふいに声をかけられて一瞬は何ごとかと不審に思いもしたが、わが腰にある小刀に目を落として、納得した。

「これのことか」

小刀をにぎった。

「へい、その刃物のことでございます。さても、美しゅう柄でござりまするな。水牛の角で拵えてありまするようですが、ひとつ拝見させて戴いてもよろしゅうございましょうか？　いやいや、見事見事」

果心はこの、猫のように目をほそめる男に小刀を触らせてやると、

「たれかな？」

と、身もとを訊ねた。男は、果心の小刀に夢中になって、顔もあげずに応えた。

「へい。このさきで、砥ぎものを商っておりまする者で、与之介――と申しまする。なにぶんと、商い性質にこうした拵えの見事なものを目にとめますると、ついつい声

をかけてしまいまして……失礼のほどを」

と、「与之介」という名を語る砥ぎ師は、果心居士から受けとった小刀の柄をやわりと撫でつけ、

「如何でございましょう。もし――お許しのあればの事ですが――当方に、これを一晩でもお預け下されば、この柄も見劣るほどに、刃先を見事に砥いで差しあげまするが……」

腰を低くして云うと、果心居士は高々とわらい声をあげた。

「岐阜では、たれもが商いの上手と見受ける。が、いましがた酒を呑んで、わしには持ち合わせの銭がない。余所をあたられるが、よろしいぞ」

「さいですか……お安うしておきますが？」

「無用のこと。それに、見てのとおり、わしは居士の分際。この刃物も、そこもとに同じく目に美しければ、それでよい。刃なぞ砥ぐまでもないわ」

果心は男から小刀を取り返すと、

(不覚であった)

と一瞬、表情を不機嫌にゆがめて、小刀が人目にとまらぬようにと、懐中ふかくに隠し持った。そのまま果心居士は人の往来に身を紛らせつつ、北へ足をむけると、

（いまの小柄よ——）

与之介は、なおその場に立ち尽くし、自分の額をなんども手で叩きながら、ふるい記憶を蘇らせようと呻いている。どこかで見かけたことのある、「柄」であったのだ。商売のことだ。数多の刃物を見てきたが、この美濃に潜入してから目にしたものとは、違うような気がしてならなかった。

「はてさて、どこぞで見かけたものか……」

この男——まだ岐阜が「井口」とよばれていた、その昔に——百地丹波の下知を受けた上野ノ左と笹児に連れられて美濃入りした、伊賀才良衆の忍者、与之介であった。ヒダリと笹児は、「伊舎那天」なる不明の忍びを討ち斃したのち、しばらくして、美濃から立ち去ったが、与之介たち才良衆はこの国を見張る役目を請け負って、ままに残っていたのである。

（……たれぞの小刀であったような。そや、郷のたれぞの持ちものや）

与之介が、苦しそうなほどに顔をゆがめて悩んでいると、

「与之や。そこなところで、どないしておる」

ふり返ると、藍染めの着物に、柿いろの頭巾をかぶった面長の男が怪訝な顔つきで立っていた。与之介におなじく、美濃に潜伏している伊賀才良衆の忍者、小吉であ

る。手に、狸を提げていた。小吉はこの美濃で、筆師（筆結）を仮の姿にしている。

「立ち糞をしよるのけえ」

小吉の言い様に、与之介が声を荒らげた。

「たれが、立ったままに糞などするか。考えとるのよ、阿呆が——おのしこそ、岐阜まで足を運んで、何ぞ用かえ」

「おう」

と、小吉は毛皮をかかげて、筆の材を買いに寄ったと云いつつ、与之介の傍らに立つと、急に声を落とした。

「黒田のおとこが来ている。亥ノ下刻に寄り合おう」

「してや、場所は——」

「城田寺にて」

与之介は了解したと応えつつ、また思案ふかくなり、何度も首をかたむけながら、人の往来のなかへと消えていった。

幕府の忍者

燭台に火をともすと、皿のうえの油が黄金いろにかがやきはじめ、闇に光りの輪をふわりと浮かべた。

亥ノ下刻（午後十一時頃）になる。

辺りはむせ返るほどに埃がたち、柱はかたむき、姿のない蜘蛛がいたるところに糸をひいている。城田寺村のはずれに崩れるように建つ、名もない破れ寺の本堂内である――燭台に火が立つと、雑多な農耕具の類が、堂内に複雑な影を敷きひろげ、ところ狭しと押し込められているようすがわかった。本尊は、別の寺に移設されている。神仏も、このような場所では窮屈におもって、遁走したのかもしれない。床に積もったほこりのうえに、鼠の足あとが走りまわっていた。

この破れ寺、平素は農夫らの倉庫としてつかわれている。一方で、美濃にいる伊賀の忍びたちの連絡所としても利用されていた。いわゆる、「隠れ処」である――奥の暗がりに、声がした。

「各々方には、この岐阜を、ようにと目を配りおいてもらいたい。一乗谷（越前）の公方様と、いずれつながるやも知れぬゆえ……」

武士の形をした男が奥からあらわれ、腰から大小の太刀を鞘ぐるみに抜きながら、床のうえに据えおかれたほこりまみれの火鉢のまえで膝を折った。冬の夜というのに、月代にあせが光っている。眉が濃く、目鼻立ちの大きな貌であった。

この者、名を「服部要介」という。

もとは伊賀黒田荘の住人であったが、近江甲賀郡に在する土豪の「和田伊賀守惟政」という人物にかわれ、これに仕えていた。いわゆる服部党の、忍びである。

細川藤孝（のちの幽斎）の手引きによって、永禄八年の七月に「覚慶」が大和興福寺一乗院から脱出したのちに、奈良から伊賀の上柘植村を経由し、近江国甲賀の和田という地へと入ったのだが――覚慶はこの甲賀の士、和田惟政のもとにしばらく匿われていた――以降は、惟政に命ぜられたこの服部要介という伊賀者が、室町幕府御供衆の一色藤長をはじめとする、細川藤孝、三淵藤英（藤孝の異母兄）、飯河（飯川）信堅、智光院頼慶らに付き従って、覚慶の護衛にあたってきた。つまるところ――幕府に使われている、忍びの者である。

「将軍宣下があったとはいえども、一乗谷の公方様にして、征夷大将軍（せいいたいしょうぐん）の職をゆめゆめ忘れてはおわさぬ。また、御（おん）兄弟様の仇（かたき）も果たせぬままでは、京におけるこの度（たび）の波瀾も、これにて決しておさまりつかぬものとみえゆる」

と服部要介は、火鉢のまわりで胡座（あぐら）をかいている忍びたちの輪に加わり、独白のように語った。堂内には火鉢（ひばち）ひとつの暖（だん）があるばかりで、外に立っているのと変わらず、寒い。集まった者らは皆、綿（わた）のように真白い息を口から吐いていた――と、同座している才良ノ小吉（こきち）が柿いろの頭巾（ずきん）をとって、手もみし、面長（おもなが）の顔を燭台の明かりの中に晒（さら）した。

「どこぞの、誰（たれ）べえが将軍になろうとなるまいと、わしらには縁知らぬこと。この場にて申されることは、忍びの仕事（つとめ）に限りたいものじゃ。如何か、黒田の」

越前からやって来た男に対し、つめたく云（い）い放つ。

「尤（もっと）も」

服部要介はそう一言だけ、かたくるしい声で返事をした。同時に、向座に背をまるめて坐（すわ）っている与之介が、愛想（あいそ）のよい笑顔をむけてきた。裏腹（うらはら）にも、その口からついて出た言葉には、厳しさが滲（にじ）んでいる。

「用向きは、何じゃいの――この美濃を見張りおけ、と云うことであれば、そこ許（もと）に申されずとも我らは喰代の御屋敷様から云い遣わされておることゆえに、いまさら無用のことじゃ。これが美濃の委細がことなれば、いつでも呉れてやるわさ。伊賀の同胞のことでや、遠慮はいらぬ。何なりと申されよ。が、越前に匿われておられる男のことに、合力せよと申すものなら、もとよりわしらに興は無いゆえ、手は貸さぬ」

笑顔は崩さない。与之介のとげとげしい声を、越前からきた伊賀者は納得したように何度も頷いて聴いていた。当然である、とおもった。与之介という男は、伊賀忍者の理屈を云っているのだ。「将軍」や「国主」というものは、何度でも首を差し替えることができる。

ところが、

「この頸はひとつでな」

才良衆の久三という男が、自分の頸のつけ根を叩きながら、乾いた声でわらった。人というものは、殺されてしまえば、それきりであるのだ。まさか他人の首と、挿げ替えるわけにもいかない。この時期の将軍家の騒動に首を突っ込むなどとは、手もとの定まらぬ抜き身の刀の下に、自ずから首を差し出すもおなじことである。この美濃に潜伏している伊賀者にしても、それ程度のことは判る。そこで、はっきりと云う。

「手は貸さない――」

伊賀者は世の大事より、自身の命を惜しむ。一方では、命を賭しても、一族を守り抜くという矛盾した、結束心のつよさを持つことで知られており——ゆえに、はからずも協調性が保たれてもいるのだが——ひどく頑なな性分でもあった。また、政治に対する興味がことさらに薄い族でもある。

　将軍義輝の正統な後継者である足利義秋が、とおく越前で何を企んでいようと、「政」に関わることには心を微動だにしなかった。おなじく、現十四代将軍の義栄の行く末にしても、まるで関心がない。欠片すらも——だから、協力はしない。

　とうの服部要介も、考えの根幹はこの才良衆らと、何ら変わりはないはずであった。出自が、伊賀は名張の黒田荘なのである。

　黒田——。

　伊賀において、往昔にいうところの「黒田の悪党」で名高い土地だ。永禄のころから数えると、およそ二百八十年まえ——弘安年間のころにまで遡ると——元来、伊賀国の土地の多くは、大和東大寺の荘園領（管理される墾田地）であった。とうぜんながら、荘園ではたらく者は、東大寺に租税（年貢）を徴収されることになるのだが、これに反抗しはじめた徒党が、伊賀における「悪党」である。ここにいう悪党とは、本所（東大寺）の敵対者のことで、いわゆる犯罪者の集団を直接意味するものではない。伊賀悪党の最たるのが、この「黒田荘」の者らであった。この悪党たちは、いわば荘園主である東大寺と永きにわたって抗争しつづけてきた。同荘の出身者は、いわば時代に対する反骨精神のかたまりである。

しかも、この黒田の精神をもつ服部要介という男は、由緒ある服部党でもある。服部康直のころから脈々と受け継がれている「黒田悪党」の血というものが、体内に色濃くのこっているはずだ。権力に対する反抗心というものは、ほかの伊賀者とくらべても、格段につよい。

「各々方の声は、道理でござる」

服部要介は背筋をのばし、口もとに才良衆に同調するような笑みをうかべた。

「手を貸してくれなどと、国（伊賀）の者に頼めるものではないことも存じておる。それを承知のうえで、恃みに参ったしだいなのだ。如何であろうか……これを忍びの仕事として、見ては呉れまいか」

懐中に手を差し入れ、一通の書簡を取り出した。となりに坐っている才良ノ木左衛門がその書簡を受け取り、字面に目を通した。文言は——織田上総介信長の腹心をさぐり、越前からの使者に馳走（援助）せよ——と、命令ともとれる言葉が簡潔につづられ、最後に見覚えのある筆跡で署名があった。

「百地丹波守」

である。まぎれもない、喰代の御屋敷からの下文（許可状）であった。

（これは、御屋敷の下知そのものではないか……）

木左衛門が手のなかの「下知状」ともいうべき書簡から目をあげて、となりに坐っている黒田者の顔を射るようにみた——服部要介は畏まった姿勢をつくり、場の者らに頭をさげている。だれの目も、見ない。

「………」

木左衛門は、言葉を失っている。百地丹波の名を目にしたからには、否とは云えなくなった。ただ唸って、右隣りで胡座をかいている山羊髭の男に、しずかに書簡を手渡した。この山羊髭は、捨蔵という名の才良忍者である。書簡を手のなかでひろげると、紙面に鼻のあたまをこすりつけるようにして文字を読み、最後に木左衛門におなじく、百地丹波の署名を目にして表情を一変させた。

「小吉よ、この者のはなし、喰代の御屋敷様からの命じゃわ」

「なに——」

と、小吉が手をのばして、書簡を奪うように取りあげた。

一切がこの、越前からきた「黒田の伊賀者」の仕様なのであった——服部要介は、事前に伊賀に渡って、百地丹波と連絡をつけていた。多額の費用を喰代の御屋敷におさめたうえで、この書簡をとりつけてきたのである。下忍にとっては、まさに勅令にも等しい声を持参することで、協力を得ようとしたものであった。が――伊賀者には、気風というものがある。いきなり、絶対的な上忍の令状を見せつけても、この才良衆らの反抗心をいたずらに煽りかねない。そこで、自身の言葉をもって鄭重に願いを乞い、あくまでも頭を低くしながら、頃合いをみて書簡をだした。

「喰代さまの下知ともあらば、断れまいよ……」

小吉が苦笑しながら、書簡に目を通している。

(ふん)

と、傍で与之介が鼻でわらい、困ったように月代のあたりを掻いた。まったく、まわりくどい。幕臣などに雇われると、忍びの灰汁臭さなどは抜けきって、この黒田者のように手順がいちいち細かくなるようだ。

(礼接とやらであろうが、何とも武家臭いやり様じゃの――)

百地丹波の名をみせられては、誰も断れない。

「して、岐阜殿(信長)の何を知りたいと申されようか」

小吉が声色も落ち着きはらって、厳粛な顔つきに問うた。

「ひとつは上洛の意思のほどと、その真偽を知りたい。そのうえで、入京の時節を何としても確かめたいのだ。これは、わしの後案では決してない。いま仕えておる、細川兵部大輔どのの思わくにすぎない——とは申せ、このことがゆくすえには、伊賀衆の仕事の大事にもかかわることになろうはず。一乗谷におわす公方様は、越後上杉、甲斐の武田にも上洛をうながされておいでなのだ。たれがこれに応ずるかで、向後、天下一切の気勢も変わろうというもの。道理至極、忍びのはたらき処も変わってくるであろう」

それが来たる未来というものであり、いま世の流れというものであると、黒田の伊賀者は言葉をつけ足した。これを聞いて、捨蔵が山羊髭を撫でつけながら失笑し、ふとい声を投げかえした。

「吠えおるの。もとよりわしらは、将軍家の世事などは知らぬことでな。おのしも服部党、黒田のうまれというが、益体もなきことをよくぞ申したわ。忍びのゆくすえを案ずるのは、郷士らにまかせればよい。さても未来などという申しざま、算木でも投げて占いをするか。くだらぬわい。下忍はあくまでも、下忍の道理を知るのみよ」

「応さ。天下の気勢など、畏れ多うてさわる気にもならぬ」

と、久三が草臥れたような声で言葉を接いだ。云いながら、凍えた膝をおさえて、ゆっくりと立ちあがった。捨蔵は火箸をとって鉢のなかの灰を掘りかえし、炭のいろをみている。火が、消えかかっていた。

「木左衛門、炭木をとって来う」

捨蔵に云われて、木左衛門がついと立ちあがり、一同の輪からはずれた。堂の外へ、出て行こうとしたところに、

「まて、木左（木左衛門）。炭などはあとでもよい。まずは服部の、件のことは承知したぞ。久三、おのしもそこへ坐れ。皆の者、よう聞けや」

と、小吉が要介に手を貸した。この場の意気というものが滞るまえに、いそぎ今後の連絡のとり方を決めなければならなかった。でなければ、今宵の寄合でのこと一切が、火鉢の灰のなかの温もりのように、朝には潰えてしまうだろう。それは、決してならない。少なくとも、喰代の御屋敷様が出された下文を手にしたからには、下忍はその一念によって、つとめを果たす義務があるのだ。

その一方、「楽市」という開放的な市がひらかれたことで、余所の忍びたちが、ぞくぞくと美濃に入りこんできている。これを見張りつつ、織田の動きを注視するためには、この手数ではまるで足らなかった。

（やれるか――？）

才良衆のだれもが、一抹の不安をこころに抱いている。

「もはや、仕事をえらんでおるときではなかろう。喰代の御屋敷様から、斯様な下知がなされた以上は受けるしかない」

と小吉は、言葉に間を置かずして、それぞれに役回りを振り分けはじめた――織田方に飼われている伊賀者と密通しておく役目は、捨蔵がする。先ず以て、織田の上洛の是非を同朋から聞き出しておき、つづけて軍備のようすを調べておくことを取り決めとした。さらに、ここにきて煩くなってきた「真田忍衆」を警戒するのは、小吉と木左衛門のふたりである。与之介は、現と変わらず、岐阜の人々を見張り、久三が北面の越前と、西の近江を出入りする忍びたちを警戒し、防衛するよう取り決めした。

あとは越前とのつなぎの役目に、すくなくとも一人の手が必要である。が、数がない。これには、郷からあらたな下忍を招びよせるということで、意見がまとまった。

ひと通りの働きが決まったところで一同、声をそろえて承知おくと返事をし、

「忝のう存ずる――」

と服部要介が頭を深々と下げ、太刀を手に立ちあがった。

「では、後日」

ちいさな鼠の足あとを踏みながら、戸のほうへと向かった。

「笹児どのあたりが、これに加勢にきてくれたらば、心強いがのう……」

堂を出ていく黒田者を見送りながら、木左衛門がひそりとつぶやいた。声を聞いて、小吉がおもわず苦笑する。

「そう申すなや」

と、木左衛門のほそい肩を叩いた。たしかに心細くなるほどに、このつとめには不穏な匂いがした。あたらしい将軍の就任がなされたにもかかわらず、その職を着々と狙っている男が越前にいるというのである。さらには、この人物を擁立するために男たちが集まり、画策をつづけ、果てはこの美濃にまで手を伸ばしてきているのであった。もとより、政治などというものは雲のうえのことであって、伊賀の下忍ごときに知れるものではないのだが——すでにその歪み深くに、かかわる破目になったようだと、才良衆のだれもがこの夜を不吉に感じている。

「与之、どないしたや。……何ぞまだ、気にくわぬかえ?」

小吉はふと、火鉢のまえで坐ったまま考えこんでいる与之介をみて、声をかけた。

「なに、いまの黒田者のことではないのや」

「わしらの配しようが、まずかったか——ならばいま一度、人を配り直そうぞ」

「いやいや、わしが気になっておるのは午間のことでや。気にしてくれるな」

「何じゃて、申してみせや」

「居士が、小刀を持っておったのじゃよ。その小柄がな……いやあ、いずれで見たものかと、そればかりがふしぎと心に引っ掛かってな。どうにもならぬのや——のお、久三。おのし知らぬか？」

と与之介は、気にかかっている小刀の特徴を話して聞かせ、心当たりはないかと訊ねてみた。

「ああ……それはもしや、木菟の伯父御のものではござらぬかいの」

「や、そうか——木代ノ木菟どのか。相違ない、相違ない」

与之介は膝を叩いて、

「御屋敷から賜った、小刀ぞやな」

と手のなかに、昼間に触れた小柄の感触をおもいだしていた。

「いかにも。それが、どないしましたかの」

「岐阜で遭うた居士ずれが、ふところに隠し持っておったのや。それが、いままで気になって、どうにも安無しやったが……そうか、木菟どのの持ち物であったか」

「木菟どのと云えば、高山ノ八兵衛とに、奈良で行方が知れぬようになったと聞いたがの——」

捨蔵が火鉢の炭を足しつつ、口をはさんだ。

「いつのことや」

小吉が寒そうに手をもみながら、白い息を吐いて訊く。

「去年の夏であったか。いや、十月のことかの。定かやないが――奈良で、東大寺の大仏が焼け落ちたであろう？　そのころの事ときいた」

「ほうかえ。それは知らなんだわい。あの木菟どのが、行方をくらますとはの……考えられぬことやが」

与之介はふたりの会話を聞きながらも、すでに別のことに頭を悩まされていた。何故、それを見知らぬ居士が持っていたのか……ということである。さらには、越前に潜っている伊賀者からの依頼が、今後どのような難事を紡ぎ出すものか――一見して、このふたつの出来事はまるで関係がないようにおもわれる。だが、伊賀者の与之介には、これらのことが深く絡まり合いながら、ゆく将来のことを不吉に暗示しているように思えるのであった。

（相違ない……）

悪しい予感がした。

（木菟どのは、死んでいる）

与之介はなぜか、そうはっきりと確信をもった。死をおもうなどとは、不祥きわまりないが——何やら、目には見えない呪縛というものが黒い糸をひきつつ、いまこの美濃にと掛け渡されたように感じてならなかった。いずれその不吉の糸は、この世の隅々にまで、張りめぐらされるであろう。すでに我は、その糸に引っ掛かっている……胸の内に、予感があった。

（越前のくぼう、天下の政事……黒田のおとこ、不審なる居士、織田の家、そして——高山ノ八兵衛と木菟どの行方……）

与之介は答えを見いだすことができないと判っていながらも、脳裏にいくつも言葉をならべたて、暗示という黒い予感のうらに隠された、不吉なるものの正体をくり返し考えてみた。

身ぶるいが、した。

（冷えてきたわい）

与之介が火鉢に手をかざしながら、仲間の顔をみた——与之介ばかりではない。だれもが、何かを恐れているふうであった。

越前の雪どけ

一

真夜中――ひたすら歩き通して、果心居士は美濃の北辺まで来ていた。いよいよ濃尾平野を抜けだし、ここからは険しい山路ばかりとなる。

ふと見上げれば、夜の天蓋に太白星（金星）があかるく輝いている。おかげで、向かう方角もわかろうというものだ――果心は天を仰いだあと、手にある黒竹の杖を出し、越前国をめざして北西の方角へと歩をすすめた。

夜が、あかるかった。

山肌に鬱蒼と生え茂る樹々の根もとには、しろい苔のように雪が生している。この足もとの雪が、天蓋から降りそそぐ月のひかりを拡散し、夜を青白く染めているのだ
……真夜中というのに樹々には影が立ち、視界がひらけていた。

(越えられるやも知れぬ……)

と、果心は歩を疾めたが、何分にも足場が悪い。雪は土に半ば凍りついて固くなり、踏むと足がすべった。果心は前のめりになって自重の均衡をとりつつ、足もとに生しているかたい雪に杖を突き刺し、ひたすらに山肌をのぼりつづけた。

ひと山越えると、寒気がつよくなった。

ときおり、山頂からむせび泣くような声をたてながら、凍てつく風が吹き颪してくる。寒風が、果心の軀をなんども押し倒そうとした。頬を叩きつけ、袖を引き、網代笠をつかんで奪おうとさえした。果心はそのつど、笠の端をつかんで抵抗した。尖った耳のさきは、すでに赤く腫れあがっている。いましばらくで表皮がちいさく裂け、血が滲みだすことだろう。

(やや、これは苦労じゃわい……)

そのおおきな眼を風にほそめ、白い息を吐きながした。

――四半刻が、過ぎた。果心居士はなおも、樹間の雪を踏みつけながら、黒竹の杖を漕ぎ、道なき道をすすみつづけている。夜の山を越えるなど、危険きわまりないと分かってはいたが、一日もはやく越前にわたり、名族朝倉家の第十一代当主「朝倉義景」に匿われている一乗谷のおとこの顔がみたかった。急度のこと――義栄という横槍がはいったことで、一乗谷の御所に隠れている義秋は一騒動おこすであろう。当然である。将軍職を引き継ぐのは、義輝の次弟である自分だとおもっている。さらに、将軍なれば京畿一円で権勢をふるっている三好どもを討伐するよう、天下に号令をかけることもできるのだ。

義秋は、このままでは終わらない……かならず、何かを画策するはずだ。果心はそのようすを、ぜひとも見物しておきたかった。

(弾正どのの向後に、あのおとこの騒ぎが痛くひびくはずだ――)

果心は「松永弾正久秀」という漢に、恩義や忠心というものを抱いているわけではなかったが、好友の如き親しみのようなものは感じている。さらには、興福寺の宇宙から抜けだして幾年月が経ったこのいま、天下の一大事ともいうべき騒ぎを自分の目に映すことができるかもしれないのである。亢奮であった。抑えようもない感情の高ぶりというものが、いまこの男を駆りたてるようにして、険しい冬の山を越えさせようとしていた。

雪持ちの枝葉をかきわけ、嵩張ってきた柔らかな積雪に足首を埋めながら、山の傾斜をのぼりくだりして、さらに三丁ばかりの距離をすすんだ辺りで――果心居士は、谷へと出た。

「人家じゃ――」

立ちどまると、悴んだ手を口のまえにあて、何度も白い息を吐いた。耳のさきの皮はすでにひび切れ、ちいさな血の玉が凍りついている。両足のつまさきも出血して、朱いろに染まっているが、もはや痛みという感覚すらもない。

(有り難や……)

蒼白の雪におおわれた谷に、民家の影がまばらに建っている。果心は杖を出し、谷中へと足を踏み入れた。寂れた山里であった――どこの家も雪のしたで息を潜め、あるいは寝静まっていた。灯明はなく、物音ひとつ聞こえてこない。果心は一軒の家のまえに立ちどまると、黒竹を握った手で戸を叩いた。

「このような夜更けに相済まぬ。旅途中の僧である。もしや、起きて戸をあけてくれまいか」

声が、谷の静寂によく透った。が、返事はない。まるで墓場のように、静まりかえっている。いましばらくと間合をもったが、応じる声はなかった。果心はもう一度、閑かに戸を叩いた。無人か――と、立ち去りかけたそのとき、戸の内側から幽かな足音と、苦情をはらんだ男の声が聞こえてきた。

「たれやとな……?」

嗄れほそった声である。果心がもう一度言葉をかけると、木戸が騒々しく震えはじめた。軒先の雪が落ちて、果心が一歩と退いた。と、家の戸が引きあけられ、なかの闇から干した柿のような、老人の顔がぬっとのぞいた。その目が果心の姿をしげしげと睨めつけ、

「おのれ、ほんに坊ずけえ？」

「居士、だがな……坊主とも、たいして変わらぬ」

老人は、猿の子のように大きな眼をした果心居士の風貌を、食い入るような目つきでみつめている。

「めずらかやなる」

と、一言つぶやいた。果心は凍えた頬を引きつらせて、

「この顔がことであるか。なあに——馴れもすれば、有り難くも見ゆるぞ」

微笑した。はたしてそういうものであろうと、老人も納得した。人の顔つきなどは、もとより千差万別である。見るがわの性根ひとつで、如何様にもみえるものだ。風貌のことよりも、血に滲んだ足もとのほうこそ気になった。よくもこの寒さのなかを、耐え歩いてきたものだ。

「まず、お入りなせえ」

老人は果心を家のなかへと招き入れ、湯をわかし、ひび切れた足の傷を拭ってやった。さらに、乾飯をもどして椀に装ってやり、あたためた酒をのませた。果心はこのとき、人の深切というものを知った。じつに温かい。銭でもあれば、謝礼に呉れてやるところだが、岐阜ですっかり酒に替えてしまっている。果心は迷った。懐中に、小刀がある。が、これを返礼として呉れる気がしない。

「礼を申す。この賞しに、何ぞ差し出したいところではあるが……見てのとおりの無興の分際だ。経文をあげることくらいしか、かなわぬ」

「そのようなこと気になされずとも、ゆるりと休んでゆきなされればよろしいわ――ところで、坊さまよ。こなぞ夜深に、どこぞへ向かいなされるおつもりじゃ？」

「この山を越えたい。今宵の内にでもとおもってはいたが、むつかしゅうなった。あさになれば、試してみる」

果心も、意気地の底は僧である。高野山で修験を見知り、のちの興福寺では修行そのものに日を暮らした身上であった。厳しさを目のまえにもすれば、顔をそむけるなど到底できる性分にない。それどころか、ことの険しさに自ずから挑みたくなる衝動にかられている。居士分際に身を窶して十年にもなるが、概して、人の生きる姿勢というものは、そう易々と変わるものではない。

(何としても、山を越えたい)

果心の一念であった。苦行をもとめる修験僧にも似た心境である。それともに、いまひとつ釈然としない心がある——ただ雪山を越えるだけのことであれば、春の日を待てば、それも楽にかなうであろう。が、一乗谷のおとこは、春を待つだろうか。果心には、わからなかった。

「山むこうの国に、いそぎ用があるゆえにの」

「ならば、わらじなぞは捨てなされたほうがよろしいわい。何ぞわしが、山をのぼる支度をととのいましょう」

と、老人は納屋へむかい、しまいこんである防寒具を探し出そうとして、放り置かれた田下駄をかたづけ、歯の折れている馬鍬を引きずりだし、籠を高々と積みあげている一角を漁りはじめた。出てきた——息子がつかっていた、古いものである。その息子は親に先立ち、五年まえに亡くなっている。

(なに、坊主の手助けにもなることじゃ。くれてやっても、よいわさ)

雪簑に藁沓、かんじきがのこっていた。老人はさらに、魚の干物を三枚、乾燥させた芋茎と、ひと握りの味噌を竹の皮につつんでやった。

果心は……微睡みはじめている……囲炉裏のそばで暖をとりながら、出された酒をひとり口に運んでいたが、すっかり軀が温まった。血が通えば、眠くもなる。そのまま意識が沈んだ――二刻ばかり、果心は眠りにおちていた。目を覚ますと、かたわらに老人が用意した防寒具がそろえてある。携行の食糧まで、ととのえてあった。

「こまやかな、おとこだ」

その老人は奥で横になり、鼾をかいていた。起こすまい……と、果心はしずかに手を合わせると、無言のまま土間で藁沓に足を通し、かんじきをはいた。

（いずれ、恩は返す）

黒竹の杖をついて、家の外へと出た。

夜はあけていたが、天に陽はのぼらない。空はひくく、鋳鉄のような色をした寒雲が、頭上に重苦しくせまっていた。夜に見た谷の青さというものは消え失せ、ただただ白いかぎりである。果心は杖を出して、雪のうえにかんじきをつけた足を一歩、また一歩と踏み出した。

谷を出、ふたたび山をのぼりはじめた。

「能郷白山」

というのが、山の名である――美濃と越前の境いに稜線をえがくこの山は、いわゆる「分水嶺」であり――この山の稜線のいずれに水がくだるかで、流れる川が異なり、しぜん日本海と太平洋というふたつの海のどちらに注ぐかが、決まるのである。まさに、境界であった。

この頂上には、白山権現の分祀として、「虚空蔵菩薩」「十一面観世音菩薩」「聖観世音菩薩」が、祀られている。開山したのは、奈良時代の修験僧として知られる「泰澄上人」という人物であった。その——この山の頂に祀られている、「十一面観世音菩薩」という神のことであるが——婆羅門教にある、十一の面相をもつ暴神が起源である。それが、仏教を通じて、「観世音菩薩」の変化身となった。

(神仏とは、そういうものじゃ)

果心居士は雪深い能郷白山をのぼりながら、興福寺にいたころのように、神仏の正体にあらためて見切りをつけていた。

(形としての神はない)

すくなくとも、石や木などに彫り刻み、あるいは紙のうえに墨で描かれた神仏というものは、所詮、人がこころに思い描いた理想具現の姿なのであって、はたして拝み奉るようなものであろうものか。暴神も、菩薩に替えられてしまうのが、宗教の姿である。そこには、風をおこす力もなければ、火を鎮める力などもない。願いをかなえるのは人であって、神仏が天罰なるものを下し、人を懲らしめることも決してないのである。それを思えば、興福寺のおしえは何とも鮮やかであった。

唯識所変――。

まさしく、「万物は唯、われわれの識より変じ出された処のものに過ぎない」のである。人が人の道の理想としての神仏に、手を合わせるのはよい。善行の肯定ともなろう。仏像をみることで、悪行に対する恐れを感ずるのもまたおなじだ。いずれも、つまるところは自身の内面に目をむけ、心を糺しているに過ぎない。自問自答をするのとおなじことであり、神に祈願するというのは、おのれの不足を明らかにしていることに他ならなかった。信仰――そういう意味での神というものを、果心は信じていないのである。

(あの漢も、左様なこころと聞いた……)

織田上総介信長、という人物のことである。

果心が先日まで流浪していた「岐阜」という町で耳にした風聞にすぎないが、信長という「人」もまた、徹底した無神論者であるというのだ。神を否定するこの漢のまえでは、悪霊も奇怪なる妖しのことも信ずるにおよばず、もとより死後の世界などあるはずもないと言い放ち、因て、神仏なるものも霊魂というものも認めない。人は死ねば土に還るだけのものだ――と、考えている。

「無い」

と、はっきりおもっていた。信長は、神であろうと魑魅の類であろうと、目にみえないものは、一切その存在を認めなかった。ここに、織田信長という大名の精神を象徴するような、「蛇がへの事」という巷にも有名な咄がある。

尾張清洲の五十丁東に、「あまが池」と呼ばれている池があった——この池には、大蛇が棲むと言い伝えられており、安食村福徳の郷に住す、又左衛門という男が、とある雨の降る夕暮れがた、あまが池の東にある堤のうえを通りかかった。そのときに、見た。伝説のなかに棲んでいる、「大蛇」を——その黒い胴体が、堤のうえにながながと寝そべり、首は池辺にまで伸びていたという。また、この大蛇の顔は鹿のようであったといい、

「——眼は星の如く光りかゞやく。舌をだしたるは、紅の如くにて、手をひらきたる如くなり。眼と舌との光りたる」

又左衛門は、逃げた。黒々として、一抱えほどもある同躰をした大蛇の眼は、星のように光りかがやき、人の手をひらいたような赤い舌を出して、しかも顔が鹿なのである。だれでも、逃げる。又左衛門はあわてて宿に駆け帰り、この大蛇のことを人々に話した。この目撃譚は信長の耳にもはいったが、

と言い放つと、とうの又左衛門を召し出して、直に問いただした。

「あす、蛇替えをする」

信長のこの一言によって、百姓たちが大規模に招集された。この者らは釣瓶、鋤鍬をもち寄り、池の水を二刻ばかりも掻いだしたが、池の水が七分ばかりも減ったところで、このようすを見張っていた信長が衣をぬぎ捨て、脇差しを口にくわえるや、あっとおもう間もなく水のなかへと飛び込んだ。信長は池の底をくまなく捜しまわったが、

「大蛇など、どこにもおらん」

と池からあがり、さらに水によく鍛錬した鵜左衛門という男に「入ってみろ」と命じて、自分のあとに引きつづいて、池底をさがさせた。やはり、いない。結局、信長は自分の目をもって「あまが池の悪露霊」なるものの存在を確かめたうえで、そのような生き物はいない――と、清洲城へと帰っていった。

神仏が崇拝される時代のことである。

この時代にあって、織田上総介信長という大名はうわさ通り、比類なき無神論者であり、しかも徹底された実証主義者なのであった。古来、素戔嗚尊にはじまり、この

ような大蛇の怪奇譚というものには、かならずといっていいほど退治の顛末がきこえ、ともすればその武勇を喧伝するための要素すら随所につよかった。ところが、信長の大蛇には、「退治」のことは何もない。十拳剣は出てこないし、鵺退治の矢のようなものも用意されていないのである。この「蛇がへ」の咄というものは、英雄豪傑を讃えるような性質のものではなかった。しかし――信長という漢が、「あまが池」でおこなった大規模な捜索――この実証精神こそが、あたらしい時代の、退治というものなのかもしれない。神話の中に生きる化け物を、自らが神話の一部となって倒すのではなく、架空というものを現実の世に暴くことによって滅ぼすのである。まさに、「退治」そのものである。

もし、「神をみた」という者が出てくれれば、信長は「おらん」と云い放って、かならず暴きだそうとするであろう。

（そのような男が天下に出もすれば、どのようなことになるやわからぬの……）

と果心は杖を出し、一歩また一歩と雪山を苦労にのぼりつづけた。

（この世とは――所詮、夢のうえに成り立っているのじゃわ）

いまや果心は膝の高さまで雪のなかに埋もれ、なおも力強く、時代の川の流れを掻き分けて渉りきろうとでもするかのように、傾斜のきつい能郷白山の山肌を這いのぼっていった。すでに体温は、寒気に負けている。骨という骨が、小刻みにふるえていた。肉体は疲弊し、雪のうえに踏み出す一歩が、とてつもなく重い。咽が風に凍てつき、息がことさらに苦しかった。

突然だった。

神々しいまでの光りが、果心居士の肩を温かくつつんだ。もちろん、果心はこの光りを「神の威光か」とは、おもわない。ふりかえると、東の空に黄金いろの光りが、まばゆいばかりに溢れていた。日光、である——果心居士はようやく能郷白山の頂上に立ち、苦しそうに白い息を吐きながら、太陽の輝きを遠望しつづけた。

一身に陽光を浴びつつ、

(神仏の正体とは、しるしにすぎない……岐阜のおとこのように、池の水を掻いださずとも、それは世をみれば歴然としている。戦の絶えぬ、世のことだ。どこにも、救いがない。さにして——このわしの正体もまた、何であるというのか)

おなじ無神論をとなえる身であるとしても、この居士ずれと織田信長という人物には、決定的な相違があった。異いはもとより身分のことではなく、容貌のことでもない。また、世に成し遂げんとする、志の差違でもなかった。

果心は信長とおなじく神仏を絶対的に否定し、拒否すらしているが、神の存在をどこかで望んでもいた。ただし、一縷(いちる)にである。織田信長という漢とは、そこがまったく違っている。信長は毛のさきほども、神仏を信じてはいない。果心は、かすかに信じてみたいという気持ちがある。

何故(なぜ)ならば、「わしこそは……」化生(ばけもの)なのであった――神という存在が世に否定されたそのとき、魔(ま)の術法をあやつる化生の果心もまた、存在しえなくなるのだ。

果心は陽の光りに背をむけると、ふたたび雪のうえに杖を出した。一歩、また一歩と重くなった足を踏み出し、こんどは山を降(くだ)りはじめる。眼下にはいま、白一色に染まった越前の国をみていた。この国に、「足利義秋(あしかがよしあき)」という波瀾(はらん)の種が、いまも埋(うず)もれているのである。

――はや、芽吹(めぶ)かん。

と、雪のしたで藻掻(もが)いているはずであった。

二

春は遠(とお)い。

いまだ越前の雪は溶(と)けず、うさぎも地に穿(うが)った穴のなかで、まだ夢をみている。

「美濃の上総介は、如何であるか」

高い声が、室内に煩くひびいた。声の主は、丸みのある顔にとがった鼻をつけ、まぶたひろく、口の両端と顎とにひげをはやしている。気忙しいようすに眉をよせ、目だけは貴人の血統らしく閑かにひかっていた。齢、三十二――足利左馬頭義秋、である。

大和興福寺の一乗院を脱したのち、越前の大名「朝倉義景」の招きによって、この越前一乗谷の御所に入った。いまは亡き、第十三代室町将軍足利義輝の次弟が、この男である。

「左馬頭」
従五位下にあたる官職であり、この時代においては次期将軍を意味している。義秋は、二年まえの永禄九年四月に、この従五位下左馬頭に叙任していた。「次期将軍に――」と朝廷に云われたにも、等しい。ところが、阿波から出てきた三好党が、足利義栄という男を擁立した。義栄は阿波から渡海し、同九年十二月に義秋におなじく、従五位下左馬頭に叙任されている。つまりは、つぎの将軍候補がふたりある、ということになった。

この永禄十一年の二月になると、義栄が「第十四代征夷大将軍」に就任した。さきに次期将軍にと担ぎだされていた義秋は、臍を噬んで悔しがった。興福寺を脱して以降、積み木をかさねあげるようにして、将軍の座に手をのばし、噪聒な声をあげてきたのだ――越後の上杉輝虎や、能登の畠山義綱、安芸国の毛利元就、尾張の織田信長といった大名に、帰洛援助を乞う書簡をつぎつぎと書き送り、あるいは細川藤孝などの上使を下向させるなどして、休む間もなく、方々に上洛を働きかけてきたのである。それが一瞬で、水泡に帰した。将軍宣下は義秋にではなく、「足利義栄」に下ったのである。まさかのこと、力押しに入京することもできない。

京では未だ、前将軍からの仇敵である「三好党」が権勢をふるっている。義秋だけの力では、入京は困難至極の状況にあった。力をもった大名を付き従え、京都の敵たちを蹴散らしてからでなければ、将軍の座にはつけない。でなければ、たとえ将軍に就任したところで、兄義輝のように囲み殺されてしまう危険がある。この危うさというものは、灰の中の火とおなじく、この後も京に燻りつづけるであろう。

当然ではあるが――第十四代将軍に就任した義栄には、そのような心配がない。義栄を擁立したのは、その京にある三好氏なのである。

(天公もまた吾が生を慰するやいなや……)

義秋の焦燥の声はいずれの大名にも、もとより深く響いていなかった。

上杉輝虎は北条武田の連合を相手に戦っており、とても上洛できる状況ではなかったし、畠山義綱は重臣らの謀叛にあって、それどころではない。尾張の織田信長は、このころはまだ隣国美濃の斎藤龍興という障碍が目のまえに立ちふさがっており、上洛の意思を示しながらも、手がまわらなかった。安芸の毛利氏に関しては、国の外に勢力を伸ばすことをきらい、まったく動くつもりがない。すぐ傍にいる越前の朝倉義景にしても、京の三好氏と合戦に踏み切ったところで、とても勝てるとは思えず、ひたすら義秋を饗応するのみである。

この状況下で、越前の雪の下に埋もれている義秋は、身も痩せ細るほどに焦慮していた。興福寺を出て還俗したにも拘わらず、将軍の座は義栄にとられてしまったのである。行くあても、もどる場所もない。流浪の身で、死にゆくか——万策も尽きた。

そう思っていた矢先のことである。

信長が、美濃の斎藤龍興を排除してしまった。

これにより尾張の男は、京へ一歩、近くなったのである。しかも、この田舎大名は、義秋を奉じての上洛に、つよく関心を示しているという。

「兵部、叶うか」

と義秋は、かん高い声を放ち、下座に畏まっている細川兵部大輔藤孝にいま一度、おなじことを問い質した。きのうまでの憂鬱に落胆していた左馬頭の姿はそこになく、いまは一乗院を脱したころの、活き活きとした男の顔にもどっている。ひげを垂れた丸い顔には上気さえ差しこみ、とがった鼻のさきまで赤らんでいた。

「このままゆきますれば、先年秋に美濃をとりこんだ織田上総介が先ずは、急度（速やか）のことに、公方様の御上洛に供奉いたする事と相成りましょう」

藤孝は、信長という男の知り得る情報にもとづいて、簡単な所見をのべたあと、ほそい目をしずかに臥せた。この永禄十一年で、三十五になる。前将軍義輝のころから、幕臣として足利家に仕えてきた。いつも笑んでいるような、やわらかい顔つきをした男だ。足利義秋（覚慶）を興福寺一乗院から脱出させ、歴史の表舞台へと引き出してきたのが、この細川藤孝である――松永久秀の目を盗み、兄の三淵藤英らと画策して、いま目のまえで亢奮している「将軍の血統者」を、大和から見事連れ出してきた。以来、労を惜しまず義秋のために働いてきたのは、幕臣であるという理由だけからではない。藤孝にしても、この流浪の男を将軍職につけるという大事は、自分の命はもとより、細川家をこの戦国の世に生きながらえさせることにも等しいことなのだ。閑かなる、執念であった。この執念こそが、近世細川氏の確固たる土台を築きあげ、のちに嫡子「細川忠興」へと引き継がれていくのである。

さて藤孝の背後に、もうひとり男が畏まっている。顔のつくりが端整で、ことさらに切れ長の目が美しい男であった。どこか信長にも似た厳粛さのようなものが、真直ぐに坐っている姿勢からも窺い知れる。

「兵部は左様とみたか――して十兵衛、そちも同意であるか」

「はやかろう、とみておりまする」

と返事をして、頭をさげた。細川藤孝の背後に坐っているこの男――その名を、「明智十兵衛光秀」といった。

もとは美濃国の旧主、「斎藤道三」に仕えていたという人物である。道三が継嗣の義龍と争ったとき、この光秀は道三方に与していた。斎藤義龍は父道三を斃すと、その後、十兵衛光秀の養父であった「明智光安」の守る明智城をも攻め落とすのである。このとき光秀も、養父の城で討ち死にをする覚悟であったが、光安に明智家の再興を託され、若狭へと落ちのびた。以後、母方の家系である若狭武田氏を頼った十兵衛光秀は、つぎに隣国であるこの越前の名家、朝倉氏に仕えた。ここで、足利義秋と通じたのである。またこの光秀という男は、織田信長の正室である帰蝶（濃姫）と、従兄妹の続柄でもあった――まるで、織田信長という漢と、公方義秋とを結びつけるための運命を辿っているような男である。さらにその人柄ともなれば、まず諸学にあかるく、将才があり、貴族階級の慣習にも熟知して、美濃の道三亡きあとは世の辛酸をなめつづけたゆえに、人の生きることの辛さをも知っているという「才智」と「温情」とを併せもっている。

義秋は以降、この「明智十兵衛光秀」をつかって、信長との連絡を密にした。光秀という聡明な男と、合理主義者の信長とが結びついたときから、義秋の宿願であった上洛への途は一気に切り開かれてゆくことになる。

雪解け、である。

永禄十一年の春、四月十五日——義秋は、前関白である二条晴良を越前に下向させ、一乗谷の朝倉義景の城において元服すると、「秋」という一字をここに改め、

「足利義昭」

と名乗った。

この頃から、織田信長の動きは、「上洛」へとむけて現実味を帯び、慌ただしくなってくる。美濃から越前一乗谷へと使者を送りこむと、「明智光秀」という男の身柄を引き取り、懐中に入れてしまった。

義昭の心は完全に、岐阜の男にかたむきはじめていく。

同永禄十一年の五月十七日——朝倉義景が城中で饗宴をひらき、足利義昭に摂待を

した。元服の祝いのことであり、さらにはこの越前を離れようとする公方様の御心に一抹のさびしさを感じて、「わが越前につなぎとめられるものなら」と、考えたのかもしれない。朝倉家にとっても、公方という存在はおおきい。推戴つかまつって京へのぼるという危険を冒すまでに考えは及ばないにしても、国に迎えているという一事は誉れのことだ。将軍になり損ねた男とはいえ、義昭の血統というものは神々しいものがあった。その威光を戴くことで、得る利も少なからずある。

将又、この饗宴は織田という田舎大名のもとへ向かうと決意した、義昭の前途を祝すためのものなのかもしれなかった――とうの義昭自身は、この饗応が何のために調えられたものか、判然としていない――ただ、この城の主である義景だけは上機嫌で、女らに鼓を打たせ、酒よ酒よと騒ぎたてては、自ら舞を披露する始末である。

(いずれであろうか……)

屋根裏の闇のなかで、這い蹲っている影が、ほそく唸った。その黒い影はいま、闇の中から義昭たちの宴のようすを眺めつつ、

(なに――いずれにあろうと一乗院殿は、まず動くわ。もはや、ここに用はない)

と、守宮のように梁のうえを移動し、屋根のうえへと這い出た。出てさらに、不吉の守宮は音もなく地に降り立って、頭上の陽をさけるように建物の陰を奔り、塀を跳

び越え、堀をわたって、山林の影のなかへと入りこんだ。

この一乗谷城は小高い山の頂きに築かれ、その麓には朝倉義景が居住する「一乗谷館」が建っている。城から館へと下る途中、山腹に義景の母が住んでいる「中の御殿」もあって、このあたりからは何かと人目につきやすい。

（東へ抜けるか）

と樹間の陰に、守宮が立ちあがった——果心居士、である。果心はこの越前に入ってから、すぐにも義昭（義秋）の影に取り憑いた。あますことなく義昭という男の日常を見張り、人の出入りをかぞえてきた。そして、機は熟したのである——ここにきて、美濃の上総介信長との結びつきが深くなったようすを見届け、果心はいま一乗谷を立ち去らんとしているのであった。袖に絡みついた、天井裏の蜘蛛の巣を払い落とすと、膝を白くしているほこりを叩き、樹間の陰から奔り出ようとした。

そのとき、

「やおれ、何者ぞッ」

と、威嚇するような、ふとい声がした。その声にふり返ると、ひとりの男が腰の刀に手をかけ、怒気もあらわに立っている。眉が黒々として、目鼻立ちの大きな顔をした武士だ。果心にも、じゅうぶん見覚えのある貌である。細川藤孝に仕えている男……形こそは武士であったが、その実、伊賀者である。

(名を、服部要介とやら云うたかの)

果心はおおきな目をほそめ、口もとに愛想のよい笑みをうかべた。が、相手は一向に、表情から怒気を消し去らない。

「坊主、みたぞ。おのれ、いましがた朝倉殿の城から出てきたであろう。何あって、城中に忍んだか――申せ」

伊賀黒田荘で鍛えた、眼力というものがある。要介は、いま目のまえにするこの不祥なる男がただの坊主とは見えなかった……全身から、妖しさが烟り立っているのだ。それに、

(あの、奔りざまよ。いずれ方の、忍びやもしれぬ)

と、伊賀者特有の嗅覚をするどくし、さらに警戒心をつよめた。まさか、この日の饗応の祝儀に訪れたものではあるまい。あらためて目にすれば、着衣こそ坊主ではあったが、剃髪もせず、全身がうす汚れている。

「いずれの手の者ぞッ」

刀の柄をかたく握り、すり足に一歩ちかづいた。果心は、微笑を崩さない。

「魔じゃよ」

「なに？」

「天狗じゃと申すのよ」

果心は不気味に微笑し、相手の目を射貫くように見つめた。おおきく開かれた目のなかに、黒い闇が渦巻いている……服部要介は相手の睛に吸いよせられるように、上体をかたむけつつ、

「ちこう来よ」

との声に、一歩——また一歩と、足をまえに出した。

（むむ。天狗とな……）

相手の声が、木陰のなかにざわめき立つような、ふしぎな響みをはらんで聞こえてくる。

「オン・キリキリバザラバジリ・ホラマンダ……」

（まずいわ……）

その刹那、服部要介は奮起したように「やあっ」と勇ましい声をあげて抜刀し、

「怨敵降伏ッ」

と言い放って、果心居士を斬りつけた。果心は横へ跳びすさって、白刃をよけた。

（毬め。わしの術法を払うかッ）

服部要介は躰の均衡を崩しながらも、振りおろした太刀を腰もとに引き寄せ、すぐさま勢いよく踏み込んで、突きを繰りだした。そのまま刀を水平に振り抜いたが、相手はまるで、風におどる黒い鳥の羽根であった。切っ先をかすめながらも、軽々と避けつづけている。

「待て、待て。坊主を斬り殺せば、後生まで祟るぞ」

果心は顔こそ嗤っていたが、さすがに相手のしつこい攻撃にたまりかねて、声をあげた。

「だまれ、妖怪の者め」

と、要介が白刃を上段にかまえた。

「南無大天狗小天狗……天狗来臨影向――」

果心は波打つような声で呪文を滔々と謳いあげながら、胸もとで両手の親指と人差し指をまるめてつなぎ、天狗印をむすんだ。

(怪態めッ)

服部要介はこの不吉のようすに嫌悪して、地に唾をはいた。腰を沈めながら、化生の者に躙りよる。間合いをつめた途端、上段に構えている刀をいまぞとばかりに振りおろした。刹那、目のまえに煤が立ちのぼり、視界が闇におおわれた。要介は渾身の力で刀を振りおろしたために、重心をうしない、前のめりに転倒しそうになった。刃が、何ものにも触れなかった……振りおろした刀は、空を掻いただけである。

「フフフ、伊賀ばらめ――」

と、不敵な嗤い声をとおくに聞いたが、服部要介は顔に煤をかぶって、目が利かない。地に膝をついて刀を振りまわしながら、命を取られるならばそれまでと、覚悟を決めこんだ。ところが、妖しの坊主は何も仕掛けてこない。視界を取りもどしたときには、化生の姿はどこにもなかった。

(まことの天狗か……)

命の無事に胸を撫でおろし、ゆるりと刀を鞘におさめた。

と――一陣の風が逆巻いて、まるで服部要介を嘲笑するかのように、樹々の枝をはげしく揺するのであった。

不吉は、越前を去った。

信長上洛

――動いた。

ついに、

「織田信長」

という男が、天下一統のための道を踏み出し、このときこそ、戦国という時代の大地殻変動がはじまったのである。

永禄十一年、夏。

信長は、「足利義昭」を奉じて入京することを決断するや、風の如き疾さで、上洛の準備をととのえていった。この織田信長という大名は、駿河の大名であった「今川義元」を桶狭間で斃した姿がつよく印象されており、あるいは激情の人として見られることから、急激に行動し、奇襲ともとられる突発的な戦法をもちいることで、他勢力を切り取る武将、といった観がある。たしかに、美濃の斎藤龍興を稲葉山城（岐阜城）から排斥したときも、雷電のごとき侵攻をみせた。

この「烈火のごとき」信長の人物像は、後世に有名となる松浦静山の未完の随筆集「甲子夜話」のなかに詠まれた、ほととぎすの句による印象もつよく手伝っているのであろう――この句によって信長、秀吉、家康という天下人三人の人柄が、見事なまでに比較されている。ここでは信長に、

「なかぬなら殺してしまへ時鳥」

と、句を詠ませている。まったく見事である。用を為さなければ、命までとってしまいかねない苛烈な人の姿が、におい立ってくるような一句だ。

ついでながら、

「鳴かずともなかして見せふ杜鵑　豊太閤（秀吉）」

「なかぬなら鳴まで待よ郭公　大権現様（家康）」

である。しかし――この織田信長という漢にあるのは、烈しさばかりではない。

「其の疾きこと風の如く、其の徐なること林の如く、侵掠すること火の如く、動かざること山の如く、知り難きこと陰の如く、動くこと雷の震ふが如く」とは、孫子の言葉である。いわゆる、信玄が旗指物にもちいた「風林火山」の出典となる言葉だ。

武田の軍旗に染め抜かれている言葉は、ここにあるはじめの四句をつかっている。旗

には、「陰」と「雷震」がみられない。

信長は、孫子にいう戦の道理を旗に掲げることはしなかったが、この言葉にみられるような心得によって、尾張と美濃を制し、さらにこれ以降は、天下を駆けのぼっていくのである――この男はいったん動けば、疾風の如くであり、烈火の激しさをもって、敵を雷の落ちたる如きに震えあがらせた。また、それだけではない。知略も利くのだ。兵を動かすべきでないときには徐にし、智謀こそをはたらかせるのである。

先ず、この永禄十一年の二月には、入京のための背後がためとして、尾張の隣国にあたる伊勢国北部地方を攻略し終えている。上洛中に背を突かれては、たまらない。そこで信長は北伊勢に侵攻し、神戸氏の支城である高岡城を攻め、城下に火を放ち、附近一帯を灰燼に帰した。高岡を落城せしめ、ここに信長の子息（三男）である織田信孝を養子として入れると、さらに信長の弟である三十郎信包を長野氏の名跡を嗣がせるべく送りこんでいる。

また、伊勢の一大勢力である北畠氏を警戒させるために、安濃津城（後に津城）には津田掃部助（織田忠寛。法号を一安という）を置いた。それだけではなかった。背には、最も巨大な戦国大名がいるのだ。

「武田信玄」

である。信玄はいま、関東方面に目をむけているが、この甲州の猛虎が踵を回らさずにして睨みつけもすれば、信長などはひとたまりもない。

（信玄入道どのには、かなわぬ）

信長は数年来、このおそろしき虎に対し、年に七度も音物を贈りとどけ、さらには東美濃の苗木城主の娘（遠山氏）を養女にすると、この女子を信玄の四男勝頼に輿入れさせた。激情的な性格とは思えないほどの粘りづよさで、懐柔策を取りつづけている。さらに去年十一月には、信玄の六女「松姫」と、信長嫡男「奇妙丸（信忠）」との婚約までとりつけ、信長は信玄に対しては万策をもって、武力衝突を避けてきた。

ここで忘れてはならないのが、三河の人物――信長の旧くからの同盟者、「徳川家康」

である。この家康という漢が、関東方面からの侵攻に対して、信長の東の防壁になってくれていた。ここまで条件が整ってくると、上洛の可能性はいよいよ、おおきくなってきた。のこるは、「近江国」であった。

信長が上洛するためには、この近江国を経由しなければならない。近江のむこうが、山城国（京）である――この近江国は、南北ふたつに勢力がわかれていた。近江北部は「浅井長政」という若い大名が、統治している。信長は早々にもこれを攻略せんと、妹の「お市」を長政のもとに嫁がせ、同盟関係を結んだ。のこる障碍は「近江南辺」を統べる、六角氏のみとなる——。

「六角義賢」

入道し、「承禎」を号す。

この近江守護が、琵琶湖の東南にある「観音寺山城」に在し、信長と足利義昭の入洛進路の妨げとなっていた。信長は何とかこの障碍を誘引しようとしたが、六角承禎は三好三人衆とすでに通謀しており、

「尾張のたわけ如きが、ほざきおる。これを通ろうものなら、なますにして喰ろうてくれるわ」

と、申し出を一蹴にした。この六角氏は宇多源氏から輩出した武家、「佐々木氏」という名門の血を引いている。一方、義昭を奉じて京へ入ろうという織田信長は、どこの馬の骨とも知れない尾張の田舎大名だ。

「賢しらをいう、小僧だ」

三好三人衆にしても、おのれたちが傀儡にしている「足利義栄」という第十四代将軍をさしおいて、義昭を入京させるなどは言語道断のことであった。

「かまわぬ。力押しに進むまでだ」

と信長は、六角氏の声を報告にきくや、表情を険しくして言い放った。

このとき信長は、越前の朝倉義景にも声をかけている。ともに公方様（義昭）を奉じて、入京なされるようにと。しかし、越前の義景は、信長のこの申し出をにべもなく断った。

永禄十一年七月十三日。

足利義昭は、信長の懇請をうけて越前を出発した――美濃から派遣されたのは、和田惟政、不破光治、村井貞勝、島田秀満らである。

「入洛が事に付。――先ずもって、公方様には、わが岐阜へと御座をお移し下さりますよう、御願い奉りまする……」

この信長の遣いの言葉に応じて、

「此の上は、織田上総介信長を偏に恃み入るもの也」

と、義昭はすぐに、岐阜へ向かった。

三日後の七月十六日には、信長の妹婿となった「浅井長政」の饗応を近江小谷城で受け、さらに十日後、ようやく美濃国の西ノ庄にある、立正（立政）寺に到着した。

岐阜の人々にとっては、この「公方様来国」は夢のことのようであり、城下は歓喜の声にわきあがった。同時に、その公方様を招じるほどの力が、尾張から来た織田の殿様にはあるのだと、だれもが感服せずにはいられない。前美濃国主の斎藤龍興を排して、まだ一年と経っていない。あたらしい国主の下でゆれ動いていた人心も、この足利義昭の岐阜入りで、やがて自国の主人である「織田信長」こそを尊崇することになるだろう。これで、国は落ち着きを取りもどすことになる。

「一々が見事な漢だ」

と、まだ信長に仕えて間もない明智十兵衛光秀は、感嘆していた。さらには、この日の評判というものが、楽市に集まった各地の商人たちの声を通じて、世に広まっていくに違いない。「この岐阜へ、公方様をお迎えする」という大事は、信長にしてもまさに快挙のことであり、

（これで織田の旗を、京に樹てらる）

と、興奮が冷めやらない。実現する。信長のみでは、京に入ることなど、まず叶わない。単独で京を制することができる大名といえば、越後の上杉輝虎か、甲斐の武田信玄くらいのものである。独断の思惑のみで、信長が京に向かえば、背を刺されるか、もしくは京で攻め囲まれて滅んでしまうであろう。しかも、京という日本の中央に織田の旗をたてようなどとは、到底無理な話である。ところが、この「足利義昭」という、将軍家の血を引く男を押し戴くことで、

（おれにも、大義名分というものができた。これで、京へ入ることも易うなる。京へ入らば、おれがすぐにも三好党を追い散らしてくれよう。これに、世の乱れなるを鎮めてやる）

天下布武、が待っていた——義昭を迎え入れて、わずか一月あまりで信長は疾風の如く、動いた。越前の朝倉氏のように、公方様に酒をのませ、国の飾りものにしておく気などは毛頭ない。

信長は、立政寺に御座を移した義昭に拝謁し、

「この上総介信長、これより江州（近江）を一篇に討ち果たし、日ならず公方様をお迎え差し上げまする」

と誓い、その日のうちに四万という大軍勢を率いて、出陣した。もとより、信長の手勢に、四万もの兵はない。これは、譜代の尾張兵を中心としつつ、あたらしく織田に属した美濃の兵を併せた独自の軍兵に併せて、さきに攻略した北伊勢の兵と、妹婿の浅井長政の兵、そして弟のように可愛がっている徳川家康から援軍の将として派遣された、「松平信一」率いる三河兵の数をあわせたものである。四万騎——信長はこの大津波のような軍勢をもって、六角征伐にむかった。入洛の進路を開かせるためにである。

同年九月十一日、愛智川附近まで怒濤のごとく押し寄せた織田軍は、ここに野営の陣を布いた。六角承禎父子の楯籠もる観音寺山城まで、およそ一里半足らずの距離にまで迫っている。信長は騎乗するや、自ら敵情を見定めるために周辺を駈けまわった。敵の主城である観音寺山城から巽（南東）の方角——距離にして、およそ三十丁足らず——に、箕作山という小高い山のうえに城が建っている。

「……あれだ。まず、箕作をとる。つぎに観音寺山だ」

信長は決断し、翌日の申ノ刻（午後四時頃）に佐久間信盛、木下藤吉郎、丹羽長秀、浅井政澄らの部隊を箕作山城へ向かわせ、会戦の火蓋を切った。

まさに、侵掠すること火の如く、である。

信長軍の攻撃は苛烈さをきわめ、同日の夜には、箕作山の城を攻め落としてしまうのである。まったく、疾い。すぐさま信長は、落城せしめた箕作山に陣を据え、つぎの目標である敵の本城「観音寺山城」を目のまえにみた。

ところが、六角父子（承禎義賢、義治、義定）三人は、すでに観音寺山城から敗走してしまっている。多勢に無勢であると、箕作山を火のごとくに攻め落とした織田軍をまえにして、承禎は城を捨てたのである。

六角父子は同国甲賀を経由し、這々の態で隣国の「伊賀国」へと逃げこんだ。このとき、六角父子を脱出させたのは、甲賀者らである。和田惟政をはじめとする甲賀の士は、織田軍のために近江の道案内人として六角征伐に参画しているが、もとより甲賀武士は、近江守護六角氏との間に、難事出来に際しては「一味同心」するとの黙契を永年むすんできていた。これを守り、六角父子の逃走を手引きして、伊賀国へと落ちのびさせたものであった。

翌、十三日。

信長は観音寺山城を攻めのぼり、六角氏残党の制圧に乗りだした。大将をなくした観音寺山の諸兵は、あっという間に織田軍のまえに膝を屈する。信長は、この降伏を受け入れると、すぐにも人質を執りかためた。

そして、翌十四日——信長は、織田新参の不破光治（もとは、稲葉・氏家・安藤の西方三人衆とならぶ西美濃の豪族）を遣いの者として、岐阜へと向かわせた。「立正寺」に逗留している、公方様を迎えるためである。

足利義昭はここにきてようやく、帰洛の途を歩きはじめた。岐阜を出発した義昭は、東山道（中山道）を踏みながら関ヶ原を越え、九月二十一日には近江の柏原にはいった。宿に使ったのは、「上菩提院」である。その翌日には観音寺山の側にある、「桑実寺」を宿所とした。

信長は先を奔っている。まるで行く手を阻む茨を薙ぎはらい、岩を砕いて道を切り拓いていく杣人のように、ひたすら京を目指していた。織田軍は琵琶湖を渡り、三井寺極楽院（光浄院）に布陣すると、いよいよ九月二十八日になって山城国（京都）の地を踏む。ここで東福寺に陣を移して、目のまえに鴨川の流れをみた。

（敵、がある……）

三好三人衆のひとり、石成友通が「青龍寺（勝龍寺城）」に楯籠もっていた。信長はこれに対して、柴田勝家、蜂屋頼隆、森可成、坂井政尚の四人を先陣とし、

「切り取ってしまえや」

と、号令をかけた。

この織田軍一万余騎の先陣隊は、すぐさま鴨川沿いを南下すると、進路を西方に転じて桂川を踏み渡り、敵の楯籠もる青龍寺に駆けむかうや、ここで一斉に攻撃を仕掛けた。これに対し、石成友通も足軽を出して応戦したが、もはや、勢いのついた織田軍団の敵ではなかった。

柴田勝家らは青龍寺近辺、在々一宇ものこさず放火してまわり、敵の頸五十三ばかりを討ちとってから東福寺へと帰陣。同日——信長の背に付き従っている足利義昭が、琵琶湖南端の三井寺の光浄院を発して、いよいよ入京し、清水寺へと宿所を移し

ている——さらに信長は息をつぐ間もなく、一気に三好退治を押しすすめていく。
信長は青龍寺方面へ進軍すると、寺戸にある寂照院に織田四万の兵を入れて、ここに本陣を据えた。このようすを物語る小瀬甫庵撰「信長記」のなかの言葉を借りると、

「（織田軍は）在々所々明所もなく陣取って、其の勢雲霞の如く満々たれば——」

となる。数万という織田軍兵に満ちあふれた寂照院は、まさに人の波に呑まれたかのごとく、騒然となった。

（兵数が、まるで及ばぬではないか……）

石成友通は、早々に降伏した。

九月三十日。

青龍寺から南下して山崎（山城国南西部）の地に着陣した信長は、先鋒を摂州（兵庫南東部と大阪北西部）の天神の馬場まで進ませて、ここに陣を布かせた。二方面から、芥川（芥川山城）を突くつもりである。この「芥川」という高槻にある山城には、三好三人衆のひとり「三好長逸」と、「細川昭元」が楯籠もっていた。信長が本陣を布いた山崎からみて西方におよそ二里ばかり、先鋒がはいった天神からは北西方

向にわずか一里という、至近距離にあった。

「織田方の数を、いま幾たりと申したるか——」

と、芥川の実城に籠もっていた長逸は、物見に出していた男の報告を理解できず、今いちど聞きかえした。

「およそ、四万にござりまする」

愕いた。

(侮ったわ……)

三好長逸と細川昭元は、怒濤のように押し寄せてくる織田軍勢を目のまえにして、まったく勝算がたたなかった。早、退かん——と、同日の亥ノ刻(午後十時ごろ)になって城門を開くと、そのまま逃散した。おなじく、三好党であった篠原長房も、織田勢進撃のようすを急報にうけると、居城であった越水と滝山の二城を捨てておいて、遁げだしてしまった。さらに、三好三人衆に擁立された第十四代将軍の足利義栄のことであるが——この頃になって、背に患っていた腫物が悪化し、摂津の普門寺において病死してしまっている。享年、三十一歳。京に入ることもなく、将軍職に就任してわずか八ヵ月という短命に終わった。

十月二日。

信長はそのままに兵を進めて、池田の五月山南麓にある、「池田城」を攻めた。池田勝政の居城である――この勝政は三好三人衆に与し、大和で松永久秀と戦っていた漢だ――ほかの豪族が織田軍をまえにして逃散するなかで、この人物だけは織田軍に対し、徹底抗戦のかまえをみせた。

池田城の戦いは敵味方入り乱れる激戦の様相を呈し、両軍ともに多数の戦死者を出した。信長は火をもちいて町を焼き払わせると、圧倒的な兵数をもって池田城の三ノ丸まで押し詰めて、ようやく池田勝政を降服させるまでに追い込む。勝政は旗を巻き、甲をぬぐと、降参を乞うて人質を五人差し出し、ついには織田の軍門に降った。

この池田勝政という漢の処分であるが、信長はまず、勝政を織田の臣下に組み入れ、池田城での抗戦を咎めるどころか、もともとの領地に加増したうえでこれを安堵させた。勝政を気に入ったのであろう――信長はここで、本陣を布いている芥川城まで軍勢を引き揚げさせた。

このとき信長、三十五歳である。

岐阜を発して、わずか一月のことであった。

たったそれだけの期間で、信長は六角氏を破り去って京への道を拓き、足利義昭を入京させ、さらには京畿一円で威をふるっていた「三好党」をものの見事に阿波国へと追い落としてしまったのだ。おどろくべき、迅さである。「動くこと雷の震うが如く」とは、まさにこの信長の為様に他ならない。

さて信長が、このとき宿陣としている芥川城には、近国の者らがつぎつぎと祝賀に訪れていた。いずれもが信長に従属を誓う者たちであり、祝言ばかりでなく、捧げ物をたずさえている。

「媚をなす者其の数を知らず——」

とは、甫庵撰「信長記」の言葉である。このとき、堺の豪商であり茶人としても世に名を知られる、今井宗久も祝賀に訪れている。宗久は信長に「松島」という大名物の茶壺と、茶の師である故武野紹鷗の茶入れであった「茄子」や、菓子の画（菓子図。和菓子の見本図）を進献した。

さらに別の者は、源　義経が着用していたという鎧を信長に捧げ、そのほかにも、異国や本朝の珍物（貴重な宝物）を手にした者たちが、織田臣従を乞うて列をなした。

なかでも、いち早く信長に臣従を申し出た者があった。

（実実、老獪そうであるな）

信長は実際に対面して、すぐにも感じ入ってしまった。

齢、五十九になるという――信長の亡父信秀が存命であれば、およそ同じ歳になる。信長にとっては、何やら懐かしい匂いのする人物であった。容貌もいい。深い皺に刻まれたその貌は、粗彫りの仏像のようであり、また、智恵深くして、豪勇の者との印象を信長に与えた。毛髪はうすく、銀いろにかがやき、眉にまで白い毛がまじっている。老いてなお灰いろの睛は力づよく光り、精悍な虎の眼をおもわせた――大和の漢、「松永弾正少弼久秀」である。

「此度の御上洛、恐悦至極に存じ上げまする」

と、久秀は祝言をつづけたあと、織田信長に従属する意思をあきらかにした。

(わしひとりでは、大和を押さえつけられぬ)

久秀は側近らが持ち帰ってくる、信長という人物に対する報告を熟考しつつ、さらには、越前からもどった果心居士の声を聴くなかで、この「織田信長」という漢の力をいち早く見抜いたのである。松永の力だけでは、大和の動乱は収まらない。いまだ筒井順慶が抵抗をつづけ、混沌とした状況から抜けきらない大和国の乱を鎮めるためには、信長のように若々しく、神速なまでの行動力と、他を寄せつけないほどに世を圧倒する「力」が背に必要であった。これまでにも、信長上洛という虚報は世間の口端にのぼってきた。久秀の臣下にある柳生但馬守宗厳のもとには、上洛の協力を要請したいという、信長の書簡さえ届けられている――が、いずれもその範疇を出なかった。所詮は、尾張の田舎大名の空事である、と思っていたものだ。しかし、信長が越前から足利義昭を招び寄せると知ったとき、

（動く……）

久秀は直感した。判断するや、久秀の動きも信長に劣らず迅かった。早速、柳生宗厳を織田に遣わして、従属の旨を伝えさせ、好誼にしている堺の今井宗久とも謀り合った。

（これで順慶の小僧も、煩く吠えたてることをやめるであろう）

久秀は大和から信長に拝謁すべく、はやばやと芥川へ祝賀にあがった。臣従の意向の証しとして、まず人質を差し出した。さらに、天下無双といわれる名刀「吉光」の脇指と、茶人たちの間で垂涎の的となっていた「九十九（付藻）茄子茶入」を献上品として、信長のまえに提出した。

「天下に二つとなき茶入にござりますれば――」

久秀は頭を低くしながら、信長にその茶入れを差し出した。抹茶を入れておくための壺である。もとは第三代室町将軍「足利義満」が秘蔵にしていたという、唐物の茶入れであった。それが越前の武将「朝倉宗滴」という人物の手に渡ったころになる

と、五百貫という値がついた。信長が手にしたこの時点では、一千貫はくだらない。背丈は二寸二分（およそ六糎）、胴の幅は二寸四分五厘という、ちいさな壺だ。

信長は一言、

「であるか」

と、上機嫌に応じた。

（天下に一か。おもしろい……）

信長は、久秀の申し出を受けた。見事気に入った——天下に二つとない「茶入」のことだけではない。その茶器を持参した「松永久秀」という大和の漢こそを、信長は気に入ったのである。

久秀は信長から従属に関しての承諾を得ると、大和多聞山城へと引き返した。

「これで国は、弾正どのの手に入りましたるな」

久秀の陰で、声がわらった。

「ふん。まだわからぬ——もとより、おのれは居士の分際ぞ。左様なことを気に留めぬでもよいわ。それより果心、一乗院殿（義昭）の、ようすを見て参れ」

「畏まりまして候」

と影は行きかけて、はたと足をとめた。

「殿、ちと無心を申しあげて宜しゅうござりましょうや？」

「めずらかな。おのれが物を所望するとは、俗世の毒にでもあたったか」

久秀は、虎の吠えるように嗤った。

「おもしろい、申せ。何を無心するぞ」

「銭を幾ばかりか」

「費用の銭が、足らぬか」

「では、ござらぬ——恩を酬いとうありましてな」

聴いて久秀は、さらに大声でわらった。化生といえども、恩返しを考えるものなのか……いや、狐狸のたぐいは、もとより怨念が深いという。ゆえに、恩愛の情も厚いという話だ。そう思うと、可笑しくもある。

（なるほど、化生の者よ）

よかろう、と久秀は無心の銭を手配してやった。果心はその銭をもって、美濃へむかった。

おなじく永禄十一年の十月二十二日——。

足利義昭が、内裏に参内した。この日ついに、義昭は第十五代「征夷大将軍」として、幕府をひらく権利を得るのである。

まずは、室町幕府の復興であった。しかし、足利義昭のその夢は、この日を境にして一気に崩れてゆく。

「天下布武」

という言葉を掲げる漢の出現によって、戦国の世は急激に、天下統一の道を進みはじめていくのだ。義昭は、その漢が切り拓いた「岐阜」から「京」へとつづく道を歩いてきたに過ぎない。

織田の敵か、味方か——。

それのみが、時代の基準となっていくのである。このさきの世は、自治共和制を謳う「惣国一揆」の国であろうとも、例外ではなくなっていく。もしや信長に牙を剝けば、まちがいなく折られるのだ。

信長の時代が近づいていた——この漢のまえに、神は存在しない。

夢の如く

伊賀国に、鵙の高音がきこえている。

すでに東の空に陽が昇り、地を濡らしていた朝露が大気のなかに霧散して、空気はかがやくようであった。

秋晴れの高い空には雲の帯が白くたなびき、木々は燃えるような紅葉に色どられ、畦に群生する草花が、風に吹かれて踊っている。ちかくの林のなかでは、落葉した通草の木が、淡い紫いろの実をぶらさげていた。厚い皮はふたつに割けて、白々とした果肉をのぞかせている。

すんだ空気のなかに、またひとつ、鵙の声が空高くにあがった。秋が、深い――喰代村へとつづく径を歩きながら、笹児は紅々とした林の中から聞こえてくる、鵙の声色をまねて空嘯（口笛）を吹いていた。齢をかさねてもいまだ逞しい顎をしており、頬には剃りのこした白毛まじりの髭が、塩つぶをまぶしたように生えのこっている。

「天狗さがしなんぞ、ほとほとに飽いたわい。頭目も、無法なおおせつけをしてくだされることよ……てんぐは何処じゃ、てんぐや、てんぐ。何処ぞに、おやる」

と謡うように、愚痴をこぼした。笹児は小脇にかかえている籐籠の中から、小ぶりの柿をひとつ選んで取りあげ、かぶりつく。柿は渋抜きをしたので、香りがつよく、とけるような甘さがある。歩きながら、実二つを食べたところで、御屋敷に着いた。

「笹児どの、お久しゅうござりまする」

門をくぐると、土竜のような風貌が出迎えた。沢田ノ権六である。

「おう、権六。いつもどったや」

「三月ばかりになりまする」

「ほうか。そら、知らなんだ――持てや、柿じゃ。みなで分けてくれ。ところで木菟は、まだ帰らぬのか」

権六が、柿のはいった籠を受け取りながら、

「あい。……いまもって、報せひとつありませぬようで。八兵衛も、ままに」

「左様か」

(逝ったな――)

笹児は、ちっと舌打ちして、

「わしは御屋形さまから用事を仰せつかっとるでよ……」

と、腰の太刀を鞘ぐるみに抜いて、権六に持たせた。

「それまで預かってくれ」

笹児は屋敷にあがると、伍之介という家人に案内されて、奥の座敷まで通された。

部屋にはあがらない。敷居のまえに膝をついて坐り、顎をひいて姿勢をただした。ふと、庭が目の端にとまった。秋の陽を照りかえす美しい白沙のうえに、枸橘の木から落ちた黄いろい葉が、掃きとられることなく散っている。

(寂しげじゃの、木菟よ)

がらにもなく、情感に胸をちくりと刺された。とそのとき、

「笹児。――おのれすぐ、伊勢まで出向いてくれぬか」

座敷の奥から、しずかな響きをもった百地丹波の声が聞こえてきた。笹児はあわてて身をただすと、すぐさま肘を折って平伏した。

「承りましてござりまする」

「三日のうちに、多気御所へ参上せよ。権中納言(具教)殿のもとに、神戸ノ小南がはいっておる。不審ごとがあるそうじゃ」

この多気御所とは、伊勢北畠氏のことである。北畠氏は、伊勢国司の家として知ら

れ、八代目は北畠具教という人物であった。武将としての有能を近隣に知られ、剣術を好む大名であるとの風評がたっている——事実に、剣豪塚原卜伝から剣を学んでいるのだが——過ぐる永禄六年に、家督を嫡男具房にゆずってからは、この北畠具教は隠居の身を公言していたが、どうも怪しい。実権は手放していないようなのだ。

「小南めから、下山の甲斐守のもとからも伊勢におとこらを入れておると、しらせが参った。いずれの者どもか、名をさぐっておいてくれ。二月でもどれ」

と、丹波の声が座敷奥に坐った。

「向こうへ着いたら、用心を心掛けよ。このいま伊勢のうえから、織田の殿が国を奪わんとして、火をつけてまわっておる。また近き内に、戦火がたつであろう」

「心得てござりまする」

「ところで、笹児。十日ほどまえ、興福寺から遣いがあった——件の居士は、見つからぬ様か？」

訊ねられて、笹児は渋そうに顔をゆがめた。

「あい、それは何とも……頭目、じつに申しわけも立たぬことではござりまするが、その者、いまだわが眼に影ひとつ映りませぬ。大和の寺社のみならず、一年をかけて方々の村を廻り、叡山、京へも幾度となく出向きましたるが——いまだ、これに捕らえておりませぬ」

と、笹児は深々と頭をさげて、謝罪の言をくりかえした。

「仕事を抜かるなや、笹児。その天狗の者、この世になきことなれば、骨のひとつでも拾うてこい」

「畏まりまして候」

百地丹波がさがるのを待って、笹児はふとい溜息をついた。

（こりゃ、あかんわい。天狗の事なんぞ、頭目も早うに忘れてくださらぬかの……阿呆らしいて、やりきれぬ）

と、苦りきった顔をして、立ちあがった。玄関を出て権六から太刀を引き取り、喰代屋敷の門を出た。そのまま出立ちの用意をととのえようと、家路をいそいで、朝屋へと足を向けていたが、

「そや。天狗の事は、ヒダリから智恵のひとつでも授かろうかの」

上野村は、方角もおなじである。笹児は足をのばして、ヒダリの居住まいへとむかうことにした。

人気がしない。

家の周囲は、よく掃き清められていたが、人の気配までも掃きだしてしまったかのように、ひっそりと静まり返っている。笹児はヒダリの家の戸を何度となく、叩いてみた。が、いくら待っても返事がない。

「どこぞへ、出ておいでのようやの……」

ふり返ると、敷地のはずれの草叢のなかに、藁を竹にまきつけて人に見立てた「的」が倒れている。指や拳を叩きつけて、術を鍛錬するためのものだ。的は時のすぎゆくままに古くなり、藁が無造作に解れている。

「……。また後日、訪ねてみるかい」

と、笹児は行きかけて、ふと足をとめた。軒先に張りついている、一疋のちいさな影をみつけたのである。まるい両眼、暗い灰いろの身体は濡れたように鈍く光り、褐色の斑が星のように散らばっている――守宮、であった。一見して不吉なすがたをしているが、この生き物に名付けられた字を読めば「宮（家）を守る」ものといい、縁起がよいのだという。

「吉左右（善い報）を届けにきたかよ。この家のあるじは、ひとり身じゃ。ように守ってやってくれや」

笹児は、陰のなかで目をきろきろと動かしている守宮に声をかけたあと、ヒダリの家のまえから立ち去った。

その翌日。

夕刻に、伊勢へむかう支度を調え終わって、笹児はわが子たちを家に呼びあつめ、一緒に酒を呑んだ。これまでも、忍びのつとめで国をでるとき、ささやかな酒宴をもった。夕餉をとり、酒を呑む。云わば、笹児ひとりの「出立の慣わし」である。

「安兵衛よ、あすヒダリどのの処へ、何ぞ手伝いにゆけや……きのう、具合を伺うたのやが、どこぞへ御出のようやったでよ、会えなんだ」

と、笹児は麦くさい茶碗を口に運んで、なかの酒を干した。

「承知しまいた」

返事をした安兵衛という男は、笹児の長男である。女房をもち、すでに成人した子がふたりある。父親に似て、顎のつくりが強く、用心深そうな目をしていた。下忍の子ではあったが、忍びのことは学んでいない。長子は、田畑を耕すという仕事を引きつぐ。忍びを覚えるのは、概してどこも次男からであった。笹児の子は安兵衛の他に、次郎助という三十男があった。この次郎助が下忍として、奉公に出ている。ほかに、りょうとやいという名の女子ふたりをもうけているが、いずれも他村の家に嫁いでいた――今夕は、そのすべての子が、久しぶりに顔をそろえていた。

「お父、これを寝つかせなならんで、暗うなりませぬ内に帰りますで。かたづけには、あす参りますから、お母……ええかしら」

と、次女のやいが、微睡みはじめた幼子を抱きあげて、遠慮しつつ云った。

「かたづけは、ええでよ。また、寄っておくれや」

笹児の女房が、ほそい声でやさしく返事をする。額がひろく、一重の目もとが涼しげな老女であった。名を志乃という。病弱な身体ゆえに、節々の骨が浮いてみえるほどに痩せ細っている。どこか、葉を垂れた柳をおもわせるような、容姿であった。

「わしも戻らな、ならんで……父上、堅固にしてくだされ。兄じゃ、母も。ではまた立ち寄りまするでよ」

次郎助も、女房と娘の手を引いて立ちあがった。長女のりょうも挨拶をすませ、長男家族のほかはいなくなった。

「何じゃい、そんな刻限でもなかろうぞ。おう、安（安兵衛）よ。藤衛門に声をかけて来い。酒があるやと、云うてきてくれ」

笹児は、酔っている風にみせかけて、ことさらに声を張った。子や孫たちが、つぎつぎと座を立つ姿を見て、ふと淋しさを感じたのである。酔ったふりでもしないと、居た堪らなかった――笹児はいま、はっきりと自身の老いを感じている。下忍としての厳しさ、それだけを貫き通してきた男であった。これまでも、一抹の淋しさというものを感じたことは、少なからずもある。死地のなかで故郷をおもったときに、あるいは遠国で朋輩を失っていく日々のなかで、そして――国を出るときは、いつも心が荒涼としていたものであった。ちかくは京で、杉六という下忍の死を目の当たりにしたときにも、落涙しそうになったものだが……これまでは抑制というものが利いて、おのれの感情などは簡単に押し殺せていた。

（いまは、ちがう）

心細い気持ちが、肚の底からつよく押しあがってくるのだ。この淋しさの源は、家族のことばかりが理由ではない。心の片隅でいつも尊崇しつづけてきた、ヒダリの事があった。何にもまして、上野ノ左という男が隠居してしまったという一事が、笹児の心を細らせてしまっている――ヒダリという忍びは、血肉や骨までもが、忍びの法で創られたような男である。下忍笹児にとっては頼れる師であると同時に、友垣でもあり、人生というものの指針ですらあった。まさかのこと、そのヒダリが隠遁するとは、これまで一度も考えたことがなかった。

（もしや、わしが隠居を命ぜられたときには、とても生きてはゆけまい……）

笹児は、下忍という生き方しか知らない。老いた忍びの哀れさである。この男には、余生というものがどのようなものであるか、まったく想像もつかないのだ。下忍は死ぬまで、忍びの道を歩むものであり、業に死してこそ、はじめて忍びを全うすることとなる——幼少のころより常に教え込まれてきた、下忍の法である。それ以外に、道を知らない。

「はよう、招んで来う」

笹児は、語気を荒らげて云った。父に命じられた安兵衛は、渋々と土間におりながら、

(藤衛門も、迷惑であろうに……)

ちらと母の顔を見たが、志乃は無言のまま、夕餉の後片付けをしている。安兵衛は母が止めてくれるものだろうと思った。が、助言は何もなかった。あきらかに、父の声が聞こえていないふりをしている。

「お母、ちと招んでくるで……ええかや?」

「ええ、はいはい」

と、うわの空のような返事をしながら、志乃は片付けをつづけている。

(向こう様が、めいわくに思わはるようやったら、あすにでも私がたずねて謝ります

よって……早う、招んできてくれなされ）

安兵衛はあきらめて、家を出た。

志乃はこのいま、胸が痛むほどに夫の心中を察していた――笹児のもとに嫁いで、四十年ちかくになる。夫の仕事の仔細など、知るよしもなかったが、旅から帰らぬ主人たちの葬儀をあげる家々をみていれば、いかに危険な仕事であるかは、志乃にも十分わかる。夫は命を賭すような、おそろしい働きを遠方でなされている……その働きがあってこそ、めしが食え、衣服をまとい、屋根の下で四人の子を育てることもできたし、自身こうして長寿を賜っているのだ。この老女に幸せであるかと尋ねても、幸せというものが何なのか見たこともないであろう。代わりに感謝しているかと訊けば、諾とこたえるに違いない。そういう、女であった。いつしか病に臥しがちとなった弱った身体は、夫の身の上をおもっての長い心労によるものかもしれないが、志乃は一度としてそんな考えをもたず、いや考えぬばかりか、夫に申し訳ないとさえおもっている。

「笹児どの、およびじゃと聞いた」

戸口から、目尻がたれさがった、愛嬌のある男の貌がのぞいた。藤衛門である。口をとがらせ、唾の多い言葉を吐いた。

「酒を呑ませてもらえようと聞いて、とんできた」

と藤衛門は、からりと笑って、土間に足を踏み入れた。息子の田之介という、童子もつれてきている。

「おう、あがれあがれ。酒はなんぼでもあるよって。おお、田ノ坊も来たか。志乃、なんぞこれに食わしてやれんかの。柿は残っとらんかえ……わしが全部、御屋敷の小僧らにくれてやったかいの？　まあ、何ぞあるわい」

と笹児は、藤衛門の手に枡をにぎらせ、酒をついだ。この藤衛門も、骨は喰代の下忍である。笹児のいる組下に付いて、甲斐で働いていたとき、武蔵野の戦場までかりだされ、鉄炮の弾で右膝を砕かれてしまった。傷は癒えたが、足をひきずらなければ歩けず、どうにも忍び働きができなくなった。以来、伊賀にもどって地元の郷士から畑を借り、ほそぼそと暮らしている。近所ということもあって、笹児の家には身の回りの世話をよくしてもらっていた。

「ささじい、鼻が赤うなっとるな。あぶに刺されたんけえ？」

田之介が、笹児の顔を興味深そうに見ていた。奥で、志乃のわらい声がきこえている。笹児もわらった。

「あほう云いなや、田ノ坊。このわしが、虻などに刺されるもんけ。虫けらなんぞが顔のまえに飛んできよったら、刀で真二つじゃ――」

笹児は笑談しながら、酔いに酔った。

その夜、夢をみた。

――笹児は夢のなかで雨のしのつく峠のうえに独り立ちつくし、空をあおぎみていた。雨を降らせている空は明るく、どこまでも晴れわたっている。陽光すらまぶしく、その中にあって、細い糸のような雨が絶え間なく降っていた。と……背で呼び声がする。ふり返れば、わかい日の女房と小共たちが、ちかくの林のなかで雨宿りをしていた。笹児は懐かしき日の家族の姿をそこに見つけ、いそいで雨のなかを走った……雨にずぶ濡れとなって、林のなかに走りこんだが、女房と小共たちの姿がない。どこへ行ったものかと考えていると、雨の音がしだいに遠のき、林のなかの闇が濃くなりはじめた。ふと気配がして、頭上を見あげた。鬱蒼とした樹々の梢に、ふしぎなものがいる……高い枝に止まり、こちらを凝っとみおろしていた。天狗だった。途端に笹児は、腰に太刀を佩いていないことに気づいた。手裏剣も持ち合わせておらず、にわかに焦りはじめた。あせって、頭上にある相手をもう一度みた――天狗は嘲るように、嗤っていた。鼻の高い赤ら貌ではなく、嘴も、羽もはえていない……枝葉の陰からこちらを覗きみているものは、黒々とした闇のような姿をしていて、目ばかりが異様に大きくかがやき、雲水の形をしていた。「おのれが、かいしんかッ」と笹児は夢のなかで叫び、慌てて足もとの石をひろいあげた。礫打ちにしてくれようと、投げるかまえをとって、腕を振りあげたが……すでに、天狗の姿は消えていた。

そこで、目を覚ました――笹児は、軀を起こして長い溜息をついた。

(仕留め損じた……)

なぜか、現実のことのように悔しかった。笹児は夢のなかで石をつかんだままに、まだ拳をかたく握りしめている。ふと気がつくと、握りしめた手のなかに、石の感触がなまなましく残っていた。

まさかと思いつつも、ゆっくりと掌をひらいた。

「…………」

手は空だった。

それでも笹児は、しばらくと自分の空の手を見つめながら、

(わしはこの掌に、一体何をつかむことができたのか……)

と、忍びの一生をふり返りながら、もの淋しい気持ちに、老いた胸をつまらせるのであった。

天下戦雲

（松少めに、先を越された……）

筒井順慶は、垂れ目がちな杏仁形の目をかたく閉じると、そのまましばらく黙りこんでしまった——松少こと、大和宿敵の松永弾正少弼久秀が、足利義昭を奉じて上洛した「織田信長」という大名の軍門に、はやばやと降ったというのである。その信長という漢は、入洛するなりつぎつぎと三好党を京から追い落とし、いまや天下を奪わんとする勢いであった。

「殿。これは早速にも手を打たねば、当家はもとよりこの大和一国、松永のまえに立ちゆかぬことになるかと存じまする」

と、傍に控えている島左近が意見した。口の端にはやした髭が、緊張の汗にぬれている。左近にしても、久秀の変わり身の迅さには、愕くほかなかった。と同時に、信長という大名の強さが不穏である。

わずか、一月(ひとつき)たらず――たったそれだけの期間で、信長という漢は京に旗をたててしまった。いまだ大和の一豪族でしかない筒井氏には、その迅速さに対応する情報力も、基盤すらも持たない。このいま、足もとの大和は、弾正久秀ばかりでなく、武将としての力をつけてきた子の松永右衛門佐久通(ひさみち)が、戦火を絶やすことなく焚(た)きつづけている。筒井党は松永軍と戦うことが精一杯であり、国外に目をむける余力などない。

（はや、織田家に通じておかねばならぬ……）

左近は、黙している主人を見守った。主人順慶は、まだ二十(はたち)と若い。この青々しい当主に、天下の状勢を見通すほどの眼力をもとめるのは酷(こく)というものである。片や、松永久秀は一時期とはいえ、京の実権をにぎっていた三好氏（長慶）の右筆をつとめていた漢である。中央を知り尽くし、智謀(ちぼう)の事はもとより、武将としての経験も格段に優れ、なおも老獪(ろうかい)さを身につけた六十の老将であった。老いても、虎である。そのような漢を相手にして、順慶の判断が遅れをとったとしても、無理のないことではある。問題は、この将来(さき)をどのように切り抜けるかだ。

時代は、動いている。

大和だけに目をむけていては、やがて思いも寄らぬ大波に押し流されてしまうだろう——左近と順慶は、久秀という老将の姿のなかに、あらためて戦というものの本質と、その巧妙さを思い知らされていた。

「左近、わが筒井も織田家に降るよりほか、講ずる策はないであろう」

順慶は目をひらくや、快闊な声で決意をしめした。

「御意」

でなければ、筒井は消える——左近は順慶の声に、頭をさげた。

その松永久秀、である。

信長の軍門に降ったあと、久秀はわずか十日たらずのうちに、再び信長のもとを訪れ、大和一国を引きつづき攻略し、これを平定する許しを得ている。信長は大和の支配を許可しただけではなく、この久秀の応援として細川藤孝、和田惟政、佐久間信盛といった織田方の諸将をつけてやった。その軍勢、二万である。順慶の織田臣従策は、まったく間に合わなかった。ここに信長の勢いを得た松永久秀父子が、織田軍二万と共に、大和の反松永勢力を悉く陥落させていくのである。

このとき信長の目は、すでに天下に向けられていた——足利義昭が第十五代征夷大将軍に任命されたあと、信長は一旦、岐阜城へともどっている——翌永禄十二年の一月五日、信長不在を知って、京から追い出されていた三好三人衆と、美濃を信長に乗っ取られた斎藤龍興らが手をむすび、南方の諸牢人を集めて京へ上ると、将軍義昭が宿所としている「六条の御所（本圀寺）」を五千余騎で包囲した。御所には、明智光秀らが義昭を守り抜こうとして楯籠もっていたが、わずかに二百余騎——数に及ばない。敵はいよいよ本圀寺の門前を焼きはらい、寺中に雪崩れとなって切りこもうとする勢いである。すわや、第十三代将軍義輝の二の舞となるところであった。

「命を限りに戦い、死を善道に守るべし——」

光秀におなじく、義昭の御所に楯籠もっていた山県源内と宇野弥七の両勇士が、幢本に切ってかかり、これを切り崩して散々に戦ったが、ついには敵の槍にかかって討ち死にした。他の者も、ここに一斉に命を投げ出して奮戦する。

やがて、この報を聞きつけた織田方の三好義継、細川藤孝、池田勝政たちの軍勢が、敵の後方から攻めかかり、桂川にあった陣容を撃退した——三好義継もまた、久秀におなじく、信長の上洛の折りに織田の軍門に降っていたのである——この御所襲撃の急報が飛脚によって岐阜の信長にもたらされたのは、一月六日のことであった。

信長はこの報せを聞きつけるや、大雪中を一騎駆けで京へむかった。信長の疾さである。尋常ではない。通常の大将ならば、軍備がととのったところで、軍勢を率い、発向するものだが――信長は、即断し、行動に移す。当然として、この行動力について行けない者は、織田家中で生き残れない。

信長は三日の行程を要するところを、わずか二日で京に入った。このとき、あまりの大雪のために、道中で凍え死にした者もあったという。信長は、焦っていた。強行軍に京へ向かうのは、何も「足利義昭」という人をおもっているからではない。天下統一にむけて打った「布石」を、ここで失うわけにはいかなかったのである。信長にとって、この第十五代将軍というのは、あくまでも「大義名分」でしかない。六条の御所に信長が駆けつけたとき、伴廻りの者は十騎もなかったという。つづいて六千余騎の織田軍が続々と入京し、足利義昭は事無きを得た。

この一件があって、信長は京都二条の地に、あたらしく将軍の御所を普請（建造）するのである。

そして、五月。

岐阜の信長のもとへ、伊勢の木造具政という人物が内応にはしった。この具政は、伊勢国司（第八代）であった「北畠具教」の実弟である。くり返すことになるが、具教はすでに家督を嫡男の北畠具房にゆずり、自身は隠退している――この具教のもとで、伊賀者の神戸ノ小南が忍びを働き、木造具政という人物の裏切りをも嗅ぎつけていたのだ。

木造具政が謀叛をおこすと、これに憤った国司北畠家は、まず、木造の侍大将である柘植三郎左衛門尉の「人質」を雲出川に連行した。この人質はいまだ九歳の息女であり、「美麗玉の如く殊に利根（生まれつき賢いこと）」であったという。連行される際には、いまだ九つにして、すでに自身の身のうえを悟り、母親にむかって涙を流しながら「来世において、お会い致しましょう」と、暇乞いをしたという——ここで、柘植三郎の人質は、雲出川に連行されると首を括られたうえ、大木に串刺しにされ、木造城へ向けて張付に掛けられて、みじかい命を閉じるのだ——何とも、惨い話である。

そして、八月。

木造家の内応を受けた信長は、伊勢攻略のための準備を調え、尾張、美濃、三河、遠江、近江、そして伊勢北部の兵をあわせた七万余騎という大軍勢で、伊勢へと進軍する。まず、信長は木造城に入って軍評定をひらき、さきの雲出川で張付にされた息女の父である「柘植三郎左衛門尉」を案内人として、伊勢南方へと迫った——八月二十七日、織田侵攻軍の先陣をつとめる木下藤吉郎秀吉が、阿坂城を激しく攻めたて、これを開城させると、信長はこの城に滝川一益の軍勢を配備して、その他の小城には目もくれずに、いきなり伊勢の中心部へとむかって進撃する。

「大河内城」

北畠具教と、その嫡男にして第九代伊勢国司である具房が栖籠もる、北畠方の主城である。

信長は東の山に着陣すると、兵を出して城下の町々に火をかけて破らせ、城の四囲にそれぞれ軍勢を配置して押し囲んだ。城攻めの準備がここに調うと、

「西搦手より、夜討ちをかけよ」

と信長は、稲葉一鉄、池田恒興、丹羽長秀らに命じて、大河内城を攻めた。

この夜、雨に降られて織田方の兵は鉄炮がつかえず、稲葉、池田、丹羽の三隊は苦戦を強いられ、多数の戦死者を出し、夜攻めは失敗に終わる。信長はすぐに方策をかえて、大河内城を兵糧攻めによって、攻略することにした。滝川一益に命じて、多芸（多気）の谷にある国司館をはじめ、悉くを焼き払わせ、毛作（稲や麦）を薙ぎはらって捨てさせた。織田軍のあまりの疾さに、北畠父子は籠城の用意もできずに大河内城に入っていたため、ついには兵糧も尽き、餓死する者も出はじめる。

「このままでは、みな干殺しにされよう……」

ついに北畠父子は、信長から突き付けられた降伏条件を受諾した。はたしてその条

件とは——信長の次男である、「茶筅（茶筅丸）」に北畠の家督を譲り渡すというものであった。具教には、この信長の「次男を受け入れよ」という申し出が、人質を取ることにも等しく見えた。だから、条件を受けた——これが後に、伊勢北畠氏の崩壊へとつながる原因になろうとは、夢にもおもわなかったようである。

「茶筅」

かわった名を付けられたものである。この信長の次男の名である茶筅とは、器のなかの茶湯をかき混ぜる道具の名であり、その形に髪の毛を結ったものを茶筅髪ともいうのだが——その茶筅、このとき十二歳。二年後には元服して、具教の五女を妻に娶り、名も北畠具豊と改める。

後の、「織田信雄」であった。

いまだ年少の茶筅が城を守れるはずもなく、このとき信長は傅役として津田一安を側につけ、ほかに生駒半左衛門、安井将監といった織田譜代の者らを側近として置いた。ゆく末には、信雄（茶筅）の家臣団でも中核をなす者たちである。さらに信長は、木造の柘植三郎左衛門尉を気に入り、この侍大将をあらたに茶筅の側につけている。

はたして、この者たちこそは——のちに、「伊賀侵攻」の先端を切り拓く面々なのであった。

一方の北畠父子であるが、城を明け渡したあとは坂内氏の笠木御所へと退去した。信長はここで、さらに伊勢平定を推し進めるために、田丸の城をはじめとする伊勢国内の諸城を破らせ、関所一切を撤廃させた。

十月十一日、上洛。

信長は入京すると、伊勢一国を平定したことを将軍義昭に報告した——が、十七日になって、信長は突然と美濃へ帰国する。この帰国には、多くの人が愕くと同時に、不安を抱えることとなった。正親町天皇さえもが、自ら筆をとって女房奉書（天皇の意思を伝える主要文書）を信長に送りとどけ、慰めたほどである。

義昭と信長の間で、意見の衝突が生じたのだ……将軍となった義昭は、その政治権を行使しようとして、信長の知らぬところで幕府造営のための「殿料」を諸国に命じ、越前の朝倉義景と加賀一向一揆の和約を促すなど、独断によって、内書を諸国諸氏に送りつけていたのである。義昭にすれば、兄義輝のあとを引き継いで、政治活動をすすめているつもりであった。ただ、将軍職の権限を行使したに過ぎないのである。

信長にすれば、勝手をするな、と云いたいところだ。義昭を将軍にしたのは、朝廷ではなく、あくまでも「織田」なのである。ましてや、一人で立つことすらままならない足利義昭などに、天下を掌握できるはずもない。それが、信長の知らないうちにも、政事をはじめようとしているのだ。そも、この戦乱の世をつくりだしたのは、室町幕府ではなかったか——決して、義昭に幕府は開かせない。いまは将軍の名の下に、織田の勢力をひろげていくためにのみ、この男を利用する。

（将軍の血統など、天下にいらぬ）

信長は岐阜へ帰国後、翌年の永禄十三年（同年四月二十三日に改元され、元亀元年となる）その一月になって、将軍義昭に「五箇条」の条文を突き付けた。和解案である。

条文の一つは、

「御内書を諸国にくだされる場合には、かならず信長の添状を付すること」

というものであり、これは義昭の行動を事前に掌握できるというばかりでなく、信長の名を将軍と同列にさせる効果もあった。

「これまでに下知された裁許はすべて破棄し——」

「（信長は）天下の政務を委任された以上、将軍の意見を待たずして、思うままに処分をする」

など、である。これは、将軍の政治活動を規制するという内容そのものであり、また、天下の政務は「信長に一任する」という、盟約を結ぶものでもあった。義昭にとって、屈辱のことであったろう。義昭はあくまでも「将軍」なのであり、信長は「大名」にすぎないのだ。しかし否応もなく、この条文に同意するしかない。まさかの事、これを拒否するほどの力は、義昭になかった。

将軍義昭は、信長が差し出した五箇条の条文を承諾こそしたが、この時点で二人の間には、修復しようもない亀裂が生じ、内々なる不和が生じはじめていた。のちにこの亀裂は決壊を引き起こし、皮肉にも、時代は天下統一へ向けて急速にすすんでゆくのである。

同永禄十三年四月二十日のことである。

――その早朝。

信長は軍勢を率いて、京から越前にむかっていた。

「朝倉義景を討伐する――」

信長はさきに、畿内近国二十一ヵ国に宛てて、「禁中（皇居）御修理」「武家御用」を名目としたうえで、さらに「ほか天下いよいよ静謐のために上洛なされよ」と、触状を出していた――これは足利義昭という、あたらしい将軍に対する諸氏臣従の意思をはかると同時に、織田信長にこそ服属するかどうかをも見定める、謀りごとでもあった。

これに応じたのは、徳川家康をはじめとして、南伊勢の北畠具房、飛騨の姉小路自綱、畠山昭高と畠山高政（昭高の兄）である。さらに、河内国北部を治めている三好義継と、大和の松永久秀も早速に参上し、宇喜多直家（備前浦上氏）といった近国諸将、諸大名もぞくぞくと信長の声に応じた。

しかし、越前の「朝倉義景」はこれを拒否し、ついに上洛しなかった。取りも直さず、織田政権を無視したことになる。信長にとっては、天下の号令を拒絶した越前朝倉を、ここに退治するという、あらたな大義名分を得たというものだ。もっとも、信長の目的は朝倉義景の征伐というよりも、日本海に面した要港の越前「敦賀湾」と、若狭の「小浜」を手に入れることこそが狙いであった。

さて織田連合軍は四月二十日の早朝に京を発向すると、越前の敦賀平野に軍勢を押しすすめて、手筒山を攻めた。ここで織田方は、「敵首千三百七十」を討ち取るという、苛烈なまでの掃討戦を展開する。

さらに織田連合軍は屍の山を踏み越え、朝倉一族の「朝倉景恒」という漢が楯籠もる「金ヶ崎の城」を攻めた。怒濤の如く越前に押し寄せた織田軍のまえに、金ヶ崎城はすぐに開城した。そして、いよいよ朝倉義景の「一乗谷城」を攻め落とそうと、織田軍が木ノ芽峠を越えた——そのとき、であった。

同盟者であるはずの浅井長政が、突然と挙兵し、織田軍を後方から突こうとしたのである。信長の妹、お市を嫁がせている若者だ。

「江北浅井備前、手の反覆の由」

信長は最初、この報せを受けても信じられずにいた。

「虚説であろう」

織田軍を混乱させるための、流言であるとおもった。何せ浅井長政は、信長の縁者となったうえに、江北（北近江）一円の統治を直々に任されてもいるのだ。何の不足があろうか……逆心するはずがない。ところが、追々に注進が重なると、これが紛れもない事実であることが判明する。

なぜ浅井が、ここにきて裏切ったのか——簡単にいってしまえば、織田家よりも旧くから通じ合っていた朝倉氏を、いきなり何の相談もなく襲った信長に対し、浅井久政と長政の父子が誡めんとしたのである。はたして——山間の隘路にあった織田軍は、朝倉勢と浅井長政の両軍に挟撃される形となった。あまりにも、利が悪い。下手をすれば、山間に閉じこめられて、壊滅しかねない。あと一歩で、朝倉を討つことができるという時にだ——信長は一瞬、迷った。天下を取らんとするこの時期、撤退という敗北の姿を世にみせられるか。断然と一乗谷へ攻め込み、決戦を強いれば、勝算は立つやもしれない。それほどまでに、朝倉義景に肉薄していた。このとき陣中にある誰もが、一瞬とはいえ、撤退という言葉を考えのなかに拒んだ。もとより信長という絶対者に対して、容易に敗北を認めさせ、敵前逃亡を諫言することができようか。いや、ただひとり——松永久秀だけは、ちがっていた。この年長者である老将は、

(織田はまだ若い……わしはこのような寒々とした山奥で、むざと命は捨てぬぞ)

と、ことさらに声を強くした。

「ここは手筒山と金ヶ崎の二城を落としたる次第にては、天下にその面目余すほどでござろう事かと存ずる。まずは天下一つの御身こそを大事とし、京に立ち戻った後に万全をもって、朝倉に誅をお下しなされば、よろしかろう」

天下の身か——信長は、唸った。

「余すか」

「十分の事に。また戦とは攻むるが易く、退くが難しと申しまするわ」

「であるか」

と信長は一転、退却の意を決した。決断すれば、とかく疾(はや)い。まず久秀が織田軍の退路を確保するため、朽木谷(くつきだに)へと奔(はし)り、信長と敵対する近江佐々木氏（六角氏）の一族である朽木元綱(くつきもとつな)を説得することに成功する。これで信長は、二十八日の深夜、密(ひそ)かに京へと退却するのである。さらに刻(とき)をかせぐために、戦線の殿軍(しんがり)として木下藤吉郎秀吉、明智十兵衛光秀、池田筑後守(ちくごのかみ)勝政らが残り、肉薄してくる朝倉勢の猛攻をここに防ぎとめた。戦国史上に名高い、「金ヶ崎退き口」の次第である。

信長は、四月三十日になって無事帰京する――これ以降、織田信長は自国の領土を拡大するためのみを目的とする戦いではなく、あきらかに天下統一にむけての戦いへと歩み出すのであった。

信長は岐阜へむかう。

その、元亀元年五月十九日――近江側から美濃へと千種(ちぐさ)峠を越えようとした信長を、六角承禎(ろっかくしょうてい)に依頼された甲賀者の「杉谷善住坊(ぜんじゅうぼう)」という男が、道筋にて待ち構え、鉄炮で狙撃した。太田牛一(おおたぎゅういち)の「信長公記」に曰(いわ)く、

「天道照覧(てんだうせうらん)にて（神仏がこれを御覧になり）……」

運良く信長は、かすり傷ひとつで難事を逃れたというのだが、神の御加護であった

かどうかは分からない。

岐阜に戻ると、信長は早速に木下秀吉に命じて、堺の今井宗久と連絡をつけさせ、大量の火薬を用意させた。信長はまず、「浅井長政」を退治する肚づもりだ。その準備を調えつつある六月になって、伊賀に隠れていた六角承禎父子が突然と立ちあがり、一揆を煽動して、近江南部の諸所で騒ぎはじめた。

「うるさいわ。蹴散らしてしまえ」

ここで信長は、柴田勝家と佐久間信盛を出陣させ、早速、南近江で騒ぐ火を鎮火させた。このとき、六角方は三雲定持と成持の父子らが討ち死にし、ほかにこの戦いに駆り出されていた「伊賀甲賀の地侍七百八十人」が、首を討たれた。

同年六月十九日、――浅井長政を討伐するための準備を調えた信長は、いよいよ岐阜を発向する。この浅井退治には、徳川家康の援軍も加わり、両軍あわせておよそ二万八千騎となった。これに対して浅井長政は、越前朝倉氏から応援に出された朝倉景建を総大将とする八千の兵を合わせ、およそ一万五千余騎で迎え討つこととなる。

六月二十一日。

織田軍は浅井長政の居城である小谷城へと迫り、この城下を焼き払った。信長は琵琶湖東畔の虎御前山に登って陣を据え、二十四日になって、援軍の徳川家康と竜ヶ鼻

まで移動し、琵琶湖へと注ぎ込む川のながれを北方にみる。この川の名を、
姉川
――という。
川むこうに、浅井朝倉連合軍一万五千騎の黒々とした影が、集結していた。織田徳川の軍勢は、川筋の南がわにそれぞれ二手にわかれ、布陣する――姉川をはさんで、両軍が対峙したのは六月二十八日、卯ノ刻（午前六時）のことである。
ここに、「姉川の戦い」の火蓋が切られた。
まず、徳川軍の正面に布陣していた朝倉軍から、仕掛けた。百騎ばかりが槍ぶすまをつくって猛進し、これを家康方の酒井忠次（徳川四天王の筆頭）と、小笠原信興（長忠）の隊が姉川の真っただ中で迎撃した。兵らの血が、川を赤く染めた。
この戦いはすぐにも激戦の様相を呈し、いちじは徳川勢が川のながれを渡って朝倉勢に攻め込むも、次第に姉川のなかばまで押し返されてしまう。そこへ、信長から応援に出された稲葉一鉄の隊一千が駆けつけ、徳川勢はにわかに勢いを取り戻すこととなった――一方、信長率いる織田軍はこのとき、浅井の猛攻に晒され、苦戦を強いられている。ついには柴田勝家、木下秀吉、森可成らの隊が相次いで突破され、浅井の兵が信長本陣にまで攻め込んでくるかに見えた。

と、織田軍の後詰めとして背後の横山城に布陣していた氏家卜全、安藤守就らの美濃衆が風をまいて救援に駆けつけ、浅井軍の左翼を突き崩し、信長の危機を既のところで救うのである——さらに、家康のもとからも本多忠勝と榊原康政の徳川精鋭軍が応援に馳せ参じ、朝倉軍を打ち破った家康もここに増援に駆けつけて、浅井軍は全軍総崩れとなった。

この戦いでの浅井朝倉軍の死者は千百余人、織田徳川軍は八百人を数えるという。姉川を血で染めた激戦は、巳ノ刻（午前十時）ごろには収まったが、さらに小谷城へと敗走する浅井朝倉軍との追撃戦が昼過ぎまで行われ、ここにようやく終決するに至る。合戦は、信長側の一応の勝利で終わったが、ついに浅井長政の首を討つことはできなかった。さらには、この決戦の間に阿波の三好党が再び挙兵し、京へ侵入しようと画策していた。

「これは、ならぬ」

天魔

一

戦雲急を告げる。

元亀元年七月二十一日——三好長逸らが阿波国から上陸し、摂津中島に入った。三好三人衆の他に斎藤龍興、細川昭元、十河存保といった三好党の大将格が顔を揃え、その兵数は八千余騎。一党は京へ侵攻すべく、摂津から河内方面へと進路をとった。

これにいち早く警戒して行動したのは、大和の松永久秀と久通の父子である。松永父子は、四日後の七月二十五日、多聞山城から信貴山城へ主力軍を移した。信貴山城では三好党を迎撃すべく、子の右衛門佐久通を主軸として、軍評定をひらいた。評定がまとまったあと、久秀は一人室にこもり、習慣としている灸に火をともした。中風の予防である。

灸を、頭の天辺に据えた――と、

「お忙しゅうことに、ござりまするな」

室の角にひろがる影溜まりの中から、少女が含み嗤うような悪戯なわらい声。

「応、久しいの。化生、これへ参れ」

久秀が招ぶと、影のなかに果心居士の立ち姿が染み出した。果心はその大きな両眼で、久秀の白髪頭から立ちのぼる、白い煙の糸をみている。

(一本の毛が、天に揺れあがってゆくようじゃわ)

と、久秀の灸を据える姿に可笑しくなって、わらった。

「これより御出陣なされると申されるに、またご養生にも、殿は中風を気に召されておられまするのか？」

「居士ばらには、解せまい……」

と、久秀は灸の熱さに顔を赤くし、歯を噛みしめた。

「いざ敵を前におき、中風を患いもして槍をもつ手が鈍うもなれば、大和久秀もついに臆したかと嘲りを受けるわ。病より、意地の事ぞ」

六十にもなるというのに、大した意気地である。

「どうじゃ――おのれも、手ずさみをしておるならば、長逸らの田舎くさい面をながめに、河内まで付いて参るか？」

「ご遠慮申しあげまする」

果心は返事をすると、ひややかな微笑を口許にうかべた。

（うす気味の悪い奴め――）

久秀は果心の微笑を不審におもい、

「いくさは好かぬと申すか」

「さて……」

と果心は、にんまりと笑って頭をさげた。

「戦は、武士のしわざにて。仰せの如く、われはたかが居士に候。このいま戦場に出向いたところで、およそ殿の御役に立てそうにもござりませぬわ――それよりも、久しく高野に立ち寄れておりませぬゆえに、かの山に逼塞し、呪縛の法に励むつもりにござりまする」

「呪いごとか――」

「はて。われはただ、人の目には見えざる糸を闇に紡いで参りまするつもりに」

「見えざる糸とは、いかにも化生の申しざまよ。汝も、よくよく怪態である。まあよい、好きに致せ」

この翌日、久秀は河内へ向けて進軍した。

「摂津に上陸した三好党八千余騎が、河内国に向かって進軍している」

この一報を受け、京都の将軍義昭は背に汗をかいた。

すぐにも相伴の畠山昭高を河内からよびつけて、和泉方面と紀伊国の軍兵を即刻に召集するよう命じると、これをもって三好の侵攻軍に当たらせた——しかし、三好党は将軍が手を打ったこの防衛戦などは難なく突破し、河内北部の三好義継の居城、古橋城まで攻め寄せる。

「軍勢をととのえよ」

信長が下知し、織田軍が岐阜を発向したのは、八月二十日のことである。近江姉川に戦って、まだ二月と経っていない。この漢に、休息などなかった。

(天下の戦とは、そういうものだ)

織田軍はまたも強行軍に上洛すると、将軍義昭に「此度かぎりは御親征(自ら征伐に加わること)くださりますよう」と申し入れた。信長はその後、河内の枚方まで自軍の兵を南下させ、翌日の八月二十六日には、摂津の天王寺に全軍を集結させた。三好党が本陣を据えている福島と野田の両城からみて、織田軍は南東面に入りこんだ形である。その信長を追うように、将軍義昭が手勢を率いて京を発し、三十日には山城の「勝竜寺」へと入った。この勝竜寺からは細川藤孝の軍が出陣し、そのまま南方面へと下り、摂津の中島城に進む——これで三好党の本陣は、北に細川藤孝率いる親征軍、南に信長の織田軍という、挟撃の形をとられ、兵力が二つに割かれる恰好となった。

さらに、この将軍義昭の親征に加わらんとして、紀伊国から根来党（僧兵集団）や雑賀衆が応援に駈けつけ、いよいよ阿波三好党の形勢が苦しくなってくる。九月八日にもなると、先攻していた三好義継と松永久秀が、摂津の海老江砦をみごとに陥落させた。これで織田軍の士気は大いにあがったが、信長の表情は猶々のこと、険しい。

理由はひとつである——このいま、姉川で仕留め損じた浅井と朝倉が息を吹きかえし、背後の近江に兵を挙げることにでもなれば、形勢は三好党の有利と変わる。この挙兵があれば、織田軍は完全に挟み撃ちをくうのだ。

「いそげッ」

岐阜を出陣したときから、信長はその一語だけをくり返してきた。

（この地は、利がわるい……）

三好党が構築した「福島」と「野田」の両城は、淀川の河口にひろがる洲のなかにあった。この辺りは葦が鬱蒼と生えひろがり、田も泥に呑まれたような、湿地帯である。さらに三好勢によって、洲の浅瀬に乱杭や、逆茂木が植えこまれている。このような泥濘のひどい土地で、長期戦にでも持ちこまれたら、戦いはまさに「泥沼」となろう。兵馬の疲労のほども、通常の野戦とは比較にならない。さらに、藤吉郎秀吉も具申してきたことであったが、「石山本願寺」の存在が、信長にも大いに気掛かるところであった――この大寺は、信長が本陣をおいた天王寺附近から北方に一里、三好党の楯籠もる福島と野田の両城からみて東におよそ二里の距離に位置し、摂津石山の小高い丘のうえに建っていた。

「方八丁、壁と深々とした濠に囲まれたる……」

とは、寺というよりも、巨大な「城塞」の姿をしている。云うなれば、一大城郭寺院であった。はたして浄土真宗（一向宗）の本山が、この寺である――ここに、

「顕如上人」

と呼ばれる、僧がいた――本願寺十一世法主、「顕如光佐」である。

信長は義昭を奉じて上洛したころ、この本願寺から矢銭五千貫という大金を徴収し、さらには「本願寺を明け渡せ」と迫った。さすがに、寺を差し出せとは何事かと憤った顕如は、信長の声を無視し、沈黙したままであった。信長はこの巨大なる城

郭寺院を手に入れることで、織田の西国制圧の拠点にしようと考えていたのである。
その「本願寺」であるが――三好長慶の存命のころから、阿波三好氏と好誼を通じており、いまだ三好三人衆とも良好の関係をつづけている。また、この年の六月ごろ、顕如が越前の朝倉義景と交流を深め、義景の息女を、長男「教如」に妻儲させていた。さらに、甲斐の猛虎「武田信玄」と、この顕如光佐とは相聟の関係である。北近江の「浅井長政」とも友好関係を結ぶに至り、しぜん、本願寺は反信長の意思をかためていくのであった。

「信長上洛につき、この方迷惑せしめ候」

とは、顕如の弁である。

そして、ここに――織田方にとって最悪の事態が、おこった。本願寺顕如光佐が突然と信長に反旗をひるがえし、各地の一向宗門徒に一揆を促して、武装蜂起するよう呼びかけたのだ。

「法敵織田を誅す。皆々、同心せよ」

一向宗の一揆は、これまでも各地に戦の火種を燻らせ、ときに激しい戦火さえも熾してきている。この一揆は当然ながら「一向宗の信徒」たちによって形成されるものであるが、門下僧（僧兵）や農民ばかりではなく、一向宗を信仰する武士や商工人なども加わることがあった。主なものでは、加賀一向一揆がある。また、徳川(当時は松平)家康も、永禄六年に足もとの西三河で武装蜂起した一向宗の一揆と戦うはめになり、危機的状況をむかえている。

が、このときの信長の場合は、その規模も桁外れだ——信長が相対しようという一向一揆は、加賀や三河のような局所的なものではなく、本山そのものが呼びかけた、「一大一揆」ともいうべき大規模なものであったのだ。

本願寺顕如は、各地の一向宗門徒に檄を飛ばした。はたして九月十二日の夜半になって、六万余人という凄まじい人数が石山本願寺に反信長の旗をかかげ、一斉蜂起した。これには織田方の諸将悉く、何事が起きたかと「仰天」したという。本願寺の挙兵には、つよい警戒を示していた信長であったが、一連の動向を捕捉することがついぞ出来ず、

(こりア、危うし——)

と秀吉なども、あわてて馬に飛び乗り、自軍の兵が混乱するまえに、采配を打ち振りつづけた。

しかし、時すでに遅く、本願寺と呼応した三好党が、一揆の声を聞きつけて、織田方の陣屋を浸水させるために、淀川堤を切り崩している。前線にあった兵らは、決壊

した淀川の水に呑まれ、ここに織田軍の混乱がはじまった——本願寺から津波のように押し寄せてくる一揆勢が、「川口」に布陣していた織田方の砦にも到達し、ほうぼうから鉄炮を撃ちかけ、またたく間に激戦となった。この本願寺の挙兵をきっかけとして、福島と野田両城の三好党が交戦に打って出ると、将軍義昭の応援に来ていた雑賀衆までもが反織田方にまわって、得意の鉄炮をもって織田軍を追い散らしはじめた。

一転して、信長は窮地に追い込まれた。さらに事態は悪化する——ここで、危惧していた近江の浅井長政と、越前の朝倉義景の連合軍が、再び兵を挙げたのである。その数、およそ三万余騎。浅井朝倉連合軍は、石山本願寺の挙兵に呼応して、琵琶湖の西畔を三万の軍勢で押し進んだ。九月十六日には、琵琶湖南端に位置する「坂本」という地まで進軍してくる。その目的は、ただひとつ——摂津にいる織田信長を、「背後から突き崩す」のである。

この報せを聞きつけた近江宇佐山城（「坂本」の南方一里半）の森可成が、敵の侵攻を食い止めんとして、わずか千騎をもって城を発し、坂を駆け下って坂本の地へと突入すると、浅井朝倉連合軍の鼻さきに果敢にも打ちかかった。

この後三日間——森可成をはじめとする、織田信治（信長の五弟）や青地茂綱、道家兄弟といった宇佐山城の面々が、大挙して押し寄せてくる浅井朝倉連合軍と奮戦するのだが、さらに石山本願寺に同心した比叡山の僧兵も敵方に加わり、とても押し返すことができなくなって、激戦の末に討ち死にすることとなる――この凶報が信長の耳もとに届いたのは、九月二十二日。摂津の中島に、未だ在陣していたときのことである。

「容易ならぬ」

浅井朝倉が京に入れば、信長は退口さえも失うことになる。この摂津における苛烈な戦場においても、すでに脱する糸口を見失いかけていた――尤も、相手が戦術にもとづいて槍を交えてくるのであれば、織田方も対策のひとつも立ったであろうが、一向宗の一揆勢には戦術などというものは、端から無かった。とにかく、陣所周辺悉くに火をかけまわって、織田の旗を目にもすれば直ちに鉄炮をならべて発砲し、弓矢を射放ち、竹槍や薙刀をかまえては死に狂いとなって、襲いかかってくるのである。

「門跡の御前で、かの悪しき法敵（信長）と戦えば、汝は極楽浄土に生まれ変わるのだ」

という一念があるのみで、織田軍に立ち向かってきた。じつに、厄介である。まるで一刺しに命を投げ捨てる、蜜蜂を相手にするようなものだ。

「南無阿弥陀仏」

という、一向宗の念仏を口々に唱えながら――この摂津にあふれる一揆勢は――いくら討ち倒しても湿地や泥地の中から湧くように、つぎつぎと現れた。

南無阿弥陀仏……

南無阿弥陀仏……

まるで虻の羽音でも聞くような、煩わしい念仏の声をあげつづける。これが、信心の力というものであろうか――信長にすれば、「極楽浄土など、どこにもない。坊主の嘘である」と云ってやりたい所であろうが、狂信的な門徒たちに対して、神仏や人の道の何たるかを僧のように教え諭すほど、弁舌が立たない。となれば、信長はこれを「蹴散らす」のみである。

浅井朝倉の挙兵を耳にした信長は、すぐに摂津の陣を引き払い、京へもどることを決断する。このときの殿軍には、柴田勝家と和田惟政の両将があたった。信長の本軍は、中島から江口にいたる道筋をとったが、一揆勢はここでも執拗なまでにつきまとい、信長はこれを薙ぎ倒すようにして、江口川を渡河して京へともどった。この摂津への遠征は一月あまりで終わったが、一連の戦いで織田方は数千人を数える戦死者を出してしまった――これは事実上の、信長の敗戦である。

石山本願寺と織田信長の戦いは、この後もくり返される事となり、ゆえに信長の天下とりが十年遅れたとも云われる。
後世に知られる、「石山十年戦争」のはじまりであった。

辛くも、摂津を脱した。

その後、入京した信長であったが、翌日の九月二十四日の夜には、休む間もなく京都本能寺から出陣し、浅井朝倉連合軍を掃討するため、山城と近江の国境いにある「逢坂の山」を越えている。このとき、琵琶湖畔の「下坂本」に陣を布いていた浅井朝倉勢は、むかってくる織田軍の旗をみると、背後の比叡山へと、あわてて騒いで逃げのぼり、さらに蜂ヶ峰、青山、局笠山に陣取った。

信長は翌日になって、比叡山の麓を取り巻いた。夜になると忍者をつかって端々の神社を焼き亡ぼし、浅井朝倉勢を周囲から追い込んでいった。ここで、佐久間信盛と稲葉良通（一鉄）が、比叡山の延暦寺（天台宗総本山）から僧衆十人ばかりを招び寄せる。

「今度、信長公の御味方として忠節すると申すならば、御分国中（信長の領国中）にある山門領（延暦寺領）は、元のごとく還附（返還）なされるとの仰せである」

と、信長の意向をここに明らかにした。

「併しながら、出家(僧)の道理として、これ一途の贔屓なりがたきと、一方のみに味方することができぬと申すならば、浅井朝倉にも味方せず、当方の邪魔立てもせぬように取り計ろうてもらいたい」

筋道をたてて、申し聞かせた。さらに信長が稲葉良通に命じて、この旨を朱印状にして山門方に手渡している。つまり、――僧という身分を考慮し、ここに浅井朝倉を匿ったのは判る。これ以降は織田に味方すると申すならば、山門領を返還して恩に報いるつもりであるし、また仏の道を歩むものとして、いずれか一方に味方することができないと云うのであれば、

「手を出すな」

と命じたのである。

「若し此の両条違背したときには、根本中堂、山王二十一社をはじめ、一山悉くを焼き払うだろう」

と付け加えた。この信長の申し出を、延暦寺は無視した。無視したうえに、浅井朝倉方に味方をする姿勢を崩さず、仏道では禁制であるはずの魚鳥肉、女人までも山門に入れて、酒宴をしているという。この報を耳にして、

「この山に住すは、仏弟子に非ず」

と、さすがに信長も火がついたように怒った。比叡山を徹底して取り囲んで攻撃態勢を整えると、まず、谷や寺を焼き崩した。その後、朝倉方に使者を送りこみ、

「互ひに年月を経、入らざる事に候間。一戦を以て、相果さるべく候。日限をさし罷り出でられ候へ――」

と、申し出た。信長は、「いつまでも睨み合っていては互いに時の無駄ゆえ、一戦を交えて決着をつけたい。おまえの方で期日を決めて、かかって来い――」と云うのである。京を発して、すでに一月が経とうとしている。戦況は完全に、膠着状態に陥っていた。しかし、朝倉方は信長のこの申し出にすら返事をせず、後日になって、抵抗をやめて和睦したいと申し入れてくるのである。

「ならん。一戦を以て、終わらせる」

信長は聞き入れなかった。偏に、戦況である。このとき、南方の摂津にある三好党は気勢をあげつづけてはいたが、その実、動けない状況であった――織田方の畠山昭高、三好義継をはじめとする畿内の織田軍が各地に陣を構えて、阿波三好党の北上を許さなかったのだ。さらに、反信長派の六角承禎父子が挙兵し、近江の南辺にまで迫って来ていたが、兵力が十分に整わず、信長に戦いを仕掛けようにも、直接当たるに

はこれもまた力が不足していた。いまひとつに、近江にある大坂（石山本願寺）門下の一向宗門徒が一揆を起こし、足もとから織田軍の気勢を削ごうとしたが、これは数が多いばかりで、いずれも百姓であったために、信長の直接の敵としては不足であった——この一揆勢には、木下秀吉と丹羽長秀が当たって、在々所々を打ち廻り、一揆どもは切り捨てにして、あらかた鎮めてしまった。

いまや、信長征伐の応援にきたはずの浅井朝倉軍こそが、孤立無援の状態にあった。信長は、弟織田信治や森可成たちの敵をここで討ってくれようという報復の心も強かったが、一戦交えて決着をつけるというのは、あきらかに戦況が自分のほうへと有利に傾きつつあったからである。

そして、近江の帯陣はつづく——はたしてこのとき、遠方では別の火の手があがっていた。

二

尾張国——いわずと知れた、信長の生国だ——この尾張の西南地域を流れる長良川という川下に、「小木江」という地がある。ここに城を構えて、伊勢国の動向を見張っているのが、織田信興（信長の七弟）であった。

兄信長が、比叡山に栖籠もる浅井朝倉軍を包囲しているころ、信興は目のまえにする「長島」の地が騒がしくなってきたことに、はたと気づいた。この長島は、長良川と揖斐川の河口にはさまれる島のような形をした、いわゆる中洲の地である――長島は古くから、守護不入の土地とされてきた。つまりは寺領であり、この地を有するのは「本願寺」である。

大坂の石山本願寺が反信長の旗をひるがえし、各地の一向宗門徒に一斉蜂起するよう飛ばした檄文が、この長島の地にいる数万という門徒らを、いよいよ動かしはじめた――一揆側の指揮をとったのは、本願寺の武将である下間頼旦という僧と、応援に駆けつけた斎藤龍興たちであった。龍興は、稲葉山城（岐阜城）から信長に追い落とされたとき、この長島に匿われたという恩もある。

十一月。

一向宗の尾張長島一揆勢は、斎藤龍興ら非門徒の武士団とも手を結んで、あっという間に長島の城を攻め落としてしまった。この騒ぎを足もとにみた小木江城の織田信興は、すぐさま籠城戦の態勢をととのえたが、まったくの孤立無援である。手勢の兵は、わずか二百人ほどしかない。遠方の近江で戦っている兄信長に援軍を要請することなど、もとよりできなかった。

かたや、武装した一向宗の一揆勢は数万という大軍である。その大軍をもって、信興の栖籠もる小木江城をあっという間に押し囲んだ。一揆勢は、数日にわたって激しい攻城戦をくりひろげ、ついには城門を突き破って、小木江城内へと乱入する——元亀元年十一月二十一日のことである。

信興は敵が城内に突入してくると、天守にのぼって覚悟を決めた。一揆どもの手に掛かって討たれるのは無念であると、決意したのだという——あるいは、人質として敵の手に捕られ、厚い信頼を寄せつづけてくれた兄信長に、迷惑をかけることこそを恐れたのかもしれない。

この日、信興は天守にて切腹し、小木江城で戦った織田軍の残兵たちもまた、つぎつぎと自決して命果てた。

雪……琵琶湖の水際に張りはじめた薄氷が、やわらかい雪をかぶっている……空は陰鬱として暗く、寒天から降りしきるぼた雪が、近江の地を白くおおい隠してゆく。湖畔から遠望する比叡山の山影もまた、雪化粧に白く染めあげられて、一幅の画でもみるような深々たる姿をしていた。

近江の戦線は、深雪のなかに声を消してしまっている。雪のまえ――十一月の下旬になって、織田方と越前朝倉方との兵が近江堅田の地で衝突したが、ここでも決着はつかず、両軍ともに多くの負傷者と戦死者を残して退いていた――この交戦以降、近江の地は息を呑んだように鎮まっている。

調停が進んでいた。

まるで、この天から降ってくる雪が、停戦を呼びかける声であるかのように、近江の戦場は気勢を消していった……攻守いずれにあっても、雪のなかではとても戦えるものではない。深雪に兵の動きは鈍り、交通は遮断されたうえに、兵糧の入手が困難となる。ここで将軍義昭が調停役をつとめ、これに天皇の声も加わると、十二月十四日に織田と朝倉は和睦し、長陣を解くこととなった。

信長は慎重に軍勢を撤退させつつ、大雪の中を岐阜へと向かい、三日後の十二月十七日に帰国した。

年が明けて、元亀二年――信長は兵らの立て直しをはかりながら、五月を迎えた。

ここで、浅井長政が二万余騎の軍勢を率いて再び姉川まで進軍してくると、その内の五千騎を南下させ、まず織田方の木下藤吉郎秀吉が城代をつとめる「横山城」を押さえるべく、布陣させた。ここで秀吉は、横山城の守備に十分な数の兵をのこして、自身は潜に城を抜け出ると、五百ほどの手勢で獅子奮迅の働きをみせる。これに浅井長政は為す術もなく、ついには兵を引き揚げていった。

おなじく、五月である——信長は尾張の長島へ、五万余騎という軍勢で押しかけていた。弟信興を自刃に追いこんだ、一向宗の長島一揆勢を討伐するためだ。信長は軍勢を三手に分ける。まずは津島に自ら馬をたて、佐久間信盛ら六人が指揮する軍勢一万騎を中央筋からあたらせると、さらに川筋の西（大田口）方面には柴田勝家、氏家卜全、稲葉一鉄、不破光治ら九人の諸将が、二万余騎の兵を率いて侵攻する。

信長は、島々を放火した。大田口の織田軍もおなじく、在々所々を焼き払ったのち、退去しようとしていた——このとき、誤算が生じた。長島近辺の一揆が雲霞のごとく起こって、柴田勝家らの軍を待ち伏せにし、わっと攻めかかったのである。しかも、右手は大河が地を消し、左手は崖が屹立しているという切所である。径の巾は、一騎がやっと通れるほどに狭い。ここで柴田勝家らの軍兵は、夜陰に乗じて撤退しつつ、一揆勢と散々に戦ったすえ、殿軍の柴田勝家は負傷し、おなじく最後尾にあった「氏家卜全」が討ち死にしてしまう。

信長の長島攻めは、失敗した。

数にものを云わせて相手を追い落とすという信長の戦法は、一揆勢に対して、あまり効果がない。数のうえでは、一向宗門徒のほうが上回ってさえいるのだ。さらに、死ぬ気ではなく、死ぬために向かってくる者たちなのである。そもそも、そこに勝敗などつけられようか——足利義昭を奉じて上洛し、天下統一に動きだした信長であったが、雲行きは怪しくなる一方であった。

さらにこの五月になると、信長にいちはやく降伏したはずの大和の松永久秀と、甲斐の武田信玄が密かに通謀し、同盟をむすんでいる。いわば、久秀の「謀叛」であった。

これに同調するかのように、信長の麾下にあった三好義継までもが、織田方にあった「畠山氏」の勢力を削ぎ落とさんと、河内で攻撃しはじめた。このとき河内国の領土を義継と二分していたのは、畠山昭高である——この人物は、まだ覚慶と名乗っていたころの足利義昭を上洛させて、将軍職につけようと奔走した幕臣のひとりである。名にみる「昭」の一字は、義昭から賜ったものだ。

この昭高の兄にあたるのが、畠山高政である。兄高政と昭高の兄弟は、すでに信長に従属しているが、過去においては、幾度となく「三好長慶」と争ってきた——故将軍「足利義輝」と密謀し、三好実休（義賢。長慶の弟）を滅ぼした当事者が、この兄弟であった——三好氏にとっては、因縁の二人である。

上洛をはたした当時の信長は、「河内」という国の土壌にふるくから染みついている怨根(えんこん)というあぶらを取り除くことをしていなかった。ただ国の統治権を二分し、畠山氏と三好義継に半国ずつをまかせた、というだけのことである——土のなかに染みこんでいた血脂(ちあぶら)は、涸(か)れていなかったのだ——その脂に、ここで再び火がついた。大和の久秀も、傍観(ぼうかん)してはいない。恩主であった故長慶の仇敵(きゅうてき)「畠山氏」を打倒せんと、義継が動きはじめた場合に手を貸すのは、至極当然の心理である。しかし、信長の麾下(きか)にある畠山氏を攻めるなどとは、世に「反織田」を公言することに他ならない。

久秀はこの瞬間(とき)から、一気に時代の漲流(ちょうりゅう)に呑み込まれてゆく——久秀自身、この流れの行き着く先に何が待っているのか、まだわかっていない。

八月になって、沈黙していた「織田信長」が、再び動きはじめた。比叡山延暦寺(えんりゃくじ)に向かっている。

「——両条違背(いはい)したときには、根本中堂(こんぽんちゅうどう)、山王(さんのう)二十一社をはじめ、一山悉(ことごと)くを焼き払うだろう」

去年、延暦寺の僧には、そう告げていた。味方につくか、でなければ浅井朝倉方にも加担せず、おとなしくしていろと事前に申し伝えたのだ。ところが、延暦寺の坊主どもは、信長の声を無視したのである。

「出家の作法にも拘らず、天下の嘲哢をも恥ず、天道の恐をも顧みず、淫乱、魚肉を服用せしめ、金銀賄に耽りて、恣に相働く――」

とは、延暦寺の僧に対する印象である。およそ、仏の道を歩む者とは言い難い。一向宗の僧などにしても、肉食妻帯は認められ、何ら俗人と変わらぬ暮らしをしながら、神の名のもとに武装一揆する者たちなのである。

（でたらめだ――）

信長にすれば、僧などという者らの多くは、神仏を笠に着て「特権」に生きているだけの「人の怨敵」そのものと見えた。さらには、浅井朝倉軍のような反織田勢力の避難所として、度々この山に栖籠もられては、天下統一という信長の野望が遅々として進まなくなる。

「磨り潰しにせよ」

元亀二年の九月十二日、信長は全軍に命じて、比叡山を取り詰めにし、総攻撃を開始した。女小共の首もとるのかと、さすがに息を呑んだ将士が伺いをたてても、

「僧ばらの住処に女小共がおることこそ、不審である。討ち取れ」

と、声がおりてくる。さらに、信長のまえに引き出された高僧や貴僧、有智の僧という者らが、「私共は悪僧の働きは存じませぬ。どうか御扶けくだされ……」と口々に哀願し、助命を乞うたところで、

「なれば、何故にその悪僧どもを放っておいたか。汝こそ、仏の道にあるまじき者だ」

と一喝、つぎつぎと首を討った。

（おのれらが信心する神とやらが、願いを聞き入れるとするなら、このいまこそ、その命を救うはずであろう。しかし、どうだ。神仏など、ここにはおらん）

まるで大蛇の姿を暴こうとして、池の水を掻い出したときのように、信長は比叡山にある老若男女を薙ぎ殺しにして、延暦寺根本中堂、山王二十一社、霊仏、霊社、僧坊、経巻、一字も残さず、すべてを焼き払って灰燼に帰した――まさに、山肌を剝ぐように灰にした。が、「神の姿」はどこにもなかった。

この大殺戮ともいうべき、比叡山焼き討ちでの死者は、三千人とも四千人ともいわれている。いたる所に僧俗、児童、上人の死体がごろごろと転がり、首を失った骸が火に灼かれて臭煙をたて、比叡山一帯は目も当てられない有様であった。

この信長の為様をさして、

「天魔の所為」

と云われるようになり、信長という漢そのものが、まさに「天魔」としてみられるようになるのだが——はたして根拠のない権力を振り翳して、武装をし、金銀に執着し、民衆を恫喝さえしていた僧徒は何者であったか。天魔とは、僧のことではなかったか。さらには、中央にまで影響力をもった宗教などというものは、天下布武によって世を一統にしようという信長にとっては、邪魔以外の何ものでもなかった。戦国時代は「応仁の乱」という、足利将軍家の争いを発端として、「荘園」の崩壊からはじまった。その後、およそ百年にもなる。

はたして、ここに百年を経てなお旧態依然とした、無用の山門権力こそを、信長は破壊したに過ぎないのである。

中世の解体、であった。

魔

ここは、地獄であるか。

（いや、夢の果て。人の世の残飯じゃ……）

果心居士は影そのものとなって、焼亡した闇夜の比叡山西塔を歩いている。鈴懸に梵天袈裟、金剛杖をつき、腰の左右には螺尾（紐）を垂れていた。脚絆を締め、頭には八尺の布をうしろに結び、まさに山伏といった姿である。

（……これが、人の正体というものよ）

果心の手にある金剛杖が、灰の積もった土を突き刺している。

織田軍がこの比叡山と、麓の坂本の地から引きあげて、すでに十日ほどが経っていた。一帯の樹々は炭となって地に倒れ、黒く灼けた山肌には、白い灰が降り積もり、無数の骸が折り重なるようにして、ころがっている。首をうしなった僧兵や高僧、学僧、女小共らしき屍まであった。どれも槍に突かれ、あるいは矢に射られ、刃物に背を切り裂かれたうえに、骨がみえるほど肉が焼け焦げている。なまあたたかい風が吹くと、山肌に積もった灰が、饐えた屍臭をはらんで舞いあがった。果心は鼻をつまみながら、死体のなかを歩いていく。

「岐阜どのは天下万民を焼き尽くすおつもりか……」

と、足もとの死人を恐れるふうでもなく、果心は目を爛々とかがやかせていた。戦国の世のことだ。これまでも大和や河内の辺りで、戦のあとの地を踏んだことは幾度とあった――といって、これほどまでに無惨な光景を目にしたことはない。

（まるで、鵺が一山を食い散らかしたようであるな）

思いながら、果心は釈迦堂の焼けあとに辿りつくと、腰を落ち着け、焼亡した延暦寺の地をあらためて見渡した。その姿は、地獄のなかに白い一羽の大鳥が、羽を休めているようである。

果心は――八葉の峰（高野山）で千日に及ばずも、およそ三百日という月日をかけて修法をかさね、山伏たちから棒術をあらたに学び、籠屋にて壁観をつづけ、さらなる天狗の法を感得したのちに、ようやく下山した。この「感得」とは、修験において心が神仏などに通じて真理を悟ることをいい、あるいは神通力などと呼ばれる「願をかなえる力」を得ることなどをいうのであるが、はたしてどのような状態に因るものなのか、よくわからない。人によっては、仏の声を聴くという。あるいは、火のなかに立つ不動明王の姿を観るともいい、闇のなかに一穂の光りがあらわれ、そのなかに魔や仏の形が現れるというのだが、一種の幻聴、あるいは幻覚症状のようなものをいうのであろうか。常人には、判然としないものである。いずれにして、果心は修験を解いて、山をおりた。

下山したのち、紀伊の海岸沿いを北上しつつ、泉州堺の町へと足を踏み入れた。貿易で栄えたこの港町はいま、鉄炮という南蛮由来の荷であふれ返っている。ただ生物を殺傷するために用いられる、武器である……この鉄炮というあたらしい殺人の道具の流通によって、戦の形式は変わりつつあり、あるいは勢力図をあらたに描き直すを手伝い、時代はおおきく変貌を遂げようとしていた。

「この湊には、おおぜいの死が臭う」

鉄炮の鉄臭さと焔硝がにおう、この堺の町で――果心は、松永弾正久秀のうわさを耳にした。織田家に反旗をひるがえしたという。

(相かわらずも、あちこちと忙しい老人のことだ)

久秀のいる大和には出ずに、果心は京へと足を向けた。俗世とは別つ日月をすごしたあとである。天下の状勢を知っておいたほうが、向後の身の振り様によい。それには、京の町をみるのがはやいだろうと、果心は世の中央に足を踏み入れたのであった。九月も半ばのことである。京の喧騒のなかに身をおいて、人の流れを目に読みつつ、声という声を耳にした。

(何であろうか……)

東の空にたちのぼる、黒いすじをみた。秋空に、昇天する黒龍のような煙が幾筋もたっている様をみて、「あれは何か」と京童に訊ねると、

「織田のお殿様が、叡山を焼いていなさる」

と、声を潜めながらに云う。堂塔伽藍を焼き崩し、僧という僧を槍にかけて、延暦寺を滅ぼしているのだと――信長の比叡山の焼き討ちがはじまって、三日にもなるが、いまだ煙は途切れず、空を憂鬱に曇らせていた。ときおり炒り豆がはじけるような、鉄炮の木霊が秋空に聞こえている。銃声のひとつひとつが人の命と引き換えになっているのかとおもうと、京の人々は慄えあがった。ちかごろは、織田信長という漢をして、「天魔」と陰に呼んでいるらしい。

(なれば、その天魔の所為なるを見物に参ろうぞ)

比叡山の煙がおさまるのを待って、果心は京の町から離れた。夜陰にまぎれ、山城と近江の国境を越えると、琵琶湖の畔へと出、膳所に逗留し、織田軍が立ち去るのを

数日待って——今宵、ようやく比叡山に足を踏み入れたのである。

ここは、地獄だ。

「彩までもが、失せておる……」

果心居士は釈迦堂の焼け跡から、周囲のようすを眺めておもった。織田軍が放った火は、この比叡山にあった色彩までも焼き尽くし、まるで墨の濃淡だけで描きあげられた、地獄図絵でも観ているようだ。灰の積もった地面を埋めるように、無惨な姿の死体が臥せころがり、堂塔は崩れ、樹木は黒く灼け枯れて、その奥には闇しか見えない。鬼のいない、地獄の風景である。音さえもが死に絶えたかのように、一帯は閑かだ。

（……人の善悪とは何ぞや）

興福寺にいたころの疑問が、いま眼前にしている地獄の光景のなかで、鮮明に朱く色づくようであった。と——静寂のなかに、音が聞こえた。人が来る……果心は闇のなかで、猫のように身をすくめた。

（三人——）

足音が地獄をのぼって来る。人の気配を察して、果心は地に低く伏せると、焼け崩れた釈迦堂の柱の陰から、足音が聞こえてくる方角を凝視した。足軽だ。具足を着た男たちが、槍を杖にしてやってくる。地面にころがる屍を足で蹴りつけ、ときに槍で突きつつ、何かを探しているようすであった。

(荒らし、だな)

この手の輩は、どこにでもいる。戦が終わったあと、死体から甲冑を剝ぎ盗り、刀剣や使えそうな槍を死体から奪っては、商人に売りさばく。この「荒らし」という行為は、戦場では固く禁じられていた。戦といえども、盗みは厳禁なのである。発覚すれば、処罰を受ける――この戦場荒らしは、主に土地を戦の場にされた地元の人々がおこなう。合戦がはじまると避難し、終わるともどってきて死傷者を片付け、戦利品を集めては、銭にするのである。土地を荒らされたのだから、代償を得ようというのも無理のない話だ。ところが、

(こやつら、土地の者ではないな)

果心は、比叡山の闇にうろつく荒らしたちを一目して、勘がはたらいた。およそ、織田方に徴兵された臨時雇いの雑兵たちが、延暦寺の悪僧が金銭を隠しているという噂を聞きつけ、これを捜しあてようと舞い戻ってきたのであろう。となれば――ただの、盗人である。

「はよう、来いッ」

男のひとりが、背後の闇にむかって大声を放つと、炭と化した樹々の奥の闇の中から、別の男の姿がのぼってくる。遣縄でしばりあげた僧侶を一人、曳いていた。

「坊主、どの辺りか申せ。突き殺しにされたいかッ」

どうやら、囚われの僧は案内人らしい。さきに来ていた三人のうち、髭面の男が槍を逆さまに持ちかえた。一歩を踏みだし、槍の柄で僧を打った。打たれた僧は芋虫のように地に倒れ、恐怖に嗚咽をあげている。縄をつかまれ、また立たされた。

「云えッ、どこぞに埋けたや――」

果心は焼け崩れた釈迦堂あとの闇のなかに身を伏せたまま、眼を爛々とかがやかせ、じっと傍観している。やがて唇許が喜色に綻び、物陰に守宮がうす気味悪く笑っているような、卑しい貌つきになった。這った――闇のなかから這い出て、男たちの背後にまわりこんだ。

男たちは気づかない。なおも捕らえた僧を責めたて、足蹴にし、槍で打ちつけ、はげしく打擲しつづけた。坊主は声を震わせながら、この辺りであるから縄を解いてくれ、在処を指し示すのに手が不自由であると、必死になって懇願している。

「嘘ではなかろうな」

と、盗人のひとりが、坊主の躰から縄を解こうと、結び目に手をかけた。

「ここで騙しおったら、打ち首にしてくれるぞ……」

云った途端に、男の頭蓋が砕けて、朱い血が空に飛び散った。何ごとかと、返り血を浴びた坊主が目を見張った途端、地面に蹴り倒された――刹那、正面に立っている男の顔が、金剛杖の柄底に打ち砕かれ、声もたてずに闇のなかに倒れた。

「何奴ッ」

のこる二人が左右に跳び退って、槍を低くかまえた。相手を目にみて、表情が一変した。恐怖が、ふたりの顔を引きつらせている。ひとりが声を刻みながら、

「え、叡山関わりの者かッ」

と、訊いた。

「いや。汝らの、あくとうじゃよ」

守宮のような顔をした山伏が、闇のなかに嗤っていた。男たちには、この山伏が何者なのか、まるで判らない。唯々、不吉――果心は相手にしている盗人たちの目のなかに恐れを認めると、

「ゆえに、死ね」

と一言つぶやいて、力まかせに金剛杖を水平に振り抜いた。男は槍を立てて防ごうとしたが、すでに果心の一撃が鼻を砕いている。仰向けざまに地に倒れたところを、

さらに金剛杖が頭部に打ちおろされ、息の根を断った。残るいまひとりの盗人は、果心の容赦のない殺人に恐れをなして、槍を地に放り出したかとおもうと、闇にむかって狂ったように駆けだした——が、果心は逃がさない。遠ざかろうとする盗人の背にむかって、刀印を結んだ指をつき出し、空に一文字をかいた。

「羅刹ッ」

と声を発すると、男の躰が襟首をつかまれたように闇のなかで跳ねあがり、灰が降り積もった地のうえに背中から落ちた。男は息を詰まらせ、しばらく茫然自失となって、屍臭のつよい地のうえに倒れていた……と、声がした。

「わしが見ゆるかよ」

見あげれば、天狗が顔をのぞきこんで、ニタニタと嗤っている。その冷淡な微笑に恐れを覚え、男は悲鳴をあげそうになったが、そのまえに果心が手にある杖を振りおろし、声を消してしまった。果心はまるで、虫を踏み殺す童子のように、愉快げにわらっている。そのようすの一部始終を目にしていた坊主が、躰をしばりつけている縄を解こうと、地のうえで懸命になって藻掻いていた。

（おそろしや……て、天狗じゃ）

その天狗が、こちらへと歩いてくる。

「御坊よ。左様に慌てずとも、よかろう。ここには儂しかおらぬ」

その、わしが恐い。

「あ、相すみませぬ——そ、そなた様のおかげで、命をながらえましたれば……何と、御礼を申しあげればよろしゅうございますものか……」

「礼には及ばぬ」

果心は血に濡れた杖をついて、坊主のまえに立ちはだかった。眼を星のように光らせ、口の片端を針に引っかけたように、吊りあげた。ひやりとするような、微笑である。坊主はその微笑を見て、全身が怖気立った。何度も唾を呑みこみながら、山伏姿の天狗を畏怖の目で見あげている。

「ただの——ちと話せ」

天狗が、耳許に口を寄せてきて、そう云った。

「な、何をでございましょう?」

「隠した銭はどこじゃ」

果心は低声に云うと、無邪気そうにほほえんだ。

その翌日——夜分のことである。

果心はひたすらに歩きつづけ、近江の国境いを越えて、山城国に足を踏み入れていた。天に月が見えず、煤（すす）がこびりついた竈（かまど）のなかのように、径（みち）が暗い。闇夜の村道をしばらくも歩いていると、稲荷（いなり）鳥居（とりい）が見えてきた。果心はようやく足を休め、一夜の宿をここにとった。

あくる早暁（そうぎょう）、果心は朝露にぬれた草を踏みながら、南をめざして再び歩をすすめた。気楽なようすである。昼になって、笠置（かさぎ）山のふもとへと出た――ここに、一軒の茶店がある。のどを湿（しめ）らそうかいと、果心は背から笈（おい）をおろして、軒先の縁台に腰をかけた。いま少しで、大和に出られる。いそぐ必要は何もない。

「何（なん）にいたしますで」

と、ひとりの老女が、店の奥から顔をのぞかせた。

「酒をたのもう。これにも入れてくれ」

果心は笈にぶらさがっている水瓶（すいびょう）をはずして手渡し、しばし息をやすめた。長閑（のどか）な空気である。目のまえの路をときおり回国（かいこく）巡礼に歩く白装束の者らが通りかかるが、ほかは声もない。

（弾正どのは、息災にして在（お）わすかの――）

ふと、老将の貌（かお）を思い出した。さらに果心は、懐かしき大和の景色を頭におもいうかべて、いよいよ胸を弾ませている。ふしぎな男だ。すでに比叡山で手にかけた殺人の事など、この男の心中には塵ほどの重みもないらしい。はたして果心が修験において感得したというのは、魔仏のことであったか……とそこへ、酒がきた。

果心は一呑みに干してしまうと、さらにあたらしい酒をたのんだ。銭はある。笈のなかに、ぎっしりと。つぎに運ばれてきた酒に口をつけたとき、果心は店の陰になっている柴垣の辺りに、ちらと目をむけた。農夫がひとり、腰をかがめて地の草をむしっている。果心はその男の横顔に、視線をとられたままだ。

(いま、わしを見ておったよの)

酒を舐めつつも、気がかる男から目が離れない。何者か――おもったとき、男はついと立ちあがり、店のうらへと姿を消した――果心は二杯目の酒も喉に通してしまうと、銭を縁台のうえにおいて腰をあげた。

「不審奴じゃ……」

いまの男のことを訝しく思いながらも、果心は酒に満たされた水瓶を受け取り、笈を背負って茶店を離れた。

しばらく歩くと、樹々が鬱蒼と繁りはじめる。濃い緑に陽射しが遮られて、湖の底を歩いているのかと思えるほど、あたりはうす暗くなった。路幅もいよいよ痩せ細って、勾配がきつくなってくる。果心は力づよく杖をつきながら、坂に散らばっている巡礼者たちの姿を追い越していった。日の暮れるころには、笠置山も越えられるだろう。その向こうに、大和がある。

（やや……）

背にただならぬ気配を察して、果心の歩調がとつぜん乱れた。肩越しにちらとふり返ると、柴を背負った杣人らしき風体の男が、果心とおなじ方向をめざして歩いていた。尾けている、と云ったほうがいいかもしれない。

（杣ではないな……）

果心はしばらくも、耳を澄まして歩いていたが、坂をあがってくる男には足音がなかった。尋常のものではない。さらには、果心を追い越そうともせず、間隔を乱すこともなく、ほどよく距離を保っているのである。

（——となれば、忍びであるな）

どこから尾けられていたものか、果心には判らない——比叡山の地獄からか、あるいはそのまえに居た、京の町なのかもしれない。いや、すでに堺に入った頃であったとしたら……いずれの地を思い返してみても、忍びの者を目にしたという記憶はなかった。それはいい。忍びを目にすることなど、希なのであるから。それよりも、果心にとって何よりも問題なのは、尾行者の「理由」である。

(もしや、陽舜房の手の内の者ではあるまいか)

と、筒井陽舜房順慶の顔が、真先に思い浮かんだ。いまに始まったことではなく、敵対者である「松永弾正久秀」のもとで忍びを働く果心を、陽舜房の手の者がずっと見張りつづけてきたものかもしれない。あるいは以前、越前の一乗谷館のそとで仕合った、服部要介という男の手下か――そう考えるといかにも不審であったが、あとひとつ、考えられる理由がなくもない――この辺りというのは、山城と大和が、国の南北の境いを接すると同時に、東に目を向ければ近江国の甲賀があり、そして忍びの郷である「伊賀国」とも隣接している土地である。いわば四つの国が、肩を押し合っているという場所だ。いずれ方の忍者とは知れないが、この附近の巡視にあたっていたとしても、ふしぎではない――が、果心は、うしろを尾けてくる男の気配から、つよい殺意らしきものを感じとっていた。ただの見張りではなかろう。確信したそのとき、背にひりつくようであった殺気が、ふいに翳った。果心は立ち止まると同時に山路をふり返ったが、杣人の風体をした男は、まるで風に吹かれた煙のごとく、影も残さずに忽然と姿を消していた。

(はて)

と、果心は杖(つえ)をつき、男が歩いていた辺りまで路をもどると、膝(ひざ)に手をついて腰をかがめ、注意ぶかく地面を見つめた。やはり、足あとがなかった。

「忍びじゃわ。相違(そうい)ない……」

果心にして、忍びたちの特異な歩行法のことは聞き及んでいる。自重(じじゅう)を消し去り、形跡を残さずに歩くというのだ。常人には、とても真似のできるものではない。足運びが軽妙な杣人といえども、そのような術(じゅつ)をつかえるとは到底おもえなかった。

果心が顔を起こして路をのぼりかけたそのとき、路の下から巡礼姿の母子があらわれた。杖をつきながら、地のうえに影を引きずるようにして歩いている。しっかりと、足あとが残っていた。

（忍びとて、かような幼子(おさなご)には化けられまい）

果心は母子の姿を見送りつつ、坂をのぼった。

「柳生の庄(しょう)」

山間のちいさな盆地である。

柳生石舟斎宗厳(むねよし)の生地でもあった。ようやく大和国へ帰ってきた果心は、国の北東に位置するこの郷で、しばし足を休めた。多聞山城までは、あとわずか三里半ほどの距離を歩けばよい。

（どうしたものか……）

と、唇を噛んだ。のどに刺さった魚の小骨のように、山路で出くわした忍びの者のことが、どうにも気に掛かって仕方がないのだ。間者の影を引き連れながら、多聞山城の門扉を叩くわけにもいくまいと、しばらく様子をみることに決めた。

五日。

相手の出方を待って、さらに六つめの夜をかぞえた。

果心は柳生庄の西外れにある竹藪に分け入って、ここに住む庄七郎という甲冑師の家にあがりこんでいる。この庄七郎という男、以前は柳生家に仕えた武辺者であったらしい。槍をかかえては筒井方の兵を薙ぎ散らし、大和の合戦場を奔りまわっていたというのだが——永禄十年の東大寺での戦いで、左がわの向こう脛を鉄炮で撃ち砕かれて、歩けなくなった。いまは膝下を切り落とし、片脚がない。以来、具足を売って生業をたてている。

「器用じゃの」

果心は部屋の隅に臥ころがって、酒を食らいながら、庄七郎の仕事を退屈そうに眺めている。片脚の男はいま、具足の胴につかう伊予札（縦長のちいさな板きれ）を犬革で綴じているところだ。家屋のなかは、どこも甲冑だらけで、刀槍に痛めつけられた具足が目立って多い。戦場荒らしたちが、売りつけたものであろう。庄七郎は、この鎧を繕いなおして、待具足として売りに出す。

「儲かるけえ？」

「手間ほどには――」

銭にはならない、と庄七郎が愛想のない声で返答をした。月代には秋の苅田のように毛がまばらにはえ伸び、馬面に無精髭という、容姿に愛想のかけらもない男であった。果心は足もとに置いている、笈をちらとみた。

「木賃は、要るだけ払うでな」

「それは聞き申した」

果心は胡座をかいて、家のなかを見回した。暇をもてあましている。

（いずれの忍びか知らぬが、わしを付け狙っておるものなら、はよう見に来さらせやい。具足見物も、すっかり飽いてしもうたわ……）

修験のことならいざ知らず、俗世において待ち人などを演ずるのは退屈でかなわない。果心は壁にたてかけてある刀を一本、手に取った。柄巻が傷んで、ほつれている。鞘を抜いてみた。案の定、刃はふるい血脂によごれて、赤銅いろに錆びついていた。切先も零れていて、とても使えるような代物ではなかった。

「これを買おう」

と果心は、笈の中から、銀や金の延板と銅銭を無造作につかみだし、床のうえに撒くように投げおいた。この刀に興味が向いた訳ではない。この居士は金銀にすら、価値をみないのだ——ものの値打ちなどというものは、所詮、人がきめる事だとおもっている。銭もまた、算用のための標にすぎない。ただ、暇をもてあましている果心にとっては、売買の真似事が暇つぶしに愉しい。

庄七郎が、ちらと目をむけた。

「左様な刃物に、値などありませぬわい。砥いだところで、益体無しじゃ。刀を要り用と申されるのであれば、それ、そこの奥にある葛籠のなかをのぞいて見りゃれ」

「いや、こいつがよい」

果心は一言し、縁の欠けた茶碗を片手にとって、水瓶の酒を傾けた。

と、庄七郎はまた、黙々と伊予札を綴じはじめた。果心は、錆びた刀の刃をしげしげと見つめながら、ひとり酒を舐めつづけている。刃の味よりも、そこに錆びをつけた血脂のほうにこそ、興味があった。

(この山鳥、酔うておるようやの)

（この刃に斬られた者の血が、刀を錆びさせている……）

果心は、人の血汐というものに、云いしれぬ強さのようなものを感じている。と、庄七郎が具足を組みながら、床のうえに放り出されている、金銀の鈍い輝きを目に入れて、

「山伏というのは、そないに銭に稼ぐものけえ」

と、めずらしく話しかけてきた。稼ぐというのはあくまでも、「精を出して働く」というのが本意である。

「坊主どもじゃよ。わしは何にも稼がぬ。しいて申せば、人にこそ精を出し、我が身をはたらかせる」

「武士のような口をきはるの」

「さても」

と、果心は大声でわらった。なるほど、そうかもしれない。多聞山城の主に、いつしか魅入られてしまっているのだ。松永久秀という漢のなかに人を臭い、仕えるという武士の一念のような「毒」にあたってしまったのかもしれないと、酒に酔いながら、果心は思うのであった。いや、それこそは——われの、性根というものなのであろう。

(ゆえに、仏門を去ったのじゃわ……)

そこには、仕える対象としての「神」がいなかった。

(ふしぎなる、山伏じゃの)

と、庄七郎が犬革を張りおえて、脛のない脚の横に寝かせている杖をつかんだ。両手で杖にすがりつくと、そのまま跳ねあがるようにして立ちあがった。器用に立ちあがり、床のうえに拍子をきざむように杖を突きつつ、ひょいと土間へおりた。馴れたものだ。土間の片隅に、具足を仕上げるための漆を入れた瓶が置いてある。庄七郎は瓶のふたを持ちあげると、柄杓を押し込むように入れて、なかの漆をまぜはじめた。

この男は、未だに戦場への未練にとらわれて生きている——果心は庄七郎の背をみつめながら、ふと感じた。甲冑を仕立て、あるいは繕いなおし、戦場へと送り出すことで、この男は自身の心残りを成仏させているのだ。そうおもって、あらためて家の中のようすを眺めれば、甲冑のひとつひとつが、まるで合戦場で命を消した亡者たちの遺恨の影のように、鬼気迫ってみえてもくる。

「無慙やな……」

だれにともなく、果心は呟いていた。

狼たち

日ばかりが、過ぎてゆく。

(はて、見誤うたものかの……)

十日になる――ついぞ不審の者が、この甲冑師の家に訪れることはなかった。奈良から商人がやって来ては、庄七郎が繕った待具足を荷車に積んで去っていったが、怪しむべき影は見ない。果心はいよいよ、松永久秀のもとへ帰ろうと心に決めて、庄七郎に謝礼の金銀をわたした。

「弾正どのは、退屈せぬ」

果心は甲冑師のあばら屋を離れ、藪を抜け出ると、奈良をめざして悠長に歩きはじめた。秋の空に、雲が白く輝いている。陽射しも明るく、背後の林からは、鳥の鋭い声がひとつ、ふたつと聞こえていた。

(鵙かや……?)

果心は林の影をふり返りつつ、背の笈（おい）をゆすりあげると、金剛杖で地を掻（か）くようにしながら、路を進みつづけた。歩いて、四半刻――昼下がりの静寂（しじま）に、嘲笑（せせらわら）うような水の流れがきこえてきた。このさき二里もゆけば、多聞山城に辿（たど）りでる。

「さてや。弾正どのの下で、また稼（かせ）いでみやるかい」

高原の枯れ草を踏みながら、やがて畦（あぜ）のうえに降り立った。すぐ目のまえに、轍（わだち）に削られた一本の路があり、東西の方角を結んでいる。西方に目を向ければ、路のさきに丸まった猫の背のような丘の影が空の下に盛りあがり、この狭苦しい土地に鬩（せめ）ぎ合うようにして、ちいさな田畑がならんでいた。丘のふもとに立ったまばらな人影が、土を掻き、藁（わら）を担（かつ）いでと、忙しくはたらいている。

「苦労、苦労よ」

果心は農夫らの姿を眺めながら、路に一歩を踏み出した――そのとき、であった。

「ええ、日和（ひより）ですなや」

前方から、はずむような声がきこえてきた。

「ああ、であるな……」

果心は応（こた）えながら、一頭の黒い馬を曳（ひ）いて近づいてくる男に目を向けた。藍（あい）いろの野良着（のらぎ）を着て、頭に手ぬぐいをかぶっている。随分と歳（とし）を重ねているようすではあっ

たが、身体の線には野武士のような鋭さがあった。果心が男とすれちがい様に、

「この路のさきは、どの辺りまで出られるかの？」

そう訊ねると、

「葛尾山（若草山）へと、出まするで」

男は足をとめて、愛想のいい声で答えた。その眼がわずかに、異相の山伏を不審げに見つめている。さらに男は、果心の背にある笈をちらと見た。修験者には不似合いな古い刀が一口、縄で結わえてあるのだ。

「どこまで出なさるんですな――？」

男は笑顔をつくり直すと、妙に明るさのある声で訊きかえしてきた。

「さて、奈良の町でも見物に出ようと思うておる」

嘘である。果心は多聞山城に向かっているのだ。が、見知らぬ男に、仔細を語る必要もない。だから――果心は「奈良へ行く」と適当な返事をしておいて、丁寧に頭をさげてから、またもとのように路を歩きはじめた。

黒馬を曳いている男は二、三歩と足を進め、顔のうえから微笑を消し去ると、しばらく立ち止まっていた。その逞しい顎のうえに生やした胡麻塩のような鬚をかきながら、遠ざかる山伏の影を抜け目のない大きな眼で、じっと眺めている。やがて歩き出

したかと思うと、馬を畑の陰へと引きこみ、そのまま反対側の畦のうえに駆けのぼって、椙の樹が影を重ねている鎮守の杜へと入りこんだ。

「いまの山伏や……おそらく、あれに相違なかろう」

馬を曳きながら云って、杜のなかで待っていた影たちを招び集めた。

「おう、源七よ――おのれは、わしの背に付いて来う」

逸るような声で云いながら、笹児は頭にかぶっている手ぬぐいをつかみ取ると、黒馬の背に乗せてある荷をすばやく解いた。忍び刀と、半弓を手につかみ、

「他の者らは、裏道をたどって追い抜けや。このさきの川の手前で、挟んで討つ」

と、怒鳴るような口調で命じた。亢奮しているのだ。まるで、めったにない獲物を見つけた狩人である。木陰に畏まっている大男の源七が、笹児から弓矢と刀を預かりながら、力づよく頷いた。他にも、笹児の組下にある伊賀者が二人、顔を突き合わせるようにして控えている。すでに四十の齢になる大野木村の下忍半助と、梅造という名の若い忍者だ。梅造は、すさまじい容貌であった。禿げあがった頭に生々しい火傷の痕がひろがり、焔硝に焼かれた左耳は、痕跡しかのこっていない。この傷は、元亀元年に六角承禎が煽動した一揆勢の一味として、おおくの伊賀者たちと共に織田抗戦に馳せ参じ、混乱した味方の放火で負ったものである。

と笹児が、

「半助、抜かるなや」

二枚の十字手裏剣を着物の襟うらに縫いつけてある袋のなかに隠し入れ、脅しかけるような声で念押しに云った。

「梅（梅造）、おのれも油断はならぬぞ。幻戯のあることを忘るるな――」

「承知」

梅造は、しわがれた声で返事をしながら、苦無を帯に差した。その背を、笹児が叩いた。

「よし、おのれらは先にゆけ。ええか、半助。川向こうへ、渡すでないぞ」

半助は固く頷いてから、忍び刀を手につかむと、梅造と共に風を巻くようにして、杜から飛び出していった。

「………」

先ほどから、無愛想な顔つきをして、杖にもたれ、笹児たちのようすを静かに見守っている男があった。左足の膝から、下が無い。

「よう、してくれたわ。庄七郎」

笹児が亢奮した声で、礼を云った――はたしてこの男、つい今朝方まで、果心居士が逗留していた家の甲冑師、庄七郎であった。もとより、笹児の手配はこの大和の隅々にまで、行き届いている。この庄七郎にして、戦場で片脚を失ったあとは、伊賀者の情報源として、柳生庄の竹藪の奥でひっそりと活かされてきたのである。そこは伊賀忍びの、抜け目の無さだ——果心が笠置山のてまえで注視した茶店の下男や、山路の樵人、庄七郎の家に訪れた待具足の商人さえもが、伊賀忍者であったのだ。首尾よくも、果心居士は伊賀者の情報網に引っ掛かった。この網に触れたら、とても逃げ果せられるものではない。「不審の居士がいる」という報せが、笹児のもとに届いたのは、二日まえの夜のことだ。そこで勢い勇んで駆けつけて、たったいまその姿を確認した。天狗が、見つかった——おもうと胸が高鳴り、笹児は気を逸らせていた。

「ほれ、礼の銭じゃ……取れ」

と、銅銭のはいった巾着を庄七郎に投げ渡そうとした。すると片脚の男は、手をあげて制しつつ、慇懃な態度でことわった。

「ご無用のことにござる。それより、この馬をあずけてもらえれば、家にもどるに助かるというものだ」

笹児は庄七郎の片足姿を見て、眉をひそめ、そして苦笑した。ひとつ間違えたら、相手を侮蔑しかねない仕草である。

「その体で、馬に乗れるかよ？」

笹児は口の利き方にも、まるで遠慮がない。庄七郎は笹児の問いかけに言葉では応えず、杖のうえに体重を移すと、

「や」

と、片足で地を蹴って、あっという間に馬の背に飛び乗っていた。

「おもしろい真似をしおる――ならば、呉れてやるわさ。馬は連れてゆけ、庄七郎。見張りの返礼ぞ」

笹児が笑顔をみせると、馬上の庄七郎もまた、不器用ながらも頬笑んで応えるのであった――この男はいま、戦場を駆けまわっていた当時を思い出し、若者のように胸を躍らせている。馬をさばくのは、じつに久しぶりのことだ。それに、伊賀者との一連の駆け引きに、武士であったころの古い血がわきたってもいた。決して、甲冑づくりでは味わえない、亢奮というものがそこにある。

「伊賀どの、またぞ」

庄七郎は快活な声で云うと、馬の脊梁をおのれの腿でかたく締め、手綱をにぎって戞々と杜の外へ進めた。一方の笹児もまた、庄七郎が手綱をさばいたときには、

「源七、駆けるぞッ」

と、すでに鎮守の杜を離れていた。

まるで「臭い」を見つけた、猟犬である――笹児は獲物を追う一匹の犬となって、一散に路を駆けた。

老いなどというものは、この男にはまるで関係がない。常人なれば、歳を幾重にもかさねた身で走るなどとは、じつに苦労するところであるが、笹児のような忍びは朝に夕にと生涯鍛錬を怠らず、日に五里という距離を走りあげている。息は鍛えられ、とかく足腰がつよい。放たれた矢のごとくに、路を駆けていく。その影を踏むように、半弓を片手につかんだ源七が付き従っていた。

(あやつ……夢にみた貌と、同じじゃったわい)

まったく、不気味であった。笹児は今し方、目と鼻の先にみた「果心」という居士の容姿を思い出しながら、いつかみた夢のことまでもが陰鬱な影となって心中に浮かびあがり、胸のなかが不安にかきまわされていた――まさかの事、化生の呪力といったようなものが、自身の夢にまで及んだとは思えなかったが、

(天狗を討てるか)

と、笹児の脳裡に、微かなる疑念がかすめ過ぎた。果心なる男は、天狗の術法に長じているという。その術の程度は口伝に聴いた範疇を出ないのだが、ことのほかに警

戒心のつよい忍びが、正体の知れぬ妖術師を目のまえにして、疑心を抱くのも無理はなかった――が、他を疑いこそすれ、忍びが自己を疑いはじめれば、つとめを仕損じるかもしれない。

（必ず……ここで、斃しくれるわい）

自身につよく、言い聞かせた。

走っているうちに、笹児の心から暗澹たる疑念の雲は消え去り、気がつけば、神々しい陽の光りが闇に射し込んだように、忍びの一念だけが心中に残留している――上忍百地丹波の下知にこそ従い、相手を討つ――ただ、それだけのために、下忍としての己はあるのだ。

笹児と源七は天狗の影を追って、ひたすらに路を走りつづけた。

一方で、

（はて、橋は無いのかや――）

多聞山城へと向かっていた果心居士は、安郷川の川原まで出ると、向こう岸へ渡るための手段をさがし歩いていた。川は水嵩があり、流れが速く、水音も轟々と耳を打ってくる。橋か浅瀬でもなければ、とても渡れそうにもない。果心は、そのおおきな目で川筋の左右を探っているうちに、ひとりの男の影を見つけた……いや、男が果心を見つけたのかもしれない。

「もうし、ちとものを訊ねとうある――」

果心が男に近寄りながら、身を渡す場所はどこぞにないかと、川の音に負けじと声を張りあげた。

「はあ、この辺りでは、ちと難しゅうございますわな」

と、竹竿を手に、釣り人を装った伊賀者の半助が大声に応え、

「もそっと、川下のほうへ歩いて行かな成りませぬわい――丁度のこと、わしも向こうへ渡る用があるでな、ついて来なされよ」

立ち止まったまま、果心を手招きした。

(ほお。これは、何とも烟るような殺気をした男であるの……)

果心は相手の気配のなかに、殺意というものを気取って、目をほそめた。しぜんと足の運びも、猫の慎重さとなった。この殺気の正体は、何か――果心は金剛杖を左手に持ち直し、人懐こく頰笑みながら、

「そこ許は、この辺りの村の出であるか」

と、質問を変えた。訊いた途端、傍の繁みのなかに隠れている、もうひとつの鋭い

殺気を首すじに感じとった。

（やや。……こやつらめ、忍びじゃな）

草叢の陰には、風貌傷だらけの梅造が、二本の忍び刀を腕に抱えて、じっと潜んでいる。とうぜん、果心の目に梅造の姿は見えない。

（さてよ――）

果心が懐中から「護符紙」を一枚、抜き出した。黄ばんだ紙のうえに、苦行者のような姿をした古代神の画が描かれている。四本の腕をもち、背に火を負い、牛の背にまたがっているという、不気味な墨画だ――果心はその護符紙を右手だけで器用に四つに折りこむと、頭指と中指にはさんで顔のまえに翳した。

「オン・アギャナエイ・ソワカ……」

声を紙に吹きかけるようにして、真言を唱えた。途端に、指のあいだにはさんでいる紙のいろが明るくなり、つぎの瞬間――紙が、火を噴いた。

「それ、燃えれ」

と、果心は自身の指の間を舐めまわすように赤々と躍っている火を、傍らの繁みに向かって投げつけた。火は赤い蛙のように飛び跳ねて、繁みのなかに落ちた。秋の空気に草が乾いている……果心が投じた妖しの火は、草叢のなかで翼を拡げ、轟と激しく燃えあがった。

「いかん――梅よ、出(で)いッ」

半助が叫んだ。叫ぶと同時に竹竿を捨て、走り出していた。刹那、果心が金剛杖を両手に握りなおし、腰を沈めるようにして低くかまえた。さらに、火に包まれた繁みの陰から、おどろいた猫のように梅造が飛び出して来て、空にむかって忍び刀を鞘(さや)ごと放り投げていた。半助が、地を蹴った。空に跳びあがって、梅造が投げた刀を両手に摑(つか)むと、

「りゃあ」

空中で刀を鞘から抜き放ち、真っ向から山伏に斬(き)りつけた――果心が、その一撃を金剛杖ではらいながら、わきに飛び退(の)いた。途端に梅造が、腕に抱えているもう一口(ひとふり)の刀を抜き放ち、果心に襲いかかった。梅造は一太刀目を水平に振り抜き、そのまま上段に構えなおすと、白刃(はくじん)を頭上において、果心に躙(にじ)り寄った。

(毬(いが)じゃな――)

果心は、そうと見た。とかく刀術に頼る忍びは、伊賀か真田の者に多い。果心は凄(すさ)まじい風貌をした伊賀者梅造と対峙(たいじ)しながら、なおも微笑したままだ。左手に金剛杖を握りなおし、さらに右手で風天(ふうてん)の印契(いんげい)を結ぶと、

「オン・バヤベイ・ソワカ」

声を響(とよ)ませて、真言を短く唱えた。唱えたあと、
ふうう
と、相手にむかって息を吹きかける。

「あ」

梅造は目のまえに、闇をみた。煤(すす)のように黒い息を吹き付けられ、一瞬、目を閉じてしまった。透(す)かさず、果心が金剛杖を両手に握りなおし、梅造の顔を打ち抜こうと力まかせに突きこみ——同時、であった。横合いから半助が体当たりをくらわせ、果心を突き飛ばした。

「梅ッ、ままに伏せておれ」

云いながら、半助が白刃を片手でくるりとめぐらせ、そのまま果心に斬りかかった。間髪(かんはつ)もない。果心は地面を這うようにして太刀を避(よ)け、起きあがった途端、低い姿勢のままに走り出し、この場から遁(に)げ出そうとした。

びゅっ
とそこへ、矢が飛んできた。風を切り裂いて、果心の背にある笈に突き刺さった。

「それを逃がすなッ、半助——梅ッ、おのれは立たぬかい、阿呆(あほう)がッ」

枯れ草に絡みついた火の幕の向こうから、笹児と源七があらわれた。半弓を手にした源七が走りながらに、弓弦に矢をつがえ、もう一矢、さらに一矢と射放った。いずれの矢も、果心の背にある笈を叩いた。二十間はあろうかという距離を半弓で、しかも走りながらに狙いをつけ、火の幕を見透かして当てた。見事と云える腕前であったが、

「源七ッ、おのれ荷を射ってどうするかよ、この阿呆——身に当てんかいッ」

笹児が怒鳴っている。

「ど、どこぞを、狙いましょうや……」

息を切らしながら、源七が低声に訊くと、

「阿呆ッ、あれの頭でも尻の穴でも、どこでも構わぬわッ。肉に当てんかい、肉じゃぞッ。半助、追え、追えい。そやつを為詰めろ。梅ッ——おのれは、そこな処に臥とらぬで、早う立たんかよッ。あの呆けめが」

笹児は忙しいほどに叫びつづけながら、火の幕を破って、川沿いへと躍り出た。手にある刀を抜き放ち、さらに果心を追った。

追われる果心は、

(これは、ならん……)

と、必死である。術を行使しようにも、こうも攻め寄せられては、気が散漫として、如何とも仕様がない。遁げる、ただそれだけである――それだけのことではあったが――まるで腹を空かせた狼のような男たちに追い立てられ、果心は足を止める暇もあたえられず、川筋を奔りながら、はじめて「死」というものを覚悟した。

(駆けるを止むれば、まず殺される……)

息を呑んだ。足は止めない。脱兎のごとく川筋を奔りながら、その目は必死と、橋をさがしつづけている――この川を渡って、多聞山の城下にまで駆け込めば、この飢えた狼たちの牙から、何とか逃げおおせることができるかもしれない。

「毬ばらめ……どこまでも、しつこい」

背負っている笈が、重く感じてきた。

(こうなれば――金銀、銭などというものは、何ほどの役にも立たぬものじゃ。捨てるか……)

そう、思ったときであった。火が熾ったような痛みが右脚を貫き、果心は全力で奔っていた勢いのまま、川原に群生している草のうえに転倒した。地のうえを転がりながら、

「おのれッ」

一声、怒りのこもった短い言葉を最後にのこした。

右脚に源七が放った矢がらを突き刺したまま、果心居士は仰向けとなって川へ落ちた——川面に水しぶきを噴きあげたあと、身体は一瞬にして、白い気泡に巻かれた。口と鼻孔から、きらめくような泡があふれ出す……水のなかに気泡を吐きつづけながら、川底にひろがる闇のなかへと沈んでいった……藻掻いた……腕をひろげ、何かにつかまろうとするように、必死に水を掻きつづけた……果心は水面に出ようとして声を泡にして叫び、水中で足掻きつづけていたが、あっという間に川底に沈んでいる。

(まずい……)

口をふくらませて、息を止めた。肩を激しくゆすり、笈の足(肩ひも)を解こうとしたが——水というものは、とかく帯や紐といったものを強くするものである。

(……ほどけぬ)

果心は、仰向けの姿のまま、川底で暴れつづけた。右脚に刺さった矢がらのまわりに、血が煙のようになって揺らいでいる——背にある笈のなかの金や銀、銅銭といったものが重石の代わりとなって、果心を川底の泥に釘付けにしていた。皮肉である。比叡山から奪ってきた人の慾というものが、ここにまた一つの命を闇に引きずりこもうとしているのである。

（息が……保たぬ……）

果心は懐中に手を差し入れると、隠し持っていた小刀を摑んだ。水牛の角で拵えた、美しい柄の小刀――である。

鞘を口にくわえて引き抜き、笈の足の一方を摑みあげて、短い刃をさし込んだ。


「落ちたかッ」

と、笹児が川原に立って、怒鳴っている。半助、梅造、源七も並んで立ち、川の流れをにらみつけていた。果心が川に落ちて、まだ間がない。

「どの辺りじゃ……梅、おのれ潜って見て来う」

「承知つかまつった」

返事をするや、梅造は衣布を脱ぎ捨てた。その全身の肌をおおう傷をあらためて目にして、

（よくぞ命のあったものだ）

と笹児は、この男の命のつよさに、いまさら愕くおもいであった。梅造は晒の下帯ひとつになり、手に苦無を固くにぎりしめ、一散に川へ飛び込んだ。

「半助、おのれは川下へ向かえ。しかと見張って、逃がすでないぞ――源七、弓を引

いておれや。水のうえに顔をみせおったら、射貫いて仕留めろ」

笹児は川のながれを目で探(さぐ)りながら、苛々(いらいら)と川原を歩きまわった。

水の中――梅造の足が、魚の尾鰭(おひれ)のように力づよく水を蹴りつけ、すぐにも底に沈殿(ちんでん)している泥のうえで腹をこすった――手で歩くように川底を這い進みながら、水草を掻きわけ、藻(も)が張り付いた岩のうらを覗(のぞ)き、泥に濁(にご)った水中に天狗の姿をさがしつづけていると、

(あ)

梅造が目を見開いて、水を掻く手をとめた。そこに視たのは……果心が川底に置き捨てていった、「笈」である。切れた笈の足が、川のながれにゆらゆらと泳いでいた。さらに、肩筥(かたばこ)(笈の蓋(ふた)部分)が水流に押し開けられ、金や銀の光りが、泥のうえにこぼれ出している。

(………)

梅造は泥のうえから金銀を一摑(ひとつか)みして、もう一度と周囲を見回してから、川底を蹴って、水をのぼった。水面に片手を突きだし、その後に、ゆっくりと川のながれに顔を覗かせた。案の定、川原にいる源七が、険しい顔をして弓を構えている。

「誤(あやも)うてくれるなや、わしじゃ――」

梅造が息を整えながら声をかけると、源七が安堵の息をついて、弓をさげた。

「おったかッ」

笹児が、川原を急ぎ駆けてきた。川のながれの上に覗いている梅造の首が、横に振られたのを見て、雷のような声で怒鳴った。

「梅ッ、いま一度潜って来う」

いわれて、魚に糸を引かれた浮子のように、梅造の顔が再び水中に消えた。笹児は、言葉もなく唸っている。やがて悔しそうに舌打ちをすると、その手にある刀を叩きつけるようにして、地面に突き刺した。

(天狗め、遁げくさったか……)

わずかに期待して待っていると、再び川面に梅造の顔があらわれた。

「どないぞ?」

と、笹児が訊いた。梅造が申し訳なさそうに、首を横に振っていた。

笹児は川のながれを睨みつけたまま、これは面倒になる——と、不穏なる予感に心を乱すのであった。

そして……

虎、動く

一

年が明ける。

元亀(げんき)三(一五七二)年──織田信長の台頭によって、戦国の世はいま、天下統一を目前にしていた。その信長を封じこめるべく、

「反織田同盟」

というものが、諸国に結ばれていた。

このとき信長は、わずかに三河(みかわ)の徳川家康と攻守同盟を結んでいるに過ぎない。おおくの大名は「信長に、天下は取らせてはならぬ」と、一つに結束しつつあった。皮肉なことにも、時代が信長という漢を敵対視することで、まとまろうとしているのである。信長にしてみれば、堪(たま)ったものではないが、返して云えば、この反織田勢力を

消し去ることで、信長の手中に「天下」が転がりこむことにもなるのだ。じつに、明快であった。信長という大名に与(くみ)するか、それとも抗(こう)するか――それだけである。

天下を一統のもとに治めようとする信長を「敵」とするのは、まず、摂津の「本願寺」である。この本願寺顕如(けんにょ)が先導する一向一揆勢をはじめとして、越前の朝倉義景(よしかげ)、北近江の浅井長政(あざいながまさ)、大和の松永久秀(ひさひで)、河内の三好義継(みよしよしつぐ)、南方には三好三人衆を軸とした阿波三好勢があり、斎藤龍興(たつおき)、六角承禎父子、紀伊の雑賀(さいか)党（衆）、さらに安芸(あき)の毛利輝元(てるもと)もこの反織田同盟に加担しようとしていた。いわゆる「信長包囲網」が、ここに完成しつつあった。

反織田派の国々は、互いに連携することによって、四方から織田を封じこんでしまおうとしている。ところが、その信長もまた、尾張から美濃を狙(ねら)っていたころの小者ではなくなっていた。網をひろげて信長を押し囲んだところで、易々(やすやす)と倒れるものではない。仕留め討つ、そういった圧倒的な力が必要であった。それこそは――甲斐にいる、虎である。

「武田信玄」

この東国随一(とうごくずいいち)の漢が、ついに反織田同盟に加わったとき、信長は窮地に立たされた。信玄はこれまでにも、上洛に積極的な意思を示した大名のひとりであったが、宿敵「上杉謙信（輝虎。元亀元年十二月に「不識庵謙信」と号す）」との永きにわたる戦いが、終わらない。また、謙信と同盟を結んでいた隣国相模の大名「北条氏康」までもが、隙あらば武田に噛みつかんと目を光らせているため、どうにも動けなかったのである。

ところが前年（元亀二年）の十月、北条氏康が相模小田原の城内において、病没した——中風であったという。信長が比叡山を焼亡した、翌月のことだ。父氏康が没すると、継嗣の氏政はてのひらをかえしたように、越後謙信との同盟を破棄し、甲斐の武田と同盟を結ぶと、関東方面における勢力関係の均衡が音をたてて崩れはじめ、信玄の上洛が急遽として、現実味を帯びはじめてくるのである。

信玄はまず、上洛のための軌道を確保しようとして、三河の徳川家康を牽制しはじめた。西上作戦の手始めである。このとき信玄、五十一——信玄が家康に手をつけはじめると、反織田派の動きも、にわかに水面下で騒がしくなった。この元亀三年の五月には、越前の朝倉義景が、二人の僧侶を密使として、河内北部の三好義継のもとに送り出すのだが、信長もまた、反織田勢力の通謀には、十分に注意している。朝倉が放った密使二人を京で捕らえると、見せしめとして、一条通の「戻橋」に引きずり出し、焼き殺してしまった。

この密通者しかり、前年に比叡山を滅ぼしたときもそうであるが、信長は残酷なまでの方法で、敵対勢力を処分するようになっていく。これは信長の気性というよりも、むしろ怒りの感情を世に喧伝するといった意味合いのほうがつよい。世間に印象をつよく知らしめるためには、惨たらしいほど風聞に乗るというものである。

「織田を怒らせれば、斯様になる」

そういった姿勢を世間に広く知らしめるためにも、信長は過激な成敗をしなければならなかった。

一方、この間に甲斐の信玄が、大和の松永久秀に対して「公儀（義昭）の御威光を戴きたく――」と通謀し、将軍義昭から五月十三日付で「軍事による行動をおこし、天下平定に努めよ」という、内書を取り付けていた。信玄にしても、何の大義名分もなく上洛するなど、到底できるものではない。天下に旗を樹てようとするならば、その正当性、あるいは道理といったものが、かならず要るのだ。でなければ、三好三人衆のように、私欲にかられた凶徒、あるいは遺恨を晴らしただけの悪逆の者とみられ、京を追われることにもなりかねない。信玄は微かながらも、この将軍の内書によって、京にのぼる道理を得たことになる。その「将軍」であるが、反織田同盟の結束の糸を陰から操っている人物こそ、他ならぬ「足利義昭」であった。信長にとって、この人物こそが大きな問題となりつつあった。足利義昭からしてみれば、織田信長という人物の存在は、まさに目のうえの瘤である――将軍職には就いたものの、実質は一大名の信長が幕府の政治権を押さえつけており、義昭は傀儡の身であることに我慢がならない――至極当然であろう。しかしながら、表立って信長に楯突くこともできず、義昭は策謀によって「織田の旗」を京から排斥しようとしているのだ。

義昭にとって、本願寺が味方となり、いざ信長に反旗をひるがえしたまではよかったのだが、未だいずれと決着がつかず、さらに、北の朝倉と浅井にしても、再三にわたって信長に挑みかかりながら、斃すまでには至っていない。そこで、信長とは体裁のうえで交誼を結びつつも、義昭はほうぼうに内書を送りつけ、反信長派の結束をかたく申しつけたうえで、何とか織田を京から追い落とそうとはたらきかけるのだ。どこまでも、策謀好きのする将軍であった。しかも、慎重である。

信長のほうも、この将軍義昭の陰謀はすでに見通している。義昭の臣下にあった、細川藤孝(のちの幽斎)から追々と注進が入ってくるのだ――何よりも、反織田派の動向を窺っていれば、しぜんと「陰謀者」の貌も浮かびあがって見えてくる。

「将軍めは、うるさい」

おもっても、信長は決して手をかけない。曲がり形にも相手は、将軍なのである。

今以て、「将軍」は日本中の「武士の父」という見解にあり、武士悉くに号令するのは、この将軍である。まさしく武の象徴、とでもいうべき存在だ。さすがに、この象徴である将軍を弑してしまえば、武士すべての「敵」ともなろう。

（おれには、松永のような為様はできぬ――）

と信長は、思うのである。そもそも、「弑虐（父や主人を殺すこと）」はこの漢の好むところではなく、さらに将軍は絶対者の象徴として、あくまでも生かしておかなければならなかった。いまは、この将軍をつかって、天下に信長の「声」を届けることこそが、良策なのである。しかし、だ――ここまで「反信長派」という敵対者たちが台頭してくると、号令も何もあったものではない。しかも、首謀者のひとりが、とうの将軍足利義昭なのである。信長もこうなってくると、黙っていられなくなった。

ここで、「異見十七ヵ条」が出てくる。

この条書（諫言書）は将軍義昭に対して提出されたもので、さきに約束した「五箇条書」の内容が守られていないことをここで改めて申し述べ、義昭の勝手な行動を諫めながら、将軍が幕府の備蓄米を売り払って金銀に換えるとは、道理からはずれたことであるとつよく誡めている。さらに、若衆（男色の相手）に肩入れして、この者らを代官職に任命し、また将軍自身が本来の政務を怠る一方で、諸国から献上された金銀なども宮中の御用に役立てることなく、自らの蓄えとしていることをするどく指摘し、このころ世間から「悪御所」とまで呼ばれている義昭の失政そのものを糾弾する、という内容であった――信長は決して、武略のみに傾倒した漢ではない。

この十七ヵ条にしても、義昭の悪政に「道理」をもって非難しつつ、信長自身の正当性を天下に知らしめている。この条書の内容を目したという信玄までもが、「信長は、ただの人ではない」と、評価したという。

義昭にすれば、信長のこの「異見十七ヵ条」の内容というものは、耳障りで仕方がなかった。幕臣でもない田舎大名が、将軍に対して諫言するなど、無礼きわまりないとさえ思っている。その田舎大名に擁立されて将軍職に就いた事実など、昨夜の夢のように、とうの本人はすっかり忘れてしまっていた。興福寺一乗院から抜け出し、明日も見えず流浪した日々の苦労もまた、この男の心中からは、朝露のごとく儚く消え去ろうとしているのだ。自由、というものに酔っていた――本来、人に与えられた自由というものは、そういう類のものではない。選択する、という意思の決定権が約束されているに過ぎないのだ。為すか、為さぬか……それだけなのである。ある意味においては、この男の自由というものは「覚慶」のころにこそあった。しかし、いまこのとき、将軍という職権に呑まれはじめた男は、「意のままに振る舞う」という、誤った自由の味を知り、甘えのなかに生きながらえている者のように、単に「自儘」をしているに過ぎなかった。天下の事に、一人の自儘などはいらない。

ゆえに、信長は諫言書の最後に、「――爰を以て、御分別参るべき歟の事。以上」つまりは「この辺りで、分別なされよ」と、この最後通牒ともいうべき声で、締めくくっているのである。

（自儘にはさせぬ……）

いまこの時点で将軍義昭が、「反信長派」たちの策謀から手を引かなければ、つぎはない。あるまじき将軍の自由などは、いよいよ成敗することになるであろう。そういう「信長の意思」というものが、この条々の文面からつよく匂い立ってくる。これに対して将軍義昭は「何ほどの事あるか――」と、この信長の声を聞き入れることはなかった。ここに、信長と将軍義昭との関係は、決定的に破綻したのである。

義昭がここで強気に出るのには、理由があった。甲斐の「武田信玄」である。信玄が上洛して、将軍に同心するというのだ。戦国の猛虎ともいわれる戦上手の信玄のまえでは、信長など、赤子も同然であった。

「信長めは、武田のまえに、ほどなく屈するであろう」

この将軍、ほとほとに虎の威を藉る狐の心である。そして――その虎が、ついに動くのである。

二

「風林火山」

この孫子の言葉を染め抜いた旗を風にはためかせながら、いよいよ戦国最強の武田軍団が甲斐は府中、「躑躅ヶ崎館」を発した。

元亀三年十月三日——信玄率いる武田軍は、北条氏政からの援軍二千騎を得て、総勢二万五千の兵数を数えた——この本隊が甲斐府中を発して、一旦、西隣の信濃国（武田領）に入った。信玄は、信濃に入ると諏訪湖畔を迂回しながら南下し、武田二十四将のひとり、秋山信友が守っている「高遠城」で、信濃衆や西上野衆らと合流する。この時点で、信玄のひきいる軍勢はおよそ三万を数えるまでに膨らんでいる。武田の軍事力を総動員した、と云ってもいい数である。ここから、信玄の総力戦ともいうべき戦いがはじまった。

信玄は先ず、軍勢を二手にわけて、信濃高遠城からつぎつぎと進発させるのであった——主力軍二万五千騎はそのまま南をめざし、天竜川沿いに遠江へと侵攻した。一方の支隊である秋山信友率いる三千騎と、山県昌景（旧姓を飯富源四郎という）の別働隊五千騎は、それぞれ東美濃と奥三河へむかう。つまり信玄は、「遠江」「美濃」「三河」の三国に、同時攻撃を仕掛けたのである。このような「三国同時攻略」という桁外れの戦法をやってのけられるのは、この当時において、信玄の他にはいないであろう。その侵攻はまさに「風の如く」であり、武田軍は凄まじい疾さで敵城を落としていくのである。

さて、信長と攻守同盟を結んでいる徳川家康は、このとき遠江の南辺にいた。海浜にちかい三方ヶ原（味方原）台地の東南にあった「曳馬城」を拡張し、ここを駿遠の拠点にするため、元亀元年よりあらたな城を普請している。

浜松城、である――この城からみて東方に、天竜川のながれが遠州灘へと注ぎこみ、川の向こうに武田軍の鬨の声があがっているのだ――はたして家康の動員力は、一万にも満たない（およそ八千騎）。武田軍の半分以下の兵力であった。火を見るよりも明らかに、徳川方の不利である。もっとも、このとき家康は、同盟者である信長に援軍を要請するのだが、信長も「織田包囲網」に引っ掛かっている直中にあり、家康への応援に兵数を多くは割けなかった。それでも信長は、織田家老衆の佐久間信盛、平手汎秀、滝川一益、水野信元、林秀貞ら三千六百余騎を増援部隊として、

「三河親類の事を憑み候」

と、遠江の家康のもとに向かわせた。さらにここで信長は、「もしや信玄勝に乗て引きとらずば」と考え、二万五千の軍勢で迎え撃つ心構えをし、「――吉田より岐阜まで一里に一人のしのびの者をおいて待れける」と、用心のために「忍者」を道々に配置するよう命じ、信玄西上をことさらに警戒した。

さて家康であるが、信長からの応援を待ってばかりもいられない。このいま、信玄が東遠江の諸城をつぎつぎと陥落させているのだ。この様子には、さすがに黙っていられなくなってきた。十月中旬になって、いよいよ浜松城の門を開き、自ら三千余騎の兵を率いて出陣した――徳川勢三千余騎は天竜川を渡り、「一言の坂」を越えて、東遠江にながれる三箇野川の西岸にまで窃かに進出する。これは直接に武田軍と槍を交えようというのではなく、敵中に孤立している「久能城」の後詰めとしての応援が主たる目的だ。ところが、家康側の偵察隊が「見附」という地で武田軍と接触し、ここにはじまった小競り合いは、やがて蜂の巣を突いたような騒ぎになった――この見附の闘争で事態は急変、家康率いる部隊が、武田軍の視線を一身に浴びることとなり、あっという間に窮地に陥るのである。それまで武田軍に取り囲まれていた久能城は、これで窮状を脱するが、武田軍に追われる家康は必死の覚悟だ。殿軍になった徳川武勇の臣、「本多忠勝」が見附の町に火をかけてまわり、武田軍の追撃を押しとどめようと懸命に抵抗するも、武田軍は迂回路をとって、さらに追いすがってくる。

本多忠勝らの殿軍は、何とかこれを振り切ろうとして、火にまかれる見附の地から、さらに一言の坂へと駆け込むのだが、ここでもまた武田軍に袖の端をつかまれ、激戦となった――そのころ家康は、手勢を二手にわけて坂を駆け下り、天竜川をひたすらに目指している。追尾する武田勢も、家康の姿をすぐ目のまえにしたからには、何とかこれに食らいついてやろうと、躍起になっていた。ところが、本多忠勝率いる殿軍の決死のはたらきと、さきに火に焼かれた見附一帯の煙が押し寄せて、ついには家康を見失い、殿軍にも振り切られてしまうのであった。

ここで、からくも危機的な戦線を脱した家康たちであったが、遠江に押し寄せた信玄の脅威は、まだ立ち去らない。

信玄は、東遠江の制圧を推し進めていく。嫡子勝頼に命じて、いよいよ「二俣城」の攻略に手をつけはじめるのである。

この二俣城とは――家康の居城である浜松城からみて、北東におよそ五里、天竜川と二俣川に囲まれた台地のうえに建っている。この城が、遠江東西の交通を結ぶ要となっており、また、ここを分岐点として、遠江の南部を天竜川の東西に振り分けているのである——いわば、「遠州平野」の入口ともいうべき場所にあたり、遠江の内陸における、交通の最重要地点なのであった。この要害堅固の二俣城を手に入れることで、信玄は家康の浜松城を孤立させ、一気に遠江を攻略しようとした——それこそ、いま家康を見逃しては、信玄は決して西上できない状態にもあったのだ。はたして武田軍がこのまま京へ向かうとしても、眼前には織田信長がいる。信長を目のまえにして、背後に家康が息を吹き返せば、武田軍は完全に挟撃される。ここは家康を殺してしまうか、完膚無きまでに叩きのめし、あるいは動けぬように「浜松城」に押し込めてしまわなければ、信玄の西上はつづけられない。

その矢先のことであった——五千騎を率いて三河方面へと進軍していた、武田軍支隊の「山県昌景」のもとから、東三河を制圧したという報せが、信玄のもとに入ってきたのだ。信玄は膝をうって、よろこんだ。これで二俣城への援軍を、断ち切ることができる。信玄はすぐに、武田一門の「穴山信君（梅雪）」を天竜川東岸の匂坂城に配置すると、掛川（懸河）城と浜松城の連絡をも断ってしまった。これに二俣城を落とせば、浜松城は完全に孤立する……そのはずであったが、さすがに天然要害の地に建てられた二俣城の守備は堅く、十一月になっても、まったく落ちなかった。この攻城戦を指揮している武田勝頼は、さすがに焦りはじめた。そこで、水の手を断つという、苦肉の策をたてるのだ――つまりは、二俣城に籠城している者たちを干上がらせて、降伏させようというのだ――人は、水がなくてはどうにもならないものである。二俣城の主たる給水は井戸ではなく、天竜川の水そのものであった。川に面した岩壁に井楼を組んで、川の水を汲みあげている。これに着目した武田方の山県昌景と、おなじく重臣の馬場信春が信玄に注進し、天竜川の上流から伐りだした樹々を大綱で筏に組むと、これをつぎつぎと押し流し、二俣城の井楼に激突させ、粉砕してしまった。あとは、「城が渇くのを待てばよい」のである。

一方で、家康はこれを救出しようにも、まったく動けずにいる。家康だけではない。掛川城や、三河の岡崎城に楯籠もる三河衆も、鉄壁なまでの武田軍の配備のまえに、城門を開いて援軍を出すことができず、二俣城の苦戦のようすに爪をかんで見守ることしかできなかった。はたして十二月になると、水を断たれた二俣城の兵らは戦意喪失も甚だしくなり、これ以上の籠城戦は不可能だとして、城将である中根正照や、青木貞治らはここに人質を差し出し、武田軍に降伏することを決意するのであった。

この間、信長からの援軍三千余騎が、ようやく家康のもとへ到着した。さらに、三河にあった武田軍が陣地を移したため、家康は三河衆を動かすことも可能となり、八千の兵を率いて浜松城を出撃、二俣城を救出せんと馳せ向かうのであった——が、ときすでに遅く、二俣城は降伏して、武田方に明け渡されていた。およそ二月を城に楯籠もって戦った兵らは、開城と共に武田に助命され、君主である家康のもとへ落ち延びていく——そして、その三日後である。

信玄が、二俣城を出た……この報せを聴きつけた徳川勢は、いよいよ信玄と直接対決のときが来たかと覚悟を決めて、

「領国を敵に踏み荒らされ、一矢も酬わずに捨ておいては武門の恥」

ここで家康は、一戦交えることを唱えるが、

「このいま、数に勝る武田に挑みかかるは無法」

面々の年寄りたちは、家康の出陣を思いとどまらせるために説得をつづけた。たしかに、信長の援軍が到着したとはいえ、家康方の兵数は一万一千騎程度である。一方の信玄は、その三倍にちかい大軍勢であった。もとより、勝てるはずがない……その信玄は、二俣城を出陣すると、浜松城を横目に遠江の西南端にある「浜名湖」を目指して進軍をつづけている。この湖岸に建つ、「堀江城」を攻略するつもりなのだ。

いちどは籠城戦に持ち込もうと、考えをあらためた家康であったが、十二月二十二

日の午後になって、三方ヶ原の台地を踏む武田軍を背後から牽制する方策を打ち立て、ここで三河へ侵攻させてなるものかと、ついに浜松城の城門を開くのであった。申ノ刻（午後四時頃）――徳川軍一万余騎がつぎつぎと三方ヶ原台地の南辺に到着する。このとき、武田軍本隊は三方ヶ原の北西部にある「祝田坂」に差しかかっており、家康方に完全に背をむける恰好となっていた。そこで家康は、鳥が翼を拡げるような姿に陣形を配置し、武田軍を後方から攻め寄せようとした。いわゆる、「鶴翼の陣」をとったのである。

一方の信玄は、ここで行軍を止めると、すばやく陣形をととのえて、兵らの鉾先を反転させた。組みあがる陣形は、「魚鱗の陣」であった。この陣形は前方に戦力を集中させて、敵の中央を突破するのに適した形である。翼を拡げる家康の陣は、中央に厚さがない。信玄はまるで、家康のこの陣形さえも読み取っていたような見事さで、三方ヶ原の台地に敵を誘引したのであった。

いよいよ空の雲が影を濃くし、空が青と朱に毒々しく色どられ、日が暮れかけようとしていた時刻――武田勢の右翼前方にある兵らが、家康の旗本衆にむかって投石をはじめた。相手が「石」を投げてくるところに、家康方は「鉄炮」でやり返す。武田軍を目のまえにして、家康方の兵の士気は高揚しきっているのだ。この武田の挑発にいとも簡単に乗ってしまうと、あっという間に先手の暴走が味方のなかにまで広まって、家康が配した鶴の左翼が、前面へと押し出すような恰好となってしまった。この瞬間に、家康の戦略はまったく意味を為さなくなってしまった。

さらには、右翼に布陣していた家康古参の宿老である、「酒井忠次」の隊からも発砲の火が沸くように起こりはじめ、徳川軍全体がいよいよ血気盛んとなって、ここに一大会戦の火蓋が切られるのである――この戦いこそは、武田信玄と徳川家康が直接に雌雄を決した、戦国史に名高い「三方ヶ原の合戦」であった。

武田軍はこの緒戦において、徳川軍の勢いというものに押されつづけた。先鋒の小山田信茂が、家康方の石川数正の軍勢に攻めかかられて後退を余儀なくされると、さらに山県昌景の支隊までもが三丁ちかくも押しもどされた。この山県隊の危機を目にとめたのは、のちに武田家の主君となる武田勝頼である。勝頼はすぐさま手勢を率いて、山県の支隊を救うべく側面から徳川勢に攻めかかり、これを押し崩した。

この両軍の攻防は、またたく間に大激戦の様相を呈していく――法螺が、びょうびょうと吹き鳴らされ、打たれる陣太鼓が、軍神の心臓の鼓動のように高鳴りながら、戦場に響きわたった。数万にもおよぶ兵らの怒号は、三方ヶ原に潮騒を生みだしている。そのなかを海鳥の奇声のような悲鳴が飛び交い、銃声がこだまする。

家康方の兵は死に狂いとなって、武田軍に攻めかかった。ついには、敵の本陣まで押し寄せる勢いをみせたが、ふところ深くまで家康方の軍勢が入ってくると、これを待ち受けていた信玄が、ここにようやく土屋昌次らの右翼隊と、甘利衆や真田衆といった面々が揃う左翼隊に総攻撃を命じた。

まったく、まずい……家康がととのえた鶴の左の翼が、中央隊から切り離されるように崩れた。家康はこれを目にとめるや、背後に布陣していた織田軍から手を借りるべく、佐久間信盛に救援を要請し、平手汎秀の隊がこれを引き受けて、徳川に馳走せんと前線に駆けむかった。このときすでに、勝頼が切り崩した徳川軍の左翼には、つぎつぎと武田勢が押しよせて、手もつけられない状態にあった——徳川軍全体が、すでに防戦一方の状態に落ち込んでいる——この激戦のさなか、さきの二俣城の籠城戦で、武田に降伏を余儀なくされた中根正照らが、ここに恥辱を晴らしてくれようと奮戦し、敢えなく落命している。さらに、織田方の平手勢も武田軍の猛攻にさらされ、大将の汎秀が信玄のいる本陣へと果敢に斬りこむも、戦地の露と消えていった。

武田軍の圧倒的な力のまえに、およそ一刻にして、徳川軍は三方ヶ原の台地に総崩れとなった。その死者は二千ともいわれ、一方の武田軍の戦死者の十倍ちかくもの被害を出してしまった。

家康は、まさに「完膚無き」までに叩きのめされた。ここで、将士をつぎつぎと失った家康は、自ら武田に斬りかかって死んでくれようと決意する。これを家臣たちが必死になって諫めるのだが、家康は討ち死を望み、退却を渋りつづけた。そのさなかに、浜松城を守備していた夏目次郎左衛門吉信という者が、与力二十騎を引きつれて、家康を救出するために駆けつける。夏目は家康の馬の轡を無理やりにつかむと、鼻端を浜松城のほうへとむけ、馬の尻を槍で叩いた。こうして、家康は伴廻り衆に囲まれるようにして戦線を離脱する。その場に残った夏目吉信は、

「我こそは、家康なりッ」

と、戦場に大音声をあげながら、敵陣に突撃し、主君の身代わりとなって命を散らすのである。三河武士の忠義一途さ、というものである。

さて、三方ヶ原を敗走する家康であったが、まったく予断を許さない。武田軍の追尾は殊のほかに厳しく、家康の命は一穂の灯明とおなじくして、一息に吹き消されかねなかった。押し寄せる武田の大波から逃れんとして、家康らは三方ヶ原を西におおきく迂回しながら、浜松城を目指した。「――馬上より御弓にて射倒し、懸け抜け、御通り候」とは、「信長公記」の言葉である。家康自ら弓をとって矢を射放ち、追手を一人また一人と斃しつつ、やがては単騎逃走という状態にまで追い込まれる。この

ため、一時は家康の消息が不明となり、さらに帰城が大幅に遅れたために、「家康討死」という誤報までもが浜松城内をかけめぐって、家臣一同は騒然となった。このような状況下にあって、家康は何とか浜松城に逃げ帰ることができたが、徳川四天王のひとりである榊原康政（さかきばらやすまさ）などは、ついに武田勢の追撃から逃れることができず、進路をおおきく東にとって、西島の辺りまで逃げ込んでいる。

この大敗北のなか、それでも生き残った徳川方の兵らは、悉（ことごと）く浜松城に帰城することができた。その理由は、浜松城が決して城門を閉ざさなかったのである。門を開いたままであると、武田軍が城内に雪崩（なだ）れこんでくるのではないかと、城を守っている者らは恐れていたが、家康は決して門を閉めさせなかった。大篝（おおかがり）をどんどん焚（た）かせ、さらに太鼓を打ち鳴らすよう指示し、夜の闇に道を見失った自軍の兵のために、浜松城の位置を報せたのである。これは同時に、攻め寄せてくる武田軍に対して、徳川の兵力が十分に残っているように見せかけることにもなった。実際に、徳川軍の敗走兵を追ってきた山県昌景などは、この夜の浜松城を遠望しながら、煌々（こうこう）と闇を照らす無数の篝火と、開け放たれた城門を目にみて、

「家康、何ぞ謀（はか）りたるか」

と、唸（うな）ったまま動けず、さらには雷鳴さながらの太鼓の響きを身体に聴くなかで、

ますます警戒心を強めていき、ついに近寄ることができなかったという。

このときの痛哭なまでの敗走の心をうかがい知ることができる、三十一歳の徳川家康の姿が、現今に残されている――家康は三方ヶ原での大惨敗という屈辱を心に刻みつけるために、あるいはこの将来に慢心せぬよう自戒するため、自身の苦渋の姿を画に描かせていたのだ――画のなかの家康は、頬を叩くように左手を杖づき、前歯を剥きだすほどに下唇を噛みしめ、正面に真っ直ぐ向けた目は、ひどく困惑していた。これは自身の三方ヶ原の失態を恥じ、あるいはこの日の決意を忘れるなとでも、言いたげな目つきである。じつに、複雑な表情をした男がそこに坐っている。

「顰像」

と、呼ばれている画である。

この日(元亀三年十二月二十二日)、家康は死に狂いとなって逃げた――敵に背をみせたと誹謗されようとも、その姿が不様であると嘲笑われようとも、家康はこの夜を逃げ出すことで、九死に一生を得たのである。

この一生こそは、天下に命をつづけることを決意したということに他ならない。

そして、のちに「天下人」となるのである。

信長の忍び

一

三方ヶ原の戦いにおいて、圧倒的な力を天下に知らしめた武田信玄であったが、結果的には家康の首を獲(と)り損(そこ)ね、翌元亀四年（七月に改元して「天正(てんしょう)元年」となる）の二月まで、三河に踏みとどまるはめとなった。ここに野田城を攻略するなどして、なおも西上戦を執拗(しつよう)につづけていくのだが、そのさなか、信玄は野田から長篠(ながしの)の鳳来寺(ほうらいじ)に移ると、三月になって三河の陣を引き払い、さらに翌四月になって、突然のように本国甲斐へとむけて、帰ってしまうのである。

家康はもとより、岐阜で武田軍を待ち構えていた信長にも、その理由の真意がわからない。まずは理由が何であろうと、信玄が上洛を中止したということには、緊張に張り詰めていた絶命の気分というものが、一時にして解けるおもいであった。しかし、この突然の信玄の帰国が謀略の一端ではないかという疑念がすぐにも湧きはじめ、信長は胸中に暗い影を落としはじめている。

（何故であるか……）

悩んだ。悩んですぐに、

「これに、草を引き出せ」

と、まるで怒鳴るような調子で、小姓に命じた――このいま信長は、岐阜稲葉山の麓にある、「てんしゅ」に居る。字をあてると、「天主」となる。世にも希なる、豪奢な居館であった。この稲葉山の麓に建つ御殿に対して、山のうえの城（岐阜城）は「天守」と称されている――さて、この「麓のてんしゅ」の濠をわたってくる、一人の男があった。背をまるめ、大工の風体をした、三十半ばの男である。地に蒼い影を曳きつつ、天主を警衛する番士らのまえで、ひたと立ち止まり、

「参候」

厳粛な声色で、みじかく云う。番士らに大工道具を預けると、つぎにほこりを叩かれでもするように着衣を細かくさぐられたうえ、武器の類を帯びていないかと執拗に詰問されて、身のまわりを慎重にあらためられてから、さて男は、信長の居る御殿のうら庭へと連れていかれた――しばらく庭のうえに蹲るように坐り、ただひたすら

に畏まっていた。未だ春は冬の寒さから抜けきらず、土のうえには霜柱さえのこっている。寒かった。折り畳んだ脛に、地の小石が嚙みついている。我慢である、とおもったとき——どかどかと、床を踏み鳴らして歩いてくる足音が、御殿の奥から響きわたるようにして聞こえてきた。その荒々しい足音が、廻縁をわたり、この庭のまえまでやってきて、とまった。

「汝ア、いまより、甲斐へ馳せつけよ」

雷鳴さながらに、脅しつけるような太い声が、肩のうえに降ってくる。

「あい」

と一言、庭の男は返事をした。額を冷たい地面に押しつけるようにして、決して顔をあげることなく、声の主の影すら目に入れない。

「信玄入道のつらを見て参れ。しさいを報せよ」

云うと、また床を騒々しく踏み鳴らしながら、廻縁を遠ざかっていった——この御殿の主、織田信長である。

(それだけかや……)

男は脛に小石の嚙みあとをのこして、立ちあがった。頭髪がうすく、目や鼻など、顔の線がまるまるとして、どこか痩せた狸をおもわせる風貌である。信長が云うところの、草――世に云うところの、伊賀者であった。

「四貫目」

という名がある。とうぜん、これは異名であるが――この「しかんめ」という、実にかわった呼び名の由来は、忍びのはたらきが四貫（銅銭で四千文）の価値に相当するというところから名付けられたといわれ、あるいは、四貫目もの生米を一日に食いだめしておくことができるという業のことを通称にしたともいう。古い伊賀者の間では、この男の母の名が由来である、と知られていた。


ここに、ひとつの悲話がある――四貫目の母もまた、忍びであったという。いわゆる、「くの一」と呼ばれる、女忍者であった。その仕事というのは主に密通であり、性によって体を売りながら、間諜の役目を果たすばかりである。女の忍びが、刀を振りまわし、城や陣屋に潜入することはない。そのくの一の腹から生まれた父を知らぬ子が、この四貫目という異名をもつ忍びの者であった。母ひとり、子ひとりである。幼少のころは、その母の顔をみることも希のことで、一日の食にも事欠くような日々をくらし、伊賀の郷で下忍として育てあげられた。そして、いざ母のくらしに楽をさせられようかと、忍び働きをはじめた矢先のことだ――このころ、四貫目の母は三河の徳川家に仕える「服部半蔵」のもとで、忍びの仕事をつづけていたのだが、偽の情報を流布する役目を負って、三河から相模国へと渡っていた。平時において敵国を攪乱させるというのが、その目的である。この仕事は、とかく時間がかかる。時間がかかれば、間者という正体が破れ易くもなり、それは「死」そのものを意味した。

もとより、こうした役目を負う忍びたちは、死というものをつよく覚悟している。命を最後に賭して、死するために任地に赴く。いざというときに自決するための、「毒」まで持たされていた。女は、仕損った——忍びを、である——相模側で正体が破れた四貫目の母は、北条方の武士の手に捕らえられ、毒をつかうこともなく、怪しまれたままに斬られた。骸は野に晒され、生国の伊賀にもどることはついになかった。

このくの一のような役目を孫子の兵法では、「死間」という。古参の伊賀者たちのあいだでは、死間の役目をはたらく女忍者のことを、

「死間女」

と呼んでいた。死間女から産まれた子——そう呼ばれた。いつしか、その意味は時と共に風化し、母の呼び名ではなく、自身の異名となった。そのとき、「四貫目」という一人の忍者が誕生したのである。そして今では、伊賀者たちの間で、「消えの四貫目」と、異名に異名を重ねて称されるほどまでに、隠忍上手の不明の忍びとして、

名が通っていた。

（信玄坊主のつらをとな……）

四貫目は織田家の小姓から、費用の銭を受け取ると、信長の声を頭のなかでくり返し聴きつつ、

「織田とは、怪態なおおせつけをなされる殿じゃわい」

とつぶやきながらに、御殿の敷地を出た。南に水濠を越すと、信長の家臣団が居住する武家屋敷の塀が、延々と連なってくる。大工の風体をした一疋の伊賀者は、武士らが住んでいる家の屋根を横目に眺め、小路に落ちる塀の影を踏んで歩きつづけた。足音はない。この「武士の町」ともいうべき一劃を抜けたさきに、岐阜本来の市が拡がっている——四貫目は武家町の小路から、往来のはげしい岐阜の市なかに出て、まっすぐに長良川のながれを目指して歩いた——途中、大路をそれると、辻かどを二つ折れたところに、「とぎや」の看板を出した店がある。

「主人は居やるかの」

四貫目が店の軒先に立ち止まり、店番をしている小僧を見つけて声をかけた。丁度のこと、奥からその主人があらわれた。四貫目の貌を一目するなり、猫のように目をほそめて、

「この店のあるじにございますが」

と挨拶し、愛想のよい笑顔で応じた。伊賀者、才良ノ与之介である。

「道具を砥いでもらいたい。ちと、難渋しとるやつが、ひとつあっての。俺の手にあまる」

そこで四貫目は、肩に担いである道具箱をおろした。

「左様でございまするか。それは是非とも、拝見いたしましょう――おい、六太。おまえは、そこの包丁をすぐに届けてきておくれ」

云われて、小僧が品物を抱え、店を出ていった。

「……さあ、さ。奥へとあがられなさい」

与之介が声を潜めて、四貫目を店の奥へと招き入れた。名は、知らない――この大工の形をした男が、もとは甲斐の武田信玄のもとで飼われていた忍びであり、後この美濃へきて、織田方に傭われることとなった「伊賀者」であるということまでは知っていたが――それ以上のことは、与之介の耳にもはいっていなかった。

「何ぞ、出来したかい」

口調もかわって、与之介が身を乗り出すように、四貫目に訊いた。

「いやさ何、大事やござらん。岐阜の殿に命ぜられ、これより甲斐へ参らな成らんようなった。そこで、国を越えるともなれば、双忍で向かいたいと思うたのじゃが、何せ岐阜にはいってからは、壱人忍びでやっとるでや。わいには端から手がない。身体の空いた伊賀者がおれば、ひとつ案内をつけてくれまいか」

　双忍とは、ふたり一組で忍びをおこなうことをいう。

「儂らの組も、この美濃では何とも手詰まりしておるでの……岐阜の者を出すわけにはいかぬが、おのし……まこめは分かろうか？」

　与之介がそう訊きかえすと、四貫目はしっかりとうなずいた。このまこめは、美濃と国境いを接する、信濃がわにある一村の地名である。いわゆる、「宿駅」であった。江戸期になって宿場として栄え、中山道六十九次の四十三番目に数える「馬籠宿」となる。木曽川を伝っていけば、出られる。

「あすこに、ひとり伊賀者が棲んでおる。まだ若いが、つかえる」

「たれじゃ？」

「下柘植村の出で、小申とかいうたかの」

　名を耳にして、四貫目がひざを打った。

「それはまた、願わしい限りよ――」

「ほお。左様な申しざまなれば、そこ許存じよりの者か？」

「存じよりも、存じより。わざの手の内から、気心までも知れた奴よ――何せよ、わいの弟子じゃからな」

四貫目は顔に喜色をうかべつつ、与之介に礼をいった。身を正して頭をさげ、座敷を出ようと立ちあがったそのとき、ふいに与之介が声をかけてきた。

「わしは、与之介という者じゃ」

「諾」

と戸惑ったように、四貫目が頷いた。知っている、とでも言いたげな顔である。四貫目は相手の名はもとより、この岐阜がまだ井ノ口と呼ばれていたころから、才良村の伊賀者たちが美濃国の方々に潜って、忍びをはたらいていることを知っていた。だから、この店を頼って、訪ねてきたのである。何せ、この四貫目の兄弟子こそは、朝屋村の笹児なのである。その笹児から、美濃で同士討ちをせぬようにと、潜伏している伊賀者のことを教えられていたのだ。さらには、永禄のころにあった、この美濃での出来事のすべてを聞き知って、まるで自身の記憶のひとつのように、鮮明に覚え込んでもいる――いまさら、名乗り出られたところで、何とも返事のしようがない。四貫目は、じれたように与之介を見ている。すると与之介が、咳を払いつつ云った。

「おのしの、何じゃ……その、名を拝聴願うても、よいものかや――？」

四貫目は名を教えてくれと云われて、一瞬眉をひそめたが、すぐにも表情を明るくして、答えた。向後もまた、この伊賀忍者の与之介から、何かと手を借りることがあるかもしれない。ここで名乗っておくのもよかろうと、おもってのことだ。

「わいは、四貫目と呼ばれておる」

その異名を耳にして、与之介が「あ」と目を見開いた。さすがに与之介も、この異名の忍びのことは聞き及んでいた。

あの、「しかんめ」であるか——そう云いかけたが、すでに不明の忍びの姿は、市の往来のなかへと消えていた。

二

馬は、「馬借」のものを使った。

四貫目は用意した弁当を腰苞に入れてぶらさげると、馬の背に跨るや一鞭打って、信濃をめざして駈けはじめた。午まえである。木曾川沿いに、東の方角をめざしていた——馬に積んでいる荷は、とちゅうで雲水に化けるための笠や、墨染衣などの着替え、そして鎖のさきに変わった形をした分銅をぶらさげている「武器」のみである。

いわゆる、鎖分銅という忍びの道具だ。鎖を振りまわして、分銅をぶつける。相手の身体の一部を砕いたり、刀を絡めとったりする。ただ、四貫目が使っている鎖分銅は、鎖の先につながっているものが分銅というよりも、鋳物の香炉に形がちかい。そこに、仕掛けがある。ほかに、着ている衣の帯のうらに、苦無や手裏剣を隠し持っていた。槍や刀などの、柄物は持たない。

「やあッ、やあッ」

と四貫目は声をはげましながら、馬に鞭を入れた。木曾川のながれを右手に見ながら、ひたすらに信濃国境をめざし、路のうえに砂塵をまきあげていく。やがて、木曾川とながれを合わせる、飛騨川が見えてきた——四貫目は、飛騨川のてまえで木曾川を渡り——対岸へと馬を乗り入れた。そこから美濃可児郡の「御嶽」まで馬を走らせ、ここで銭をはらって駄賃馬に乗り継ぐと、さらに手綱をさばいて東へと進む。四貫目が加茂郡に入ったころには、空にむれる晩春の雲が、夕陽のいろに朱く滲みはじめ、すぐにも夜の闇が押しよせてきた。

「急けや、急け」

と、四貫目は声をあげて馬をはげまし、夕闇に沈む路を何かに追われでもするかのように、駈け急いだ。すると、その姿を見てあざけるような、嗄れた嗤い声が聞こえてくる……小径の両側にひろがる藪の奥で、烏たちが不吉に鳴いているのだ。

（ちっ）

四貫目は、烏の声を不快に聞いている。人の世をせせら笑うような、餓鬼どもの卑しげな声である。ときには、人の声かと聞き違うほど、悪戯な少女の笑い声を真似て鳴いている烏もあった。

「人のむくろにでも、たかっておるかえ……」

やがて、人家の影がまばらになってくると、田や畑といった耕地も狭くなり、辺りの景観はいよいよ、心寂れてくる。さらに半里と馬を打たせて径をのぼると、栗の木が林をなしている低い丘があった。丘の裾野を西へ西へとまわりこみながら、四貫目は一軒の農家を見定めて、馬の背からひょいと飛びおり、差縄を曳いて母屋へと近寄った。戸を叩いた。

「用事をたのみたい。これを御嶽の馬借に、とどけてくれぬか。礼はする――」

家の中から顔をのぞかせた農夫に銭を払い、馬をあずけた。ここからは、自分の足のみで奔る。

と、悲鳴がした――ふと見れば、東方にのぞむ山影が、星を削るようにして、夜空に蒼い稜線を隈取り、その山頂で、夜気を切り裂く悲鳴のような、するどい雉の声があがっていた。

――月が、高い。

忍者四貫目は樹々の根もとを踏みながら、黙々と、尾根を伝っている。

ここまで来ると、木曾川のながれはまるで、山間から這い出してくる大蛇のようである。眼下に見れば、川の黒々とした水面に月の明かりが降りそそぎ、波頭が鱗のごとくに煌めいてみえた。水のながれが朗々と、夜の恵那の渓谷に声を響かせている。山伏の真言でも、耳に聞いているような気分であった。

四貫目は猿のように岩場にしがみつき、雑木の枝をつかみながら、山を越えようとしていた。と、前方の灌木の繁みに、ざわつくような物音がした。風ではない。けはいがある。四貫目はひたと立ち止まり、ゆっくりと腰を落とした。息を消し、帯のうらから、そっと手裏剣を引き抜く。なおも警戒したするどい目を凝らしていると、ちいさな影が尾をまきながら繁みの陰から飛び出して、怯えたように走り去っていった。

（なんじゃ、鼬けえ……）

四貫目は手裏剣を帯にもどし、さらに山をのぼっていく。眠らない。とちゅうで腰弁当を口に押しこむようにして食べ、すばやく墨染衣に着替えると、そのまま夜通し歩きつづけた。

信濃国に入ったのは、翌日の夕暮れのころである。

「馬籠」

官道（国が整備した路）にある、国境いにも近い宿駅であった。のちの慶長五（一六〇〇）年、徳川家康が日本を東西二つに分断して関ヶ原に戦い、以降、日本の主要通路は、家康の手によって「街道」として整備されはじめる。このとき、「駅」という交通の中継地も、「宿場」として栄えはじめるのだが――いまは、城下町や市にみられるような賑やかさは、この宿駅にはない――馬の背のような形をした、丘であった。ここが、馬籠の宿駅である。丘の斜面にながい坂道が敷かれ、坂の左右に茶屋や旅籠屋が板葺きの屋根をかたむかせて、軒を連ねている。このいま、旅人の姿は指を折って数えるほどしかなく、夕陽の明かりも相俟ってか、一抹の淋しさのようなものが丘のうえに漂っていた。

坂の下に、駅馬がいる……納屋をおおきくしたような廏が幾つか設けられ、日陰につながれた馬たちが、年老いた男の鼾のような太い息をついていた。糞がくさい。地に敷かれた藁は、馬たちが長々と放った尿にふやけ、鼻が曲がりそうなほどに、つよい臭気を放っていた。そのなかを虻が、飛んでいる。そして男がひとり、臭いのもとを鋤でかきだしていた。この臭いにも馴れたものか、鼻をおおうでもなく、一本のよごれた手拭いを首にかけ、馬たちのあいだに入って、ひとり黙々と廏をそうじしている。月代は剃らない。総髪を結わえて背に垂らし、眉の線が凜々しく、鼻翼が張っている。唇がふくよかで、どこか女性のいろけのようなものを感じさせる若者であった。

「こなぞに、おったか――」

突然、外から声がした。若者は愕いてふりかえると同時に、手のうらに棒手裏剣を隠しもった。尋常の者ではない……この若者ではなく、声の主のことだ。声のしたほうをふりかえったが、そこに人の姿はなかった。足音すらもない。

（おれは、耳が利く……）

何者か。――いよいよこの若者は、飢えた野犬のような荒々しさを表情にうかべて、一歩ずつ馬のほうへと後退りながら、夕陽に暮れ染まる世界をしずかに睨みつけた。棒手裏剣を握る手が、突然重くなったように、腰の高さから下がった。いつでも、投げ打つことができる。

「はっはは。ここじゃよ、小申め――にぶったか」

と、若者は不敵な声を肩に聴いて、とびあがるように背後をふりかえった――いつの間にか、馬の背にひとりの雲水が腰をかけていた。その雲水は、かぶっている笠を指でついと押しあげると、痩せた狸のようなその顔を、見てくれといわんばかりに突き出してきた。見開いた両眼が、笑っている。

「おお、これは……兄じゃではござらぬか」

相手のなつかしい顔をみて、この若者――小中は、まるでうなるような、情にあふれる声を出し、目を瞠ったあとに破顔一笑した。

「小中よ、手をかせ」

云って、四貫目は馬の背からとびおりた。

「武田を追って、これから甲斐へゆく。真田の忍びとも、刃をまじえることになるやもしれん」

「願うてもない」

小中は勇みたったような声で、返事をした。若い。ゆえに、じっと一所に腰を落ちつかせてはいられない性格なのであろう。旅人の往来を見張っているよりも、走りまわって忍び仕事をはたらくことを望んでいる。しかも、四貫目との双忍だ。願ってもない。

「いま発てば、駒場あたりで尻に食らいつけよう」

と意見する小申の目が、活々(いきいき)としていた。すでにこの若い忍者の心は、信濃路を駈けて、武田の旗を追っている。小申は首にかけている手拭いをとると、顔のほこりを叩き落としてから、棒手裏剣をつつんで腰の縄にはさんだ。小申は息も忘れて、話しつづけた。

「武田が長篠(ながしの)辺りを出て、まだ日も浅いと聞いておりまするわ――駒場はこのすぐさきじゃ。駈ければ、半日もいらぬ……連れてってくれ、兄じゃ」

「応(おう)」

だから、来た――と四貫目が答えてやると、小申がまた破顔(わら)った。

「形(なり)はどうしたら、ええかや？」

「出家(しゅつけ)は？」

「ある。これにすぐ、髪を刈(か)って、衣をかえてくるわい。兄じゃは、そこらの茶店で待っててくりょ」

「小申、おのれは刀を持って来(こ)う」

と、四貫目が声を返したときには、「承知」という返事だけが残って、小申の姿は夕焼けのなかを跳ぶように奔っていた。

信玄の影

神坂峠(みさかとうげ)を越えて、およそ三里。

ふたりは阿智川(あちがわ)のながれに沿って、駒場(こまんば)にはいった。三河と信州をむすぶ、三州街道の宿駅である。ここに武田の旗を探したが、すでにおそかった——武田軍は、早くも甲斐へと発向しており、駒場一帯は大風が吹きぬけていったあとのように、草を踏み荒らす無数の足あとがのこっているばかりである。

「兄じゃ、これは思うたよりも、武田の足は急いでおるな。なれば、我らは先まわりして、府中(ふちゅう)(甲府)へゆこうぞ」

と、ここで武田の行軍をつかまえられるとおもっていた小申は、残念そうな声をもらした。雲水の形、である。僧に化けていた。小申は墨染衣に着替えて、頭髪もみじかく刈りこみ、肩には長細い茶染めの背負い袋をさげていた。袋のなかは、一口(ひとふり)の忍び刀である。

「待て……あれは、何じゃ」

笠の下からのぞいている四貫目のまるい眼が、路端にあらわれた人影をながめている。農夫が、五人。それぞれが一様に鍬を肩にかつぎ、歩調までそろえて、林の中から並んで出てきた。五人とも口を閉ざしていて、どうも畑仕事に出ていたようすには見えない。

(何かあるな)

四貫目は見当を踏んで、動いた。小中を引き連れると、男たちが出てきた林へと入っていき、何かをさがしはじめた。それが何なのか、自分でもわからない。地を舐めるようにして、人の足あとを追っている。やがて、不自然な石が三つ、椙の大樹の根もとに置かれているのを見つけた。

「これを掘りおこそう」

と、四貫目は石を退け、小中に木の枝を折らせて、辺りの土を掘りはじめた。やわらかい。この地面はたったいま掘り返され、また埋められたのであろう。

(いまの、男たちだな)

土の下から、布きれがのぞいた。小中がつかんで引きあげると、布と一緒に生白い腕がついてきた。

「兄じゃ、これは人の骸ぞ……」

さらに、まわりの地面を掘りつづけると、三つの死体が出てきた。いずれも、男である。四貫目は地に屈んで、掘り出した遺骸をしげしげと眺めていたが、この男らが何者なのか、まったく解らなかった。そして——何故に、殺されたのか。

（いまの五人は、ただ銭でやとわれ、これを埋めた人夫にすぎぬ）

四貫目が死体を目にくらべながら、唸っている。

「斬られておるな——」

ひとつは袈裟懸けに、別の死体は横腹から心ノ臓にむかって、槍を刺しこまれた傷跡がある。のこる一体は、ひっくり返してみると、背中を深々と斬りつけられていた。骨まで割られている。しかも三人とも、兵ではない。着衣のようすからみて、おそらく近習の小姓であろう。紋が、武田のものである。衣の上等な仕立て具合から察せられるのは、武田家中においても、高位の者に仕えていたに違いないということであった。真先に思い浮かぶ人物といえば、信玄——その人である。

「兄じゃ、この者らに争うたあとが見えぬ。不意打ちか？」

「それも、手をかけた相手はこの者らより、よほど位のある者たちじゃわな。この傷を視よ。刀で殺られておる……じかに討たれたに相違ない。この槍のほうは、ちがうやも知れぬが――」

と、四貫目が死体のうえの傷跡を指さしながら、小申に語った。

「主人どもが、乱心したとでも云われるか？」

「はて――」

四貫目は、俺にもわからんと答えて立ちあがると、

「それを、たしかめに行こう」

と、ふたりは死体をのこして、林から飛び出していった。


四貫目たちが、武田軍の最後尾に追いついたのは、諏訪湖から東南の方角に甲州街道を下り、信濃と甲斐の国境いに位置する、「教来石」のあたりまで駆けこんだときであった。

道々には合戦で手負いとなった兵が倒れて息を休め、また、行軍の足並にそろわなかった者らが、草のうえに胡座をかいて水を飲んでいる。四貫目と小申は街道沿いの草陰から目だけをのぞかせて、脱落兵の中に息のみじかくなった者がいないかと、探していた。獲物を見つけると、音もなく背後に近寄り、繁みに引きこんで甲冑を奪い取った。その行為は、何ら野盗とかわらない。ある一面において、忍びの法を行使す

るというのは、私慾を捨て去ったうえで、盗賊をはたらくようなものである。

ふたりの忍びは、草むらに引きずりこんだ兵から、血によごれた股引を脱がせて自分の脚をとおし、両籠手の紐を結んで大小刀を帯に挿すと、身体をくぐらせるようにして具足を着け、草摺の下の繰締の緒をぎゅっと固くしめた。さらに四貫目が陣笠のあご紐をとめていると、傍らで着替えている小中が、ひとり苦笑していた。

「どうしたや？」

四貫目が不審げに訊くと、小中が自分の腹につけた胴を叩いてみせた。胴のうえには、金箔で押した合印がある。印は「昇梯子」であった。

「真田じゃ」

四貫目もそれに気づくと、苦々しく口をゆがめ、ふんと鼻でわらった。返事は、それっきりである。何も云わなかった。ふたりとも脱いだ墨染衣をちいさく畳むと、帯で縛って背にかけ——奔った。奔りつづけて、ようやく武田の行軍にまぎれこむと、そのまま一緒に釜無川を渡河し、武田の本拠地である府中の町へと入った。

月が出た。

夜空にながれる雲の帯に、銀にするどく光る鎌刃のような月が浮かび、とおくに世を嘆くような、物哀しい犬の声があがっている。

四貫目と小中は、すでに具足を脱ぎ捨て、雲水にもどっている。水濠を目のまえにして地に影となって伏せ、夜の音をじっと聴いていた。濠の向こうには、長い塀がつづき、隅に二層の井楼が建っている。その井楼の屋根の下で、番士の影が動いていた。四貫目が、地のうえで唸った。

（易きかな……）

塀際には、花菱の紋が入った旗が立てられ、冷えた夜風にあおられて小刻みに震えている。旗の向こうがわに、毘沙門堂の屋根が見えた――さらに御堂の奥で、主殿の屋根がへの字の影をつくっている。

「躑躅ヶ崎館」

武田信玄の居館にして、本城である。

夜の帳がおりはじめてから、この館をしずかに見張りつづけている。一度は、敷地に忍びこむために着ている衣を脱いで、水濠のなかに入ろうとしたが、その必要がなくなった。今しがた、不審を見た。東曲輪に面した門が開くと、大あわてに騎馬が三騎、駆け出て来たのだ。しかも、四半刻も経たぬうちに、またすぐにもどって来て、館の敷地内に飛びこむように入っていった。巣に蜜を運んでいる蜂のようすに、慌ただしい。いま館の門は固く閉ざされ、篝火のまえに立つ衛兵たちの厳めしい影が門扉に並んでいた。手にする槍の穂先が、針のようにするどく光っている。

(またじゃ……)

門が開いて、騎馬の影を吐き出した。今度は、五騎であった——馬上にあるいずれの武士も、夜の闇に顔がよく見えなかったが、服装からして、武田の将士であると四貫目は見た。

「小中、あれを付けよ」

声と同時に、路のうえにちいさな影が躍りあがって、そのまま騎馬が立てる蹄の音を追いかけていった。四貫目は闇のなかでじっと動かず、躑躅ヶ崎館を見張っている。間もなく、門前の兵らが騒々しく動きはじめ、三度開門された。すると、礼装姿の漢たちが十人ばかり現れ、人ほどもあろうかという大きな棺のようなものを門内から運び出してくる。しかも、運搬している者らは雑用人の風体ではなく、歴とした武士の形であった。

(何じゃ、あれは——?)

四貫目は迷った。この者たちの行く先を調べるべきか、それとも小中を待って、このまま見張りをつづけるか。迷ったが、直感がある。

（尾つけるやな）

影を脱ぐように暗闇から這はい出し、不審の男たちと棺を追った──追って、十丁である。躑躅ヶ崎館からみて、東南の方角に位置する、武家屋敷の門前に出た。四貫目は傍らの林に身を隠すと、ここでもまた見張りをはじめた。屋敷内に聳そびえ立つ、松の木の厳いかめしい影があった。その松のうえで、雲に呑のまれた月が糸のように細く光っている。

そして、四半刻。

（ほう、ここにおったか）

四貫目の眼が、屋敷の塀のうえを睨にらみつけている。這いあがってくる、一疋の人影を見つけたのだ。その影は音もなく地に落ちて、こちらへと駆けむかってくる──人影が、林に飛びこんだと同時であった。木陰に隠れている四貫目の気配を察して、黒刃の刀を抜き放った。あっ、と四貫目は手をあげて制し、

「待て。小申、わしじゃ。わしじゃ……」

声を聴いて、小申は安堵あんどしたようにゆっくりと刀をおろした。

「兄じゃか──？」

急激に緊張が解けて、小申の息が震えた。すぐに納刀し、地に屈み込むと、

「なぜ、ここにおられる……」

「わしも尾けて参ったのよ。たった今、この屋敷にお棺のようなものを運びこんだ者らがおる」

「見た——それは兄じゃよ、紛うことなき棺桶じゃったぞ」

「まことか。で、これは、たれの屋敷か」

「土屋右衛門尉」

もとは甲斐の旧族、金丸氏が本姓である。名は金丸平八郎。信玄はもとより、武田家中においても信望の厚い青年武将であった。ここに甲州の名族である「土屋氏」の名跡を嗣いで、土屋右衛門尉昌次（昌続）と名乗っている。さきの三方ヶ原の戦いでは、徳川方の勇将鳥居四郎左衛門と激しい一騎打ちに勝利して、首級をあげていた

——その土屋昌次の屋敷のなかに、躑躅ヶ崎館から棺が運びこまれた。

（……一体、たれの骸か）

四貫目は、知りたい。

「なかのようすは、どの様であったや？」

そう小申に訊ねると、

「坊主がおり、庭内には幔幕を張りめぐらせてござった——」

幔幕のなかへは注連縄や、白木を組んでつくった式台、薪や、あぶらの瓶、炉のようなものが、つぎつぎと運びこまれていたという。

（火葬の調いじゃな……）

四貫目はおもって、

「小中、おのれはここで待っておれ。すぐにもどる」

と、鎖分銅をあずけた。かわりに忍び刀を受け取ると、木陰から路のうえに飛び出した。

四貫目は音もなく夜の路を横切り、塀際に腰を屈めると、忍び刀の下げ緒の端を手首に巻きつけた。さらに刀を塀に立て掛け、片足のつまさきで鍔を踏んだ。そのまま塀のうえに飛びあがった四貫目は、転がるように塀を乗り越え、つぎの瞬間には敷地のなかで影を固まらせている。おそろしく俊敏な、痩せ狸である。手首に括りつけてある下げ緒を引くと、塀の外から忍び刀がのぼってきて、手のなかに落ちた。

（あれじゃな）

広々とした庭の外れに、白地に武田菱の紋が染め抜かれた、二丈八尺の幔幕が張りめぐらされていた。しばらくもすると、白装束に着替えた武田の将士たちが庭にあらわれ、続々と幔幕をくぐっていく――まず、力づよい姿の信玄がいる。つづいて、継嗣の武田勝頼、穴山信君、馬場信春、春日虎綱（高坂弾正）、信濃先方衆の真田信綱や、三方ヶ原で兵らに投石をさせて戦いの先端を切らせ、さらに石川数正と死闘を繰りひろげた小山田信茂の姿もここにあった。それぞれが一礼し、幔幕のなかへと入っていくと、最後におなじく白装束を着た土屋昌次が現れて、厳粛な面持ちで幔幕をくぐっていった。

（はて――）

四貫目にはこれが、何者の葬儀なのか解らなくなった。葬儀であることは、疑う余地もない。幔幕の向こうから、粛々とした誦経の声が聞こえてくるのである。さらに、遺体そのものに火が投じられたらしく、幔幕が夜の闇のなかで明るく輝いたかとおもうと、参列する者らの影をおおきく映しだした。やがて、爆ぜる火の粉が夜天に噴きあがり、星の下に群れる紅い羽をした蛾のように躍りくるった。

（いや、相違ない。これは、信玄を火葬にしている……）

幔幕に浮かびあがった葬儀のようすを見つめながら、四貫目には直感があった。しかし――たったいま、この火葬場に入っていく信玄その人の姿を見たではなかったか。四貫目は眉をひそめている。直感はあったが、思考が邪魔をしているのだ。無意識に、手首を嚙んでいた。四貫目の頭は混乱している……どうにも、わからない。これが、誰の骸を焼いているものなのか。武田の名立たる家臣がそろっていたのを見た。よほど、身分ある者の葬儀には違いなかろう。

「あ」

と、四貫目は表情を一変させた。

（そうか……信廉であったか。それだ）

四貫目はこのいま、織田信長の下知の声を頭のなかに聴いていた。

——信玄入道のつらを見て参れ。

その言葉が、半鐘を打ったように脳裡に響いている。なるほど、この幔幕の向こうへと入っていったときの、信玄の姿であった。姿勢が強かった。顔をよくよく思い出してみれば、たしかに、血色がよかったようにも思う。遠目であって、はっきりと見たわけではなかったが、

（少なくとも、労咳に苦しんでいる者の姿ではなかったわい）

と、四貫目は納得がいった。この信玄の病については、武田家中にかぎらず、相模の北条氏、家康や信長にまで知れ渡っている事実だ。ちかくは三方ヶ原に出陣するまえから、信玄が喀血をくりかえしているとの風聞さえながれていた。当然、伊賀の忍びたちの間でも、信玄が労咳を患っていることは、あまねく知れわたっている。

「武田信廉」
幼名を孫六という——信玄の弟にして、武人画家である。兄信玄とは、骨相がきわめて似ており、側近ですら二人の顔の見分けがつかないと云われた。信廉は、この直後から「逍遥軒信綱（信連）」と号し、兄信玄の影武者となって、継嗣の勝頼が武田家の当主として世に知れるその日まで、陰から武田一族を支えていくことになる。

（わいが目に見たのは、信廉じゃ。信玄は死んだ……）

四貫目は煌々と幔幕を照らす炎の灯りを見つめながら、その死を確信していた。あの「駒場の三つの死体」である。おそらくは、主君信玄の死を見知った者たちだったのであろう。口封じに殺されたといったところか。

（およそ、左様なことであろうぞ。むごい話じゃて——）

火葬の正体を見破って眺めもすれば、天空に昇っていく火の粉のひとつひとつが、戦国の巨星と謳われた「武田信玄」という漢の破片のようにも見えてくる。

（岐阜のおん大将も、鼻が利かはるわい）

気がつけば、燃えさかる火の音にまぎれて、啜り泣く家臣たちの声が聞こえていた。忍者四貫目もまた、幔幕に映しだされる葬儀の影を眺めながら、ここに一つの時代が密やかに終わりを告げたことを深く身にしみて感じるのであった。

（しかし乍らよ。土葬なれば顔を拝むこともできようが、灰のなかに面をみよと申されては、どうにも手がないわ）

四貫目は、ここはひとまず退散しようと決めて、腰を落としたまま、塀の際までゆっくりと後退った――そのようすを庭の外れにある井戸の陰から、じっと窺っている目があった。

小中は林のなかの闇に潜んで、屋敷を見張っている。

と、塀のうえに影がひとつ舞いあがって、路のうえに音もなく飛び降りた。四貫目である。路を横切り、まっすぐに小中のほうへ向かってくる。

「あ」

と、小中が声をもらし、目を見開いた。塀のうえに、もうひとつの影があらわれたのである。その影は塀に這いあがったかとおもうと、一羽の鳥が地に舞い降りるように、軽やかに路のうえに降り立った。そのまま四貫目のあとを追って、駆けむかってくる――四貫目も、背後の気配に気づいた。

刹那、

四貫目が地を蹴って、水に跳びこむ蛙のように林のなかへと転がりこんだ――草むらのうえに落ちるや、身をひるがえして、忍び刀を抜き放った。と同時、である。地に伏せていた小申がひざを立て、手から十字手裏剣を投げ放っていた。手裏剣は風を切り裂きながら、走ってくる人影に向かって飛んだ。が、避けられた。影が——小申の十字手裏剣を紙一重に躱し、走る勢いのままに林のなかへと飛びこんできた。すわや、と四貫目の手にある黒い刃が、影に襲いかかる。闇に、火花が散った……相手も刀を抜いて、四貫目の太刀を受け止めていた。

「誤るな、おれだ……四貫目」

声をひそめながら云うや、四貫目の黒刃を跳ねあげて、樹の陰に半身を隠した。

「たれぞッ」

四貫目と小申は、なおも敵意を消さない。それぞれに武器を手にして、いまにも襲い掛からんと身構えている。

「忘れたか、おれだよ——」

樹の陰から面を半分覗かせている男が、落ち着きはらった声に云う。えら骨が張っており、ながい髪を髻に束ねて、目が飢えた野犬のようにするどい。上背のある身体には、茶染めの忍び装束を着込んでいた。

「うぬは、新堂ノ……」

「久しいの、四貫目。そのこぞうは、下柘植あたりでみた顔じゃな」

と新堂ノ小太郎が、小中に目をむけた。

「小太郎、ここで何をしておるぞ」

四貫目が訊くと、小太郎もおなじ意味の言葉を返して、

「まずは四貫目、これを離れたほうがええやな——さきほど、真田の忍び衆が屋敷に入ったわ。われらの影でも踏まれたら、うるさいことになるぞ」

と、小太郎が四貫目たちを促して、林から駆け出た。

三人は夜陰に乗じて、躑躅ヶ崎館のある府中から抜け出し、そのまま西へとむかって、荒川沿いの下飯田の川原で息をやすめた。夜というより、朝にちかい。東の空に群れる雲の影が、色づきはじめている。

「じつに久しい」

新堂ノ小太郎が、あらためて云った。

「四貫目よ、おぬしは織田の家に忍んでおると、うわさに聴いた」

「応さ。して、小太郎——うぬは何故に、この甲斐まで出張っておる。大和柳生の遣いかえ？」

「いや、ちがう。遠江だ。いまは服部半三さまのご子息、半蔵正成どのというお仁の

下で、はたらいておる」

「ああ、千賀地（下服部氏）の若頭領が事か……して、いかなる御仁ぞ？」

「うむ。先代に似ておわす。知謀にあかるく、槍捌きがきわめてするどい」

「ほう」

四貫目は会うてみたい、と心中で独り言をした。

「その半蔵どのから下知あって、武田の殿の生死をたしかめに参ったのだ……」

と云いかけたところで、小太郎の目が小申をちらと見た。

「おのれは、小申――と申したな。もしや、下柘植の木申の縁者であるか？」

「いかにも左様でござる。木申は、わが小父御にあたりまする」

木申とは、この新堂ノ小太郎とおなじくして、伊賀に隠忍の上手と知れた忍者である。元亀二年に六角承禎が一向一揆に与し、信長を敵にまわして激戦となった「垣見の戦い」のさなかに落命している。

「よくよく、名人であったと知る」

「おことば、忝のうござる」

と、小申が目礼した。四貫目がその肩を叩き、

「さて――いずれの殿も、気掛かることは同じようじゃて。俺らもな、武田のおん大

将の生き死にを、この目でたしかめとうて参ったのよ。しかしどうにも、顔を拝むには、足が遅かったようじゃわい」

「信玄入道は、死んだ」

「諾(うん)。して——うぬは、何ぞ見たか」

見た、と新堂ノ小太郎は答えると、長篠(ながしの)から北上する武田軍をつけて来たことを話し、道中の信玄のようすを事細かく、ふたりに聴かせてやった。四貫目と小中は、興味津々と目を光らせている……駒場、であった。

「信玄は、あの地で逝去(せいきょ)したはずだ」

語尾がつよい。小太郎が目にしたところでは、武田家の重臣である穴山信君らが、信玄の死を知られまいとして——実際には、三年喪を秘せよという、信玄自身の遺言があってのことだが——その臨終(りんじゅう)の地である駒場の本宿に居合わせた小姓たちを、口止めするために斬り殺したという。ここで新堂ノ小太郎は、信玄の死をたしかめるべく、武田勝頼の隊にまぎれこんだ。ところが、警戒がきびしくなり、ついには隊を離脱する術(すべ)も失って、そのまま波にながされるようにして、府中へと入ったというのである。さらに信玄の遺体は厳重にして、見張りの目が絶えず行き届き、どうにも近寄れなくなった。そこで小太郎は、躑躅ヶ崎館に忍びこんだあと、主殿の屋根裏に潜んで武田将士らの密談を耳に盗み、火葬のことを知ったのである——ときに、四貫目と小申のふたりが、武田軍の最後尾の隊列にまぎれたまま、府中の地を踏んだころであった——小太郎は油屋に化け、土屋昌次の屋敷に侵入した。奥座敷に運びこまれた信玄の遺骸が棺から出され、死装束に着替えさせるところを、

「見たのよ」

と、小太郎が声を低くした。信玄の顔を見たあとの小太郎は、葬儀のはじまるころを待って、庭に隠れた。隙(すき)をうかがい、屋敷を抜け出そうとしたものであったが、庭先に不審の影を見ては動けない。闇に目を凝(こ)らし、よくよくその影を見透(みす)かせば、旧知の顔ではないか。そこで小太郎は、四貫目のあとを追い、屋敷から飛び出したというわけである。

「挨拶(あいさつ)の声をかけようと思うてのことであったが、よもや手裏剣を投げつけられ、斬りかかられようとはの——」

小太郎が小申の顔を正面に見て、破顔(わら)った。小申は申しわけなさそうに、表情を暗くしている。

「あほうよ。申しておくが小太郎、忍びの背にまわった、うぬの為様(しざま)がまずいのだ」

四貫目がいうと、小太郎の笑顔がうなずいた。着ている忍び装束の襟をなおし、

「さて、おれはこれより半蔵どののもとに急ぐ。おぬしらは、如何するや？」

ふたりを見た。

「おなじく。岐阜の殿は何とも、気忙しゅうあられてな」

四貫目が答えると同時に、三人が空を仰いだ。朝焼けがはじまっている。東の空から、星が消えていた。

「では、四貫目。下柘植ノ小申よ。またぞ――」

ひょう、とみじかい息を吐いて、新堂ノ小太郎は駆け去った。返事はない。四貫目と小申もまた、衣の裾を朝露にぬらしながら川原を出て、朝日に白みはじめた空を背にした。生あたたかい風が吹きつけ、ふたりの笠を奪おうとする。小申が笠の縁をつまんで、空を見上げた。

「兄じゃよ、雲ゆきが怪しゅうある……」

「うむ。わいらも急ごうぞ」

まだ夜の顔を残す西の空をめざして、ふたつの影が甲府盆地を走り去った。

雲に遁げる

甲斐国を抜けたが、焦燥の感はまだ脱しきれていない――ふたりが足を踏み入れた信濃国は、歴とした武田領であり、信玄亡きあとは殊更に、警戒の目も厳しくなっているはずであった。まずは、関所を避けて通ることが、懸命である。

（……日の暮れぬうちに、国境いを踏まねばならぬ）

気が逸っていた。日の出と共に、鉄を鋳流したような黒々とした雲が重く頭上に垂れこめて、とおく東の空に雷鳴が湧きつづけている。どうにも、天の機嫌がわるい。いつ癇癪をおこして、泣きはじめるものか――群生する葦のあいだを歩くふたりは、ますます歩を速めた。雨が降れば、足が遅くなる。宿をさがす隙はない。

背をふり返れば、峻険なる赤石山脈の蒼いかげが迫り、山頂からつめたい風が吹きおろしてくる。風はまるで、法螺貝でも吹き鳴らされたような太い音を立て、ふたりの周りを駈け抜けていく――風が、湿っていた。

（これは降るな……）

声はない。ふたりは押し黙ったままに、葦を踏み分け、泥地を蹴りながら、ようやく足場のしっかりとした野原へと辿りでた。ほそい路が一本、白い土肌をむきだしにして、蛇行しながら西の方角へと延びている。この小径をゆけば、天竜川のながれにぶつかり、その向こうに遠州路を踏む。遠州路をのぼれば、そのさきで三州街道に移って南下し、駒場の駅を経て、信濃と美濃の国境いへと出られる。もっとも、大手を振って宿駅を通るつもりはなかったが、美濃へ入る見通しはおよそついた。

四貫目が腰の水筒をとると、手にしている竹杖にもたれるようにして、水をひとくちした。杖には、ごつごつと膨らんだ柿染めの袋が、腐った果実のようにぶらさがっている。袋のなかは、巻きあげた鎖分銅である。

ぴしゃり

空が、光った――静寂のあと、とおく東天に雷鳴が轟いた。

（いま少しぞ）

僧の姿を借りた四貫目と小申のふたりは、郊原にうすい影を曳きながら、白い小径に出た――しばらく歩くと、前方に、立ち枯れた桜の大樹が見えてくる。まるで天を呪い、土中から突き出された死者の腕のようにも見えた。苦しげに折れ曲がった枝々が、曇り空を引っ掻こうとしていた。径の陰に目を向ければ、顔が欠けた道祖神たちが、怯えたようすに肩を寄せ合っている――周りに、またもや背のたかい葦の葉が繁りはじめ、沼が濃く臭ってきた……と、のどを鳴らす蛙の声がある。

「くぅわ、くぅわ」

と、下手な声がした。人が葦の陰にまぎれて、蛙の声を真似て鳴いているのだ。

(どこぞの、阿呆か)

四貫目は声を無視して、通りすぎた。その背に付き従う小申もまた、顔を曇らせながら、偽りの鳴き声を肩に聴いている。しかし、四貫目とは、声を聴く印象が違うようすであった。背すじに、冷や汗が落ちた――小申は緊張した手つきで、胸のうえの結び目を解くと、ゆっくりと背に腕をまわし、歩きながらに背負い袋をつかんだ。

「小申よ。まだ、それを抜くなや」

四貫目が顔をまえに向けたまま、笠の下から命じるような口調でささやいた。数えている。一つ……二つ……三つ。いや――六つ、だ。葦のむこうに、人の気配が六つあった。

(――囲まれておるわい)

何者か……おもうと同時に、ふたりと並行して奔っていた影が二つ、立ち枯れた桜の大樹の陰から、突然と躍り出てきた。ひとりは武士の形をしており、腰に長柄の太刀を佩いている。もうひとりの男は、背が低く、藍染めの忍び装束を着ていた。槍をかまえ、柄をしごいている。刃に棘のある、船槍であった。

「貴僧ら、いずれへ向かわれる」

武士のすがたをした男が、太い声で云い放ち、腰の長柄をにぎった。野盗の類ではないらしい。四貫目と小中はただ足をとめ、笠の下から凝っと相手のすがたを見つめていた。先方の衣に、家紋が染め抜かれている。小中がその紋様を目にして、ちっ、と舌を打った。

（六道銭じゃ……）

鳥目を六つならべた、不吉な家紋である。六連銭、ともいう。この銅銭の六文が意味するところは、死して人が渡るという「三途の川」の渡し賃である。まず、このような不祥の紋をつかう家は、世にたったひとつしかない——いわずとも知れた、信州上田の「真田氏」だ。

小中は武士の胸にある六文銭をみて、わずかながら心を乱した。かたや四貫目といえば、まるで見知らぬ顔である。それどころか、笠をとりながらに、道をふさぐ相手に対して、不敵な声をかけている。

「物盗りなら、道をあけられたい。見てのとおりの、坊主の身じゃ。わしらを襲うたところで、一文の銭も持たぬぞ」

「ハハハ、惚けてみせるぞ――おのれら、伊賀臭うあるわ」

相手は、四貫目たちの正体をとっくに見抜いているようすであった。この男、その名を「横谷惣左衛門」という。真田昌幸に仕える、雁ヶ沢城の土豪「横谷左近」の二弟である。兄の左近は、真田忍び衆の頭領をつとめている人物だ。

「お武家さまは何ぞ、その、人ちがいをなされておるように見受けられる……」

四貫目はなおも、しらを切り通そうとして、われらは旅の僧であると訴えつづけた。

「者ども、出て参れ」

横谷惣左衛門が、四貫目の言を無視して声をあげると、背後にあらたな影が四つ、それぞれが手に抜身の刀をさげてあらわれた。四人とも、藍染めにした忍び装束を着込んでいる。目にもあきらか、真田の忍び衆だ。

「これら贋坊主の不審を明らむるゆえ、そこで退口をふさぎおけ――甚八、おまえも決して抜かるでないぞ。伊賀者は、とかく悪狂いをするやからじゃ」

惣左衛門が云うと、となりで船槍を構えている甚八が返事をしながらに、一歩右へと足を摺りだした。

（挟まれたわ……）

小中は後方にあらわれた四人を睨みつけたまま、数歩と後退って、四貫目と背を合わせた。片手に、忍び刀一口を入れた背負い袋を握りしめ、もう一方のあいた手で笠をとった。口をきかなかった。ただ黙って、兄じゃの指示を待っている。と、四人の男のなかのひとりが、小中を指さした。

「あ、こやつめッ。まこめの馬借ぞ」

小中の目が、するどく相手を睨み返した。惣左衛門が手下の言葉を耳にして、それ見たことかと、大笑いしている。

「ハハハ、化けの皮も剝がれ落ちたようであるな。伊賀の山猿ども、これにおとなしゆうせえや。抗うても詮なきことぞ。さあ、いずれから忍んで参ったか申せ――」

「………」

「よもあらじ、棺のなかの御姿をのぞいたものでは、あるまいな……？」

惣左衛門が暗に、上様の死を見たかと訊いている。すると四貫目が、不敵な笑みをうかべ、

「のぞいた、と申せば如何にするや？」

「これを通すわけには参らぬ」

「なれど、わいらとて、こなぞに易々と命を投げ出すつもりは無いゆえの。これが通れぬ道なれば、通れるようにするまでよ。それがおぬしの申す、伊賀者の悪狂いというやつかの？」

四貫目が云い終えると同時に、惣左衛門が刀の鯉口をきった。小申もまた、背にふたりの会話を聞きながら、背負い袋のなかに片手を挿しいれ、忍び刀の柄を闇につかんでいる。

「覚悟なし候え」

と、惣左衛門がゆっくりと白刃を抜き放った。刹那、四貫目が手にある笠を投げつけ、惣左衛門の視界を閉ざすと同時に、杖にぶらさげていた柿染めの袋を鷲づかみにしていた――袋から鎖分銅を引きずり出し、

「小申ッ、いまぞっ」

叫ぶや、四貫目の手から小鳥のように分銅が飛翔して、船槍を構える甚八という男の右肩を打ち砕いていた。四貫目が鎖を引いて、手中に分銅を取りもどすと同時である――甚八が野太い悲鳴をあげた。呪うような声とともに、船槍を地面に落として、そのまま膝を屈した――惣左衛門は投げつけられた笠を一刀両断にしたそのときに、

甚八の悲鳴を聴いた。声のほうへ目を移すと、甚八が槍を手放し、砕けた肩を抱くようにしながら地面にうずくまっている。さらにこのとき、四貫目の声を合図にした小申が、空に跳びあがっていた。

「くらえッ」

忍び刀を縦に抜き放って着地するや、正面の男の頭を黒刃で真二つに割った。悲鳴もない。すでに小申は刃を臥かせつけ、傍らに立つ真田忍者の胴をはらっている。

「あ」

と、みじかい悲鳴をあげて、胴を斬られた男の身体が傾いた。小申は男を斬った直後、背後の男を押し倒すように後蹴りを入れ、そのまま地のうえを転がっている。すぐさま地面を叩き、はね起きた。目のまえに立っている敵は、わずかに一人。小申は黒刃を躍らせながら、再び空に跳びあがった。

「道をあけいッ。なれば、命まではとらぬわ」

四貫目が、怒鳴りつけた。手もとで鎖分銅をまわしながら、白刃を上段に構える惣左衛門を睨みつけている。

（異様な……）

と、相手をみて、惣左衛門は間合いを詰められない。四貫目の手もとで、びょうびょうと、不気味な声をあげつづけている武器の得体が知れないのだ。のちのことである——慶長五年の関ヶ原の合戦後の世にあって、伊賀に在した「宍戸某」という者が、この鎖分銅の片端に鎌を取りつけた「鎖鎌」という武器を用いて武芸を成し、剣豪宮本武蔵と決闘することになる——が、まだこの当時においては、鎖分銅そのものが珍しかった。この武器は、分銅の部分で相手を殴打する。さらに、鎖で絞め殺すこともでき、飛苦無や手裏剣のような、投擲の術にも応用された。つまりは分銅を投げて、相手を打つのである。しかも、鎖をたぐり寄せれば、分銅は手もとに帰ってくる。手裏剣などとは違い、くりかえし攻撃を仕掛けられる武器として、伊賀者はこの忍具を重宝していた——その一方で、つかい方がじつにむずかしくもあり、練達者でなければ、とても扱いづらい一面をもっている。むやみに振りまわしていれば、鎖がどこへ絡まるかわからなかった。手もとで、ちいさく回しながら狙いを見定め、そして投げ討つ。その本質は、刀術にいうところの、「居合」に似ている。一撃必中で、相手を斃す——その一撃を恐れて、一歩が踏みこめない。

(伊賀めは、奇特をつかう)

　惣左衛門は刀を下段に構えなおすや、

「やあッ」

と、気迫の声をあげて、足を出した。刹那、四貫目の手もとで回転していた分銅が、伸びあがるようにして飛んできた。分銅は惣左衛門の刀の横面を、
がんっ
と激しく叩きつけ、一瞬にして引きもどされると、再び四貫目の手もとでちいさく回っている。惣左衛門は刀をわきに跳ねとばされ、たじろいだ。足が退けた。視線をもどすと、相手は踏み込むまえに見た姿とおなじだ。

（いまのが、こやつの手か……）

勝てるか、と惣左衛門は自問した。奇妙な武器である。惣左衛門は鬼の形相をして、伊賀のおとこを正面に見据えた。

「伊賀ばらめッ。これよりさきは、通さぬぞ」

土を踏みにじるように足場をかためると、さらに腰を低く落とし、白刃を八相に構えなおした。わずか十歩さきに、痩せた狸のような貌が不敵にわらっている。その手もとで、虻の羽音のような耳障りな音をたてて、分銅が勢いよく回転していた……おとこも武器も、じつに不気味な相手だ。

（斬る——）

惣左衛門は息をととのえ、刀を上段に構えた。目尻に汗が一粒、すじを曳きながら

流れ落ちていく。と、そのとき——暗雲が垂れこめる低い空に、稲妻の蒼い光りがはしった。

「きええッ」

惣左衛門が怪鳥の奇声にも似た雄叫びをあげながら、相手の間合いにおもいきって跳びこんでいった。またしても、分銅が飛びかかり、刀の柄をにぎる惣左衛門の右の拳を打った。その一撃で、刃先がくるった。四貫目は易々と一太刀を避け、脇に跳びすさっている。惣左衛門は拳をおそった激痛に悲鳴をあげると、膝を崩しながらも、片腕一本で刀を水平にはらった。つづけざまに分銅が飛んでくるとおもって、必死である。闇雲に空を斬りつけながら、軀を退いて、すぐにまたおなじ位置にもどり、体勢をととのえた。

四貫目はすでに鎖をたぐり寄せ、分銅をつかんでいる。回さない。分銅と鎖をつないでいる部分に、歯のような突起があった。押しこんだ——刹那、分銅のなかに火花が爆ぜ、青い火が噴きあがった。

「小申、来いッ」

と四貫目は、火を噴く分銅を投げつけるようにして鎖に勢いをつけると、頭上でおおきく振り回しはじめた。

一方の小申は、真田の忍びふたりを相手に苦戦している。左右から襲いかかってくる刀を躱しながら、地を蹴って空に跳びあがった。片手で手裏剣を投げつけたが、易々と避けられ、着地すると同時に白刃が目のまえを掠めすぎた。地に伏せ、転がり、はね起きたところへ、真田の牙が襲いかかる。黒刃の刀が、ふたつの白刃をはらいのけた。小申は後方へ跳びすさった。

「急げ、小申ッ。その者らは捨ておけッ」

四貫目の頭上で回転している分銅が、轟々と声をあげながら、いまや深紅の炎を噴きあげていた……惣左衛門は左手に刀を構えたまま、近寄ることができない。何度か足を踏み出そうとしたが、その度に火の熱が顔のまえを掠めていった。いよいよ鎖分銅の回転が増して、突然――炎が、失せた。火が消えた途端、こんどは分銅から濛々と白煙が噴きあがった。まるで天から白竜があらわれ、地にとぐろを巻いたかのようである。油くさい煙だった。

「小申ッ、早うせぬかッ」

またたく間に、周囲に雲のごとき白い煙がたちこめた。背に白煙をみた小申は、向かってくるふたりの男たちに刀を投げつけると、つぎの瞬間には、脱兎のごとく駆けだし、地を蹴って、鎖分銅の回転の下へと転がりこんだ。

「ややっ」

と、惣左衛門が愕いた。目のまえで白煙を吐きながら回転していた鎖分銅が、突如と天高くに放り投げられたのである。投げられた鎖分銅は、まさに竜が尾を曳くようにして、空へ舞いあがり——落ちた。どっ、と地面に埋もれてなお、分銅があぶら臭い煙を吐きつづけている。

（消えた……）

あたりは水を打ったように静まり返り、砕けた肩の痛みに呻きつづけている甚八の声だけが、地にさめざめと聞こえている。見えない。まるで、深い霧が立ちこめたかのように、周囲は真っ白である。惣左衛門はようやく、土にめりこんでいる奇妙な分銅に近寄ると、鎖の輪に刀の切っ先をくぐらせて、顔のまえに吊りあげた。鼻の頭が熱くなった。まだ、分銅の表面が熱を帯びている。

（伊賀め——）

と、惣左衛門は忌むような目つきで、分銅を見つめた。分銅はなおも、あぶら臭い煙の糸を吐いている。

これこそは、法であった——伊賀忍びの術に、「遁法」というものがある。この術法には五遁十八種があり、その主なるものが五遁——いわゆる木遁、土遁、水遁、金遁、火遁とよばれる五つの「逃（遁）走」の術である。これらに加えて、十八の遁法がある。鳥をつかって逃げる禽遁、虫や蛇に蛙などといった生き物を利用する虫遁、ほかに日遁、月遁、雪遁、雨遁……などだ。

そのなかの一つに、

「雲遁ノ法」

というものが、伊賀で発達していた。火薬などを用いて人工的な霧を発生させ、相手の目を眩まして逃げるのである。この遁法にすぐれた忍者で、「霧隠れ」という異名を持つ者までいる。まさしく、四貫目はこの雲遁術を用いて、真田たちの目のまえから遁走した。

（呪わしい……）

惣左衛門は分銅を地に捨てると、左手にある刀をぎこちない手つきで鞘へとおさめた。右手の拳はつぶれて指が動かず、黴びた蜜柑のようにむらさき色に変色し、痛々しいまでに腫れあがっている。とそこへ、小申と刃をまじえていた者らが、顔のまえの煙をはらいながら、走り寄ってきた。

「頭目――あの伊賀者どもは、どこぞへ……」

低声に聴くと、惣左衛門が苛立ったような口調で、一喝した。

「消えたわ」

と地面にうずくまっている甚八のまえに立ち、腰を屈めて、傷をみてやった。何とも酷い。なかで砕けた骨が皮をやぶろうとして、肩のうえに盛りあがっている。

「おのれたちは、すぐに馬籠へむかえ。おれはこれより屋敷に引きかえし、あるだけの人数を連れて駆けつける。さあ、ゆけッ」

と、命令を受けた男ふたりが、西へむかって飛ぶように奔っていく。惣左衛門は槍を拾いあげて杖にすると、息も絶え絶えになった甚八の腰に腕をまわし、ゆっくりと立たせてやった。あの伊賀者たちは、けっして捕まらない——そう思って、横谷惣左衛門は甚八の身体を支えながら、胸中を苦くするのであった。

生暖かい風が吹きつけてきた……このいま、空に逆巻く暗雲のなかに、運命の怒れる声が轟き、まばゆいかぎりの閃光が駈けまわっている。突如、天蓋に張っていた白い幕が切り落とされたように、ざっと雨が落ちてきた。

元亀四年。

——晩春の雨である。

室町幕府の終焉

　雨に打たれた樹木が、やがて青々と葉を茂らせるように、あるいは——雨に満たされた湖水が溢れ出し、川にあたらしいながれを成すようにして、百年の戦国の世にいま、近世というあらたな時代の気吹が興りはじめている。

「信玄逝去す」

　この一報がもたらされたとき、窮地にあった織田信長は息を吹きかえした。目のまえを暗澹とおおい隠していた雲に、とつぜん晴れ間ができ、ひとすじの日の光りが射したのである。天命、とでもいうべきか。天下へつづく道のうえに、「武田信玄」という巨大な岩が置かれたときには、さすがの信長も、どうにも前に進むことができなくなった——が、その岩が、幻のごとくに消えたのである。

　信長がこの報せを耳にしたのは、信玄が死去した四月下旬のことである。一方の反織田派の面々は、信玄逝去の事実をいまだ知らず、とくに信長を中央から排斥せんと陰に密計を企てる足利義昭は、その上洛を信じて疑わなかった――さて将軍義昭は、先年の元亀三年十二月に武田軍が三方ヶ原に家康を打ち砕いたとき、いよいよ打倒信長の意思を決定的にして、山城半国の守護であった六角氏旧臣の山岡景友（もと三井寺光浄院の僧。還俗まえは「暹慶」という）に命じ、挙兵の旗をあげさせるのであった。山岡景友は「石山砦」に入ってすぐにも、南近江の国人に伊賀甲賀衆の人数をくわえ、織田抗戦の構えをみせる。これに憤った信長は、柴田勝家、明智光秀、丹羽長秀、蜂屋頼隆の四人に命じ、即刻に石山砦と今堅田の城を攻めさせた。柴田勝家の軍勢のまえに石山砦は二日後には陥落、おなじく明智光秀たちが「囲船」を造って湖上を渡ると、今堅田の敵城へと攻めかかり、これもあっという間に落城せしめた。

小規模ながら、将軍義昭が信長に対して挑んだ最初の抗戦は、完全なる失敗に終わった。

「――かぞいろとやしなひ立てし甲斐もなくいたくも花を雨のうつ音」

とは、このころの足利義昭と織田信長の姿を京童が落書に詠んで、洛中（京都市中）に立てたものである。

「（信長は）これまで将軍を養い、護り立てた甲斐もなく、将軍を討つことになった。その将軍の御所（花ノ御所）にはげしく打つ雨の音がする」

ときに京の人々は、こうした戦国の世を皮肉るような落書をのこしているから、おもしろい。またそれが、戦乱の世に対する、精一杯の抗議の気持ちを表したものであったのであろう。

さて将軍義昭は、天下に反信長の意思を知らしめ、なおも抗戦しつづけている。山岡景友が今堅田に破れた翌三月になると、松永久秀と三好義継とも同盟を堅くし、「足利家のために、奔走を恃み参らせる」

兄義輝（第十三代室町幕府将軍）の遺恨もここにかなぐり捨てて、「何はあれ、信長を倒すべし」という一念をさらに強めていくのであった。片や、将軍からの申し出を受け入れる久秀と義継であったが、まさにこのときこそ、ふたりの行く末に待ち受けている「破滅の命運」が定まったといえる。室町将軍足利義昭と手を結び、そして完全に信長と手を切ったのだ。いいかえれば、織田信長を「敵」に回したということになる。はたして老練な久秀の目をもってしても、このときの信長の立場は、危うさに満ちあふれて見えたものか。

一方で義昭は、水を得た魚であった。信長を敵と見做すことで、天下の群雄がつぎつぎと自分の側に立つ。これまで、信長のうるさい目を盗みながら、諸国にばらまいてきた陰謀の種が、ようやく蕾となって膨らみ、今まさに花を咲かせようとしているのだ。ここが第十五代室町幕府将軍、栄華の極まりであった——もはや陰謀にあらず、義昭は正面から信長を糾弾しはじめた。

「いかぞ、信長。余こそは、将軍であるわッ」

権力というものに、酔いしれた。人というものは、酔えば自然と声も大きくなってくる。将軍義昭は、信長から和議の申し出があっても、

「無用である」

と、にべもなく断った。

(天下が余の号令によって、回りはじめておる……)

そういう錯覚に陥った——元亀四年四月、ついに将軍を見限った信長は、洛外に火を放って上京を焼き払うと、そのまま将軍の御所である「二条城」に軍勢を差し向けた。さらに御所の周辺に四つの砦を築かせて、籠城などさせぬと補給路を断ち、あっという間に将軍を攻囲してしまったのである。このとき、将軍義昭の要請により、ともに二条城に籠城していた丹波国の内藤氏五千の兵は、織田軍の包囲力のようすを目にして、たちまち戦意を喪失する。とても勝てる相手ではない。義昭もおなじく、圧倒する織田軍の数に仰天すると、すぐに信長のもとへ侍女を遣わし、和睦を申し入れるのだが、信長はこれを追い返した。勝手が過ぎるというものであろう。

「容れぬ――」

この言葉を持ち帰った侍女は、義昭から責を問われて髪をおろし、尼になった。ここから将軍は、慌てに慌てた。

(信長は、余を殺そうとしている……)

その思いが連想させるのは、苛烈な信長の声や姿、そして三千四千という殺人をやってのけた「比叡山焼き討ち」という、織田軍の容赦のない為様である。将軍義昭の恃みとする希望は、あと一つしか残されていない。

天皇――である。正親町天皇の御袖にすがって、信長との和議をはかって戴くのである。さすがに信長も、天皇の声をむげにすることはできない。将軍が「無条件降伏」するのであれば和睦を容れる――ようやく信長が天皇の仲裁を受け入れたことによって、ここに一時的ではあったが、義昭は危機を脱するのであった。

――信玄逝去す。

その死は、あまりにも大きい。

「毛利輝元」

将軍義昭は、この若者を頼ろうとしている。

祖父はいわずと知れた、安芸の大名「毛利元就」である。父である「毛利隆元」が早くに亡くなり、輝元はわずか十一歳で家督を嗣いだ——この元亀四年で、ようやく二十一になる。これより二十七年後、日本を東西に分けた「関ヶ原の戦い」においては、石田三成に担ぎ出されて、西軍の総大将に擁立される人物である。

まず、天皇の調停によって信長に無条件降伏したあと、将軍義昭は早々と二条城の普請にとりかかる。人夫をあつめて堀を深くし、さらに武田信玄（その死亡は、いまだ公に知られていない）や越前の朝倉義景、本願寺顕如光佐に宛てて内書を送りつけ、六月になると、毛利輝元からも兵糧米を徴収した——誰の目にも、あきらかであった。将軍は、まだ織田信長という漢と戦うつもりである、と。

そして元亀四年の七月三日、義昭は幕臣の三淵藤英（細川藤孝の異母兄）を二条城の城代に置いて、自らは山城南部に位置する宇治の「槇島城」に楯籠もり、三千七百の兵をもって再び挙兵するのだ。とうぜん、これを信長が見過ごすわけがない。

その四日後、信長は琵琶湖畔の佐和山から船に乗り、坂本へと渡った——ちなみに、この船というのは過ぐる五月に、信長が丹羽長秀に命じて造らせておいた「百挺櫓」の軍船である——船をもって湖水を横断した信長は、瞬く間に入京した。七月九日には京都二条の妙覚寺に着陣し、その三日後には将軍御所である二条城を包囲し終えている。城代の三淵藤英とは一戦も交えることもなく、即時に降伏させると、御殿を破却(はきやく)し、さらに軍勢を将軍義昭が栖籠もる槇島まで進めるのであった。

七月十八日。

将軍義昭は再び信長に降伏し、助命された。この降伏の折、義昭はわずか二歳という一人息子の「足利義尋(よしひろ)」を人質として、信長方へと差し出している。自身は槇島城を出て、「若江の城」に入った――この若江城の主こそは、三好義継であった。

信長は「追放」という形をもって、将軍義昭を処断した。殺さない。あくまでもこの漢は、一己の利権のために天下をとろうというのではなく、統(す)べるために天下を掌握しようとしているのだ。この違いは大きい。ここで将軍の命をとってしまえば、天下に悪名を轟(とどろ)かせることにもなる。まずは追放という、この状況下にあっては穏便(おんびん)な処分にとどめた――将軍義昭を宇治から追い落としたあと、信長は槇島城に細川昭元(あきもと)を置いて守らせ、自身はそのまま北上し、入京した。ここで京都所司代(「侍所(さむらいどころ)」の代理。治安維持のための機関)に、織田方の村井貞勝(さだかつ)という人物を任命する。実質的に、織田が京を押さえてしまったことになる。

はたして、このときである。「室町幕府」という中世最大の亡霊は、歴史のうえから消え去り、ここに終止符を打ったのだ。その片鱗(へんりん)は、足利義昭という男の面影のなかにのみ、生きつづけるのである。そして、七月二十八日——信長が朝廷に奏請したことによって、改元がなされた。

「天正」

である。この元号につかわれている二文字を見ても、信長が天下にもとめている気分というものを窺い知ることができよう。いよいよ、信長の独擅場である——武田信玄はこの世になく、将軍義昭も追い落としてしまった。いまや、宿敵ともいえる北近江の「浅井長政」のもとからも、つぎつぎと内応者が出てくる。信長はこれを好機と見るや、天正元年八月八日の夜中に岐阜城の門を開き、出馬した。

軍勢は、およそ三万。

織田軍はその夜のうちに、姉川を越えた——このとき、越前の朝倉義景が二万という軍勢を率いて浅井の応援に駆けつけ、北近江に到着している。いまここで、織田勢を押し止めなければ、次はまちがいなく越前に踏みこんでくるであろう……義景も懸命であった。武田信玄が恃みにならず、将軍義昭はすでに京から追い出され、幕府すらも信長の管理下にあるのだ。この状況は、捨て置けない。

浅井氏の救援に駆けつけた朝倉義景の二万騎は、まず琵琶湖北端の与語、木本、たべ山という三ヵ所に陣を布き、織田軍を取り囲んだ。八月十二日の夜になって、信長は浅井征伐を急遽中断すると、風雨の激しいなかを自ら先懸として馬を駆けさせ、まず湖北の地に布かれた朝倉方の陣に攻めかかった。ここに楯籠もっていた五百余りの朝倉勢はすぐにも織田軍に降伏し、そのまま信長は「ようの山」に馬を向け、朝倉方の番手（守備隊）として楯籠もっていた平泉寺の「玉泉坊」という坊主を攻めた。

「――是れ（玉泉坊）も御詫言申し、罷退く」

あっけなくも、降参である。ここから、朝倉義景の軍勢は崩れに崩れ、越前へと退却しはじめるのだ。信長は敵の敗走を見逃さず、馬を駆って急追する。越前敦賀まで、およそ十一里――この道々において、逃亡する朝倉勢の首数三千あまりを討ち取っていく。実検するにしても、大変な数である。山のように集められた首のなかには、信長に美濃を追い出された「斎藤龍興」のものまで紛れこんでいた。

さらに織田軍は、木ノ芽峠を越えて、越前の国中（中央）へと侵攻した。三万の兵が雪崩れとなって越前に押し寄せると、朝倉の敗色は、どうにも手がつけられないまでに色濃くなっていく。

ここで朝倉一門の武士団総領にして、義景の同族である「朝倉式部大輔景鏡」という頼りの者が、

「はや、館（一乗谷）を引き退かれますがよろしかろう」

そのように義景に勧め、越前大野郡内の山田庄「六坊」という地へ遁すのである。

この直後、義景の本拠地であった一乗谷に、柴田勝家を先鋒とする織田軍が大挙して押し寄せ、一帯に火をかけてまわった――織田軍が放った火は、三日三晩と谷を焼きつづけた。百年にわたって北国の雅な文化を誇り、また受け継がれてきた「越前朝倉氏」の栄華は、信長のまえに灰燼に帰する。

「これでは危のうござりまするゆえ、賢松寺へお移り戴くがよろしかろう」

景鏡のつよい勧めで、義景の身柄は賢松寺へと移された。

八月二十日の早朝――朝倉義景は、朝靄のなかに騒ぎを聞きつけ、目を覚ました。賢松寺を囲む軍勢がある。家臣に問い質せば、景鏡が率いてきた越前兵たちだという。しかしながら、護衛の兵でもない。同族の景鏡までもが敵である信長に通じ、義景をこの賢松寺に討ち取らんと、包囲したものであった。

「謀られた……」

――朝倉左京大夫義景、遁れがたき様体なり。

景鏡は国主である義景に対し、「腹を召し、首を差し出せ」と迫った。織田という圧倒的な力を誇る敵が、自国へと攻め込んでいるこのいま、同族から切腹を迫られるとは、何ともやりきれない話である。しかし、戦というものは、武力が衝突しあって勝敗を決することよりも、じつに「内部崩壊」による決着が殆どであるのだ。

「府中龍門村」

信長の越前における本陣は、ここに布かれている。景鏡は信長に挨拶をするため、この龍門村を訪れ、賢松寺で討ち取った主君「朝倉義景」の首を差し出した——義景の生首は早速に京へと送られ、獄門に懸けられる。さらに、義景の母である高徳院や、嫡男の阿君丸もまた、織田方の将である丹羽長秀の手によって間もなく捕らえられ、焼き殺しにされるのであった。

信長が、越前を出た——国境を越え、北近江の虎御前山の城に馬をすすめ——当初の狙いであった、小谷城の「浅井長政」を攻めるためである。ここで信長は早速、小谷城を囲むと、

「近江を出よ。かわりに、大和一国を与えてやる」

無益な戦いをするなと、長政に対して降伏を勧告した。ところが、長政は頑なに信長への臣従を拒むのだ——降伏よりも、武士の潔さというものを選んだのである。もとより、信長の言葉を信じられようか、という思いも少なからずある。

八月二十七日の夜、信長の命を受けた秀吉が、小谷城の京極丸に攻め入ると、まず

長政の父である「浅井久政」を自刃に追い込んだ。すると長政は継室であるお市を招びよせて、娘たちを連れて城を出るよう命じ、自身は父におなじく切腹を決意する。織田に降る気はないが、勝てる見込みもない。ついでながらいう――このときお市が連れ出した娘たちは、四人いた。長女の茶々、次女が初、三女は小督、庶女のくすである。このなかで、茶々は豊臣秀吉（木下藤吉郎秀吉）の側室となり、のちには「淀」と号し、慶長二十（一六一五）年の「大坂の役」で徳川家康に滅ぼされることになる。次女の初は、京極高次の正室として迎えられ、三女の小督は徳川家康の三男にして、徳川二代将軍「徳川秀忠」の正室となる運命にあった。いずれも、その後の人生は、日本史に深く関わっていくことになるのだ。

さて、浅井長政は――父の久政が自害した翌日のこと、自らの進退もここに窮まったと見るや、ついに白刃を握り、腹を割いた。父に続き、自害するのである。さらに長政には、十歳になる「万福丸」という名の嫡子があったが、

「浅井家の再興を謀らせてはならぬ」

と、信長が秀吉に命じて、この万福丸を美濃関ヶ原で磔に処するのであった。いまや信長を苦しめつづけた「織田包囲網」なるものは、ずたずたに切り裂かれてしまった。反織田派の崩壊は、武田信玄が病没したことに始まり――信玄逝去に連鎖する

かのように——将軍足利義昭が京から追い落とされ、室町幕府が露と消えた直後に、石成友通、斎藤龍興、朝倉義景、浅井長政といった面々とその一族が、あっという間に信長の手にかかって、滅ぼされてしまうのである。

いま一人、退治する時期に至った漢がある。

「三好左京大夫義継」

である。

義継は、将軍義昭が信長に反旗をひるがえしたころ、松永久秀と共に反織田同盟に加担した。この天正元年に至っては、京を追い出された義昭を河内の城に匿ってもいた。信長はこれを理由に、家臣の佐久間信盛に命じて、義継ともども若江城を攻めさせるのである。このとき、義継に保護されていた将軍義昭自身は、安芸国の大名「毛利輝元」を恃むため、十一月五日に若江城を出て、湊町「堺」へと入っている。毛利氏からの使者である、坊主を待っていた。安国寺恵瓊という——のちの関ヶ原の戦いで、石田三成や大谷吉継らと謀議し、打倒家康に動く僧である。

将軍義昭は、この毛利氏の使者と会合するために、実質的には織田軍のまえから逃げ出していたが、三好義継はままに若江の城に居る。織田軍を目のまえにしても、まったく逃げなかった……一方の信長は、降伏の勧告もしない。三好義継などは、ここで一思いに潰してしまったほうがよい。

「摺りつぶせ」

信長から義継討伐を命じられた佐久間信盛は、若江城に侵攻した。

このとき、討伐軍の先陣に立っているのは、大和の「筒井順慶」である。歳は二十半ばと、いまもって若い——順慶は、いまだ信長の臣下に属していない。ただし、織田麾下に入るためにも、はたらきは信長に准じている。そしてここに、順慶にとっての好機というものが、ようやく訪れたのだ——怨敵の松永久秀と三好義継が、共に将軍義昭に通じて、反織田派の旗を掲げたのである。この機を逸してはならなじと、順慶はすぐに、信長の家臣である明智光秀に恃んで、信長に隷属する意思を告げるのである。

順慶はただ一向に、信長に応えようとした。二年まえ——元亀二年の八月には、松永衆の首二百四十余りを討ちとって、信長のもとへと送り届け、久秀と和睦せよと云われると、その声の通りとし、久秀父子が武田信玄や将軍義昭と謀って織田を離反すれば、再び大和に松永父子と抗い、そして——久秀と共謀していた三好義継を若江城に攻めるに至ったこの今は、いちはやく先陣を願い出た。順慶は織田信長という天下人に対し、大和における筒井一族の力というものを何とか認めさせようと、懸命には

たらきつづけた。何よりも、

(大和はいずれにも、渡さぬ……)

という、想いがつよい。まるで、それのみがこの漢の信念であるかの如く、行動をさせ、奮い立たせている。また、いまや疑うべくもなく、宿敵となった「松永弾正久秀」という漢と戦うことによって、順慶は宗教者の信心にも似た、盲目の一途さを保ちつづけた。

一方、若江城の三好左京大夫義継である。

義継は、筒井順慶を先陣に立てる織田軍をまえにして、どうにも打つ手がない。兵数も、圧倒的に劣っている。さらには、織田軍の攻囲の疾さに、義継はついてゆけなかった。織田家との和睦の道はもとよりなく、気がつけば、三好方の家老であるはずの多羅尾右近、池田教正、野間康久といった三人が、主人義継を見限って、佐久間の軍勢を城内に引き入れるという始末であった。

義継はここに、死を覚悟した。

「是にて三好一家断絶申し候——」

女房衆や子息を自らの手で刺し殺すと、自身は天守から打って出た。「生きる」ということにも、覚悟が要る時代のことである……義継は攻め寄せる佐久間勢のなかに勇猛果敢に斬り込むと、敵兵の多くに手傷を負わせ、最期は自らの腹を十文字に掻っ捌いて、命果てるのであった——三好長慶亡きあと、傀儡の当主として、義継は命をつづけてきた。のちに松永久秀を恃みながらも、河内北部を統治するまでに成長したが、将軍義昭を保護したとして、天正元年に天下人「織田信長」の手配によって、踏み潰されてしまうのである。享年二十五。三好氏本家の血筋は、ここに途絶えた。

（若さゆえの無謀である。わしは、むざと命を投げ出しはせぬぞ）

と、多聞の城に楯籠もっていた久秀は、義継が自決した翌十二月の二十六日になって、多聞山城を信長に明け渡し、人質を差し出したうえで、降伏を願い出た。信長はこれを受け入れ、久秀父子は命をつなげることになる——およそ十日後の天正二年正月八日、久秀は美濃岐阜に入り、信長に謁見するに際し、天下無双の名物と世に知れる、「不動国行」という刀を献上して、赦免の礼を述べている。

将軍義昭と通じ、あるいは武田信玄と通謀して、織田にいちどは反旗をひるがえした老将久秀を、信長はここに許した。信長にとっては、およそ異例のことだ。この老将に、父の信秀や宿老であった故平手政秀にも似た、人の灰汁というものが、つよく臭ったのであろう——信長には、激しいまでに世を戦い抜く、漢の孤独といったようなものがある。信頼すべき家臣たちはあっても、父のような先人として相談に適い、頼れる人物というものがなかった。ふしぎと、この松永という老将は、一家臣というよりも、先人に近い恃み甲斐のようなものがある。浅井朝倉によって、越前「金ヶ崎」で挟撃されたとき、この久秀に救われたという経緯も記憶におおきいところだ。また、茶道に通じ、天下の名物を所蔵しているなどは、信長にとって人の面白味といったものをすら、感じさせてくれた。

つまりは、魅力である。まず、この漢は殺すよりも、活かしてつかえる人物だと判断した。信長を苦しめていた織田包囲網なるものは、ここに寸断されている。いまさら、久秀ひとりでは何ともしようがなかろう。信長の天下統一は、いまや目前にあって、当面の敵といえば「石山本願寺」率いる一向一揆だけである。天魔の心にも、余裕というものがあった。

「許してやる」

と信長は、岐阜を訪れた久秀を責めなかった。ところが、である――この老将、二度と信長に反旗をひるがえすのだ。

まったく、油断のならない老人であった。

弓削ノ三郎

天正五年、夏の八月である。

「いまより、信貴の城に退きもどるが善しと、いよいよ儂が心は定まったわ。よいか各々、いそぎ陣払いの支度を致せよや。これに織田とは袂を分かつ。大坂どの（顕如）と一味同心し、松永の手中に大和を取りもどしてくれようぞ――」

と、久秀は老いた声を太々と闇に響かせながら、陣中に顔をそろえた将士らを虎のような強い眼で見据えた。亥ノ刻（午後十時）。陣所に焚かれた篝火の灯りに、毒々しい色の羽をした一匹の蛾が、執拗にまつわり付いている。煌めくような鱗粉が、はらはらと闇に舞っていた。

この現今――久秀は、子息の久通と共に、摂津天王寺の砦に入っていた。六十八という老齢にして、大和の兵を率いて織田の石山本願寺攻めに参戦し、武装した一向宗の一揆らを相手に戦っている。この歳になって、まさか戦場に立ちつづけることになろうとは、ついぞ考えてもみなかったことである。奈良の東大寺に戦ってから、およそ十年が経つ。以降も久秀は、戦国という時代の激流に足を掬われながら、息つく間もなく濁流に押し流されるようにして、天正五年の夏に、この土砂だらけの土地に立っているのである。

(信長ばらめに、天下を儘にさせてはなるまいぞ……)

そういう気概が、この老将の胸中に、あたらしい闘争の火を熾していた。

(あの織田の小倅が喚いておるように、天下を一統にすることあらば、吾が大和は如何とならんものか。大和を奪り返さねば……ゆく末のみじかき儂などは、如何様になろうとも構わぬが、まずは大和じゃ……さても、織田の小倅の為様が事よ。左京大夫の殺しざまひとつも見れば、これ然り。吾が子の久通などは、天下一統の後には、国を追われ、肚を詰めよと迫られようぞ——この儘にゆけば、大和どころか、松永の家までもが信長の手で潰える事、真白うあるわい……)

「そうは、させまじ」

久秀はこの数日、ぐらついた奥歯を苛々と噛んでいた——そしてついに、本願寺顕如に向けていた弓矢を下げてしまったのである。これは、大坂本願寺と和睦し、つまるところ、信長に謀叛をはたらくことを意味した。

「この戦は織田の小倅のもので、儂の戦ではない」

久秀は突然のように言い捨てると、自軍の将士を夜のうちに陣中に集めた。

「いそぎ陣を払えよや」

声が、咽の奥に引っ掛かった。命じたあとに久秀は、咽に絡んだ痰を切って、地に吐き捨てた。下知の言葉に痰が絡むなどとは、いよいよ老いたものである。

（いそげ――）

いまや天下にその名を轟かせることとなった織田信長は、先年から、石山本願寺に楯籠もる顕如光佐の率いる一向一揆どもを相手として戦い、ここ大坂に打ち砕いてやろうとしていた。

くり返す――茅渟の海（大坂湾）に流れこむ幾筋もの河川に押し流された土砂が、堆積してつくられた洲のなかに、方八丁という広大な敷地を有するのが、一向宗総本山の「本願寺」である。後世、ここに「大坂城」が建てられる。

この大寺の四方に、信長は砦を十数ヵ所と築かせて、大坂方の交通を遮断し、本願寺の動きを封じこめてしまっていた。その向城のひとつである「天王寺」の砦に、松永久秀父子たちは城番として入れられているのだ。まさかのこと、この参戦を否とは云えない。四年まえ――多聞山城を立ち退いた久秀父子は、人質まで差し出して、信長に降った。それからというもの、織田譜代の臣である佐久間信盛の指揮下に、身分を預けられている。

「松永どのは、天王寺に入られたし」

と佐久間信盛に命ぜられた久秀父子は、大兵を率いて大和信貴山城を出陣し、織田の本願寺攻めに加わった。

その一方で——京を追放された将軍「足利義昭」が、あらたな「織田包囲網」を築こうとしていた——いまや公にも、甲斐武田家の当主として知られる「武田勝頼」と、越後「上杉謙信」を和合させると、さらには西国（中国地方）最大の大名である「毛利輝元」をも動かして、ここに将軍義昭は性懲りもなく、信長を天下から閉め出そうとしているのであった。その謀略の手が、久秀のもとにも伸びてきた。

「かの逆賊、信長を撃たしむ機の到来した故、そこ許も亦、これに義兵を挙げて余に同心し、毛利と上杉に馳走するよう」

義昭の二度の「打倒信長」の意思に、久秀はすぐに心を一つにしたわけではなかった。上杉謙信という、信長にとって「恐怖」といってもいい戦国大名が、反織田同盟に味方したことが、久秀に謀叛を促すための決定的な要因になったことは、まず確かである——が、何よりも大和国なのだ——久秀が信長に降伏したあと、大和の守護職は、山城守護「原田備中守直政」という人物が、兼任で任せられていた。信長がまだ尾張一国を根拠地としていたころ、赤母衣衆の一人として活躍していた漢である。この原田直政が、本願寺一揆衆の銃弾に斃れてしまい、大和の守護が不在となった。そこで、大和守護職にあたらしく任ぜられたのが、「筒井順慶」である。

ここでようやく順慶は、信長にその存在を認められ、宿願であった大和の進退を決する権利を手中にし、「一国の守護」という大任に就くのである。ときに順慶、二十八。織田軍の一将として世に名を知らしめ、ついに「大和国の主」となった。

(これでは、生煮えに死するもおなじぞ……)

一方の久秀は、これで国を失ったことになる。しかも、国主が順慶となった。まさかのこと、ここで一国の守護ともなった順慶と抗って、大和を取り返さんと再び槍を交えるわけにもいかない。そうとなれば、かならず信長は順慶に肩入れし、久秀父子を大和から追い落とすであろう。筋である。であったとしても、このまま信長の下で老体に鞭打ち、天下のために働きつづける気分というものは、もとより久秀の胸中には一片もない。

(わしは犬にはならぬぞ――)

軍神謙信が信長を誅せんと、越後から出てくるという。さらに前年、毛利氏が本願寺方に与して、籠城のための兵糧を運び入れるため、水軍をもって海上から大坂に攻め込み、織田方を散々に蹴散らしていた。

「味方せよ」

と、義昭から声がかかっている。

「いずれ織田と決せねば、大和は二度と吾が手に治まらぬ――」

「では、すぐにも父上の御采配に従いましょう」

と天王寺砦では、子の右衛門佐久通が、父が下した裁断に心をひとつにする旨を誓い、他の将士らと共に、早速と陣払いの支度に取りかかりはじめた――久通は父の若き日の面影そのままに、眉が濃く、鼻筋が固い。この天正五年で、三十五になる。伸ばした頬髯は父とは対照的に黒々としており、背がすらりと高かった。その久通がすぐに使番を陣所に呼びつけると、父の筆による書簡を手にもたせ、鬨の声にどよめく本願寺へと奔らせた。「今宵にも松永は織田を離反する」と、顕如に報せるためだ。並々ならぬ決意であった。前の降伏のおり、信長に人質として幼子を差し出しているのは、この久通なのである。ひとつ間違えれば、人質たちは殺されるだろう。

「おのれも、これに近う寄れ」

久秀が床几に坐したまま、背後に首をまわして一言した。返事がない。久秀はもう一度、幔幕のはずれで一際沈んでいる闇にむかって命令の声をかけ、矢を射かけるような視線を投げた。すると、夜の奥からククと悪戯に含み笑う声がして、暗黒に人の姿が彫りあがった。

「化生よ。おのれは、備州にゆけ」

「備州――」

と、墨染衣を着た法体姿の果心居士が、闇の中から現れた。笑った守宮のような面相を篝火の黄金いろの灯りに不気味に晒し、地に這う蛇のようすで、ゆったりと影から進み出てくる。その肩の辺りで、二匹の蛾が闇に舞っていた。

いよいよ不吉の塊のような男であるな――と久秀が、果心の異相なる容姿を目にしてつよく印象しながら、かっと咽に絡む痰を切って地に吐いた。

「備州は、鞆津にござりまするかな？」

果心が主人久秀の傍らに立ち、深々と御辞儀をしたあとに、静かな声で云った。

「……応じゃ。その鞆の御座に向こうて、松永のご挨拶と窺うて来よ。この久秀の心をとくと伝えよや」

「承りましてござりまする」

「たれぞおらぬか。これが居士に路銀を与えよ――果心、よいか。これが陣は引き払い、わしは信貴の城にもどる。ゆえに、おのれは鞆に用事を済ませたのちは、まっすぐに大和へ来い」

と、手にしている采の柄で、果心の腰を挨拶がわりにぴしゃりと叩いた。

「心得て、ござりまする」

果心は一礼すると、ほそい黒竹の杖をつきながら、無言のまま陣所を出た。

幔幕の外では、小柄な男が大弓を背に負い、古びた具足姿に抹額をして、篝火の灯りのまえに待ち構えていた。果心も顔見知った男である。久秀の配下ではたらく新参者で、

「弓削三郎」

という名であったと、記憶している。

「これへ参られよ」

その弓削三郎に案内されて、果心は勘定方から費用の銀を受け取った。そのまま笠をかぶって脚絆を締め直し、天王寺砦を離れた。

(ここにきては、さすがに弾正どのも、窮されてあられるようじゃったの)

果心は大坂の湿地を踏みわけながら、備後鞆津へと足を向けた。夜道を歩きつつ、焦土と化した比叡山の地獄のような光景を思い返している。

（さても織田の殿、天魔と称さる用捨のなさよ。弾正どのは、あれに刃向かわれる肚づもりであろうか……）

本願寺から時折と放たれる鉄炮が、夜の雲に渇いた音を反響させていた——虚しく爆ぜる銃声を背に聴きながら、果心は西をめざして陸路を急いだ。

およそ、六十里。

備州（備後国。広島県東部）の鞆までの距離である。

果心は天王寺の砦を出たあと、夜すがら歩き通して摂津尼崎を経、舞子の浜に根を張る美しい松の影をくぐり、播磨国へと入った。さらに、歩く——磯の風に吹かれながら海岸線を西へと目指し、ようやく須磨の白沙を踏んだのは、天王寺砦を発して二日目の夜のことであった。

この先、明石を越えると、六里も行けば嘉古川（加古川）という地に出る。これより、わずか半年ほど後——この加古川の地で、織田方の中国方面攻略の指揮官となった羽柴秀吉（木下秀吉。のちの豊臣秀吉）と、播磨の有力大名である別所長治（三木城主）の叔父、別所賀相（吉親）が会談を開くことになる。いわゆる「加古川評定」である。この会談に出席した別所吉親は、「別所は毛利方に一味同心す」と決意して、秀吉との話し合いは決裂する。ここに織田を敵とした別所氏は、およそ八千騎をもって三木城に籠城することになるのだが、やがて秀吉の徹底した兵糧攻めが行われ、この合戦は「三木の干殺し」とまで呼ばれるような凄惨な攻城戦となる。その結果、別所一族は悉く自刃に追い込まれ、ついに三木城は破れ去るのである。

その、加古川を越えた――果心がなおも播磨灘の白々とした美しい海浜を歩いて、備前との国境いにある「赤穂」へと出たのが、四日後のことであった。

右脚に、若干の違和感を覚えた。

古い傷があるのだ。過ぐる元亀二年の秋に負った、矢傷である――大和柳生庄の甲冑師の家を出たあとの果心は、多聞山城へ向かう途次において、突然と目のまえにあらわれた伊賀者たちに追い立てられ、右脚を矢で射られてしまった。そして、川に落ちたのであるが――あとの果心は、金銀が詰まった笈を川底に捨てて、やっとの思いで窮地から逃げおおせた――水流に呑まれながら、半里を下り、夜を待ってから川をあがった。まるで傷追いとなった兎の気弱さで山林へ逃げ込むと、這々の体で多聞山城を目指した。

そして、その後である。

果心はしばらく、多聞山の城下に身を隠していた。やがて右脚の肉に穿った傷はふさがり、臭気を放つ膿も固まってくる。小刀で何度も膿を削り落としながら、回復の日を待ちつづけ――傷も癒えて、普段のように歩けるようになった。

（さて、弾正どのに謁見願おうぞ）

ところが、久秀父子はこのとき、信長に多聞山城を明け渡して、信貴山城に退いてしまっている。果心はそうと知るや、足の向きを変えて、信貴の城に久秀を訪ねた。

「おう、化生か。今まで何処ぞにおったや――」

と、言葉もぞんざい無く信貴山城に迎え入れられ、久しぶりに弾正どのと茶室で会したものであったが、

（はて。面に、死相が出ておられるわい）

というのが、果心が最初に受けた久秀の印象であった。けっして、老いだけのことではない。病の兆候というようなものでもなかった。ただ化生である果心には、老将松永久秀の面相のなかに、命期の影といったものが深々と、皺にまぎれて刻まれているのが見えたのである――死の気配、といってもいい。以来、久秀の老虎のような厳しい面影のなかには、絶えず死色が取り憑いていた。

天王寺の陣中にあってなお、その不吉の色は老将の表情から消え去らない。不安なる死の呪いは、ますます濃い翳りとなって、久秀の老いた容貌を鬼気迫るものと見せ

ていた——尤も、死相などというものは、とても常人に見分けられるものではない。人の目に見れば、久秀の姿は凛然としてなお清々しく、号令の声ともなると荘厳といってよいほど鋭くもあって、大坂の一揆勢を相手に采を振る力などは、未だ力強かった。が、果心の眼には異って見えていたのである。化生ゆえか、人の姿のなかに取り憑く「死の影」というものが、つよく臭う性質なのだ。

（人とはいずれ枯れ細り、そして死ぬる生き物である——）

海が碧い。

「時の流れの、いや早きことよ」

赤穂の砂浜に、高々と根をあげた蒼い松の影の下に入ると、果心は右脚を投げ出すようにして、肥い根のうえに腰をおろした。古傷の疼きを揉みほぐして消し去ろうとし、しばらくと浜辺の白沙を洗う波の煌めくようすを眺めていた。

と、波打ち際の沙のうえ……椛の落葉かと見紛う、一疋のちいさな蟹がいた。

「————」

何をしようとしているのか、何処へ行こうとしているのか、まるで分からない。浜辺の蟹は、打ち寄せる波に何度も呑まれ、海水に削られる白沙に歩脚をとられては、まさに風にまかれる落ち葉のようになって、水際で転がっては起きあがり、ただそれだけをくり返していた。

果心は蟹の必死のようすを遠くに眺めながら、

「阿呆だ……」

と、白沙をさらう波音に耳を傾けつつ、久秀と会した日のことを思い、さらには興福寺を破門となった夜のことをくり返し思い返すのだった。

天正五年、八月も末のことである。


「さにして、かの魔と申される男はすでにこの世になく、死してその骸をいずれの山野に晒しておるのではありますまいか」

と、腕を組んで唸っていると、相手が静かな声で懇願した。

「命はこれにつづけておると、未だの風聞を耳にしましたるこの上にあって、あの者を野放し同然と捨て置くのは、いやはや、我らにとっては何とも憚られる次第にござりまする。ゆえに、こうして百地どのを御恃み申しあげたく、我らが再び参りました る次第にて……何卒、ご承知置きくださされますよう」

「生きていると、そう申されるのですな？」

百地丹波は先刻から、わざわざ大和興福寺を出て訪ねてきたという男たちに対し、何度も同じことを問い返しているのだ。たしかに生きているのか、と。

ところは伊賀国、喰代の百地屋敷の奥座敷。百地丹波は上座にあって、ふたりの客人と向き合っている——客は興福寺の僧侶、相稔と洞與だ。いまこの席には、はじめての訪問に見た老僧、恵臨の顔がない。過ぐる天正元年の夏の日に、臨終を迎えたらしい。その死は、老衰であったという。相稔が、太い声で話しつづけている。

「百地どのも、わが大和の西端にある信貴と申す山のうえに、大きな城を築きおる、松永という大名が事は御聞き及びかと存じまする——」

「貴僧が申されるは、松永弾正少弼どのであられまするな。いかにも、存じておりまするぞ。して、それがまた、如何なされたと？」

「果心は、そこにて身を隠し、悪事を働いておるとの風聞にござりまする」

「ほう」

その悪事とは、久秀の命令によって三好一族の者を毒殺し、日々に、生きた人の肝を食らって術の力を高めながら、さらなる呪法をもちいて前幕府の転覆までも謀っていたのだというのである。

（さてもよ……幻術を用いる天狗の者と申したとて、左様なことまでは叶うまいよ。この坊主どもは、はたして正気か——）

丹波は懸命な説得を試みようとする相稔たちとは対照的に、風聞についてはさすがにばかばかしくなって、口許に薄ら笑みをうかべて聞いている。しかし、である。風聞（うわさ）の火種がいったい何であるのかと考えれば、疑う余地もなく、大和の「松永弾正久秀」という漢の陰（かげ）にあるようなのだ。

（相違なかろう）

おもって丹波は心を正し、深慮（しんりよ）しはじめた。ふと、何げにである。座敷から庭へと、目を移したときであった……うす曇りのこの日にあって、庭のうえに敷きつめられた沙（すな）は波光のごとく白々と煌めき、目にもまぶしく輝いていた。そこに丹波は、亡霊を見た――庭の端に根を張っている、枸橘（からたち）の木である。その木がまるで、亡者のように蒼（あお）い影を白沙のうえに落としているのだ――と、一葉の青い葉が枝から離れて、沙のうえにはらりと落ちた。落ち葉は風にまかれ、嘲笑のような幽（かす）かなる音をたてながら、庭のうえを転がっていく。まるで、一疋のちいさな蟹（かに）が、沙のうえを横切ってゆくかのように見えた。

丹波はふいに、思い出した。この庭の手入れをしていた、一人の老忍のことをである。異名を木菟（みみずく）という。喰代屋敷に務めた、いまは亡き下忍頭であった。

（あれは永禄のころ、その松永のもとに買われ、八兵衛と共に東大寺に消えた……）

何か、因縁のことであろうか。思ったとき、寒々としたものが背を這った。百地丹波は咳払いをすると、

「相分かり申した――では、まずはそこの者に、信貴の城をのぞかせましょうぞ」

と、さきほどから濡れ縁の端で畏まっている影にむかって、命ずるようなするどい視線を送った。男は老齢の身を柿染めの野良着で包み、一口の忍び刀を膝もとに臥かせている。逞しい顎に白胡麻の無精髭をはやした、老忍である。

「よいか、おまえは大和信貴山の城へ向かい、居士の姿を捜し出せ」

「承りましてござりまする」

と、濡れ縁のうえで背を丸めている老忍が、厳粛な声で返事をすると、座に向かってしずかに平伏した――下忍、笹児である。丹波は視線をもどし、ふたりの僧を力強い目で見つめた。

「御坊、それにて宜しゅうござろうか。まずもって、この者にいそぎ松永の身辺を探らせたうえ、その風聞の真偽を暴き出し、もしや果心とやらの存命が実とあらば、これに斬って捨てさせ、わが屋敷まで首を持ち帰らせまする。しかしながら、申されておらるる風聞が、偽りと覚えましたるときには――」

「そのときには？」

「もはや、貴僧らが探しあてようとなされておる魔性の者は、すでにこの世に命なきものと思し召しくだされよ。もとより天狗などとは、莫妄想が事。斯様な風聞もまた然り、つまらぬ人の法のひとつに過ぎませぬ。譬わば、その悪事とやらが、万に一つも天狗の法として、およそ呪なるを本となす幻術か、左様に似たものに相違ありますまい。なれば、まずは耳を貸さぬことが、肝心かと存じあげる」

「しゅ、と申されまするか？」

「いかにも左様」

と丹波は、もとより呪いなるものに、正体はないと言葉をつづける。悪霊や、見えざる力などは一切がまやかしであって、呪もまた暗示の伝染のことに過ぎないと云うのである。人の心にある不安や、悪心そのものに取り憑く「言霊」が尾鰭をつけると、さらなる人心の不安を紡ぎながら、人の声から声を伝って世を泳ぎはじめる。忍びの法に云う、流言にちかい。これが呪の法なれば、わが耳を塞いで、心を静かにしてさえいれば、いずれ収まるというものである——不吉を信ずれば、不吉に煽られ、不吉を起こす。一種の連鎖であった。あるいは、悪循環。占いも、これにおなじ仕組みであり、いずれも湖面に一石を投じて、波紋が広がるを見るようなものであって、人の心の乱れに暗示の言葉を投じるだけのことだ。呪には、およそ実体となるものは何もない。信ずる者の心にのみ、具体性もなく存在する。つまりは、まやかしなのだ。

「呪もまた信心とでも申しあげますれば、諒解くだされようか——いまや貴僧らこそが、天狗の力を信じ、風聞に心を乱し、不吉を望んでおらるる。それ則ち、呪の本源にござる。信ずれば信ずるほどに、呪は蜘蛛の糸の如く、貴僧らの心に絡まりまするぞ。さすれば、わが手にはいよいよ及びませぬわ」

相稔は、ばつが悪そうに苦笑をして、丹波の声にじっと耳を傾けている。不吉を望み、狼狽えているだけのことだと、暗に指摘されたのである。傍らに坐る洞輿の顔もまた、恥じらいだように火照って赤い。

「……及ばぬ、と申されまするか?」

洞輿が蚊の羽音のような、ほそい声で訊ねた。

「ご両人に、改心を望むなどとは、とても畏れ多き事かと存ずる。俗人であるこの丹波が、差し出がましい真似をするには及びますまい、と申し上げましたる次第にて。何よりも興福寺どのは、御仏の使いにござりまするからな。心を安らかになさる事は、日々に容易うござろう。もとより呪というものは、なかなか安心に寄りつけるものではありませせぬ。心乱せば、取り憑きもしまするがな——如何か?」

丹波がそう答えると、客人はいよいよ畏まって、髪のない頭を低くした。

「さて、われにしてもまた、流言に心を染めてしまえば、いずれの不吉を招くとも限りませぬ——そこで、日の浅き内にも、手の者を幾人ばかりか信貴の城に向かわせ、悪しき風聞の根の元となるものを調べさせまする。天狗を偽るまやかしの者が行く手にあらば、これにて斬り捨てにさせましょう。如何あろう。それにてまだ、事は足りぬと仰せられようか」

十分だと、相稔たちが慌てて返事をした。ふたりは示し合わせて姿勢を正すと、上座に向かって御辞儀をし、いそいそとした様子に退室してしまった。

（坊主め——）

客が去ると、丹波が苛立ったような溜息をついた。心中すでに、穏やかではない。

（しかし乍ら、である……その男が破門された夜、如何様な術を用いて、同門の僧の心ノ臓を切りとったものかが未だ分からぬ。毒を学び知りたるものか……）

濡れ縁を見た。睨みつけるような視線である。

「笹児よ、いまの通りである。おのれは直ぐなに大和へ入り、男を殺して来う。まやかしの居士は、まだ生きておるわ。馬鹿め」

丹波は僧の手前もあって、本音は包み隠していたが、じつのところ、深慮の末に果心居士は生きている、そう判断していたのであった。

「あい」

と笹児が、丹波の声に返答をしたあと平伏し、縁の床板に額を押しつけるほど、頭(ず)を低くした。失態を思い出し、ここに恥じている。

「よいか、笹児よ。うぬらが大和安郷川(あんごうがわ)で居士を仕損じたことは、たれにも口外するでないぞ——すべては、この伊賀の恥の事ぞ」

「申し訳もありませぬ……」

「おのれの手で、決着(けっちゃく)せよ。果心とやらの首をあげ、死んでおれば、骨をひとつ残らず拾(ひろ)うて来い。つぎは抜かるなや、笹児」

「何と申し上げますれば宜しき哉……斯様(かよう)なことと相成り、言葉もございませぬ」

「よい。それよりも、まやかし者の首を持ち帰れ。この仕事(つとめ)に伴(とも)する下忍も代えよ。半助や梅造では、どうにも天狗殺しは叶うまい——いかぞや。たしか、郷(さと)には四貫目がもどっておるやな?」

「あい。あれを使(つこ)うても、宜しゅうございまするので……?」

「構わぬ、使え。同門の者なれば、気心も知れておろう。わしの直命じゃと申し伝えて、大和へ連れてゆくがよい。よいな、笹児。おのれは向後(こうご)も、下忍どもの組頭として立振舞と共に用心を心掛け、ますます仕事を励まな成らん。まやかしなどは、早うに始末してしまえ――何としても、首を獲って来い」

「有り難きは頭目の御言葉。たしかに、承りましてござりまする」

笹児は厳粛な声で返事をし、あらためて平伏した。その姿勢のままで、丹波が座を立つ音を肩に聞いている。

(これは難儀なことになってしもうたわい……頭目は、呪などと申されておったが、このわしこそが、どうにも天狗の呪わしき糸に引っ掛かったようじゃわ)

笹児は、端から居士殺しなどには興味がなかった。ところが、安郷川での失敗があり、さらにここへ来て百地丹波は本気で首を獲って来いと云うのである。これは自身の手で、何としても事の始末をつける他に道はない。

(こうなれば、わしも肚を括らな成らんぞ――あの居士め、生きとるや云うなら、いよいよ覚悟しくされよ)

喰代屋敷の門を出たあとの笹児は、鼻息も荒々しく、天狗狩りの支度を調えるために、家路をいそぎ駆けもどった。

てっぽうと梅鉢

ひどく、汗が匂う。

肉づきのよい顎に黒々とした美しい鬚を垂れ、一見したところでは、流浪の身の上であるとの印象はない。この男、顔の造形ばかりか、軀全体が福与かな丸みのある輪郭を帯びてきている。口の両端には鯰のような八字の髭をはやし、鼻の下には玉の汗をかいて、いまもって策謀好きのする黒い睛を爛々と輝かせていた。

「直答許す、申せ。霜台（松永久秀）は如何なる所存であるか」

雲雀のような甲高い声で、命ずるように云う――将軍、足利義昭である。義昭は御簾が落としている、涼しげな影のなかに腰を据えている。すでに秋も深まった季節だというのに、片手に扇をひろげ、はたはたと頸の根もとの汗をあおいでいた。

天正五年の八月も末のことである。

将軍義昭はこのいま、備後国の鞆に建つ古刹、「常国寺」を御所として身を寄せていた。とうぜん、独りの身ではない。この男に孤独は耐えられない。大和興福寺の一乗院に身を置いていたその昔から、かならず身のまわりに人を侍らせていた。

この鞆津に入るにあたっても義昭は、御局様（側室の春日局。のちに徳川家光の乳母として知られる「斎藤福」ではない）をはじめとして、上野秀政、真木嶋昭光といった側近の者らを二十人ばかり随行させて来ていた。さらに、将軍がこの常国寺に棲みついてからは、あたらしい侍臣が側についている。毛利氏に属し、鞆津の名家としても知られる山田渡辺氏の末裔にして、名を渡辺景という——鞆の御所においては、この者が義昭の摂待役を仰せつかり、また警護役としてもよく働き、いつ何時といわず流浪の将軍の側に控えていた。

この渡辺景の先祖を家系図のうえに指でなぞって遡れば、先祖は大江山の酒呑童子を退治した「渡辺綱」に辿りつくことができる。渡辺綱とは、言わずもがな「頼光四天王」のひとりであり、京都の一条戻り橋のうえにおいて、羅生門の鬼の片腕を名刀「髭切りの太刀」で斬り落としたという逸話をもつ、あの渡辺綱のことである。その後裔となるのが渡辺持という人物であり、この人もまた足利尊氏に仕えて戦功をあげたという武辺者であった。そうした血族の縁もあろうか、渡辺景はここに「最後の足利将軍」となる男に臣従しているのである。

その景は、義昭の傍らに控えたまま、視線のさきを同じくしていた。庭のうえを、しずかに見下ろしている。

殺風景な、庭であった。

濡れ縁の向こうに、黒々とした人の影がひとつ、まるで置石のように蹲っているだけである——その男は、総髪にして着物は墨染衣、傍らに黒竹の杖と笠を伏せて置いていた。平伏する姿はまるで、地面のうえの沙を胸の下に搔き込もうとしている海亀のように見えた。

「いつの事ぞ」

義昭が啼くような声で、聞きかえした。

「十日ほどまえの事にござりまする……」

と、庭のうえの影人が、声を発した——はたしてこの男、大和松永久秀からの使いとして下向した、果心居士であった——こうして果心が、将軍となった足利義昭の面前に姿を見せるのは、初めてのことである。その過去においては、いまは亡き越前朝倉義景の一乗谷に忍びこみ、この覚慶（義昭）の影のなかに取り憑いたこともあった——日々に声を盗み、一挙一動に目を瞠りながら、ときには夢枕に立って、寝言にすら聞き耳をたてたものであった、が——このときのように、陽の下に進み出て、自身の存在を相手に明らかにしたことは嘗てない。

(この覚慶めは、そうとは知らぬであろうな)

おもって先程から、果心の伏せた顔は、不謹慎にも悪戯な笑みにゆがんでいる。偏に、慢心から零れる微笑である。どうにも童子の気分といったものから、抜けきらない男だ。もとより化生なるものは、「人」というものを慎まぬ性分にあり、果心に至っては自身の術を誇ってもいる。一乗院覚慶こと将軍義昭は、越前一乗谷でのことは何も知らぬ。そう思うと、可笑しくてたまらないのであろう。ただ――その声色だけは厳かなふうを装い、将軍の質問にも明朗に返事をしている。

(不審奴じゃ……)

義昭の傍らに坐っている渡辺景が、庭のうえの使者に冷ややかな視線を向けていた。膝もとには、太刀一口。何かあれば、斬り殺す。

「あの堅固さに、変わりは無いであろうな」

義昭はそう訊ねながらも手は休めず、あおぐ扇の音が耳障りなほどにうるさい。まるで翼が折れた鳥が、何とか飛び立たんとして、御簾のむこうに羽ばたいているような雑音であった。

「此度の同心が事に、ますます意気を揚げておりますれば――」

一層と堅固である、と果心は答えておいた。うそ、である。果心は久秀の面影に、死相を見ているのだ。久秀は、随分と変わった。

「なれば、よい」

義昭は、満足げである。この使いの者の報せによれば、松永父子は信長を離反し、すでに天王寺砦を引き揚げ、大和信貴山の自城に入ったという。ここにあの老将久秀は、籠城戦の覚悟をもって、反織田同盟に参画するというのだ。さきに義昭と通謀している戦国最後の軍神「上杉謙信入道」が北から織田を追い込み、足許から大和松永が火を焚き付ければ、少なからずも信長は窮するであろう。これに大坂（石山本願寺）が勢いを盛り返し、東から武田勝頼が進軍する――そして、この中国の毛利氏が余の身を推し頂きつつ、大挙して京へ押し寄せるのだ。

（京が懐かしい……）

すでに将軍義昭は、信長の詫び言を想像して、胸が躍るようであった。再びの上洛も、そう遠くない日にある。幕府再興を脳裡に思い描きながら、義昭は目もとを笑ませ、近くに控えている渡辺景を見た。将軍の汗だらけの笑顔に、景は目礼で応えるしかない。何故に頬笑みかけてくるのか、景に策謀家の心中はうかがい知れなかった。

「では、霜台に申し伝えるがよい――」

義昭は扇を畳んで、庭のうえに畏まっている居士を指しながら、一層と声を高くして云った。信長に勝利するを夢見て、亢奮しているようだ。

「この日をもって、大和守護に任ずる——大和は松永父子に呉れてやるぞ。よいな、左様の証文をつかわす故に、そちはこれに待ちおれ」

と言い捨て、義昭はゆっくりと膝を立てたあと、意気揚々とした姿で座敷の奥へと消えていった。果心居士は庭のうえで平伏したまま、

「有り難き幸せに存じあげまする」

慌てて返事をしたが、すでに将軍の姿はない。おなじく渡辺景も、座を外していた。

(大和を呉れると仰せある……ふん、ばかな話じゃ。いまだ世の事を分かっておられぬようであるわ)

国の所有権は、将軍の自由な意思によって決まるものではない。それどころか、このいま大和国は、織田信長の版図のうちに数えられているのだ。まずそれが、当世の常識というものであろう。またさらに、大和守護は「筒井順慶」であると、諸国諸氏が周知するところでもあった。この将軍は、絵空事の世を夢見ているにすぎぬ——足利義昭に謁見したことで、果心は反織田同盟というものの危うさを、ひしひしと感じ

とっていた。

（さにして、何故の事に弾正どのは、無体なる将軍なぞに合力されるものか）

果心には、疑問である。久秀のような「人の主たる」立場に立つ男の心中を、とても理解できなかった。所詮は、自儘に生きる居士の分際だ。果心のような者は、その生涯において、一己の自由を思えばよい。しかし、一国の主人たる者はそうもいかない。もとより国（土地）がなければ、家臣やその家族たちを養えず、養うためにも作物を育てる田や畑となる土地が必要であった。領地に人を住まわせ、日々に頭上の陽射しを和らげ、雨露を払い、令を布いて国と成し、この時代にあっては他国からの侵略を防ぐために強い軍兵を育て、また要害堅固の城を築いて国の防壁とし、自国民の生活を保護せねばならないのだ。それが、「国」というものであり、松永久秀にとっての国とは、「大和」に他ならなかった。

この現在――大和国は、織田信長の領地であり、守護大名「筒井順慶」の手によって管理されようとしている。久秀の居場所はすでに、失われたも同然であった。となれば、家臣を放逐したあとに自身は出家の身となるか、あるいは隠棲するかして、一己の余生を歩むしかない。あるいは、家臣ともども国をもとめて戦うのである。その決断の責を負うのもまた、主人たる者の務めだ。

久秀は、ここに決断した。

居士輩とは異って、とても将軍を無体（役に立たないもの）とは、思っていない。足利義昭の声が、反信長派をつないでいるのだ。一大名の呼びかけだけでは、こうも上手くはいかなかったであろう。残るは結果として、織田信長を倒せるか否かであったが、それは義昭に期待するところのものではない。上杉謙信をはじめ、武田勝頼、毛利輝元、本願寺顕如率いる一向一揆、そして松永久秀自身の采配にこそ、勝敗はかかっているのである。この反信長派の采配が同調すれば、まず勝てる――そう久秀は、睨んだ。ここに新しく実ろうとする、反織田同盟に天運を賭けたのだ。

くり返す――この反織田同盟の首謀者こそが、第十五代征夷大将軍なのである。信長と抗するにあたり、大義名分となる人物はこの足利義昭をおいて、天下いずれも他にない。合力するのは道理至極、当然のことであった。この鞆津に匿われている将軍と同心することによって、はじめて久秀は天下に戦の大義名分を知らしめるを叶い、反信長派の大名たちに与することで、敵対する相手と戦力が拮抗するのである。久秀の軍兵だけでは、とても信長には勝てない。

（勝たねばならぬ――）

筒井順慶が、大和守護となったその瞬間、久秀にとって信長に服従するは「国を放棄する」ということの意味に成り変わった。久秀の気骨は老いてなお固く、枯れ細るばかりの老身を、いまもって力強く支えていた。ここに未だ恥を感じることのできる、意地が残っているのだ。

（わからぬ……）

果心には、生きるという意味においての「意地」というものがない。気分の自由にまかせて道をゆく者に、命を賭すような意地は必要ではなかった。だから、わからない。一介の居士に、人の行いにおける善か悪かの道理はいずれ解ったとしても、家運や天命を大事とする武将の生き様というものは、生涯をかけても理解の範疇にないのであろう。

（はて）

どうにも、奇怪で仕方がない。その「意地」なるものは、宗教にいうところの、信心ともまた異っているのである。

（それが何であるのか……）

果心には、大いなる疑問のままであった。さらに、である。何故に、放浪の将軍を頼るのか――この居士に限った思いではない。およそ世の人々の大半が、第十五代将軍足利義昭を恃みとは思っていないのである。将軍宣下のあったその日から、公方尊崇(すう)の声を一度として巷(ちまた)に聞かなかった。

「悪御所」

将軍義昭は、そう呼ばれてきた。

（大和を呉れてやるとは、あまりにも世を軽(かろ)んじられてはおられまいか）

庭に畏まったまま半刻と過ぎたころ、ようやく「大和を松永に譲る」との言葉が認(したた)められた将軍の朱印状が、果心の手もとに渡ってきた。義昭本人は顔も見せない。すでに御所の奥で、自身の用事に忙しくしているらしい。代理人として、まるまると肥(こ)えた小姓(こしょう)がひとり、濡れ縁のうえにあらわれた。

「そこ許(もと)のあるじに、よしなに伝えよ」

と片膝をつきながら、主人そっくりに高い声で言葉をかけて、庭のうえの居士に書簡を差し出した。

「これは有り難き幸せに――」

果心は、当世にとって何の意味を為(な)しもしない、将軍からの紙きれを大層らしく押し戴(いただ)いた。冷ややかな目が、果心を見下ろしている。

「ふねの用意がござる」

と、小姓が懐中からべつの折り紙を抜き出した。眠そうに目をほそめたあと、ゆっくりと手をのばし、果心に紙を手渡した——見たところ、乗船の許可を命ずる、という御所様お墨付きの手形であった。

「あすの寅ノ下刻（午前五時）に、ふねが竹ヶ端から出る。大坂に向かうものゆえ、そこ許の旅の楽になろうとの、公方様のお心づかいであるわ。よしなに致せ」

「有り難く、拝領つかまつりまする……」

果心はいまさらながらに、将軍義昭という男の滑稽さを感じている。一々に書簡をもって命令を下すという癖が、どこまでも抜け切らないらしい。

（よくよく筆に執着なされるは、何ともめずらかなる将軍じゃな。万事がこの為し様によって、人にものを命ずることがお気に召さるるようである——）

果心はしずかに平伏したあと、膝の沙をはらって立ち上がり、御所を出た。笠をかぶって黒竹の杖をつき、夕暮れの陽の明かりで朱いろに染まった路のうえに、歪な影を曳きながら、

「わしは、およそ船というものを知らぬ」

と、あたらしい遊びを見つけた子供のように、おおきな眼に喜色をうかべ、潮のにおいを辿りはじめた。

海に出た。

夜闇が迫るなか、「関船」と称される毛利水軍保有の軍船が二隻、幾筋もの白い波頭を刻む暗い海のうえに、大きな影を黒々と浮かべていた。船津には筋骨隆々とした男たちが忙しく働く姿があり、積み荷となる品をつぎつぎと船のうえに運んでいく。まるで、浅瀬に打ちあげられた二頭の鯨の遺骸に、蟻が群れている様子を見るようだ。

果心は海浜に杖を刺しつつ、船影へと近寄り、

「もうし――」

と、船子（水夫）のひとりを摑まえた。男の腕をとって、鞆の御所で頂戴した「乗船のため」の許可状をみせた。

「将軍様の御内書じゃ。たれぞに取り次ぎ願えぬかや」

足利義昭の花押が入った書状は、すんなりと船子の手から船長へと渡り、待つ間もなく、乗船なされよとの声が果心のもとへと返ってきた。京とは違い、この船津あたりでは、将軍義昭の威光というものにまだ翳りはなく、目にすら眩しいようである。

果心はあごの紐をゆるめて、

「ほ、賑やかな市のようであるな」

と嬉しそうに声をもらしたあと、笠をとって、しばらく荷駄のようすを眺めていた。見れば、海のうえで薄らと光っていた月が、白銀の刃のように明るく輝きだしている。果心は一通りの見物を済ませると、これから石山（大坂）へと届けられる米や塩、火薬や矢玉といった荷と一緒になって、関船に乗りこんだ。

船上にて一夜。

そして、海の彼方が朝日に滲みだした、寅ノ下刻――織田軍に包囲されている本願寺への救援物資と、果心居士を乗せた関船二隻は、いよいよ備州の海岸を離れ、大坂を目指して、瀬戸内の碧い波を割りはじめた。この関船の他にも、大坂を目指す船がある。二十人乗り程度の「小早」と呼ばれる、ちいさな警護船が六艘――まるで親を慕う子鯨たちのように、関船の傍らで白波を立てていた。その警護船の影を左手に眺めながら、

（これは苦労の要ることよ）

と、果心居士は船のゆれに身体を立てて居られず、ついには船梁のうえに胡座をかいて坐りこんでしまった。当初の船旅に対する期待感や楽しさなどというものは、疾っくに心から消え失せている。果心はしばらくと黒竹の杖にすがり付き、船の縁に身を凭せ掛けていたが、一向に止まらぬゆれに酔いに酔った。

「はや、堪らん……」

と、船から身を乗り出して、白々と砕ける波のうえへ、胃のなかのものをすべて吐き出した。嘔吐したあとは、坐っている我慢もない。果心は梁から降りて、船底に四肢を投げだし、そのまま臥転がってしまった。あとの記憶は、船子たちの唄声と、うんざりするような波の音だけである。

「坊さまや……」

声がした。

「やれ、坊さま。船に乗らっしゃるのは初めてけえ――？」

気がつくと、ひとりの船子のおおきな顔がのぞきこんでいる。潮焼けした顔は岩のようで、前歯二本ともが抜け落ちて、唇の下の黒い穴になっている。そのためか、話す声も隙抜けているようで、何とも聞き取りづらい。厳めしい両肩に、夜の月の光が滲んでいた。果心は眉を苦々しく寄せて、男の顔を煩わしそうに見返している。

「お頭が、これを呑まっしゃれとや。その分より、らくになるでよ」

と男が、片手に提げている竹筒を差し出してきた。なかは酒のようである。果心は咽を鳴らしながら上体を起こし、竹筒に口をつけた。呑んで呑んで――そして、すべてを吐いた。

「さに、慌てなさることもあるめえにさ」

船子は大笑いして、果心の横へと腰をおろした。名を、への助という。船酔いにあっては、会話でもすれば気も紛れてよいだろうと、への助が果心に付き合った。しばらく船底で身の上を語りつつ、船酔いに弱った居士に、この関船に乗る経緯などを物語らせた。

「うへ。坊さまは、それで遠路はるばると鞆の御所まで参られ、将軍様の御顔を拝見なされたと申されるのけえ——やあやあ、それは何とも大義なことでござりまするわい。さて、御教書とやらをこれにお持ちになられておりまするか？」

「ああ、これにな」

と果心は、将軍義昭の朱印状をおさめた衣の胸もとを叩いて、渇いたくちびるを舐めた。すると、への助が両手を頭のうえで合わせ、果心の胸元に向き直りつつ、

「なむあみだぶつ、なむあみだぶつ……」

と、一向宗の名号を口のなかで唱えはじめるのであった。

(ほお。かような船子らにまで、大坂の功徳が染み渡っているか)

果心は一瞬ながら、あるいは信長はこの名号によって負かされるやもしれぬ——と、久秀の離反の理由に納得する思いがした。

「さきの酒が事は、可惜なことをしたわい」
と、また果心が生臭くなった舌で、くちびるを舐めた。への助はその様子を見るなり、べつの酒を用意しましょうと返事を残して、身軽な猿のように船尾へと上がっていった。

翌日も、まったく立てなかった。

果心は積み荷そのものとなって、昼夜の区別なく、米俵や塩の入った樽などと一緒に船底で倒れている。何度か目蓋を開いては、運ばれた餉を尻目に掛いて、胃液を吐いた。餉の代わりに酒を所望し、酔っては板敷きのうえに力なく倒れ、起きあがってはまた酔った。目を閉じていても、頭のなかが黒い渦に巻かれたように回っている。

「着きもしたや、降りやれ——」

声に起こされて、果心は老いた猿のように、黒竹の杖にしがみついた。幾日を経たかも、判然としない。ここからは、伝馬船に乗り換えるように云われ、船子たちに肘をとられたまま、関船を降りた。ふと見れば、ここはまだ海上である。空には、黒鉛を流したような重々しい雲が低く垂れ込めて、朝か夕かの区別すらもはっしりとしない——暗澹たる雲に、割れんばかりの雷鳴が鳴り響いていた。空に稲妻が走り、白光が、海面にしわを寄せる波間の影を払い除けた。

「や。これはまた、比類なき見事な……」

雷光が引いたあとに、果心居士はおもわず声を張りあげた。伝馬船のゆれに身体をぎこちなく立てながら、海上一面に所狭しと浮かんでいる毛利水軍の船影を見た。すでに大坂本願寺へ兵糧を送り届け、あるいは織田軍を打ち砕かんとして、海上から狙(ねら)い定めている凄(すさ)まじい数の軍船が、茅渟(ちぬ)の海に群れを成しているのだ。この光景こそは、まさしく——覇王(はおう)信長に対する、天の恫喝(どうかつ)の声そのものではないか。果心は、天下統一の険しさというものを小舟のうえから遠望しつつ、

（信長という御仁は、これなるを相手にしておることを入立(いりた)ちながらに、なお抗(あらご)うても天下を取らしめんとするものか）

と、驚嘆していた。この夥(おびただ)しい数の軍船というよりも、むしろ織田信長の野望にこそ愕(おどろ)かされるのである。

小舟に単身乗り込み、果心居士は陸地を目指した——いや、ふたりである。舟の尾に立って艪(ろ)を握り、海水を掻(か)いている漕手(こぎて)がいる。への助、である。

「へい、本願寺のお側まで、供奉(ぐぶ)つかまつりまするでさ」

「それはまた、忝(かたじけ)ないことだ」

果心は舟の舳先(へさき)に坐って、左右にそびえ立つ軍船の影を眺めつづけた。やがて、茅

渟の海に屯する軍船の向こうに、黒々とした海面が開けてくる。果心を乗せた小舟は、毛利水軍の群がりから抜けだすと、黒い海に白波を引きずりつつ浅瀬に入った。安治川の河口に舳先を向けて、さらに川をのぼってゆく。

しばらくも川面を漕ぎ進むと、草の生い茂る岸辺に、無惨に焼かれた松の木の影が見えてきた。筆を撥ねて描かれた、墨絵のなかの樹木を見るようである。その木の根もとに、柿いろの衣で身をくるんだ琵琶法師が坐りこんでいた。まるで、赤子でも抱いているように楽琵琶をかかえ、右手に握った撥でしずかに絃を掻いている。やがて、琵琶法師が叙情のこもった、ゆれるような美しい声で謡いはじめた。

荻の葉向けの夕あらし　独りまろ寝の床のうへ
片敷く袖もしをれつゝ
更けゆく秋の哀れさは、何国もとは云ひながら
旅のそらこそ　しのび難けれ

果心は舟のうえにあって、川上に広がる暗雲を眺めながらと、琵琶法師の詞にじっと耳を傾けていた。平曲（平家物語）の一場面である。いつしか琵琶法師の声は背に

ながれ、次第と遠ざかり、消え入るように細くなってゆく。ただ楽琵琶の音だけが、いまも果心たちの耳に哀しげに縋りついて聞こえていた。

「祇園精舎の鐘の聲、諸行無常の響あり――」

と果心が、適当な節をつけながら、川岸に聴いた琵琶法師の声色を真似て謡いはじめた。

「沙羅双樹の花のいろ、盛者必衰の理をあらはす……であったかの。春の夜の夢のごとき儚く、猛き者もつひには滅ばんと」

「何のことですな？」

への助が、後ろで櫓をしずかに漕ぎながら訊ねてきた。

「さてな。人はたれもが皆、終ぞは滅びゆく運命にあるといったところかのう」

「哀しいことを申される」

「はて、何が哀しいものか――」

と果心は云って、しらしらと笑った。

(死ぬるを忘れ、生きておることに思驕った者の日々こそ、哀しきことだ)

舟が、着岸した。

「いまにも日が暮れまするで、暗うなれば、さそくに案内つかまつりましょう」

と、への助は肌理の粗い砂地へと舟を引きこみ、群生する葦の陰に隠した。いましばらく息をしずかにして、ここで刻をやり過ごすのがよろしかろうと、酒の入った吸い筒を差し出してくる。

「いや……酒のことなれば十分、たぶやか」

果心は苦笑まじりに、飲酒を断った。断って舟の縁に手をかけたあと、ひどく泥濘んだ地のうえへと片足をおろした。陸地を踏みさえすれば、ひとまずは安堵もしようと思っていた。が、蛇の背でも踏んだように、地面までもがゆらゆらと波打っているではないか——果心はおもわず両膝に手をついて、屈みこんでしまった。

「それ、まだふねに酔うていなさるのじゃ。遠慮無う、一口してくだされ」

誘われるままに、酒を呑んだ。

しばらく吐き気を堪えつつ、果心はへの助と葦の繁みに身を隠して、時を忍んでいた。すると、への助の潮焼けした顔が空を見上げて、

「暮れましたようすに——」

低声に云うと同時に、本願寺のある方角に凄まじい銃声が沸きあがった。まるで百本の竹が火に割かれでもしたような、激しい炸裂音が夜空に木霊した。

「この中を行くのかえ？」

果心が不審げに訊ねると、

「わしらの姿は見えませぬでな」

への助が、目もとを笑ませて歩きかけた。その後ろを付いて行こうとして、果心が足をもつれさせ、泥地のうえに両手をついた。船酔いが酷(ひど)い……いや、あまりにも酷すぎる。これは酔っていると云うよりも、眩暈(めまい)を引き起こしているのだ。そう思ったとき、であった。果心は舌のさきに、痺(しび)れのようなものを感じとった。

（こやつめ、まさかのこと……）

途端に地面が逆さまになり、まるで蚊帳(かや)を透かしてものを見るように、視界が狭(せば)まりはじめた。すぐ横には、への助と名乗る男の、歯の抜けた笑顔がある――果心のおおきな両眼は、この男の頰笑みのなかに、弱き獲物をとらえた猫のような狡(ずる)さを見つけ出していた。

（酒のなかに、何かをいれおったな……河豚(てっぽう)の毒か……相違ない、毒を……こやつ……将軍(くぼう)に敵するいずれの家中にあって忍びを働く、間者(かんじゃ)であったか――）

「たば……たば……」

声が出なかった。

（たば……謀(たばか)りおったな……）

指のさきまでもが、痺れに包まれはじめていた。果心は目を真っ赤にして、男を怨みがましく睨みつけた。破顔っていた。

「坊さまよ、この背に乗りなされ。さあさ。わしが背負って、しんぜよう」

いよいよ手柄顔である。と、いきなりであった。男は気を失いかけた居士を担いで背に負うや、表情一変、まるで鬼のような厳めしい形相となった。鬼は葦の繁みを踏み分け、風神さながらに闇を疾駆した——轟々と、風を切り裂きながら——走る。への助と名乗る正体不詳の男は、黒髪を夜風に振り乱しつつ、毛ずねに泥を撥ねつけながら、鞆の将軍と松永弾正久秀を結ぶ「使者」を背に抱えて、ひたすら摂津の大地を駈けつづけた。

「では備州より参り、この居士風体の者が、懐に隠し持っていたと申すのじゃな——？」

「左様にござりまする」

「これに褒美をとらす故、おのれは外で待っておれ」

と遠くに、人の話し声が聞こえている……。

（なにごとか）

果心は闇に息を吹き返し、じわじわと意識を取り戻しはじめた。まだ視界は朦朧としているが、鉄錨を打った太い格子と——格子の向こうがわに立つ、武士たちの姿を視た。しばらく呆然と現人を眺めながら、果心はわが身に何が起こったのか理解しようとした。が、頭のなかで早鐘が打たれたように、酷い頭痛がして、考えも何もあったものではない。

(あの者らは、たれじゃ……)

軀だけが死んだように、まったく力が湧かない。いや事実、果心の肉体は死んでいたのかもしれなかった——身体に毒がまわり、いわゆる仮死状態というものに陥っていたのである。ただ魂が活きると、間もなく右頬にだけ、冷たい感触をとらえることができた。石の、冷たさである。果心はわずかな頬の感覚から、おのれの死軀が石床のうえに倒れていると知った。

(ここは……)

獄所である。果心はこの状況を覚って、おそろしく絶望した。牢獄に入れられていると気がついたそのとき、心中になまな恐怖というものが音をたてて煮えはじめた。

(やや。あれは、たしか陽舜房の……)

牢の外に立っている男の着物の背に、家紋を視た——梅の花を象る紋様で、「梅鉢」という。あるいは、諸手梅鉢紋――大和の筒井順慶が用いている家紋である。

「この者の為扱いは、如何すれば宜しゅうござりましょう？」

番士たちが、家紋の男に訊ねた。

「うむ。これの捌きは、殿の御耳に入れてからでよかろう。ここで成敗はならぬ。よいか、おぬしらでこの者の身柄を押さえ、さきに大和へと曳いてゆけ。牢獄に放りこんで遁がすな。誅するは、そのあとの事」

と島左近が太い声で命じ、手に握っている書状を懐中に差し入れた。

（あ……将軍の……）

御教書が盗られた――視てそう思ったが、果心の肉体は再び、魂を失いはじめている。薄れゆく意識のなかで、将軍義昭の「大和を呉れてやる」と云う声をくり返し聞いていた。その声もいよいよ、聴き取りづらくなり……石牢に倒れている果心の左手が、何かを摑もうとして空を握りしめた。

（わしは殺される……）

かたく握りしめていた拳が解けたように開いて、肘から力なく石床のうえに落ちた。

――あとは、ただ闇。

平蜘蛛

（あの白頭翁めは、いよいよ気でも触れたるか——）

というのが、信長のなまな気持ちである。

「何篇の子細候や。存分に申し聞かせよと、松少（松永久秀）に伝えて参れ」

天王寺砦の陣を勝手に引き払った久秀に対して、信長は異例なことに、いつもの火を噴くような怒りを態度に顕さなかった。「存分申上げ候へ——」と相手の言い開きすら許そうとし、ことを穏便に済ませようとした。久秀父子の離反後、信長は間もなく、松井友閑を使者として立て、大和へ向かわせた。

この友閑という男——信長の入京以来、側近として右筆をつとめている人物である。茶を通じては、堺の津田宗及とも昵懇の間柄であった。じつに信長は、誰よりもこまやかな神経をもっている。この使者の人選も、気づかいのひとつである。茶の道を知る松井友閑を使者として大和へ送れば、かならず久秀は茶席を設ける。そこで、穏やかに話し合えるに違いない。茶をたてれば、久秀の胸中で濁りとなっている鬱屈した気分というものも、湯けむりと共に掻き消えるであろう。その後にもまた、存分に語り合えるはずだ、と信長は考えるのである。

友閑はこの信長の胸中を察したうえで、大和信貴山の城に籠城する久秀のもとへと、馳せむかった。ところが——友閑はすっかり血の気を失って、近江へと舞い戻ってくる。帰り着くなり、顔いろも死人さながらに蒼白として、信長のまえに平伏する破目となってしまった。

「返上が事は何もありませぬうえ……蓋しくも——」

と、琵琶湖に臨む「安土」にて、弁明を垂れはじめた。ついでながら、この湖に突き出た半島のような安土の山のうえにはいま、信長のあたらしい拠点となる、天下無双の城が築かれようとしていた。——安土城、である。この城は、去年（天正四年）の正月中旬に信長の命によって普請がはじめられたばかりで、まだ完成していない。また、信長はこの安土城の普請にとりかかる数ヵ月まえに、織田の家督を嫡男の信忠に譲ることを家中に表明しており、美濃の岐阜城は信忠の城として与えられ、とうぜんながら信長がここまで切り取ってきた領国と家宝が、この織田の新当主に譲られている。が、信長自身は隠棲するわけではない。この天正五年で、齢四十四——信長、いよいよ血気盛んである。

その「安土城」が築かれようとしている山麓に、信長は仮御殿を建てて住んでいる。

「けだしくも、とは何じゃ――」

御殿の一室に聞く、大音声である。信長は友閑の煮え切らない報告に、機嫌を損ねはじめていた。

「はッ。……それが」

友閑はこわばる頸根が相手に見えるほどに、禿げあがった頭を低くして、大和の松永久秀からは何の返事も取り付けられなかったと、自身の失態を謝罪した。謝罪したうえで、信貴山のようすを詳細に報告しはじめると、

「いらぬッ。ゆうかん――汝ァ、物見の働きをするかッ、まずは、松永は何と申しておるかを申せやッ」

雷鳴のように太く響き渡る声を肩に聴いて、友閑はまた「けだしくも（おそらくは）」と言葉を接ぎながら、松永父子は反織田派に通じており、久秀の謀叛は火を見るよりも明らかでありましょう、というのであった。この右筆の返事がはっきりとしないのには、理由がある。友閑は、信長の使者としてわざわざ久秀の心意を問い質す

ために、信貴山の城へと出向いた。ところが、久秀は城門をかたく閉ざして、友閑との面会をいっさい拒絶したのである。

「赦免ならんッ」

と激昂した信長の声が、室の天井の板を震わせた。同時に、下座で平伏している友閑までもが、仔犬のように身を慄えあがらせている。とうぜん、信長が許さないと云ったのは、松永父子の謀叛のことであり、我の使者を城へあげようとしなかった、久秀の態度のことを云っているのだ。

「さがれッ、友閑」

と信長は独りになり、

(即刻とはゆかぬが、かならず始末をつける――)

心は定まった。が、信長はいま、ここに謀叛を働いた久秀父子の征伐を決意したとして、とても大和に兵を割けるような状況にはなかった。

北国の地に、越後から恐ろしき「龍」が出てきたのである。

信長の生涯における恐怖――戦の姿に天才を持つといわれた、「上杉謙信入道」である。その謙信が信長を敵と看做し、ここに排斥せんとして、上洛を試みているのだ。さてその謙信は大兵を率いて越後を進発すると、信長の息を大団扇で吹き払うようにして、あっという間に能登まで攻めこんできた。四十八という歳であるが、軍兵を動かす疾さには、まるで翳りがみられない。まさしく軍神、毘沙門天である。

さすがの信長も、謙信のこの疾さには舌をまいた――さきの信玄西上に際しては、東の家康がある意味においては防壁ともなった。が、このいま三河の家康のように恃みとなる者は、北国の地に見られない。ともかくも信長は、謙信の疾風の如き勢いを何とか削がんとして、出羽米沢の伊達輝宗（政宗の父）に挙兵を促し、謙信の足もとにある越後揚北の「本庄繁長」に反旗をひるがえすよう誘導してほしいと要請するのだが、この戦略は夢で終わる。相手は何せ、上杉謙信である。真っ向から戦おうとすれば、誰の心もにわかに畏れを為し、刀槍を交えずして、逃げ出してしまう。信長は自らの力で、謙信を押しとどめるしか手はなかった。

柴田勝家を派遣した。

信長は越前に置いていた織田家旧臣の柴田勝家を総帥として、羽柴秀吉、明智光秀、滝川一益、丹羽長秀といった織田軍の主力部隊を加賀へと送りこみ、謙信の上洛を懸命に阻止しようとした。その矢先に――松永久秀父子が、天王寺砦を離脱したのである。まるで、謙信の上洛戦と息を合わせたかのような見事さで、信長に反旗をひるがえし、そして大和信貴山の城へと引き揚げた。久秀のきれいの良さ、というものである。松永久秀は老いてなお、知略というものが利き、動けば相手に目瞬きする隙も与えない。信長が久秀の二度の謀叛を許そうとした理由――あるいは、先達者に対する畏敬の念にも似た好感をもって、応じてきた理由というのは――この憎々しいまでの、「速やかなる決断力」にあるのかもしれない。

信長は北面に最強の敵である上杉謙信を迎えつつ、南方では巣を囲むようにして、煩い蜂どもを外に出さぬようにと「石山本願寺」を絶えず意識していなければならない。さらに、大坂の海上には、毛利氏の水軍が大挙して押し寄せてきている。まったくの手詰まりである。この状況下にあって、離反した松永久秀父子が大和で挙兵したとして、これに兵を割いて当たらせることなど、いまの信長にとてもできるものではなかった。九月になると、謙信が能登の七尾城を攻め落とし、その後も、加賀との国境いに位置する敵方の「末森城」を攻略する。これで能登国は、謙信の手に落ちたも等しい――ここで勢いを得た謙信は、北国加賀に展開しようとする織田軍の防衛戦を突き破り、千余人という数の兵を易々と討ち取ってしまうのである。とにかく、謙信は強い。無敵とさえ見えた。

ところが、

「上杉の兵が、しずかになったわ」

九月半ばを過ぎたころから、謙信の動きが落ち着きはじめた――まず謙信は、七尾城の普請に着手して、能登国内の平定に力を注ぎはじめるのである。

（雪だ――）

信長は、そうと読んだ。謙信の弱みである。北国の路々が雪に降られて遮断されると、山を越えてくる上杉兵は兵糧の確保が難しくなり、退路も限られたものとなってくる。戦を知り尽くした謙信のことである。ここで無理強いしてまでも、国を越えることはしない。自軍の兵を損失することの大事を念頭に置き、雪の到来をまえにして、足場こそを固めようとしているのだ――だから、この静けさとなった。

「なれば、いまが機である」

と信長は、この隙に大和松永の謀叛に決着をつけようと、動き出した。まず、人質である。松永の人質が、近江野洲郡永原の佐久間与六郎のもとに居る。まだ歳も十二、三という男子たちであった。信長は矢部善七郎と福富平左衛門に命じて、人質の小共二人を京へ連行させたあと、一車に乗せて六条河原へと曳いてゆき、そこで斬首させた。この処刑を見物した者は「――肝を消し、涙せきあへず」と、ちいさな人質たちの哀れな様子に、目もあてられなかったという。

信長は人質を殺したあと、松永討伐軍の大将には信忠を頂くとし、これに北国に配置していた羽柴秀吉、明智光秀、丹羽長秀らの軍勢、それに佐久間信盛、細川藤孝と子の忠興（十五歳）と興元（十三歳）の兄弟、さらに筒井順慶と山城衆といった織田軍の主力部隊に大和へ向かうよう指示し、いそぎ出陣せよと命じた。天正五年九月二十七日のことである――まず、父の命令によって軍容をととのえた織田信忠が、一万五千の兵を率いて岐阜を出陣し、近江飛驒の城へと入り、その翌日には安土へと着到。ここで二日間、丹羽長秀の屋敷に寄宿し、兵らを駐留させた。

その、二十九日の夜――戌ノ刻（午後八時頃）になって、松永退治のために安土に集まった織田軍兵たちが、にわかに動揺しはじめた。兵らは声もなく騒ぎはじめ、その一方、辺りの草むらから染み出す秋の虫の声が、恐ろしき秘め事でも相談しているかのように、ひそひそと怪しげに鳴いている。

（天変地異の前触れか……）

と皆々、声もなく口をあけて、澄み渡った夜空を見上げていた――南西の方角に、突如として大彗星があらわれたのである。

「光五六丈ニ見、大凶事――」

とは、この夜の彗星出現について、興福寺の僧である英俊らが書き残した日記「多聞院日記」の中に記録された言葉である。五、六丈といえば、およそ十五米もの長さになる。夜空に白刃が斬りつけられたような光を見上げて、皆が動揺するのも無理はない。知識者ともなれば彗星という呼称を知っていようが、兵らはまさかのこと、この夜空を飛翔している妖しい光りが星であるとすら、思わなかった。

古くは、夜空に尾を引くこのような妖星のことを、

「天狗星」

と呼んだ。

（吉凶いずれの前触れであるか――）

織田軍の将士らもまた、下々の兵らにまじって篝火の灯りのなかに立ち、安土の夜空にあらわれた変異を不安げに見つめていた。

天正五年九月も暮れようとする夜のこと、空には古今に稀なる彗星が出現し――そして、いまここに松永久秀退治が始まろうとしていた。

信貴山から南東の方角に、およそ五里。

「片岡城」

という城が、丘陵のうえに建っている。松永久秀父子の与力、森秀光と海老名友清が織田に抗せんとして、この城に楯籠もっていた。松永の本城を落とすためには、

まず信貴山南方地域を守備する、この城を陥落させておくことが必定である——そうと定まって、十月一日、松永討伐の火蓋はここに切られた。

この片岡城攻めに向かったのは、明智（惟任日向守）光秀、細川藤孝とその子息である忠興と興元の兄弟、筒井順慶と山城衆である。一方の片岡城は千余人というわずかな人数で、織田軍を迎え撃たなければならなかった。激戦となった。連日の晴天に乾ききった大和の大地には砂塵が舞いあがり、鉄炮の音がよく響いた。軍馬の嘶きが、悲鳴のように甲高く天を突く。やがて、兵らの怒号が片岡の丘陵一帯に鳴り渡り、吹かれる法螺の音がびょうびょうと不気味に鳴きつづけ、土煙に血が飛沫いた

——たかが、小城である。落城は易かろうと思っていたが、

「軽しむなかれ」

と光秀は敵のただならぬ士気を一目して、兵を押し出しながらに声を励ましつづけた。そこへ敵方も声を嗄らすほどに喚き散らし、死に狂いで刃向かってくる。織田が何ほどのことあるかと、鉄炮や弓矢を悉く射尽くすまで戦い、ついには森と海老名の両主将と城兵百五十余人が討ち死にして、ここに片岡城は陥落するのであった。

「さすがは、松永の兵たちの事でござりまするな——相手として、手応がござる」

片岡城に立つ幾筋もの黒煙を眺めながら、時代めいた古色蒼然たる鎧兜を身にまと

つた島左近が、思わずも天晴であると、敵を激励するかのような声を馬上にもらしてしまった。

「うむ。……であるな」

順慶が、左近の声を耳に拾って、頷いている。

「であるが、左近よ——信貴の城が、まだ落ちておらぬわ。この先ともなれば、手懲もしようはず。そちの心の声は、まだ胸の奥にしまいこんでおくが善いであろう」

と、兜の目庇の下で、順慶の冷ややかな目がちらと光った。

(さても、こうは易々と松少めの本城は落ちぬ)

が、策は講じてあると、順慶は震えるように溜息をつくのであった。

同日、近江の安土にあった織田信忠の軍勢が、ついに出陣した——この大軍兵が安土を発して、二日後の十月三日——信忠は大和に侵入するなり、信貴山にいきなり攻め寄せた。城下をあまねく焼き払って、まず本陣を据えた。すでに明智光秀、筒井順慶、細川藤孝父子らが、この信忠率いる本隊に合流している。さらにこの日、北国にあった羽柴秀吉と丹羽長秀、佐久間信盛といった織田主力部隊が到着して、信忠らと肩を並べ、ここに数万という織田の大兵が、信貴の山麓に旗を靡かせるのであった。

その鬨の声たるや、地鳴りの如くである。

ここに、信長の声はなかった。安土の御殿に居る——信長自身は、まるで子に食するを教える鋭き親狼のように、足弱となった老虎を信忠に襲わせ、背後からようすを見守りながら、戦の仕様を為付(教育)ようとしているようであった。信貴山の久秀父子が率いる兵数は、わずか八千余人である。これを圧倒的に上回る軍勢(前野家文書「武功夜話」によると四万)を信忠に与えつつ、羽柴秀吉や明智光秀といった錚々たる武将までもを、この松永討伐軍に付き従えさせているのである。信忠は戦わずして、勝敗を決着しているようなものであった。

ところが、久秀がその英智を傾けて縄張りした「信貴山城」は、守備がほとほとに固く、片岡城のようには簡単に落ちない。織田軍は四日、五日とただ火をかけてまわるしか手がなく、山上から一斉に撃ち掛けられる松永方の鉄炮や矢を受けて、死傷する兵も数えて多くなってきた。

「これはならぬ……」

と云ったのは、攻め手にある筒井順慶と、信貴山頂の天守にいる松永弾正久秀であった。

「いやいや、これに瓢箪(秀吉の馬印)までもが来ておるわい。それに、どうだ。あの桔梗の旗は、明智どのに相違なかろう——信長めは、いとど気が狂うたようじゃ。

これは、全軍をこの大和に差し向けるつもりと見ゆる。いよいよならぬぞ……」

久秀は天守の廻縁に立ち、織田の軍容を眼下に眺めながら、このときようやく、恃みであった上杉謙信の上洛が鈍ったか、あるいは止まったに違いないと気づくのであった。

（雪か……）

と、渇いた唇を噛んだ。雲足が事を算用するのを忘れておった——久秀はこのいまほど、北国の積雪を恨めしく思ったことはない。いつしか老将の額に冷や汗が滲みだし、面のしわを伝い落ちて、白い頬髯を濡らした。とそのとき、階下から若き日の自分が鎧姿であらわれ、慇懃に御辞儀をした。

「父上、一ノ城戸に織田方の使いと語る者が参り、安土（信長）からと申して、これが文を預け往きよりましたるが——お目通し、なされまするや」

右衛門佐久通である。久通は片手に握りしめている書簡を父に差し出すと、立ったままの姿でしずかに声を待った。父久秀は不審げな顔をして、受け取った書簡を両手に開き、紙のうえでぬたうつ墨の文字に目を落としている。文字を読みながらに、

「抜かしおるわッ、信長めが……」

と不機嫌そうな声を何度も洩らし、読み終えて書簡を畳むと、久通に突き返した。

「安土の申しざまは――何と？」

針にさわるように、久通が慎重な声で訊ねた。

「わしの、この白髪首と古天名平蜘蛛を寄こせとぞ。あの安土の悪党め、戯事も過ぎるッ。許すまじ」

久秀は答えたあと、癇が立ったように、足で床を踏み打った。

「右衛門佐よ――一樽でよい、たれぞに糠を詰めるよう申しつけて運ばせよ。それとに、槌を用意して本丸門の前で待っておれ。わしも、すぐに参る」

「御意」

と返事をし、久通は常のように引き退がったが、大殿は何を為されるおつもりかと不審でならない。云われた通りに、糠を押し詰めた樽を用意し、柵の杭を地面に打ち込むためのおおきな木槌を雑兵に担がせた。久通が門前に近臣の者らを従えて待っていると、はたして父久秀が、何やら匣を腕に抱えて、石畳のうえを歩いてくる。

「おう、周防守か」

久通の傍らに、岡周防守国高が戸惑ったような顔つきで立っていた。国高は、もと大和岡城の城主で、順昭のころに筒井氏と対抗して以来、久秀の臣下となった大和国民の土豪である。

「大殿……それは？」

「安土の小僧が、呉れろと喚いておる名物よ」

と久秀が顔のしわを増やして、しらしらと笑った。

「ゆえに、呉れてやる」

　何とも、ふしぎな時間であった。城外から、織田松永の両軍が放つ銃声が沸き立つように聞こえ、怒号と悲鳴が潮騒となって耳へ届いてくる。見上げれば、秋晴れの空の下、天蓋の黒い染みのように烏が羽ばたき、賤しく嗤っていた。そして――信貴山城の本丸の門前には、老将久秀を中心として、身分のある男たちが胴丸姿で道草話でもしているかのように顔をつき合わせ、合戦の指揮も捨て置いたままに、糠の詰まった樽、木槌、桐の匣ひとつを囲んでいるのである。

「これよ」

　と、久秀が匣を石畳のうえに置いて、上蓋をとった。節くれだった両手を匣に差し入れ、中から赤子でも抱きあげるように、そっと平たい影を持ちあげた――茶釜、である。これこそは、

「古天名平蜘蛛」

　と名付けられる、大名物の平釜であった。この釜、茶人の間では、天下の逸品とし

て知られており、蜘蛛が地に這いつくばったような形をしていることから「平蜘蛛の釜」と呼ばれている。この当時においては、霊力宿りたる異形の茶釜として、伝説される名物であった——いや、湯を沸かすために使う、ただの鋳物製の釜である。であるが、信長はこれが欲しい。この平蜘蛛を久秀が所有していることを知ってはいたが、まだ目にしたことがなかった。このころの信長は、世に名物と称される茶道具を方々から狩り集めており、この平蜘蛛の釜も例外になく、喉から手が出るほどに欲していたのである。

「貰ってやる」

と、信長は云う。

「いずれにしても、そこ許（久秀）は死ぬのであるから、その白髪の首と、平蜘蛛をおれに差し出せ——」

さきの書簡は、そうと信長が書き送ってきたものであった。

（なれば、呉れてやろう）

久秀は平蜘蛛の釜を石畳のうえに置き据えると、用意された木槌の柄を両手にしっかりと掴んで肩に担ぎあげ、

「わしが尻啖えや、信長めッ——」

と大音声をあげるなり、木槌を地に叩きつけるように振りおろし、そのまま平蜘蛛の釜を打ち砕いた。勢いよく破片が散らばり、欠片のひとつが、久秀のそばに転がってきた。久秀は足で蹴って、鋳物の欠片を匣の傍へと寄せつつ、

「おのれら、これを拾い集めやッ」

と、岡周防守の背後に立っている雑兵らに向かって、古木の根のような指でさし命じた。

「余さず糠のなかに押し詰め、それに蓋をせよ――」

久秀は、その両手にかたく握っていた木槌の柄を子息の久通に預けながら、

「右衛門佐よ、これらを樽詰めにした後は、城下で喚いておる安土の小倅に届けさせよ。信長所望の名物平蜘蛛である、左様に申せば分かろうぞ」

「承知つかまつりました」

「してや、いま一つ所望しておる品は――それも欲しゅうとあれば、信長自ら安土を出で、地獄まで取りに来いと、この白髪首が申しておったと伝えさせや」

と云って去り際に、糠のなかに押し込められる、古天名平蜘蛛の破片を見た。

「ふん」

と短く、疲れたように鼻で笑い、樽のまえに立ち止まったまま、久秀は動けなくな

った。平蜘蛛の破片をいまあらためて目に留めて、この老齢まで大切に抱きつづけてきた夢というものが、ここに砕け散ったように思えた。笑うしかない。六十八年。その夢とやらが果たして何であったのかすら、いまや思い出すことができぬほど、久秀の目のまえで「何か」が跡形もなく崩れ、消え去ろうとしていた。ひとつは自らの手で、ここに叩き割った。平蜘蛛の――いや、夢であった「何か」の破片が、戦国という世のあまりにも人臭い現実の底に沈められていく様を、久秀は凍りついたように凝っと見つめている。

(人の一生はまた、夢の如し――)

われに返って糠から目をそらし、本丸の厳めしい門戸に背を向けた。

「頼うだる上杉は、出て来ぬようじゃわい」

寂しげな声だけを残して、天守へと向かって歩いていく。

「――軍評定を開くゆえ、未ノ刻までに天守へ人を集めよや」

とおくに聞こえる久秀の声に、久通と岡周防守が御辞儀をして応えた。

夢のあと

樽の行方、である。

土埃と汗によごれた織田の荒子たちが、競い合うようにして、松永方から届けられた樽ひとつに抱きつき、信貴山東方の地に配された織田方本陣の幔幕をくぐってきた。まるで水瓜に纏わりつく、金亀虫である。

「それは何であるか――」

と陣所で軍評定を開こうとしていた織田信忠たちは、運ばれてくる樽のようすを目に止めて、一斉に眉をひそめた。

「所望なされるこれが釜にござると……松永の使いが、左様に申してござりました」

犬のつらに眉を描いたような惚けた顔の荒子が云って、屈強の三人が樽を縦に持ち替え、ゆっくりと乾いた土のうえに置いた。ゆっくりと、である。それでも樽の底が地に着くと、つよい息を吹きかけたように埃が立った。この連日の晴天で、大和の大気は乾燥しきっている。

樽を置き据えたあと、荒子たちが汗を滴らせながら低頭し、陣所を出ようとした。

「そちら、待たぬかッ――」

信忠の傍らで床几に腰を据えていた男が、あわてて身を乗り出し、甲高い声で人夫らを呼び止めた。その容貌は、信長が渾名する「禿げ鼠」そのものである――羽柴筑前守秀吉、であった。

「殿に、手間を残してゆくか。まず、これの上蓋を割ってからゆけ」

「これは相済みませぬことを」

と荒子がひとり、鑿のような荒々しい小刀の刃を上蓋に突き立てた。刃を蓋に押し込むようにしてから、とんと小刀の柄底を叩くと、板が割けた。おなじことを三度くり返し、割れた樽の天板を除けていく。と、辺りに糠のつよい臭いが広がりはじめた。

「松永は――所望が釜と、そう申したのじゃな？」

信忠の供衆である山田三左衛門が、樽から漂ってくる饐えた臭いに顔を顰めながら、人夫らに問い質した。

「へえ、如何にも左様でござりまする。ひらぐもなどと申しておりましたが……」

樽の傍らに立ったままの荒子が、小刀を懐中に収めつつ、怯えたように答えた。

（ばかな——茶釜を樽に入れて届ける者など、あるものかい）

と秀吉が、両手で膝を打って床几から腰をあげ、樽のなかを覗こうと足を踏み出した。おなじく、信忠のとなりで静かにしていた織田古参の老臣、佐久間信盛までもが興味津々といった顔つきとなって、床几から立ちあがった。

「筑前（秀吉）よ、それはぬかではないか？」

と、秀吉の背に声をかけた——信盛はこのころ、茶の湯に耽溺している。後年に、それが仇ともなって、父子ともども織田家を放逐されることになるのであるが——この現においては、あの「松永久秀」から届けられた茶釜と聞いて、燥ぎだしたくなるほど亢奮していた。信盛は、松永久秀からも大いに「茶の湯」の影響を受けているのだ。ここで好奇心が掻き立てられたのも、無理はない。しかも、である。届けられた代物というのが、どうやら「古天名平蜘蛛」であるらしいのだから、亢奮もする。

が、しかし。

「たしかに、ぬかでござるわ」

秀吉が背の声に返事をしながら、樽の傍に立っている男に向かって、糠のなかを篤と調べよと命じた。云われて男は、片腕を糠のなかに力強く押し込み、鋳物の欠片ら

しきものを幾つか拾いあげた。それを目に止めた信盛は、

「平蜘蛛の……叩き割った、釜のかけらか」

と声をほそめ、唖然と立ち尽くす一方で、他の織田将士らは、久秀のこの届け様に怒り心頭に発し、色めき立ちはじめている。その中でも、山田三左衛門などは顔から火を噴きあげんばかりに大声を張りあげ、信貴山城の老将にむけて呪うような言葉を吐くのであった。じつに、久秀のこの為様は、織田の面々にとって屈辱この上ないものである。釜を打ち砕いただけでなく、それを糠に沈め、

——おまえが所望したものを、これに呉れてやる。

と樽に詰めて、届けてきたのだ。床几に坐ったままの信忠も、すっかり逆上せて腰を浮かし、まるで恥じらいだ小娘のように顔を赤らめてしまっている。怒鳴りはしない。心中の怒りを直接の声にはしなかったが——安土で見守る父信長に、この侮辱を報告できようかと、腸も煮えくり返る思いであった。そして何よりも、この鼻を突くような、糠臭さである。とにかく、臭い。染み入るように陣中に広がっていく人の屁のようなこの臭いに、信忠は老獪な久秀の嘲笑を面前に見る思いであった。その屁を放つ樽までもが、まるで久秀の嗤った首と見えてくる。

「おのれ、松永めが……」

信忠は、樽を睨みつけて奥歯を嚙み鳴らし、気がつけば両手に握る指揮棒をへし折っていた。この場においては、ただ一人秀吉だけが、

（人間とは、こうありたいものだ）

と、心中で大笑いしている。敵将が合戦の最中において、なお戯をして見せたのである。そこにはまるで、死の覚悟を連歌に詠むような、久秀の心憎さをひしひしと感じとることができた。

（死ぬるを前にして、敵陣に屁を放りよったわい――）

秀吉は、笑いが噴き出しそうになるのを必死に堪えた。鼠のようなその面が、しわだらけである。

（さすがは、松永の翁のことじゃ。わしはこのぬかの匂いもまた、母の香のように懐かしく思い、好物ではあるが……いやあ、くさい）

と、感心している。秀吉はここに、松永久秀という漢が持つ可笑しみと、先時代を生き抜いてきた老将の底意地というものを同時に見切っている。信長が見惚れるはずだ、そう思った。

「臭いッ。その樽を外へ出せ――川にでも捨てよッ」

信忠が若い声で、ついに荒子たちを怒鳴りつけた。さすがにこの若者も、声を荒ら

げれば父信長に似て、骨が慄えるような大音声であった。樽が運び出されたあとも、織田の将士らは顔のまえに寄せてくる糠の臭いを手で払い、あるいは扇をひらいて煽ぎながら、

「鼻が曲がるわい。臭いッ、臭いッ」

と騒ぎ立て、敵を罵り、不機嫌そうに顔をゆがめていた。

秀吉はそれを横目に見ながら、下腹がよじれるほど、声を殺して笑った。

一方、信貴山城南東面の山麓である。

ここに布陣している明智光秀の部隊は、頑なに信貴山を攻めつづけている。逆立った稲妻のように山麓に鉄炮を撃ち白ませ、将士たちが槍をしごきつつ兵らを叱咤激励し、火に焦げた山肌を這い登らせていた。明智の兵はまるで、群れをなす沢蟹であった――信貴山の土を食い散らさんとし、灼けた草木にしがみつき、あるいは岩の陰に隠れ、ひたすら山頂を目指して這いあがっていく。このいま頭上から降ってきた松永の矢玉が、兵のひとりを撃ち抜いて、血を噴かせた。悲鳴がした。そして、茹でた蟹のように血に赤く染まった具足が、兵らの脇を転がり落ちていく。

「さすがは松永の翁よ……これに強情し」

軍配を振りつづけている光秀は、秀吉とは別の意味で、松永久秀という漢に感服していた。兵数もはるかに上回る織田軍である。それが、どうだ。この山を攻めつづけて、はや五日にもなる。信貴山城は未だ、落ちる素振りをひとつも見せない――光秀は兵を押し出しながら、信貴山城の堅固さをはやくも見抜いている。

とにかくも、郭（曲輪）を百と数える山城だ。光秀の兵らは山の傾斜にしがみつきながら、まず正面に見える郭を一つ落とそうと、果敢に攻め込んだ。ここで火を噴くがの如くに松永を攻め立てるのだが、敵が射放つ矢玉に足がどうにも進まず、出血するばかりである。やがて血を流しながらも、おのれの命にしがみつき、郭ひとつを落とすのであるが――次の郭で待ち構えていた敵兵が、行く手に立ちふさがるのである。光秀の兵らは、まるで階段を一段ずつ上り詰めていくようにして、この山城を攻め上がらなければならなかった。

信貴山城は、いわゆる「連郭式」に縄張（設計）がなされていた。連郭式の城は奥行きがあるので、本丸まで攻め寄せるまでには日数がかかる。そこで、守りが薄くなる側面を突き崩すことが、こうした形式の城を落とす最も有効な手段とされているが――信貴の峻険なる山腹には、側面も何もあったものではなかった。左右に足場がない。これではただ一向に、本丸を獲らんと山頂を目指すだけである。そこでまた、頭上から鉄炮を撃ちかけられ、矢や石礫が雨霰と兵らに降りかかり、山から伐り出された丸太が落とされ、岩が転がり落ちてくる。

「これは、ならん……」

光秀はこの攻城戦が長期化するのではないかと、恐れはじめていた。近国の摂津には、一向宗の一揆がある。いまは大坂に押し込めてあるが、いつぞ巣を出て、襲いかかってくるか分からない。さらに、その向こうから、毛利氏の手が伸びて来ていた。織田の敵は、北国にある上杉謙信だけではないのだ。ここで、頑強な山城に栖籠もる松永父子などは、調略を用いて月日をかけ、降伏させてしまうのがいい——と、光秀は思う。

(首をあずけて、おれが話してもよい)

光秀は、久秀のような教養のある老将が苦手ではなかった。智恵者に知略を用いて成敗することも、また乱世の一興であるとすら思っている——ところが、である。信長がはやばやと六条河原で松永の人質たちを殺してしまい、「おまえ(久秀)は日ならずして死ぬのであるから、首と茶釜をおれに颯々と渡してしまえ」と、火にあぶらを注いでしまった。

こうなれば、調略も何もあったものではない。討伐軍は信貴山に囓りつきながらでも這い上がり、どうにかして山頂にいる松永父子に手を掛け、首を獲るしかなかった。

（難儀至極であるな……）

とは、光秀におなじく、信貴山南東の戦場に「諸手梅鉢の四半」の軍旗をたてる、筒井順慶の感想であった。順慶は兜に土煙をかぶりながら、大和の空に勇ましい声を張りあげている。おなじく、苦戦していた。

「皆共、よいか――この一戦が事、大和筒井の面目であると心得よ。松少めの首はかならずや、我らが手で討ち取ってくれようぞ。抜かるなッ。外国者に手柄を取られてはならぬぞッ」

順慶は声も嗄れんばかりに叫びながら、大和における積年の恨みを思い返し、いよいよ血気盛んであった。松永を退治する――というのが、大和国宗徒「筒井氏」が抱いてきた数十年来の夢である。その夢がいま、筒井家当主である順慶の若い目にも、はっきりと現実味を帯びて見えてきた。抑えようもない感情が、胸に突きあげてくる。

（勝ったのだ――）

という気持ちが先走り、いまの順慶には光秀のような疑念は一片もない。織田軍の兵数を過信している傾向もあるのだが——この城は遠からず落ちる、と確信しきっていた。根拠はない。が、順慶が二十九となるこの歳まで、久秀父子とは数えきれぬほど戦いをくり返してきた。ある一面において順慶は、この「松永久秀」という老将から、「戦さ」というものを体に教えこまれてきた。じつに、手は知り尽くしている。いや、いまは手によって、と云うべきか。

「かならずや、われ機運を得ん……」

と順慶は先程から、何度もつぶやいていた。その傍らで、しわがれ声を張りあげつつ、筒井の軍兵を捌いている老臣の松倉右近などは、

(殿は、誰と口を利かれておわすや——?)

と不審げに思い、再三再四、兜の下で眉をひそめていた。

このときすでに、順慶が予測している事態は起こりつつあった。「大名物の釜を糠漬けにした樽」が、城外へ運び出されたときである。半刻ほどまえ——信貴山城の搦手門が開き、糠樽を積んだ荷駄車が城道へ押し出されると、この荷駄と一緒に、城の門外へと勇んで飛び出した影がある。

「密使」

信貴山の松永久秀が、上杉は恃みにならぬと判断したあと、子息久通をはじめ、家

中の重臣らを召喚し、軍評定をひらいた。この合議はすぐにも、

「いずれにあれ、大坂に援兵を要請するが宜しかろう」

という意見にまとまり、家中の心は一つになった。あくまでも大和松永は、織田と抗戦をつづけるべし——そうと決まれば、この声を顕如のもとへ急ぎ届けるため、だれを使者にするのが最善であるか、ということに議題が向く。

「弓削三郎なれば、足も疾かろうと存じ上げまする」

決まった。久秀はすぐに顕如宛ての書状を用意すると、弓削三郎を密使として、大坂へ奔らせた。糠樽を乗せた荷駄車と共に城外へ出た弓削三郎は、すでに甲冑は脱ぎ捨て、一刀を帯びただけの裁着姿に着替えている。走りやすい。そこで懐中に殿の書状を隠し持ち、信貴山城の虎口門を出た。荷駄の背に張りついて搦手道を駆け下り、途中で糠樽を積む車から離れると、己ひとりとなって、冬枯れした木立のなかへと飛び込んだ。そのままこの密使は、樹間の影を蹴りつけながら、信貴山の麓へと躍り出る……弓削三郎は、信貴山の山腹で轟いている織田松永両軍の鉄炮の音を背に聞きながら、火を燻らせている田畑の黒土を踏み越えて、倒木の陰に身を潜めては、用心深い狐のような目で周囲を探り、そしてまた、駆け出した——砂塵にまかれながら、あっという間に陣所に辿りついたこの男、

「お目通り願いたい。秘事にござる。われは弓削ノ三郎と申す」

と地に膝をついて、幔幕のまえでようやく息を整えるのであった。すると、甲冑が擦れる音を威高げに響かせながら、ひとりの老武者が面前に現れた。手にある六尺の槍を地に立てて、

「久しくじゃ、弓削三郎。その慌て様、吉左右いずれの報せであるか」

しわがれ声に挨拶も簡潔とし、信貴山から駈けてきた密使の手から、松永久秀のものだという書状を受け取った。

「ほお……大坂へ、馳走を乞うつもりであるか」

と松倉右近勝重は、思案深げに声をもらし、もう一度と、紙上に切迫する久秀の文句に目を落とすのであった。さて――ここは「筒井順慶」の陣所である。弓削三郎がこの書状を届けるべき相手は、石山（大坂）本願寺であったが、駆け込んだ先は松永が敵とする筒井氏の陣所だ。

弓削ノ三郎――はたして筒井方の手の者、「間諜」であった。十数年、である。筒井方から忍びとして放たれたこの男は、敵とする松永の家に潜りこんだ。幾年もの月日を偽りに生き、松永の家中にある監視の目を盗みながら、ときには仕事に恐れる己さえも欺き通して、じっと時を忍んできた。忍びの嗅覚のみを頼りとし、機というも

のをひたすらに待ちつづけて来たのである。そして、いまこそ忍びの務めを果たさんと、この刹那(せつな)に活きた。主家筒井が松永を打倒するを可能とする、好機というものがここにめぐってきたのだ。

「して、弓削よ。これに何ぞ謀りたると申すか――？」

松倉右近が書状を折りつつ、訊(たず)ねた。

「案内(あない)つかまつりたく、存じ上げ候……」

目の前で首を垂れている間者が、差し出がましくもと密(ひそ)やかな声で返事をする。右近はこの神妙にして、畏(おそ)れるような声を耳にし、

（……はて、案内とな）

眉をひそめたその直後、筒井家古参の武士の顔が、とつぜん日に照らされたかの如くに明るく輝いた。

「であるわッ」

と声を張りあげると、地響くような声で笑い出した。ついには、燥(はしゃ)ぐ子供さながらに、槍の柄底で地面を打ちはじめ、

「そちの働き、値(あたい)千金である。これに待て、金子(きんす)をとらせる」

と、右近は大喜びしながら立ち去った。弓削三郎はただ独りとなり、しばらく地に

膝をついたまま、じっと顔を俯けていた。

（見事さ――）

そう一言、自身の働きを胸中でひっそりと労ってやった。永かった……と、震えるように息を吐く。松永の家中にあって、間者と露見すれば当然ながら斬り殺される。あるいは、拷問が待っていたはずだ。その恐怖と十数年、戦いつづけてきたのである。いまさらに、背すじに冷や汗が流れ落ちた。が、肩の荷は完全に降りたわけではない。

この松永方が発した本願寺応援の要望書は、松倉右近の手から、すぐに主君順慶に渡り、島左近といった筒井重臣の耳にも届けられた。いまここに、およそ博奕にも似た、成功に何の保証もない戦略が立てられるのである。

「いや、これぞわが機運というものである――天命、ここに叶い賜うたぞ」

と順慶は気勢の声を張りあげ、成功を信じて疑わない。即刻に弓削三郎を先導役に仕立てると、筒井兵の精鋭を二百と集めた。この者らを一度、大和から河内の平野まで向かわせ、そこで待機するよう指示をする。この順慶の動きは、とうぜん織田信忠のもとにも届けられている。

「構わぬ。それにて為せ」

信忠たちは、順慶の計略に賛同した。その計略とは——弓削三郎と共に、筒井の兵二百を大坂本願寺からの応援の人数と偽装し、これを信貴山城に侵入させるというものである。あとは城外から信忠率いる織田軍が総攻撃を仕掛け、このときを合図に、城内に潜入している偽装兵らが方々に火を放ち、門という門を開く。信貴の城門さえ開けば、あとは津波となって、織田兵が信貴山城に乱入するという手筈だ——このいま順慶の命令によって、弓削三郎ら二百の筒井兵が、わざわざ河内まで出向いて待機している。これは、大坂援兵に見せかけるための偽装の一端であった。いかにも駆けつけた、という風に装うのである。

（この策が巧くゆけば……いや、落ちたな）

と、信忠のもとへ召喚されていた明智光秀が、策略の詳細を聴いてほそく唸った。信貴山は陥落する——期待をはるかに上回る、予感というものを光秀は感じている。おなじく評定にある秀吉の顔が、しわも解けるほどに笑っていた。

「やあ、やあ。如何でござろうな、惟任（光秀）どの。これで、信貴は落ちましょうな。いやさ、目出たや」

秀吉の問い掛けに対して光秀は、われも同意であると頷きながらも、この陽気な小男の目が笑っていないことを知った。

（寂しい限りよ）

と秀吉は、笑い声をあげつつも、胸の奥を湿らせている。

「開門ッ、開門――これに、大坂よりの援兵着到せり。開門なされたし。開門ッ」

と割れんばかりの大声を門前にあげ、信貴山城の厳めしい門戸を叩く者があった。

十月十日、早暁のことである。

「大坂味方の人数二百ばかり。然りとて、心強し――」

朝霧に烟るなか、信貴の門戸が重々しく開かれる。弓削三郎が引き連れる本願寺応援の兵を招き入れた松永方の将士らは、こぞってこれを歓迎した。さらに、大坂からの援兵来着と聞きつけた下々の兵らが、

「本願寺どのの合力ぞ」

と士気を大いに奮い立たせ、ここに織田を打倒せんと声を太くして叫ぶのであった。勿論、この二百名は、順慶の策略によって信貴山に差し向けられた、「偽装兵」たちである。そうとは知らず、松永右衛門佐久通までもがわざわざ労いの声を掛けに現れ、軽少なれどもと朝餉を用意させるのであった。

一方、織田本陣である――筒井兵二百が信貴山の城内に入ったとの報告を受けた信

忠は、すぐに全軍総攻撃の準備にかかれと通達し、午前には馬を揃えて信貴山麓へと押し寄せた。まるで浮塵子の如くに、地表から湧き出てくる織田の兵らを眼下に見据え、松永の兵らも負けてはいない。信貴の山肌に手をかけようとする敵兵のなかに鉄炮を撃ち込み、矢を降らせ、荷駄車や竹槍、石垣を組む岩までも崩して投げ込んで、必死と抵抗しつづけるのであった。晴れ渡った空に轟く双方の銃声は、さながら夏の雷鳴を聞くようであり、安土の信長の耳にも届くかという激しさがある。

（この城の堅固さよ）

松永兵の抵抗を目の当たりにした秀吉が、その鼠のような顔を何度も顰めながら、まるで見えない山頂を睨みつけては、兵らを激励しつつ山を登らせている。信貴山城のこの強情さは、まるで「松永久秀」という、人の性格がそのままに乗り移ったかのようであった。秀吉の兵のみならず、寄せ手の足場は失われつつあり、鉄炮を撃とうにも姿勢が定まらない。さらに山麓付近では、山に入れない織田兵たちや死傷者の吹き溜まりができ、異常な渋滞が巻き起こっていた。

一方で、この日の攻城戦の先駆けを申し出た大和筒井の兵らは、すでに山の中腹まで這いあがっている。が、ここも早々に苦戦を強いられていた。どの顔を見ても出血しながら歯を食いしばっており、我らとて覚悟必死と喚き立てながら、山の斜面を這いあがっていく——相手はわずか八千の兵数に過ぎない。しかし、この城そのものが持つ縄張の力というものが、劣る兵数を補ってなお余りあるように思われた。

やがて、山を攻めのぼる織田軍の息も細くなり始めたころ、信貴山城の城内随所で響動きが起こった。勿論、勝ち鬨をあげているのではない。不意に、火の手があがったのだ——この日の早暁、本願寺の援兵を偽装し、先に入城していた筒井の兵らが、城内の方々に火を掛けて廻りながら、敵兵の中にあって白刃を抜き放ち、命を投げ出して戦いはじめたのである。この瞬間、松永方の混乱がはじまった。味方の混乱はやがて、「城を枕にして」と戦っていた者たちの心中に、欺き通していたはずの「死に対する恐怖」というものを呼び覚まさせた。恐怖心は、さらなる混乱を伝染させる。各郭を守り抜いてきた気勢というものが、ここに崩れた……城門が、開いた。

「いまぞッ、向けやァ」

と信貴山城へ押し寄せる織田軍兵のなかに、勇ましい声が次々と沸きあがった。やがて、餌を呑み込もうと水面に鯉が口を開いたように、城門附近に織田軍兵の黒い影が流れ込んだ。凄まじい数である。松永方は門前に殺到する敵兵を押し返そうと必死の抵抗を見せたが、このとき最悪の事態が起こった。

「裏崩れ」

である。こうなれば、松永の将士らも手がつけられない——この裏崩れとは、前方（さきかた）に立つ兵が破れるより先に、後方に待機している兵らが混乱を来（きた）し、諸手が崩れることをいう。その結果、果敢に踏みとどまろうとする前線部隊は後退できず、逃げ場まで失い、背後の味方から煽（あお）られる恐怖心に負けて、一気に崩れる。この状態に陥ると、まったく指揮が利かなくなった。信貴山城はすでに、混乱に負けている。……満城が、発狂していた。城内の至るところに火が逆巻き、朦々（もうもう）と白煙が立ち込めている——煙の奥で槍を担いだ影が走りまわり、山の動物（けもの）たちが悲鳴をあげるような、松永兵の悲痛なまでの叫び声が聞こえた。逃げ惑（まど）い、あるいは斬り死にの覚悟で織田軍に刃向かい、ここに自刃して命果てる者すら出てきた。

「安土め」

　と天守閣のうえに立つ松永久秀が、本丸に押し寄せる織田兵の指物（さしもの）を目にしながら、ひっそりと声を洩（も）らした。

（うむ、あの兵らは——相違ない……筒井じゃ。小僧順慶めが、ついに乱世の風に筒井の旗をかざしおったわい）

　背に、喚（よ）んでいる声を聞いた。久秀は「応ッ」と一言だけ短い返事をすると、

（小僧、大和に励（はげ）め）

城内方々にあがった火を睨みつけ、視線を返して座にもどった。鎧を身に纏う松永の重臣たちが、久秀を待っていた。一同が着座する目の前には、それぞれに一口の盃が用意されている。上座に坐るのは、松永右衛門佐久通である。久秀ではない。餞の言葉もまた、子の久通に譲ることを一族郎党に申しつけてある。その別れの挨拶をいま、久通の若い声が謳いあげた。重臣らは一同に声をそろえて、

「お供つかまつりまする」

と頭を下げる。つづいて、別路の盃が交わされた。

(わしこそが、この者らを敗北へと導いた……)

久秀は盃を傾けつつ、霜が降ったような眉の下の、しわだらけの目蓋をしずかに閉じた。

(極楽浄土へは往かれまい。わが魄霊は、地獄道へ堕つる――皆共は、右衛門佐を頭領に三途の川をのぼればよかろう。わしは、地獄に火を借り、茶の湯でも沸かそうぞ。地獄の岩のうえで茶をたてながら、只一人……信長が堕ちてくるを待つ)

とそのとき、本丸門を打ち破って突入してくる、織田軍の気勢の声が聞こえてきた。いまの久秀の耳には、それも地獄で騒ぐ餓鬼どもの奇声としか響かない。いつしか、外には夜の闇が迫り、薄明に空が紫立っている。

「父上ッ。いまこそ決断の時にござる」

久通の声はまるで、若き日の自身の心の叫びと聞こえた。

「応、参らんッ」

と、目が開いた。久秀は夢から醒めたように、灰いろの睛を活き活きと輝かせ、

「いそぎ天守に、火をかけよッ」

と現世に大喝し、これが最期の下知となった――家臣らはこの大音声に身を引き締めると、あらためて大殿久秀と、上座にある主君久通に向かって御辞儀をし、階下へ降りていった。やがて、久秀の足もとから轟という、けもののような咆哮をあげる火の声が聞こえてきた。わが号令によって、放火されたのである。その音を耳に確かめた久秀は、床のうえで胡座をかくや、両手に一口の刀をつかんだ。

「然らばよ」

と、一言――この別れの言葉は久通に聞かせたものか、あるいは世に云い捨てたものであるかは、分からない。すでに久秀は鞘を床のうえに投げ捨て、白刃を腹に突き立てていた。

天正五年十月十日の夜のことであった。

後世に、伊勢宗瑞（北条早雲）、斎藤道三と並び、戦国乱世の梟雄として知られるこ

ととなる「松永弾正少弼久秀」は、子息「右衛門佐久通」と共に、天守の一室にて自刃し、その生涯に幕をおろした。久秀、享年六十八。久通は、三十五である。

このとき、信貴山城本丸の門前で、夜空に深紅の炎を噴きあげる「天守閣」のようすを見つめている漢があった。

これは夢かと、微睡(まどろ)むような顔つきをして、

「逝(ゆ)かれたか……」

と独り言をした——筒井順慶、であった。順慶はただ呆然と、夜天を焦がす天守閣の大炎を見上げている。なぜか、悦(よろこ)びを感じなかった。宿敵であった松永久秀父子を面前に斃(たお)そうものなら、狂喜乱舞するかと思っていた。が、このあたらしい大和守護者は、呆然とするばかりである。直接に太刀打ちして、首をあげたかった——それとも、目の前に平伏させたかったものか。

いずれも、違う。

順慶はこのとき、一抹の淋(さび)しさすら感じていたのである。わずか二歳で、筒井家の家督を嗣(つ)いだ。父順昭の名を知っていても、容姿に鮮明な記憶を持たない。順慶にとって父の姿とは、この大炎に散りゆく松永久秀という漢のなかにあったのだ——この日まで、数えきれぬほど悪漢松永に食らいつき、戦いつづけてきた。順慶のこれまで

の人生を考えれば、久秀のために辛酸をなめさせられた、といっても過言ではない。

しかし、久秀を倒すという一念こそが、順慶のなかで何度も潰えようとする希望という人生の灯明のあぶらともなり、煌々と前途の闇を照らしてくれたものであった。

その漢がいま、ここに滅んだのである。

これまで順慶を支えてきた希望のひとつが、儚くも消え去り、手の届かぬ場所へと逝ってしまった。これから先も、戦国乱世を生き抜いてゆかなければならない順慶の身を思えば、このいま茫然自失となったとしても無理はない――後日のことであるが、久秀らの遺体は焼亡した天守閣の残骸の中から引きずり出され、伐り取られた首は、安土へと送られている。胴体は……順慶が、引き取った。そして、信貴山から東南におよそ三里と向かって、大和川を越えた辺りの地に建つ「達磨寺」へと運び、埋葬している。乱世のことだ。敵将の遺体を引き裂いて、晒しものにする者も多い。

(往生なされよ――)

炎の柱となった天守閣を見上げる順慶の目が、一瞬ばかり、途方に暮れた子供のような表情を見せた。

落城の翌日、雨が降った……まだ信貴山城には、松永討伐戦の犠牲者たちがその遺骸（むくろ）を静かに横たえたまま、雨にぬかるむ土のうえに黒い血を流している。無惨にも、海浜に打ち上げられた魚群の死骸である。壮麗さを誇った天守もいまは、石垣のうえに瓦礫（がれき）と積まれ、ただ一塊（いっかい）の炭となり果てて、篠突（しのつ）く雨に打たれながら幾筋（いくすじ）もの細い白煙を燻（くすぶ）らせている。閑（しず）かだ。合戦に沸いた兵（つわもの）たちの響動（どよ）めきはすでに立ち去り、悲鳴をあげる者もいない。ただ雨だけが途切れることなく、すべての死体のうえに寒々（さむざむ）と降り続けていた。

いや——。

足軽が二人、徘徊（はいかい）している。

織田の「御貸具足（ぐそく）」を着込んで、天辺の尖（とが）った陣笠をかぶり、冷たい雨に打たれていた。死人（しびと）をまたぎながら、血と雨に濡れた土を踏み、何かを探しまわっているようすだ。まるでその姿は、餌をもとめて塵塚（ちりづか）を漁（あさ）る二匹の野良犬であった。槍の柄を両手に握り、死体をひっくり返しては、亡者たちの虚（うつ）ろな顔をのぞき込んでいる。

と、片方の男が、鉄炮で頭部を撃ち抜かれた雑兵の死体を裏返しながら、雨のなかに苦（にが）い声をあげた。

「これは堪（たま）らんな——どないぞ。居（お）ったかよ、四貫目」

笹児であった。

「見当たりませぬわい……」

と、笹児におなじく具足姿の四貫目が、痩せた狸のような顔を顰めて、火に焼け焦げた死体の顔をのぞき込んでいる。かぶっている陣笠に雨が激しく打ちつけ、ばらばらと音を立てていた。二人は槍の柄で地を掻きながら、まるで船頭が櫓を漕ぐようにして、信貴山城の焼亡の跡を歩いている。何をしているのか。槍の柄をつぎつぎと死体の顎に当てては、顔をひとつひとつ確かめていた。

「笹児どの……まことに、この中に倒れておるんですかいの？」

四貫目が、疲れたような声で訊いた。

「知るけえ。頭目からの仰せつけじゃ。探せと申されれば、探すしかあるまいよ」

と、笹児が苛立ったように返事をする。四貫目は、疑念が消えない。はたして、この死体のなかに「天狗」は見つかるのか——そうは、思えなかった。おそらく笹児の方が、早くに気がついているはずだ。ここには居ない、と。

「笹児どの。これら死人どもは、百や二百では済まされぬようじゃ……」

四貫目が背を伸ばして槍を杖にし、一息つきながら云った。

「これは、千とあるぞやな……して笹児どの、これ全部の顔を見ますするのけえ？」

と、十歩うしろにいる笹児を、雨の向こうにふり返った。

「あァ――この雨で、何を云うたか聞こえなんだぞ」

笹児はしゃがみ込んで、遺体を確認している。

「これみな、調ぶれよと仰せあるかと御問いした――笹児どの、どないじゃの？」

「聞こえん、聞こえん」

と笹児は立ち上がって、また別の死体を漁りはじめた。

「兄じゃは鬼の躾じゃ……ヒダリどのよりも手厳しゅうあられる」

四貫目は冷たい雨を降らせる天を仰ぎつつ、笹児に聞こえぬようにと、小声で恨み言を吐いた。そして再びと、天狗の骸を探しながら、千の死体をまたぐのであった。

大和信貴山城……いまここに、二人の忍びが徘徊している姿がある。笹児と四貫目は二匹の野良犬となって、雨のなかで黙々と死体を漁っている。血に溺れる兵らの死体の顔をのぞき込み、あるいは煤となった建物の陰に目を凝らしと、ひたすら幻を追いもとめていた。まさに、幻影だ――この落城の地に見るのは、戦国の世に六十八年を生きた「松永久秀」という漢の、夢の痕跡だけであった。残骸……ただ、それだけである。

夢のあとには、何も見つからない。

磔刑

天正五年の十月十二日。

松永久秀父子を信貴山城に滅ぼした織田信忠は、すぐにも大和を離れて上洛している。ここで天皇の勅諚（院宣）により、「従三位左近衛中将」に叙せられるのである。この三位中将という名誉の位を賜った信忠は、天皇への御礼として、黄金三十枚を献上した。十月十五日には早速に安土へと入り、父信長に大和松永久秀一党征伐の戦勝を報告したあと、岐阜へ帰還する。

この織田信忠の松永父子退治が――たった一人の男の忍び働きによって、成功に導かれたという事実は――歴史の陰に隠れてしまっている。それでいい。忍びとは、働きと事跡は密やかであってこそが、功名なのである。手柄を誇り、世に名を知らしめんことを欲するような、愚者たちではない。

十月二十三日。

いよいよ羽柴秀吉が播磨（はりま）へ向けて、京を発した。ここに、織田信長の西国制圧戦がはじまるのである。秀吉は出陣後、播州姫路の小寺孝高（よしたか）を先導に立て、西播磨地域をあっという間に切り取っていく。この孝高——通称を「官兵衛（かんひょうえ）」という——のちの、「黒田如水（じょすい）」である。

西播磨を支配下に置いたあとの秀吉は、進路を北に向け、まず但馬（たじま）国の山口城と竹田城を陥れ、翌十一月になって、播磨・美作（みまさか）・備前（びぜん）の三国を結ぶ要衝（ようしょう）の地に建てられた「上月（こうづき）城」へと軍勢を押し出し、これも落城させてしまう。この向こうが、中国毛利氏の勢力圏である。

その一方で、北国にあった上杉謙信は雪をまえにして、はやくも越中と能登の二国を平定し終えていた。この地域に建つ城々に越後衆を入れたあとの天正五年十二月、謙信は本国の越後へと帰っていく。そして年が明けて、天正六年——関東下総（しもうさ）国の結城（ゆうき）晴朝（はるとも）から出兵の要請を受けた謙信は、ここにまた関東出陣の陣触れを打つのであった。決心するのは、正月十九日のことである。このとき、関東遠征の日は、雪解けがはじまる三月十五日を予定していた。

そして、

——三月九日。

出陣を目前にしていた謙信が突然、雪の中、厠で倒れた。「不慮の虫気」（脳溢血）であったという。意識不明の重体となった謙信は、昏睡したままに、四日後の天正六年三月十三日に逝去する。四十九歳であった。

「四十九年一睡夢　一期栄華一盃酒」

謙信が倒れる数日まえに記したという、辞世の頌である。戦に天才を見せ、その生涯を「義」というもののために戦いつづけた漢の最期は、あまりにも閑かであった。

この謙信死去の報せは、三月下旬になって小田原の北条氏、安土の信長のもとにも届けられた。信長にとって最後の脅威であった戦国大名「上杉謙信」がこの世を去ったことで、いまや目の前とする織田の敵は、本願寺顕如率いる一向一揆と、中国毛利輝元に絞られてくる。

気がつけば、天下に名を馳せた群雄が割拠したころの戦乱の世は、すでに終わっていた——後世に定義づけられる「戦国時代」というものはここに終焉を迎えており、いわゆる「織豊時代」へと移り変わっていくのだ。織田信長と、それにつづく羽柴秀吉（のちの豊臣秀吉）が天下の政権を握る時代である。

あるいは、「安土桃山時代」という——とうぜんこの名称もまた、後世に名付けられたものであり——ここにいう安土城は、この天正六年の時点では未だ完成に至っていない。ついでながら、「桃山」は秀吉の居城となる「伏見城（ふしみ）」を指しているものだが、江戸時代に廃城となった伏見城址（あと）に、桃の木が植えられたことに由来している。城名そのものではない。

　さて。

　現（いま）は——信長の時代、である。

　天正六年の三月に謙信が逝去したあと、織田信長は中国征伐に心血を注ぎはじめた。その先鋒（せんぽう）ともなる羽柴秀吉の指揮の下、筒井順慶も大和の兵を率いて播州（ばんしゅう）へと向かっている。

　そして、順慶不在の大和筒井城に目を向けると——城の東面を「佐保川（さほ）」という、万葉集にも詠まれた清流が流れている。このいま、佐保の川面は天正六年春の清々（すがすが）しい空の顔を映し出し、風に立つさざ波が、銀の粉を塗（まぶ）したように煌（きら）めいていた。夏の夜ともなれば、蛍の光りが星のように群れる美しい川である。

　この川沿いに、刑場（けいば）が設（しつら）えてあった。

　竹柵で四方を囲い、三基の磔台（はりつけだい）の影をならべている。罪木（磔）の柱には横木が二本通され、上の横木は囚人（とがにん）の両腕を縛りつけ、下方の横木には開かせた脚を左右とも荒縄でかたく結（ゆ）う。人の股間（こかん）が当たる部分に、突き出した角材が短くあり、囚人の体重を支えるようになっていた。これが女性の磔となれば、横木は腕を縛る一本だけとなる。両脚は柱そのものに縛りつけ、固定するのである。

　この刑場で磔にされているのは、いずれも男たちであった。罪木に架けられた三人の囚人たちは、筒井城の牢獄に幽閉されていた為に、どの姿も憔悴しきり、顔をあげていることすら辛そうであった。着衣は牢獄の土間で擦れた土の汚れと、自身の糞尿や垢にまみれ、拷問で流した血が黒くこびりつき、いまや生地そのものの色も定かではなくなっている。三人とも、ざんばらになった頭髪を、乾いた海藻のように両肩のうえに垂れていた。そして――左端の磔に架けられた、囚人である。この者だけが、晒の下帯のほかは、衣布らしきものを身に纏っていない。

（あれは、人か）

と誰もが一見して、自身の目を疑うほど、全身が異様に窶れ細っている。度重なる拷問――いや、筒井の武士らの手による執拗な暴力を受けつづけたことで、いまや精根も尽き果てようとしていた。六ヵ月、である。その月日を狭く暗い冬の牢獄に押し込められたうえ、食事も十分に与えられず、牢庭に引きずり出されては杖で激しく打擲された。手や足の爪を剝がされ、水責に遭い、火責に悲鳴をあげながら、拷問につぐ拷問をくり返し耐えてきた。牢内の夜、咽の渇きに自身の小便を呑んだことすらある。尿が出なくなると、ままに枯れるだけであった。およそ人の尊厳というものを牢獄に見つけ出すのは、「神」を目に見るよりも難しい。

もはや、人ではない。

この男の肌膚は、路傍で腐りゆく柿の皮のように黒ずみ、肋骨が影を落とすほど浮きあがって見えていた。頰肉は削げ落ち、全身が枯魚のように骨と皮ばかりである。

そして閉じた眼が、やけに大きい。まるで、鵙の速贄として木の枝に掛けられた、一疋の守宮であった。この姿でなお、生きていた。俯いた顔が、笑ったのである――ククと、まるで少女が悪戯に含み笑ったような声で。

（人の世よ……）

贄が、糸のように細く目をひらいた。この磔台のうえの男こそは――松永弾正久秀に仕えた戦国の妖しき忍術使い、あるいは奇怪千万の幻術師としてその名を知られた魔道の者――はたして、果心居士であった。

嘲笑していた。

おなじく磔にされた男二人が、さきほどから念仏を唱えつづけているのである。果心は、その声を嗤っている。男たちは真剣だ。六字の名号を口にすることで、極楽往生を約束されると信じて疑わない。

南無阿弥陀仏……

南無阿弥陀仏……

（われは阿弥陀仏に帰命す――）

と、磔台に身体を大の字に縛りつけられ、なお極楽へ往きたいと念じている。この者らが、いかなる罪科をここに処されんとするものか、果心には分からないし、どうでもいい。所詮、一向坊主の密使か何かなのであろう。

「おのれら、知っておるか……」

果心が、磔のうえで静かな声に訊ねた――と、男たちの念仏の声が止んだ。二人は無言となり、干涸らびた守宮のような異様なる容姿をした仲間に、涙が乾いた目を向けた。すると、薄気味の悪い笑顔が云う。

「あみだなどおらん……して、極楽の地もない。大坂どもの約束は、虚言じゃ」

と、果心のこの言葉に、男らは怒りを嚙み殺そうとするかのように、口を固く結んだ。そして、再び顔を正面に向け、念仏を唱え始めるのである。

そうして、三日が過ぎた――ここに磔にされた三人の咎人たちは、槍に突き殺されるわけでもなく、ただ天日に干されるままに死を迎えようとしている。磔に架けられたときには、物珍しさに集まってきた大勢の見物人たちの目もあったが、このあまりにも凄惨な姿をした男たちの有様を忌み嫌い、鼻をつく臭気にも堪りかねて、いまはこの附近を通りかかる者すらいない。午後に一度、番士がようすを見にやって来ては、桶に汲み取った佐保川の水を柄杓に掬い、磔のうえにある男たちの顔に投げるように撒いて行く。まるで、乾いた亀の甲羅に水をかけるように。

さらに一昼夜と過ぎて、その巡視役の番士がやって来た。川の水が入った桶を手に提げ、三基の磔台のまえに立つ。咎人たちの生き死にを目で確かめたあとに、柄杓の柄を握った。

「ほう、珍しきを見る……」

と磔のうえにある、頬肉の削げ落ちた顔が云った――果心が口を利いて、番士の腰の辺りに視線を落としている。何のことか、と男は柄杓を取った手を止めて、見下ろされる視線のさきに目を合わせた。自分の腰の帯に差している、一本の小刀……磔のうえの男は、目を細めて小刀を凝視しているのである。

(因縁ぞ)

柄が、美しく虹色に照っている――果心が摂津の石牢に入れられていた間に、失くしたものだ。おそらくは、盗まれたのである。獄の見張りをしていた者が、果心の懐中にこの小刀を見つけ、手をつけたのであろう。いま眼下に見る、この男の仕業かもしれない。

「柄が見事よ。水牛の角で、拵えてあるようじゃな……」

と頭上から、下卑た声が降ってくる。番士は気怠そうに顔をあげると、

「……左様じゃな」

溜息のような、細い返事をした。それがどうだと云うのだ——と、不審げに表情を顰めている。どうやら様子からして、この番士が盗ったものでは無さそうである。同朋から買い受けたか、何かの代償として上役から頂戴したのであろう。

「わしの物じゃ」

果心が、云う。その声に男は上背を起こして、腹を立てたように赤らめた顔を声の主に向けた。睨みつけた。咎人ごときが、という気分がある。しかも、磔のうえにあって醜い身体を晒した男が、不様にも大の字に手足を広げた恰好で、威高げな声に云うのである。わしの小刀である、と。

「無礼を申すかッ」

と男は一喝、武士の端くれながらに、意地というものを誇って声を強めた。

「左様に、腹を立てずともよいではないか——いずれにせよ、その刃物は貴公にくれてやるわさ」

「なにいッ」

いよいよ男は無礼千万であると、怒気を露わにしながら、片手に摑んでいた柄杓を桶の水なかに突っ込み、腰の小刀を両手に握った。いまにも鞘から刃を抜き放って、磔にされた異様な姿の生物に斬りつけんとする勢いである。

「まず耳を貸せ。その刃物の秘事を教えてやる」

「秘事とは何だ」

「柄を見よ」

云われて、男は我が手に握っている小刀の柄に視線を落とした。その途端、柄の表面に宿る虹色の輝きが、視界一面に広がりはじめた。さらに、磔台のうえから響みのある声が、間断のない唄でも謡われているように聞こえてくる。声はいつしか真言と変化し、呪の煌めきを帯びはじめていた。

「オン・アボキャ・ベイロシャノウ・マカボダラ・マニ・ハンドマ……」

果心は声を波打たせつつ、器用にも発声を二つ同時に行っている。低音に呪言をつづけ、そして高音の域で会話をした。まるで楽琵琶を奏でながら、物語をはじめた琵琶法師の声を聞くようである。その朗々とした声が、云う。

「鞘を抜いてみるとよかろう」

抜いた。男は微睡むような眼で、小刀の刃の光りを見つづけている。

「こちへ来よ」

そう云われて、男の目は――握ったこぶしの延長線上にある、刃物の煌めきに魅入られたまま、声の主が縛りつけられている磔台の足もとまで歩を進めた。

「わしは地に立つ。貴公が縄を解くがよかろう」

解いた。まず、果心の左足首を固く縛りつけている縄を刃物で切り落とし、横木に片足をかけて腕を高々と伸ばした。果心の左手首を締め付けている縄を切ろうとしたものだが、手もとを誤り、一緒に腕を切りつけてしまった。果心は痛みに声をあげることもなく、にこやかに笑っている。縄から解かれた血まみれの左手を差し出し、

「手を貸そう」

と男から刃物を受け取って、自身で右の腕を自由にし、右足首を固定している縄を解いた――地に立った。立って、夢うつつの表情をした男と視線を合わせると、厳かに礼を述べた。そして、小娘が胸の奥底に隠していた秘め言を伝えるかのように、そっと相手に顔を近づけながら、

「わしは、そちに嘘をついた……」

と低声に云い、果心は冷ややかな微笑を浮かべて、我が手にある刃物を目のまえに

翳した。このとき、奇妙なる発声は止んで、はっきりとした口調に返っている。

「これは、たれにも呉れぬ」

そう一言するや、握りしめた小刀の切っ先を男の喉笛に突き立てた。血が噴き、男は一瞬にして天狗の術法から目を覚ました。喉から零れる血と息を止めようとし、慌てて両手で傷口を押さえたが、次の瞬間には地面に卒倒していた。そのまま、闇に落ちた――と、果心が飛びつくようにして、地面のうえに転がる男に覆いかぶさった。まるで人の手から餌をもぎ取ろうとする猿のように、死体から衣を剝ぎ取っている。摑んだ血まみれの衣布を肩に羽織ったそのとき、ちらと上目に他の磔台を見た。いまも高みで大の字になった二人の男たちが、地のうえで死体に取り憑いている餓鬼の姿を恐ろしげに見下ろしていた。その餓鬼が、嗤った。

「おのれらは、そこで神を待て。待って、極楽浄土にでも案内を乞うがよかろうわい。わしは去ぬ――」

と、地面に落ちている小刀の鞘を拾いあげて刃を収め、一散に駈けだした。

(わしは極楽の地などには往かぬ……まだ、生きるのだ)

犬に追われる猫のように、果心は走りつづけた。刑場を抜けだすと、死に狂いとなって佐保川の流れを渡り、岸に這いあがって水田に転がり込んだ。踵が泥を撥ねあげ、転倒しては地に生える草にしがみつき、地面を掻きむしるようにして、また立ちあがる。走った。恐怖に戦く男のように、怯えた視線を背に左右にと落ち着きなく動かしながら、ひたすらに地面を蹴散らした。

　林へ逃げ込み、木陰から飛び出してきた鹿の姿に不様な悲鳴をあげた。丘を駈けあがり、岩を飛び越え、坂を落ち——そしてまた、深田の泥に足を滑らせては、横転した。逃亡者に、息をつく隙などはない。筒井に捕まれば殺されるという強迫観念が、この餓鬼の心を駆り立てている。

　立ち上がり、走った。

　生きることを決意した一疋のいきものが、荒々しく息を吐き、大和の大地を駈け抜ける。その姿は、鮮烈に活きていた——一心不乱に走りつづける果心の餓鬼のような肉体は、いまここに蘇りつつあり、全身に刻まれている千の傷が癒えようとして、馬陸のように気味悪く蠢いている。

（わしが法も、これに助かるわい）

　夕闇を駈け抜け、夜を走った。朝日を見るころになって、ようやく果心は遁げることをやめた。路傍の草むらに身を潜め、息を整える。もはや、追っ手はあるまい。

「どうやら、大和を抜けたようじゃ……」

草陰から顔だけをのぞかせ、周囲の景色を見回した。見慣れぬ土地である。安堵した果心は、頸に湯気を立てつつ、両膝に手をついて、しばらく肩で息をしていた……呼吸を休めながらも、牢獄での陰惨な日々を思いかえし、磔に架けられたときの恐怖を脳裡に見ていた。助かったという思いが、胸に突き上げてくる。やがて、肚の底から大声に笑った。

（わしは、不死というものを知った）

戦国乱世のころ、魔道を学び行う者があった――もとは高野山に住した修験者であるといい、あるいは大和興福寺から追放された僧であったともいう。その伎術ともなれば人智の及ぶところになく、それこそは「天狗の法」であるという。

「悪が臭うわい……」

果心は鼻で深い息をし、草むらのなかから歩み出て、あくびをする猫のように大きく背を伸ばした。

この化生はいま、血と泥に汚れた衣一枚を身に纏い、大和の国境いに立っている。躯はすっかり息を吹き返し、血色に赤らみながら、力強く脈打っていた。

ふたつの大きな眼が、東の空を見つめている。

「さて、参るか」

と、独り言を吐いた——この男、大和には欠片すらも執着はないようである。筒井順慶が守護となった大和の地に背を向けると、ただの一度も振り返ることなく、隣国の土のうえに傷だらけの素足を踏み出した。

「伊賀国」

あるいは、古来この国をさして「忍びの郷」と、人は呼んでいる。

その伊賀の空の下を、黒い染みのような不吉の影が、悠々とした姿で歩いて行く……伊賀路の行方には、この魔道の者を案内するかのように、鮮やかな色をした一匹の蝶がひらひらと舞っていた。

天正六年の春——。

「魔」

は、突然やって来た。

歴史の影となって生きてきた忍びたちと、その故郷である伊賀国の「滅亡の運命」が、いまここに始まる——。

本書は二〇一〇年二月に角川学芸出版から刊行された
単行本に、加筆・修正したものです。

|著者|稲葉博一　1970年生まれ。兵庫県加古川市出身。『忍者烈伝』で小説デビュー。その後、本書を発表する。現在、2017年に刊行予定のシリーズ3作目を執筆中。

にんじゃれつでん の ぞく
忍者烈伝ノ続

いな ば ひろいち
稲葉博一

2016年8月10日第1刷発行

発行者――鈴木　哲
発行所――株式会社　講談社
東京都文京区音羽2-12-21　〒112-8001
電話　出版（03）5395-3510
　　　販売（03）5395-5817
　　　業務（03）5395-3615

Printed in Japan

講談社文庫

定価はカバーに
表示してあります

デザイン―菊地信義
本文データ制作―講談社デジタル製作
印刷――豊国印刷株式会社
製本――加藤製本株式会社

ISBN978-4-06-293470-1

講談社文庫刊行の辞

二十一世紀の到来を目睫に望みながら、われわれはいま、人類史上かつて例を見ない巨大な転換期をむかえようとしている。

世界も、日本も、激動の予兆に対する期待とおののきを内に蔵して、未知の時代に歩み入ろうとしている。このときにあたり、創業の人野間清治の「ナショナル・エデュケイター」への志を現代に甦らせようと意図して、われわれはここに古今の文芸作品はいうまでもなく、ひろく人文・社会・自然の諸科学から東西の名著を網羅する、新しい綜合文庫の発刊を決意した。

激動の転換期はまた断絶の時代である。われわれは戦後二十五年間の出版文化のありかたへの深い反省をこめて、この断絶の時代にあえて人間的な持続を求めようとする。いたずらに浮薄な商業主義のあだ花を追い求めることなく、長期にわたって良書に生命をあたえようとつとめるところにしか、今後の出版文化の真の繁栄はあり得ないと信じるからである。

同時にわれわれはこの綜合文庫の刊行を通じて、人文・社会・自然の諸科学が、結局人間の学にほかならないことを立証しようと願っている。かつて知識とは、「汝自身を知る」ことにつきていた。現代社会の瑣末な情報の氾濫のなかから、力強い知識の源泉を掘り起し、技術文明のただなかに、生きた人間の姿を復活させること。それこそわれわれの切なる希求である。

われわれは権威に盲従せず、俗流に媚びることなく、渾然一体となって日本の「草の根」をかたちづくる若く新しい世代の人々に、心をこめてこの新しい綜合文庫をおくり届けたい。それは知識の泉であるとともに感受性のふるさとであり、もっとも有機的に組織され、社会に開かれた万人のための大学をめざしている。大方の支援と協力を衷心より切望してやまない。

一九七一年七月

野間省一